내
서재에
꽂은
작은
안테나

내 서재에 꽂은 작은 안테나

정여울 평론집

문학동네

책머리에

나의 글이 '평론 같지 않은 평론'이라는 말을 곧잘 들었다. 그 말은 달콤한 비판이기도 했고 독이 든 칭찬이기도 했다. 그것은 내가 가장 듣고 싶었던 평판이었다. 그러나 가장 고통스러운 평판이기도 했다. 공인되지 않은 알록달록한 필기도구로 삐뚤빼뚤 OMR카드를 작성하는 수험생처럼, 내 글쓰기는 매번 불안했다. 나는 채점 자체가 불가능한 답안지를 버젓이 내놓고 심사위원의 창조적(?) 평가를 기다리는 괴상한 수험생이었다. 미디어-텍스트-현실로 에둘러 나오는 글쓰기를 택하면서, 내 글은 그 보이지 않는 트라이앵글을 마음속에 그리지 않으면 결코 시작될 수 없었다.

언제나 비평의 도입부가 가장 어려웠다. 세상과 가장 멀리 떨어진 곳에서 남몰래 빛나는 문학을 세상과 가장 밀착된 현란한 미디어와 연결시키는 일로부터, 나는 시작하려 했기 때문이다. 가장 일상적인 미디어와 가장 일탈적인 문학을 접속하여, 다시 지금-여기의 현실이라는 거대한 장으로 끌고 나오는 것. 그렇게 미디어-텍스트-현실의 삼각관계를 끝없이 가속화시키는 것이 내가 꿈꾸는 비평의 지형도였다. 그것이

오랑캐의 전술이라면 나는 더더욱 제대로 된 오랑캐이고 싶다. 나는 한 사코, 더더욱, 평론 같지 않은 평론을 쓰고 싶다.

글쓰기와 삶이 분리될 수 없듯이, 문학과 문화도 분리될 수 없는 것이라 믿는다. 그림이 박물관에 갇히지 않듯, 문학 또한 책에 갇히지 않는다. 드라마와 영화와 광고로 이루어진 미디어의 공기를 들이마시고 살면서 그 모든 것과 분리된 고색창연한 공간에서 문학을 말할 수는 없었다. 나는 문학이라는 위태로운 돛단배를 타고 문화라는 위험한 바다 위를 표류하고 있다. 아주 가끔 순풍이 콧구멍을 간질이기도 하고 햇살이 젖은 눈을 말려주기도 한다. 그 순간은 마침내 문학이 세상과 공명하는 순간이고, 내가 여전히 적응하지 못한 저 험난한 세상이 내 굽은 어깨를 불현듯 툭, 건드리는 순간이다.

나는 문학이 영상미디어의 홍수 속에서 도태되었다고 생각하지 않는다. 문학의 위기라는 수세적인 영토 구획법도 믿지 않는다. 마치 문학의 영토가 따로 존재하고, 다른 매체나 장르가 철옹성처럼 단단했던 문학의 영토를 '침입'한 듯이 규정하는 시선을, 신뢰할 수 없다. 굳이 문학의 입장에서 '좋았던 옛날'과 '초라한 현재'를 비교해보라고 한다면, 내게는 '초라한 현재'가 훨씬 숨쉬기 편하다. 대중문화의 저 만화방창한 카오스가 그 자체로 고삐 풀린 문학이 아닐까. 종이 밖으로 뛰쳐나간 문학이, 책의 영토를 탈출한 문학이, 저렇게 드라마가 되고 영화가 되고 광고가 된 것이 아닐까. 대중문화와 격리된 영역에서 독야청청한 문학보다는, 대중문화 속에서 마음껏 인용당하고 패러디당하는 문학이 사랑스럽다. 허균은 자신의 작품 『홍길동전』이 수백 년 후에 끊임없이 리메이크될 것을 알 수 있었을까. 홍길동은 그 자신이 수백 년 후에 〈쾌도 홍길동〉이라는 요절복통 코믹 퓨전사극으로 '오마주' 될 것이라고 상상할 수 있었을까. 이것이야말로 앞서간 누군가가 미처 끝내지 못한 혁명의 끝자락을 아슬아슬 이어가는 '영구혁명'이라는 이름의 아름다운 릴레이가 아닐까. 이렇듯 접붙이기와 무단복제를 두려워하지 않는 텍스트야말로, 도처에 흩어져 있어 도저히 기원을 검출해낼 수 없는 문학이야말로, 진정 행복한 '창조적 오독'의 결과물 아닐까.

문학이 저 홀로 독립국임을 천명하며 다른 문화와 뒤섞이지 않는 것보다는, 대중문화 텍스트의 곳곳에서 숨은그림찾기의 버섯이나 국자처럼 귀엽게 숨어 있는 지금이 행복하다. 문학이 유아독존으로 오롯이 '최고'이기보다는, 화장한 시체처럼 온 누리에 퍼져 있어 무엇이 문학인지 분간해낼 수 없는 것이 더욱 '문학적인' 존재 양식이 아닐까. 문학이 아침저녁으로 받들어야 할 신줏단지라면, 문학이 혁명의 무기이기 '만' 하다면, 그 고결함 주위로 나 같은 '행인 3'은 다가갈 수 없었을 것이다. 나는 지금처럼 역사의 어엿한 엑스트라로서, 이 세계에 분명히 존재하지만 형언할 수 없는 슬픔의 늪을, 우리가 분명히 잃어버렸지만 잃어버린 기억조차 망각해버린 상처들을, '문학'이라는 프리즘을 통해 어루만지고 싶다.

한 권의 책을 갈무리할 수 있다는 것이 얼마나 소중한 기적인지, 이제야 어렴풋이 알 것 같다. 2004년 이후 내가 두드린 자음과 모음이 한 올 한 올 모여 한 권의 책이 되기까지 내가 스쳐갔던 그 무수한 인연의 선분들. PC방이나 카페에서 꼴딱 새웠던 날밤들, 밤새우는 내 곁에서 함께 졸아주던 친구들, 맛있는 커피를 내려주던 카페 바리스타들, 눈에서 멀어질수록 마음으로 애틋해지는 가족과 친구들, 내 글의 첫번째 독자이자 가장 무섭고도 든든한 비평가가 되어준 편집자들, 내게 '이것이 문학인가'를 끊임없이 질문하게 도와주신 수많은 선생님들. 그 모든 인연이 나의 현실이고 나의 문학임을 잊지 않을 것이다.

지금 바그다드에는 백 년 만에 첫눈이 내렸다고 한다. 첫눈이 전쟁으로 죽어간 사람들을 되살리진 못한다. 첫눈이 배를 곯는 이들에게 밥이 되거나 비바람을 피할 안식처가 되지는 못한다. 그러나 바그다드에 백 년 만에 내린 첫눈은 기상이변이기 이전에, 한 번도 첫눈을 직접 보지 못한 바그다드 사람들에겐 기적, 그 자체일 것이다. 그 어떤 실용성도 없지만, 모든 바그다드 사람들에게 공평하게 주어진 기적, 첫눈처럼, 우리들의 문학도 '우리'에게만 쏟아져내리지 않기를. 심상한 일상 속에서 따스한 기적을 발견하는 맑은 눈빛을 가진 모든 이들에게, 우리들의 문학이 바그다드의 첫눈이길.

2008년 2월
나의 불안한 안식처, 홍대입구에서
정여울

제 1 부

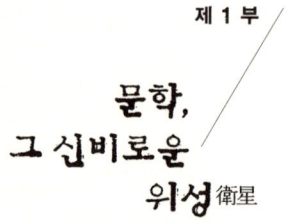

문학,
그 신비로운
위성 衛星

아름다운
외계인들과의
교신 기록

제 2 부

차례

욕망의 중력, 소통의 주파수

제 3 부

제 4 부

가뭇없이 사라지는 별들의 기억

제 1 부

만약 인간이 타인의 고통을 마음대로 넘나들 수 있었다면, 애초에 문학은 존재 이유가 없었을지도 모른다. 타인의 고통을 넘나들 수 없는 인간의 한계야말로 문학이 타인의 고통에 드리워진 은밀한 프라이버시를, 알면서도 침해해야 하는 이유인지도 모른다. 소설이 인터넷 뉴스의 속도를 따라갈 수는 없다. 하지만 소설은 인터넷 뉴스처럼 단시간에 휘발되지 않고, 공동체의 장기적 기억을 창조할 수 있는 보존과 되새김질의 장이 되어야 한다. 타인의 고통에 전이/감염되는 것에 그치지 않고 고통을 관음증적으로 향유하지도 않는 길이란 무엇일까. 어떻게 하면 타인의 고통은 미디어라는 스크린을 통해 전시되는 무력한 피사체이기를 멈출 수 있을까. (……) 이토록 휘황한 문명의 시대에 이토록 거대한 빈곤의 바이러스가 전 세계로 번지고 있다는 것, 여전히 빈곤이 인류의 화두라는 것이야말로 문학이 감당해야만 할 인류학적 스캔들이 아닐까.

문학,
그 신비로운
위성 衛星

평론의 멜랑콜리, 철학의 아포리아
―가라타니 고진의 지적 영향력에 대한 단상들

1. 바래지 않는 평론가의 아우라

　이토록 오랫동안, 이토록 강력하게, 한국문학의 '외부'에서 한국문학의 슈퍼에고로 기능해온 평론가가 있을까. 말하자면 그는 한 번도 직접적으로 한국의 문학작품 자체를 비평한 일이 없지만, 한국 평론가들의 뇌리에, 혹은 한국문학의 (비판적) 마니아들의 의식 속에 일종의 CPU(중앙정보처리장치)로 각인되어 있었던 것은 아닐까. 그는 자타가 공인할 수밖에 없는 평론계의 스타였으며, 그것도 매우 '코즈모폴리턴' 한 비평가-철학자이다. 그의 '근대문학의 종언론'이 이토록 강력한 파장을 내뿜을 수 있었던 것은, 이렇듯 이미 구축된 그의 문화사적 위치 없이는 잘 설명되지 않는다. 근대문학의 종언론이 불러일으킨 센세이셔널한 반향을 굳이 문제삼지 않더라도, 그는 이미 오래 전부터 장르를 뛰어넘는 지적 영향력으로 동아시아뿐 아니라 세계 학계의 관심의 대상이었다. 동시대의 이론가로는 데리다나 앤더슨 등과 어깨를 나란히 하면서 통시적으로는 마르크스, 칸트 등과 기꺼이 맞장을 뜨는 그의 사상적 스케일은 여전히 대담하고 매혹적이다.

한국에서 '문학'에 얽힌 취향과 직업을 가진 이들은 거의 누구나 한 번쯤 가라타니 고진을 인용했거나, 읽었거나, 적어도 '의식한다'. 그를 비판하는 작업 또한 다각도로 이루어지는 중이지만 그를 '의식'한다는 점에서는 누구도 자유롭기 어렵다. 한국문학에 연루된 모든 사람들에게 그의 이론적 성과만큼이나 눈길을 끄는 것은 그의 존재론적 전이(轉移)다. 일본의 문예평론가 세키이 미쓰오가 "사실 『은유로서의 건축』은 문학을 넘어서 건축가를 포함하여 다양한 장르의 사람들에게 영향을 미치고 있습니다. 문예비평이 이런 식으로 장르를 넘어서 다양한 영역에 커다란 영향을 미친 것은 일찍이 없었던 일입니다"[1]라고 언급한 것에서 볼 수 있듯, 그의 이론적 영향력은 장르와 국경을 넘어서는 것이었다. 그렇기 때문에 더더욱 그가 문학을 이탈했다는 사실 자체는 다양한 루머의 진원지가 될 수밖에 없다. 『은유로서의 건축』뿐 아니라 '가라타니 고진'이라는 고유명사 자체가 그 정도의 담론적 파장을 지닌다. 그의 견해들은 이론을 넘어 상식의 자리에 가닿고 있는 중이었으며, 전공을 넘어 교양의 차원에 육박하는 대중적 영향력을 지니고 있었기 때문이다.

이제 그가 문학으로부터 철학으로 이동해간 것은 그 자체로 문학사적 사건이 된 듯하다. 가라타니 고진은 문학비평으로 시작하여 철학자의 길로 나아갔다. 그 과정 자체가 문학사에 내재하는 모순을 극복하려는 의지에서 비롯된 것이라는 점에서 드라마틱한 존재의 전이다. 그의 말처럼 로티나 데리다가 전문 철학자의 길 위에서, "철학을 탈구축하는 형태로 문학과 가까워졌"(193쪽)다면, 그는 문학을 탈구축하는 형태로

---

1) 가라타니 고진, 『근대문학의 종언』, 조영일 옮김, 도서출판 b, 2006, 192쪽. 이하 이 책에서 인용할 경우 본문에 쪽수만 표시한다.

철학자의 길로 나아갔다. 『일본근대문학의 기원』으로 시작되어 『마르크스 그 가능성의 중심』 『윤리 21』 『탐구』 『언어와 비극』 『유머로서의 유물론』 등을 거쳐 『근대문학의 종언』에 이르는 고진 텍스트의 지속적인 번역과 대중적 영향력은 그를 하나의 오롯한 신화로 만들어가고 있었고, 그의 텍스트를 동시대의 고전으로 만들어왔기에 더더욱 그러하다. 그의 '평론가에서 철학자로의 전환'은 우선 양가적 해석을 불러일으킨다. 고진이라는 존재의 지속이냐 단절이냐의 문제다.

지속의 관점에서 본다면, '종언' 선언을 비롯한 고진의 이론적 행보 자체를 지적 일탈이라기보다는 문학과 철학 사이를 횡단하던 그의 실천 내부의 일원적 진행형, 혹은 확장으로 바라볼 수 있다. 즉 문학이 '영구혁명중에 있는 사회의 주체성'(사르트르)을 의미하던 시대가 이미 끝났기에, 이제 문학의 자리를 떠나 또다른 대안적 실천으로 나아가야 한다는 그의 의견을 그대로 따른다면, 그는 단지 그의 이론적 일관성을 유지하는 것이 된다. '논리적으로' 모순이 없기 때문이다. 한편 단절의 관점에서 본다면 문제는 조금 복잡해진다. 문학과 철학 사이의 횡단이라는 가라타니 고진의 학문적 행보 자체는 문학을 베이스캠프로 삼고 있었기에 가능한 실천이 아닐까. 그렇다면 그가 문학이라는 베이스캠프를 해체하고 진정 존재의 '갈아타기'를 시도한 것이라면 이것은 이론적 일관성의 차원을 넘어 정서적 불편함을, 다소 과장해서 말한다면 일종의 '배신감'을 불러일으킨다. 배신감보다는 허무감이 더 어울리는지도 모르겠다. 문학이라는 베이스캠프에 내가, '우리'(?)가 여전히 존재하기 때문에 느끼는 억울함은 아니다. 그 정도로 토라질 '우리'들이었다면 애초에 베이스캠프의 말뚝을 이곳에 박지 않았을 것이다. 그런데 문제는 딱히 이 배신감을 논리적으로 규정하는 일이 어렵다는 점이다. 규정하는 순간 그 복잡한 감정의 스펙트럼이 단순화되어버릴 것이기 때문이다.

'근대문학의 종언'이라는 매니페스토는 어쩌면 오래 전부터 우리의 마음속에 유령처럼 떠돌던, 그러나 차마 입 밖으로 꺼내어 말할 수 없었던 문화적 상황을 표상하는 것이다. 그리고 감정적 서걱거림을 과감하게 삭제하고 보다 냉정하게 말하자면, '근대문학의 종언'은 '근대=민족=문학'의 시대가 끝났다는 언급이기에 이론적으로는 반론을 제기할 필요가 없는, 상황 자체에 대한 건조한 판단으로 바라볼 수도 있다. 그가 오랫동안 힘주어 말하던 민족=국가의 언어적 표상으로서의 근대문학의 기원은 말 그대로 '역사적' 존재이기에 언제든지 사라질 운명에 처해 있고 그것을 애도하는 것 자체가 시대착오일지 모른다. 그런데 문제는 '우리의 베이스캠프가 사라졌다'는 상실감만은 아니다. 보다 중요한 문제는 근대문학 자체의 강력한 슈퍼에고였던 존재가 그후 어디로 갔는가 하는 것이다.

   그의 일관된 문제의식이었던, 자본과 국가를 넘어서기 위한 처방전으로 그가 제시한 대안적 실천은 NAM(New Association Movement)으로 불리는 고진의 새로운 베이스캠프, 즉 소비자로서의 노동자운동이며 그 방식은 자본재 상품 전반에 대한 보이콧으로 나타난다(이후 그는 NAM 자체에 대한 자기비판을 시도하지만 여전히 노동자운동과 소비자운동의 결합을 통한 자본주의의 지양이라는 문제의식은 변하지 않은 것으로 보인다). 이 운동 자체에 대한 이론적 분석은 이 글의 울타리를 벗어날 것 같다. 이론적 분석을 잠시 유보하고 이 글에서 초점화하고 싶은 것은 그의 행보 자체가 여전히 문학의 자장을 벗어나지 못한(혹은 무의식적으로 벗어나지 '않은') 것처럼 보인다는 것이다. 그의 가장 충실한 독자는 여전히 문학의 주변을 서성이는, 혹은 문학의 베이스캠프를 떠나지 않은 사람들이다. 그는 문학의 외부에서 문학의 내부를 가격하고 있으며, 그에게 문학의 외부와 내부는 처음부터 이질적인 담론공간이 아니었는지도 모른다. 그는 여전히 가라타니 고진의 과거를, 가라타니 고진 '스러움'

을 존재의 자산으로 삼고 있다. 고진의 아우라는 아직 현재진행형이다.

2. 사이 혹은 틈새의 윤리를 향한 지적 여정

"나는 한번 뭔가를 쓰면 그것을 계속하여 발전시키기보다도 잊어버리고 마는 습관이 있습니다. 오히려 쓴다고 하는 것은 쓴 것을 잊어버리기 위해서라고 생각하고 있는 것입니다"(「언어와 국가」, 『문학계』 2000년 10월호)라는 말에서 볼 수 있듯이 그의 글쓰기는 끊임없이 자아-이기를 넘어서는 지적 여정으로 읽힌다. 그의 글쓰기는 행위의 보존으로서의 글쓰기가 아니라 행위 자체에 몰입하는 글쓰기다. 기억과 보존을 위한 행위로서의 글쓰기가 아니라 자기 자신의 현재로부터 끊임없이 탈주하는 글쓰기가 가라타니 고진의 지적 여정을 지속시키는 정신적 엔진일 것이다. 그런 그가 예외적으로 자신의 글을 다시 읽도록 강요당한 사건이 있었는데, 그것은 『일본근대문학의 기원』이 영어로 번역되고 있던 80년대 후반이었다. 그 무렵 그는 앤더슨의 『상상의 공동체』를 읽었는데, 70년대 말에 『일본근대문학의 기원』을 쓰고 있었던 그로서는 앤더슨의 작업과정을 모르는 상태였다. 그런데 그는 『상상의 공동체』를 읽으며 자신이 하고 있었던 작업이 철저히 네이션(nation)을 고찰하는 일이었음을 깨달았다고 고백한다.

나는 『일본근대문학의 기원』을 쓸 때 내셔널리즘을 문제삼지 않았습니다. 그럼에도 불구하고 철두철미하게 네이션 문제를 고찰한 책이었다는 것을 깨닫게 된 것입니다. 사람들이 보통 문학과 내셔널리즘에 관해서 말할 때, 내용적으로 내셔널리즘이 드러나는 문학을 문제삼습니다. 그것은 근대문학 그 자체가 네이션의 기초를 만들었다는 시점이 없었기 때문입니다. 즉 근대문학의 형식 그 자체가 내셔널리즘이라고 한다면, 그 내용이 내셔널리즘인지 아닌지는 문제가 되지 않습니다. 그런 의미에서 『일본근대문학의 기원』은 그 자체가 '네이션의 기원'을 쓴 것이었습니다.(179쪽)

사이드의 『오리엔탈리즘』(1978), 고진의 『일본근대문학의 기원』(1980), 앤더슨의 『상상의 공동체』(1983)는 비슷한 시기에, 서로의 작업을 인지하지 못한 채 이루어졌다. 모더니티의 탐구로서 이론적 삼각편대를 이루는 이 역작들은 각각 동서양의 기원, 문학의 기원, 국가(민족)의 기원을 다루고 있다는 점에서 세계적인 지적 반향을 일으킨 저서들이다. 전 세계의 인문사회과학 논문에서 가장 많이 인용된 저서 목록에 들어갈 법한 책들이기도 하다. 이 세 사람의 '의도하지 않은 공모'는 '근대성이란 무엇인가'라는 인문학 전반의 화두를 아우르는 것이었다. 이후 고진의 작업은 민족-국가-자본의 삼위일체로서의 근대로부터 탈주하기 위한 이론적 작업으로 점철된다. 물론 그 중심에는 문학이 자리하고 있었다. 이후 그의 저서가 활발하게 번역되고 국경을 넘어 회자되면서, 그는 정기적으로 해외에 나가 강연을 하며 세계문학의 기원 '들'과 마주치게 된다.

고진 이전까지의 일본문학이 서양근대문학의 '미달'이나 '왜곡', 혹은 서양문학에 비해 특이하고 예외적인 존재로 규정되었다면, 고진은 『일본근대문학의 기원』을 통해 일본문학의 세계사적 보편성을 규명했다. 그리고 그의 기대치를 훨씬 넘어서서 이 책의 영역판을 읽은 다양한 국적의 독자들은 일본에서 일어난 일이 자신의 나라에서도 일어났음을 깨달았다. "『일본근대문학의 기원』의 영어 번역을 읽은 불가리아인, 그리고 핀란드 사람이 이 책에 씌어진 것은 자신의 국가에서 일어난 것과 같다고 말했다고 말입니다. 나 자신도 영국 사람에게 그런 말을 들은 적이 있습니다. 한국이나 중국 사람은 말할 것도 없습니다. 멕시코 사람부터가 그랬습니다. 이 책에 나오는 소세키와 매우 닮은 인물이 근대 멕시코에 있었다고 말입니다."(195~196쪽)『일본근대문학의 기원』의 의심할 수 없는 주인공이 바로 소세키였으며, 그는 근대문학의 '출발'에서부터 그 역사적 '기원'을 통렬하게 회의했던 각국의 소세키 '들'과 만나게 된다. 가라타니 고진 스스로가 외국의 독자를 의식하지 않고 썼던 『일본근대문학의 기원』은 세계 각국의 근대문학의 기원을 사유하도록 촉발하는 지적 도화선이 된 셈이다. 이후 고진의 지속적인 근대성 탐구는 국가의 외부, 자본의 외부, 제도로서의 근대문학 외부를 탐사하는 데까지 나아가게 된다.

"내가 『탐구』를 연재하면서 계속 질문했던 것은 '사이' 혹은 '외부'에서 살기 위한 조건과 근거였다고 해도 좋을 것이다."[2] 여기서 고진이 말하는 '사이'와 '외부'는 다중적인 의미로 다가온다. 그것은 문학과 비문학 사이의 경계로 느껴지기도 하고, 제도와 제도 바깥 사이의 경계로 다가오기도 한다. 물론 그가 줄기차게 비판해온 민족-국가-자본의 트라이앵글 내부와 외부 사이에 가로놓인 경계로 읽히기도 한다. 즉 근대와 탈근대 사이의 경계로 읽힌다. 또한 경제학과 문학, 철학과 역사를 횡단하는 고진의 비평은 바로 그 분과학문의 경계 사이에 놓인 틈새, 그 '사이'에서 머뭇거리는 혹은 그 사이를 경쾌하게 월담하는 그의 위치에너지의 간극에서 나온다. 그러나 분과학문 사이의 틈새가 고진에게 있어 저택과 저택 사이의 울타리 정도의 높이라면, 그가 진정으로 힘겹게 횡단하는 거대한 틈새는 타자와 주체 사이에 놓인 건널 수 없는 간극일 것이다. 건널 수 없기에 더더욱 건넘의 의지를 멈출 수 없는 이 간극은 미지의 크레바스처럼 치명적이고 그리하여 더 매혹적이다. 타

---

2) 가라타니 고진, 「후기」, 『탐구』 2, 권기돈 옮김, 새물결, 1998, 285쪽.

자와 주체 사이의 거리는 결코 그 거리를 가늠할 수 없다는 점에서 주체를 고통스럽게 하지만, 바로 그 가늠할 수 없음이야말로 타자를 향한 주체의 욕망/윤리를 가속화시킨다.

그가 『탐구』에서 자주 인용하는 비트겐슈타인의 한 구절은 그의 삶＝비평＝철학 자체를 횡단하는 화두다. "세계 안에 신비는 없다. 세계가 존재한다는 것 자체가 바로 신비이다." 세계를 탐구하려는 이에게 세계는 그 자체로 타자일 수밖에 없다. 가늠할 수 없는 신비로, 소통 불가능한 거리로, 해결 불가능한 아포리아로 남아 있는 세계＝타자를 끌어안는 일은 '세계 안의 신비'를 캐내려는 해부학적 열정이 아니라, 세계의 존재 그 자체를 신비로 바라보는, 더없는 겸허로부터 가능할 것이다. 열광받는 미(美)는 변한다. 열광받는 문학 또한 언젠가는 식을 수밖에 없다. 세계 자체를 더없이 낯설게 바라보는 자에게 세계 안의 개별적 존재들은 권태와 반복이 아닌, 그 자체로 완전히 자기 충족적인 '차이'로 경험된다. 어쩌면 그것은 니체가 말했던 운명 그 자체에 대한 사랑(아모르 파티)과도 만나는 일이 아닐까. 세계 내의 개별자들을 동일한 기준으로 위계화하는 사유가 아닌, 세계 그 자체를 소통 불가능한(＝그리하여, 아니 그럼에도 불구하고 소통을 꿈꿔야 하는) 타자로 인식하는 사유는 삶＝세계 자체에 대한 사랑에 다름아니다. 세계는 타자이기에 고통스러우며 타자이기에 사랑스럽다. 타자에 대한 사랑이 깊을수록 윤리와 욕망은 구분되지 않는다. 고진이 말하는 타자를 향한 윤리, 즉 타자를 수단으로서뿐만 아니라 목적으로 대하라는 명제는 가늠할 수 없는 타자와 주체 사이에 놓여 있는 끔찍한 거리 자체를 사랑하라는 전언으로 들린다.

한겨레신문 2005년 5월 31일자에 실린 가라타니 고진과 황종연의 인터뷰에서 고진은 이 '타자를 향한 윤리'를 사회학적으로 확장시켜 '코즈모폴리터니즘'이라는 용어로 설명한다. "코즈모폴리터니즘은 자기가 처한 위치를 뛰어넘어 생각하는 것이다"라고. 그것은 곧 민족국가라

는 공간에 귀속되는 공공성(민족주의)이 아니라, 근대라는 시간에 귀속
되는 공공성(자본주의)이 아니라, '탈장소적'인 공공성, 즉 스스로 타
자가 '되어' 자신의 자리를 응시하는 유체이탈적 사유/실천으로 가능
해질 것이다. 그것은 주체의 윤리를 넘어 관계의 윤리이며, 경계(민족/
국가/국어/계급/성별)의 사유를 넘는 '사이'의 실천일 것이다.

3. 비평가의 우울, 그 진원지를 찾아서

『일본근대문학의 기원』의 국경을 뛰어넘은 지적 영향력 못지않게
『탐구』 또한 90년대 일본 최고의 책으로 선정될 만큼 변함없는 평단/대
중의 지지를 받았다. 이렇게 일세를 풍미하던 세계적 평론가가 이제 근
대문학은 끝나버렸다고, 그것은 '수사'가 아니며 '끝은 단적으로 끝일
뿐'이라고, 자신은 문학의 자장에서 떠나버린 지 오래라고 말한다. 철학
자로서의 그의 지적 여정은 지속되고 있지만 문학평론가로서의 그의 삶
은 끝난 것으로 공언함에, 망설임이 없다. 그런데 '근대문학의 종언론'
을 둘러싼 가라타니 고진 스스로의 심경 고백에는 일종의 심리적 균열
의 흔적들이 보인다. 그는 더이상 문학이 예전의 영향력을 가질 수 없게
된 현상을 바라보며 '덧없다'고도 하고 '충격을 받았다'고도 말하며,
반전집회도 데모도 없는 일본의 문화적 풍토에 절망한다. "일본에서는
지적, 윤리적인 요소가 죽어서 없어져버렸"으며, "분명히 말해 오늘날
의 일본에는 아무것도 없"다고, "그리고 회복의 여지도 없"(201~202쪽)
다고 단언한다. 근대문학의 '쇠퇴'가 아니라 '종언'을 선언하기까지의
가라타니 고진의 내면에는 일종의 거대한 우울의 기미가 잠복하고 있
다. 그의 우울을 가속화시킨 요인들은 입체적이겠지만 『근대문학의 종
언』에 나타난 파편적 징후들은 고진의 멘털리티를 투시할 수 있는 다양

한 암시들을 보여준다.

나는 지금까지 문학비평을 많이 써왔다. 그러나 『일본근대문학의 기원』을 예외로 친다면 외국어로 번역되어 있지 않다. 해외에서 나는 오로지 철학적인 저작을 통해서만 알려져 있을 뿐이다. (……) 사실 일본에서도 내 저작을 읽으면서도 내가 문예비평가라는 사실을 알지 못하는 사람들이 많아졌다. 바로 그런 것들이 '근대문학의 종언'의 증거라고 해도 좋다.(9쪽. 이하 강조는 인용자)

'근대문학의 종언'에서 나올 게 아무것도 없습니다. 끝은 단적으로 끝입니다. 글을 쓰는 이가 없어졌다기보다 독자가 없어진 것입니다. 물론 덧없다는 느낌이 들었습니다.(181쪽)

내가 근대문학의 종언을 정말 실감한 것은 한국에서 문학이 급격히 영향력을 잃어갔기 때문입니다. 그것은 충격이었습니다. 1990년대에 나는 한일작가회의에 참가하거나 한국의 문학자와 사귈 기회가 많았습니다. 그래서 일본은 이렇게 될지라도 한국만은 그렇게 되지 않을 것이라는 느낌이 들었던 것입니다. (……) 그후에 알게 된 사실은, 내가 1990년대에 만났던 한국의 문예비평가 모두가 문학에서 손을 뗐다는 것입니다. (……) 그들이 생각하고 있던 '문학'이 끝나버렸던 것입니다. 나는 한국에서 그와 같은 사태가 이렇게 빨리 진전되리라고는 생각하지 못했습니다. 그래서 마침내 문학의 종언은 사실이라고 생각하게 된 것입니다. (48~50쪽)

근대문학이 끝났다는 것, 종래의 지식인 문화가 끝났다는 것은 어디서든 보이는 현상입니다. 유럽에서는 애니메이션과 만화가 유행하고 있습니다. 이미 근대문학은 거의 읽히고 있지 않습니다. 예를 들어 이탈리아에서는 처음 읽는 소설이 요시모토 바나나라고 말하는 사람들이 적지 않습니다. 그런 경향은 세계적이라고 생각합니다. 여하튼 『해리포터』와 같은 것이 세계적으로 읽히고 있습니다.

그러나 나는 한국만은 다르다고 생각하고 있었습니다.(200쪽)

인용문의 강조된 부분을 중심으로 이 세계적 비평가의 우울의 진원지를 재구성해보면 어떨까. 가라타니 고진이라는 비평가를 축으로 했을 때 그의 우울을 발생시키는 정서적 회로는 이렇게 정리된다. ①그는 비평가로서 활동을 시작했고, 그렇게 자신의 저술의 영역을 넓혀왔지만, '이제' 그는 오로지 철학적인 저작으로만 알려져 있다. 그가 문예비평가라는 사실을 알지 못하는 사람이 '예전보다' 많아졌다. 바로 그것이 '근대문학의 종언의 증거'라고 해도 좋다는 것. 한편, '근대문학'을 주어로 했을 때의 '종언'의 논리적 회로는 이렇게 재구성된다. ②근대문학은 세계적으로 거의 읽히고 있지 않다=요시모토 바나나의 작품이나 『해리포터』 시리즈 같은 것들이 세계적으로 읽히고 있다. 작품뿐 아니다. 비평 또한 마찬가지다. 일본과는 다를 것이라 믿었던 한국에서조차 이제 문학은 독자를 잃었으며, 그가 아는 90년대의 비평가들 모두가 문학에서 손을 뗐다. 이것이야말로 근대문학의 종언에 더더욱 확실한 종지부를 찍는 징후들이라는 것.

그러나 이러한 사례들이 근대문학의 종언 자체의 증거라고 볼 수 있을까. 그리고 그 사례를 세계사적 보편성으로 일반화할 수 있을까. ①과 ②를 통해 발견할 수 있는 고진의 멘털리티는 무엇일까. 그는 '관중=독자'가 없이는 텍스트(여기에는 가라타니 고진이라는 존재 자체도 포함된다)가 성립될 수 없다는 전제 위에 서 있는 것은 아닌가. 그것도 아주 많은 관중이 그에게는 필요한 것 같다. 그의 비관적 전망이 이해는 되지만, 이것은 '근대문학 이후'의 문학작품 전반의 가능성에 대한 총체적 부정 또한 전제하고 있는 것이기에 전적으로 동의하기는 어렵다. '쇠퇴'와 '종언'의 차이는 크며 종언을 '예감'하는 것과 '선언'하는 것의 차이는 더 크다. 그것은 남아 있는 근대문학의 가능성마저도 부정하는 일이기 때문이다. 그는 '사라진 대규모의 독자'들을 강조하기 위해 여전히 존재하는 '소수의 독자'의 존재를 배제했다. 게다가 그의 독자는 결코 적지 않다. 문학비평으로 그토록 많은 독자와 만난 비평가는 찾아보기 힘들다. 그리고 여전히 그의 독자들의 상당수는 문학작품의 독자들이다. 자본의 논리를 일관되게 비판해오던 그가 정작 근대문학의 종언론에 이르러서는 문학작품의 자본재로서의 소비 논리에 귀속된 측면도 있다. 널리 읽히지 않기에, 많이 팔리지 않기에, 영향력을 다했고, 가치가 소멸된다는 것. 그것은 신자유주의의 논리와 뜻하지 않게 맞닿아 있다.

그러나 문제는 여기서 그치지 않는다. 그는 이야기를 계속한다. "우리는 현재 세 가지 해결해야 할 과제에 직면해 있다. 전쟁, 환경문제, 세계적인 경제적 격차. 이것들은 자연과 인간, 인간과 인간의 역사적 관계를 집약하는 사항들이다. 게다가 이것들은 시급한 과제들이다. 이전의 문학은 이런 과제들을 상상력으로 떠맡았다. 그러나 오늘날의 문학이 이것을 떠맡지 않는다고 해도, 나는 불만을 드러낼 생각은 없다. 그러나 나 자신은 그것을 떠맡고 싶다. 그것이 문학적이든 비문학적이든 아무런 상관이 없다."(10쪽) 문학이 전쟁, 환경문제, 세계적인 경제적 격차라는 세 가지 인류사적 테마를 책임지지 않고 있다는 그의 현실 인식 자체가 관건인 것이다. 그런데 과연 정말 그런가. 전장의 폭력, 환경오염, 세계적 빈부 격차의 문제를 문학이 눈감고 있는가. 서울국제문학포럼에 모인 그 수많은 작가들의 집단적 매니페스토는 문학이 여전히 그러한 과제를 떠맡지 않을 수 없음을 보여주는, '문학의 시대'였던 예전보다 장대한 스펙터클은 아니지만, 그 자체로 소중한 풍경이 아니었던가. 전쟁, 환경, 계급의 문제와 치열하게 싸우는 문학작품의 사례를 굳이 들어야 할까. 단지 '그러한' 문학들이 '잘 팔리지 않'는다는 것이, 예전처럼 확연히 눈에 띄지 않는다는 것이, 문화적 영향력을 장악하지 못한다는 것이 고진에게는 문제가 아니었을까. 그러나 더욱 치명적인 것은 근대문학이 끝난 폐허 위에 무언가 새로운 것이 자라날 가능성 자체를 그가 부정하는 것으로 보인다는 점이다.

내가 '기원'을 쓰게 된 것은 바로 그것이 끝나가고 있었기 때문이었습니다. 근대문학의 특수성이 '내면성'이고, 그것이 어떤 전도에서 생겨났다는 것을 이해할 수 있었던 것은 그 시기 그와 같은 내면성을 부정하는 작품이 나왔기 때문입니다. 다만 그때는 근대문학이 끝나면 그로부터 뭔가 새로운 것이 생겨날 가능성이 있다고 생각했습니다. 내가 생각하고 있던 것은 넓은 의미에서 근대이지만, 협의의 근대적 내면성을 물리치는 형태, 예를 들어 르네상스적인 것의 회복이 가능할지도 모른다는 것이었습니다. 나는 그와 같은 가능성을 소세키에서 찾아내고 있었습니다. 『일본근대문학의 기원』이라는 책은 일종의 소세키론으로서 씌어진 것입니다. 그러나 최근은 이미 그런 것을 생각할 수 없게 되어버렸습니다. '근대문학의 종언'에서 나올 게 아무것도 없습니다. 끝은 단적으로 끝입니다. 글을 쓰는 이가 없어졌다기보다 독자가 없어진 것입니다. 물론 덧없다는 느낌이 들었습니다.(181쪽)

그는 좁은 의미의 근대적 내면성을 극복할 수 있는 문학적 형태, 즉 일종의 르네상스적 총체성의 회복이 가능할지도 모른다는 희망을 가졌지만 '이제는' 그것이 불가능하다고 결론 내린다. 폐허 자체는, 종언 자체는 나쁘지 않다. 폐허나 종언 자체보다 나쁜 것은, 폐허 위에서 아무것도 배우지 못하는, 폐허의 토양 위에서 아무것도 배양시키지 못하는 사유의 불모성이다. '근대문학의 종언' 선언보다 절망적인 것은, 그가 근대문학의 종언이 낳은 사유의 폐허 위에서 아무것도 발견하지 않는다는 것이다. 즉 근대문학의 종언 자체가 새로운 담론의 공간을 형성한다든지, 새로운 차원의 작품을 생산할 수 있는 가능성이 없다고 믿는 것이다. 그는 '독자가 없어졌다' 는 것을 근대문학의 종언론의 결정적 근거로 삼고 있을 뿐 아니라 "끝은 단적으로 끝"이라는 인식으로 인해 더더욱 '덧없다는 느낌' 을 가지게 되었다고 고백한다. 고진의 멜랑콜리에 전적으로 동감할 수도 없는 동시에 그의 멜랑콜리를 완전히 부정할 수도 없다는 점에 근대문학의 우울이 자리잡고 있는지도 모른다. 한국문학의 '우울한' 성적표 속에서도 여전히 빛나는 작품들을 향해 기를 쓰고 비평의 닻을 내리는 것이 비평가의 마지막 보루인지도 모른다.

분명한 것은 그의 '근대문학의 종언' 이 황종연을 비롯한 많은 비평가, 그리고 문학의 울타리를 서성이는 이들에게 강력한 존재론적 충격을 가했다는 것일 터이다. 문학 '바깥' 에서 보자면 종언 이후의 한국문단의 반응은 집단적 히스테리 증상으로 보일 수도 있다. 그러나 그 총체적 혼돈 속에 강력한 자기반성의 에너지가 꿈틀거리고 있다는 것 또한 소중한 문학사적 진실이다. 고진의 종언 선언은 '유령' 으로 치부하기엔 손에 잡힐 듯 생생한 고통이며, '완전한 사실' 로 치부하기엔 논리적/상황적 허점이 많다. 고진의 선언 밑바닥에는 지식 전반, 지식인으로 살아야 한다는 상황 자체에서 오는 절망 또한 만져진다.

4. 문학의 어스름, 철학의 여명? ― 우리에게 베이스캠프는 필요한가

고진의 문학적 여정은 끝난 것'처럼' 보이지만, 문학을 떠나 철학으로 존재를 이전한 그의 여정은 여전히 지속된다. 고진은 『트랜스크리틱』을 비롯한 최근의 저서들을 통해 자신의 이론적 대안을 끊임없이 갱신하고 있다. 그는 마르크스주의의 현실적 실패를 극복하는 길은 '생산'에서 발생하는 잉여가치를 삭제하는 것이 아니라 '유통'에서 발생하는 잉여가치의 이동회로를 차단하는 것이라고 주장한다. 자본의 무한증식운동에 정지를 명하는 운동은 단순히 생산자로서의 노동자가 아닌 소비자로서의 노동자를 적극적으로 조직화하는 것에 있음을 주장한다. NAM은 노동자가 자신의 노동력을 팔지 않고도 생산과 유통이 가능한 장을 창안하려는 운동이다. 생산을 넘어 유통과정에 대한 저항으로 요약되는 NAM의 실패에 대해서는 그 자신도 비판하고 있지만 그는 NAM의 이념 자체를 폐기한다기보다는 그것을 발전적으로 재구축하는 방향으로 나아가고 있다. 그가 말하는 '희망의 원리로서의 코뮤니즘'은 칸트와 마르크스를 비변증법으로 매개하면서 칸트로부터 마르크스를 읽어내고 마르크스로부터 칸트를 읽어내는 이론적 전회(轉回) 속에서 자본에 대한 윤리적 저항을 이끌어내는 것이다. 그의 이론적 실천에 대해서는 다각적인 분석과 비판이 필요하겠지만, 여기서는 그가 '대중의 욕망'을 바라보는 시선만을 간략히 점검해볼 것이다.

그는 자신의 저술에서 일관되게 타자와의 윤리적 관계 맺음을 이야기했지만, 정작 그가 NAM을 이끄는 이론가로서 '타자로서의 노동자'를 이야기할 때는 이 논리가 일관되게 관철되는 것 같지 않다. 그는 상품에 대한 노동자=소비자의 욕망 자체는 절실하게 문제삼고 있지 않는 것으로 보이는 것이다. 타자와의 관계 맺음은 타자의 '욕망', 그 욕망의 구체성을 담담히 들여다보는 일로 시작되는 것 아닐까. NAM을 통해 구체화되는 자본재 상품에 대한 불매운동은 소비자=노동자가 기존의 상품 사용에 대한 욕망을 억제해야만 가능해진다. 즉 일종의 집단적인 금욕의 실천을 전제로 하는 것이다. 노동자=소비자들이 기존에

먹고 입고 즐기던 모든 소비재들로부터 쉽게 단절될 수 있는가. 그들의 일상적 '취향'을 완전히 포기할 수 있을까. 그리고 포기하는 것이 무매개적으로 정당화될 수 있는가. 쿠바와 같은 사회주의국가에서도 치명적인 사회문제가 되고 있는 이중화폐시장과 선진국의 화려한 상품의 '유혹'은 쿠바의 경제와 사회구조를 위협하고 있지 않은가. 그는 '소비자로서의 노동자'를 이야기하면서 정작 노동자들이 무엇을 욕망하는지, 무엇에 유혹되는지, 어떤 상품에 왜 길들여져 있는지는 철저하게 분석하고 있지 않다. 즉 타자의 욕망 자체와 정면으로 마주치지 않는 한 타자와의 소통은 불가능하다.

노동자들이 모든 자본제 생산재로부터 단절되는 일상이 가능한가. 아니, 이 모든 상품과의 일상적 연관성과, 상품에 대한 욕망의 향유를 삭제하는 것이 정당한가. 그는 경제와 윤리를 접속시킴으로써 자신의 이론을 전개하지만, 그것은 대중의 욕망을 단조로운 변수로 사유하거나 대중의 욕망을 추상화시킴으로써만 가능한 것은 아닌가. 그것은 윤리나 경제의 문제를 넘어 쉽게 끊어낼 수 없는 일상적 아비투스, 집단적 습속의 문제이며 더 나아가 개인적 자유나 인권의 문제와도 결부된다. 그는 타자를 향한 윤리를 주장하면서 정작 타자의 일상, 타자의 욕망 자체를 타자화시키고 있는 것은 아닌가. 타자를 추상화하고 균질화시킴으로써 그의 어소시에이션 운동은 성립되는 것이 아닌가.

적어도 한국문학의 장 속에서 가라타니 고진이라는 존재는 독립된 실체로 존재할 수 없다. 그가 문학을 바라보지 않는다고 해서 문학 또한 그를 외면할 수 있는 것은 아니다. 그가 문학을 외면할 때, 문학은 오히려 더더욱 투명하게 그를 응시하고 있다. 하여 그의 존재론적 전이는 또다른 문제를 야기한다. 바로 비평가의 욕망은, 비평가의 윤리는 어떻게 정초되어야 하는가의 문제이다. 아주 거칠게 단순화시키자면, 현재 한국에서 21세기형 비평가의 '이상적'(?) 모델은 가라타니 고진형과 슬라보예 지젝형으로 이분화된 것은 아닌가 한다.[3] 문학의 영토로 시작되어 철학의 고원으로 옮아간 가라타니 고진, 그리고 철학과 정신분석학의 지층에서 시작하여 영화를 비롯한 전방위적인 문화비평으로 나아간 슬라보예 지젝. 평론가들은 이들의 텍스트를 수많은 '각주'로 소비하지만, 비평가라는 존재의 윤리적 차원에서 두 사람은 더더욱 복잡한 화두들을 던지고 있다.

한국의 비평가들은, 아니 근대문학의 지반을 여전히 떠나지 못한/않은 모든 비평가들은 이제 어떻게 자신의 글쓰기를 지속할 것인가. 지젝처럼 문학 자체를 탈영토화시키며 문화비평으로 나아갈 것인가, 아니면 고진처럼 문학의 영토 자체를 완전히 벗어나 철학으로 이전할 것인가. 하지만 두 사람 모두 문학비평 '자체'의 완벽한 모방의 대상이 되기는 어려울 것이다. 문제는 그들의 비평적 여정 속에서 우리가 무엇을 배울 수 있는가 하는 점이다. 고진처럼 작품과의 연루를 완전히 단절한 채로 문학을 벗어나 완전히 다른 담론의 영토로 진입해야 하는가. 아니면 작품을 배제하지 않되 작품을 '포월(包越)'하는 방식으로, 작가론이나 작품론의 형식을 취하지 않고도, 비평을 시도할 수 있지 않을까. 해당 계절에 나온 문학작품을 모두 읽고도 아무런 인식론적 충격을 받을 수 없다면, 차라리 비평은 '이러저러한 작품이 나오기를 절실히 갈구한다'는 내용만으로도, 작품에 대한 '메타적' 지위를 벗어나서도, 비평 그 자체로 자기 충족적인 글쓰기를 할 수 있지 않을까. 때로는 작품 또는 작가와 냉정하게 결별하면서도, 작품과 작가를 전제로 하지 않고도

---

3) 문학만을 비평의 대상으로 삼는 순수한 전문적 비평가의 모델은 과거의 한국문학을 풍요롭게 했지만, 현재는 현실적으로 불가능해져버린 상황이다. 순수한 전문적 비평의 모델은 문학 '연구'의 차원에 오히려 더 가까워져 있다. 이 문제는 비평가의 '생활(경제적 토대)'의 문제와도 떨어뜨려 생각할 수 없으므로, 문제의 층위가 무척 복잡하게 얽혀 있다. 이에 대해서는 별도의 텍스트를 필요로 할 것이다.

'문학' 그 자체에 대한 창조적 담론을 만들 수는 없을까. 작품에 대한 촌철살인의 비판보다는, '작가여, 이렇게는 쓰지 마라'라는 명령형(금지형) 비평보다는, 때로는 머나먼 과거의 텍스트로부터, 때로는 아직 오지 않은 미래의 텍스트로부터, '동시대의 작품 없는 비평'조차 불사해야 하는 것은 아닐까. 실체로서의 작가와 독자가 현실적으로 보이지 않는 상황 속에서도, 미래의 독자를 기약 없이 기다리고, 미래의 작가를 조건 없이 기다리는 비평으로 비평의 우울을 견뎌야 하지 않을까.

이제 문학이야말로, 고진이 근대문학의 종언을 만천하에 선포해버렸기에 더더욱, 고진'마저' 떠나버린 문학은, 이제야말로 오롯이 진정한 '타자'가 되었는지도 모른다. 문학이라는 타자를 향한 윤리=욕망을 치열하게 고민해야 하는 시간이 단지 짐작보다 더 빨리 온 것일 뿐인지도 모른다. 문학이 영구혁명중인 사회 안의 주체성이라는 '주체(혁명의 뇌관)'로서의 자리가 아니라 누구도 돌아보지 않는 시궁창에 처박혀 있을 때조차도, 우리는 문학을 살아갈 수 있는가. 문학과 주체 사이에 놓인 심연을 정면으로 응시할 수 있는가. 문학이라는 타자와 나라는 주체 사이의 거리를, 혹은 나라는 타자와 문학이라는 또다른 타자 사이의 가늠할 수 없는 거리를 견딜 수 있는가.

베이스캠프, 그것이 문제였다. 문학을 둘러싼 제도와 시장과 독자, 즉 문학이라 불리는 견고한 베이스캠프가 없이도 우리는 문학을 향유하고 문학을 사랑할 수 있을까. 그런 의미에서 나에게는 여전히 바르트의 사랑에 대한 단상이야말로 타자를 향한 진정한 윤리=욕망의 소중한 아포리즘으로 다가온다. "약간의 센티멘털리티. 그것이 궁극적 위반이 아닐까? 위반 자체에 대한 위반. 결국 그것은 사랑일 것이기 때문이다. 사랑은 되돌아온다. 그러나 다른 장소로 돌아온다."(『롤랑 바르트가 쓴 롤랑 바르트』 중에서) 내가 문학을 시작했을 때는 문학이라는 베이스캠프 자체가 흔들리고 있었다. 그러나 어쩌면 '사양산업'에 뛰어든 '우리들'에게 처음부터 베이스캠프는 중요치 않았을지도 모른다. 문학을 사랑하기 시작했던 그 순간, 우리가 바라본 것은 베이스캠프의 튼실함이 아니라, 멀리서 보이는 문학의 봉우리 그 이상도 이하도 아니었기 때문이다. 어쩌면 베이스캠프의 존재 자체가 나에게 안주의 욕망을 불러일으키는 강력한 유혹이었을 것이다. 돌아갈 곳이 없을 때, 방황은 더 철저할 수 있다.

소설, 내 슬픔의 DMZ

0. 프롤로그

소설이란 과연 무엇인가, 이 해묵은 질문은 이상하게도 매번 새롭다. 언제까지나 그 질문에 대한 명쾌한 결론을 내리지 못할 것만 같은, 막연한 예감 때문일 것이다. 그 '정의내릴 수 없음'이 나로 하여금 끊임없이 이 소설에서 저 소설로 여행하게 만드는 에너지 중 하나다. 브레히트는 베를린을 일컬어 "살기도 힘들지만 떠나기도 힘든 곳"이라고 했다. 내게 소설 또한 그런 존재다. 소설은 내게 '알다/모르다'를 구별할 수 있는 인식의 대상이라기보다는, 내 존재가 불안한 뿌리를 내린, 오래된 도시를 닮았다. 완전히 머무를 수도, 미련 없이 떠날 수도 없는 위태로운 안식처. 내게 소설은 단단한 벽돌집이 아니라 낡은 캠핑카를 닮은 존재다. 존재가 머무는 집이되 확고한 안정을 주지 않고, 끊임없이 움직이되 언제든 어디서든 쉬어갈 수 있는 공간. 그곳이 내게는 소설이라 불리는 존재의 집이다.

1. 실패한 통과제의의 시뮬레이션

소설 속에서는 수많은 사건들이 쉬지 않고 일어난다. 그런데 왜 나에게는 아무런 사건도 일어나지 않는 것일까. 사춘기 시절 누군가 나에게 '소설이란 무엇인가'를 물어봤다면, 아마도 이렇게 대답했을 것이다. 소설이란, 내게는 좀처럼 일어나지 않는 격렬한 사건들이 굽이치는 총천연색 모자이크라고. 그것이 내가 소설을 읽는 이유라고. 물론 내게도 많은 일들이 일어났지만, 소설에 등장하는 사건에 비하면 심드렁하고 밋밋하기 그지없었다. 사춘기 시절 나를 매혹시켰던 소설들, 예를 들면 김승옥이나 오정희의 작품들은 '아무 일도 일어나지 않는(것처럼 보이는) 내 삶'이 수놓인 무채색의 캔버스를 다채로운 매혹과 공포의 빛깔로 물들이곤 했다. 말하자면, 나에게 소설은 내 삶의 결여와 남루를 확인하는 공간이었다. 당시 내 머릿속에는 이런 도식이 자리했던 것 같다. 권태로운 삶 vs 역동적인 소설. 혹은 삶의 결핍 vs 소설의 풍요.

나아가 일상 속에서는 좀처럼 경험할 수 없는 격렬한 통과제의의 공간, 그것이 내게는 소설이었다. 전통적 통과제의에서 반드시 등장하는 동굴이나 미로, 터널 같은 텅 빈 재생의 공간, 그것이 내게는 '소설 읽기'로 대체되었다. 소설을 통해 나는 '지금-여기'의 내가 도저히 넘을 수 없는 문턱을 고통스럽게 마주하곤 했다. '사건의 무풍지대'였던 내 삶이라는 무대의 공허를 다채로운 사건과 인물로 채워준 것이 바로 소설들이었다. 내가 연출하는 소박한 통과제의의 모노드라마를 구상할 수 있는 아이디어와 무대장치를 나는 다양한 소설로부터 빌려왔던 것 같다. 때로는 소설이 나의 무의식에 심어주는 판타지가 너무 강력한 나머지, 가족이나 친구보다도 소설 속의 인물들이 '나를 더더욱 나답게' 만들어주는 듯한 행복한 착시에 빠지곤 했다. 통과의례에 필요한 절차는 물론 제사장이나 샤먼도 없는 상태에서 치러진, 내면의 통과의례.

그 속에서 나는 내 나름의 제의적 공간을 조성하여 소설 속 인물들에게 자문을 구하곤 했다. 이러저러한 상황에서 『난장이가 쏘아올린 작은 공』의 영희라면, 「무진기행」의 희중이라면, 「비오는 날」의 원구라면, 어떻게 했을까…… 그렇게 나는 빈약한 내 경험의 카탈로그를 소설을 통해 조금씩 채워나갔다.

소설의 액자를 찢고 걸어나오는 인물들과 어두운 밤길을 걸으며 두려움을 잊었고, 누구에게도 의지하지 않으리라는 치기 어린 자존이 무너질 때마다 소설 속 인물들이 만들어주는 따스한 방공호에 숨어들며 놀란 가슴을 쓸어내리곤 했다. 누구나 한마디씩 거들지만 끝내 '중요한 장면'은 친절히 설명해주지 않는, 삶의 결정적인 관문들, 즉 사랑과 성(性)과 죽음과 이별을 그들을 통해 배웠다. 어느 순간 나에게도 이 천변만화한 '사건들'이 일어나겠구나 하는 불길한, 그러나 너무도 당연한 예감도 그들과 함께 나눴다. 그렇게 소설은 그 사전적/이론적 '정의'보다는 내 삶의 과정 속에서 그 '용법'을 통해 만들어진 이미지의 복합체로 자라나기 시작했다.

어른이 되자 나에게도 자연스럽게 '소설 같은' 사건들이 빈발하기 시작했고, 막상 삶이 소설처럼 격렬하게 비탈지기 시작하자, 그토록 열심히 반복했던 '삶의 리허설'로서의 소설 읽기의 체험도 소용이 없었다. 사랑, 결별, 죽음, 고립, 가난 등등 삶의 결정적인 재난 앞에서는 도무지 '소설의 예방주사'가 듣지 않았다. 그토록 열심히 정비했던 고통의 면역시스템은 모든 고통의 장벽 앞에서 힘 한번 못 쓰고 무너져버리곤 했다. 그제야 깨달았던 것 같다. 시뮬레이션과 현실 사이에 가로놓인 간극은 결코 상상력으로 극복할 수 없음을, 아무리 맨살로 부대껴도 쉽사리 길들여지지 않는 고통의 모자이크가 삶이라는 것을. 실제의 고통은 매번 새로웠고 나는 새로운 고통이 엄습해올 때마다 어김없이 길을 잃었다. 소설은 고통을 완화시키는 진통제도, 고통에 대한 면역시스템을 강화하는 예방주사도 아니었다. 나 자신도 의식하지 못하는 사이에 소설이 내게 가르쳐준 것은, 차라리 고통을 고통 그 자체로 바라보게 하는 정직함이었던 것 같다. 나 자신의 슬픔을 견디기 위한 것이 아니라 타인의 슬픔을 옹알이하듯 더듬더듬 배우게 만들었던 골방의 체험들. 나도 모르는 내 슬픔을 이해하기 위해 타인의 아픔을 엿보는 수줍은 관음증. 그것이 내게 소설이었다.

2.『잃어버린 시간을 찾아서』ver 2.0

그리하여 어쩌면 모든 소설은『잃어버린 시간을 찾아서』의 속편이거나 다른 시점이나 다른 시공간에서 생산된 '버전(version) 2.0'들이었다. 내 눈에 비친 모든 소설은 잃어버린 시간들의 아우성으로 시끌벅적했고 잃어버린 시간들의 살풀이로 질펀했다. 사소한 에피소드 하나하나, 생에 단 한 번뿐인 촉감과 냄새를 기어이 복원시키고야 마는 소설들. 가장 아름답고 절박했던 순간들, 가장 간절했던 사랑과 이별의 시간, 다시는 돌아가고 싶지 않은 고통의 현장들을 끝끝내 리와인드하게 만드는 소설들. 소설을 통해 비치는 '그들의 잃어버린 시간'을 통해 독자는 '스스로의 잃어버린 시간'과 조우하곤 한다.

잃어버린 시간을 찾는 것은 그 결과보다는 과정이 중요하다. 배수아는 한 인터뷰에서 자신의 독자를 스스로 선택하고 싶다고 말한 적이 있다. 그래서 그녀는 일부러 '가독성이 떨어지는' 작품들을 책의 앞쪽에 배치해놓는다고 한다. 그렇게 독자의 이해와 공감을 구걸하지 않는 작가의 오만함이야말로 소설의 미덕일지도 모른다. 잃어버린 시간을 찾는 과정 곳곳에 놓인 부비트랩이야말로, 힘든 산행을 통해서만 얻을 수 있는 등산의 카타르시스처럼 강렬한 독서체험의 촉매이기 때문이다.

매끄럽고 쉽고 빠르게 읽히는 가독성이라는 함정. 가독성을 얻기 위해 때로는 작가와 독자 모두 아주 중요한 것을 포기해야 한다. 가독성은 소통할 수 없는 부분은 내버려두고 소통할 수 있는 부분만 이야기하고 읽자는, 달콤한 '이지고잉(easygoing)'의 유혹이 되기 쉽기 때문이다. 소설은 삶의 치명적인 기억은 쉽게 소통될 수 없다는 전제 위에 발 딛고 있는 존재가 아닐까. '나를 나이게 하는 기억'은 대부분 쉬 소통할 수 없는 과거의 단편들로 채워져 있다. 삶에서 진정 소중한 비밀들은 원활하게 소통될 수 없기에, 인간은 '소설'이라는 내밀한 소통의 형식을 창안했을지도 모른다. 가독성을 위해 '소통할 수 없는 것'을 배제한다면, '소통할 수 없지만 우리를 우리 자신이게 하는 어떤 부분'을 짓밟은 채, 혹은 방기한 채, 다음 문장으로 나아가는 것이 아닐까.

김연수의 「다시 한 달을 가서 설산을 넘으면」에는 이렇듯 소통의 불가능성 자체에 존재를 거는 인간의 몸부림이 담겨 있다. 그가 잃어버린 시간은 여자친구가 자신에게 아무런 흔적도 남기지 않은 채 자살한 그 순간이며, 그 시간은 영원히 휘발되어버린 기억의 늪이다. 단 두 줄의 유서만 남겨놓은 채 그녀는 세상을 떠났다. "부모님, 그리고 학우 여러분! 용기가 없는 저를 용서해주십시오. 야만의 시대에 더이상 회색인이나 방관자로 살아갈 수는 없었습니다. 후회는 없어."[1] 그토록 사랑했던 기억은 이 간결한 문장의 무미건조함 속에서 공중분해된다. 그는 여자친구가 투신하기 전에 밑줄을 쳐놓은 『왕오천축국전』의 번역자에게, 자신과 그녀의 이야기를 담은 소설을 보낸다. 이 소설은 등단이나 판매를 목적으로 한 것이 아니라, 이해할 수 없는 그녀의 죽음을 처음부터 되짚어가기 위한 그의 몸부림이다. 이해하지 못할 말만 남기고 떠나간

---

1) 김연수, 「다시 한 달을 가서 설산을 넘으면」, 『나는 유령작가입니다』, 창비, 2005, 122쪽. 이하 이 소설에서 인용할 경우 본문에 쪽수만 표시한다.

여자친구의 죽음을, 그들의 보상받지 못한 사랑을 이해하기 위해 모든 일상을 저당잡힌 채 '소설'에 매달리는 그의 행위야말로 '잃어버린 시간을 찾아서' 떠나는 여행이다.

당사자들도 확실히 이해하지 못한 사랑의 실감을, 엉뚱하게도 그가 쓴 소설의 독자인 『왕오천축국전』의 번역자가 읽어낸다. 유서 어디에도 그에 대한 이야기가 없다는 것이야말로 그녀가 그를 너무 많이 사랑한 증거라는 것이다. "죽는 순간까지도 당신에게는 용서해달라는 말을 하지 않았잖아요. 당신과는 용서를 구할 일이 없을 만큼 사랑했으니까."(132쪽) 자전소설의 작가 스스로도 이해하지 못하는 자신의 사랑을, 일면식도 없는 '독자'가 너무도 정확하게 짚어낸다. 독자의 이해와 공감을 기대하지 않고 써내려간 작가의 무심한 독백이 그에 대해 전혀 아는 것이 없는 독자에게 뭉클한 공명을 자아낸다.

그의 소설의 유일한 독자였던 그녀는 묻는다. "왜 그 소설을 나한테 보냈니?" 그는 아무에게도 토해낼 수 없었던 슬픔을 게워내듯 이렇게 말한다. "교수님은 혜초를 다 이해하시잖아요. 어머니를 아내로 삼는 나라에 대해서도 다 이해하시잖아요. 혹시라도 이해하지 못할까봐 주석을 다 달아놓으시잖아요. 저는 제 여자친구가 왜 자살했는지도 이해하지 못하거든요. 그걸 이해하려고 소설까지 썼는데도 아직도 이해하지 못하거든요. 제 여자친구가 마지막으로 읽은 책이 교수님이 펴낸 『왕오천축국전』이에요. 걔가 도대체 무슨 마음으로 죽기 전에 그런 책을 읽었는지 그것도 모르겠어요. 하지만 교수님은 다 아시잖아요. 고작 227행뿐인 두루마리를 가지고 한 권의 책을 쓰시잖아요."(135쪽) 그의 소설은 소통의 절망에서 시작되었지만, 그는 그녀를 통해 예상치 못한 소통의 기적을 경험한다. 소설이 말하지 못한 것, 작가가 의식하지 못한 작품의 숨겨진 메시지를 읽어내는 독자. 독자는 단순히 소설을 '읽는' 것이 아니라 작품이 미처 말하지 못한 욕망의 잉여를 '다시 쓰기'

하는 또다른 작가가 된다. 교수는 그녀(죽은 여자친구)가 '말한 것'이 아니라 그녀가 '말하지 않은 것'에서 치명적인 진실을 읽어낸다. 이것이 소설의 작가와 독자 사이에서 일어나는 해석학적 진실, 혹은 너무도 현실적인 기적이 아닐까.

3. 기록과 기억의 틈새, 히든 크레바스

기록과 기억 사이에는 메울 수 없는 간극이 존재하기 마련이다. 과거의 기억은 언제나 현재의 욕망을 조작했다는 혐의로부터 자유로울 수 없다. "글은 근본적으로 픽션이야. 설사 그것이 사실이라 할지라도 말이지."[2] 그러나 이러한 기억의 복원 불가능성이야말로 기억의 새로운 가능성일지도 모른다. 소설 속에서 기억의 복원 불가능성을 채우는 것은 정밀한 자료가 아니라 인간의 상상력이다. 「다시 한 달을 가서 설산을 넘으면」에서 '나(교수)'는 이렇게 말한다. "원문이 사라졌으므로 우리가 상상하는 모든 문장은 원문이 될 수 있었다." 죽은 여자친구의 유서, 그 문장과 문장 사이에 놓인 건널 수 없는 간극에 '그'는 절망한다. "부모님, 그리고 학우 여러분! 용기가 없는 저를 용서해주십시오. 야만의 시대에 더이상 회색인이나 방관자로 살아갈 수는 없었습니다. 후회는 없어." 이 유서의 문장과 문장 사이에, "없었습니다"라는 존칭과 "후회는 없어"라는 비칭 사이의 간극은 그를 오랫동안 괴롭힌다. 그 거대한 틈은 마치 빙하 속에 숨겨진 깊숙한 균열, 히든 크레바스처럼 그를 막연한 불안 속으로 밀어넣는다.

원래 번역과 주석의 전문가였던 그녀는 이제 '그'의 죽음을 이해하기

---

2) 배수아, 『홀』, 문학동네, 2006, 178쪽.

위해 '소설'을 쓴다. 그는 전문적인 주석가의 한계를 소설로 풀어낸다. "주석이란 선택할 수 있는 많은 해석 중에서 가장 많은 사람들이 합당하다고 생각하는 해석을 채택하는 일에 불과하다. 거기에는 그 어떤 진실도, 상상도, 이해도 없다."(151쪽) 어쩌면 '사실'보다 소중한 것은 '가능성'으로서의 기억, 주석의 객관성을 넘어서는, 잠재적 가능성의 기억일지도 모른다. 어디에도 남아 있지 않은 죽어간 자의 흔적을 "가장 많은 사람들이 할 수 있는 상상이 아니라 나만이 할 수 있는 상상의 힘으로"(150쪽) 채워나가는 것. 그것이 죽은 자와 살아남은 자 사이에 가로놓인 거대한 히든 크레바스를 건너는 또하나의 길일지도 모른다. 추상화, 개념화, 도구화된 언어만으로는 기억의 '가능성'을, 혹은 역사의 '잠재성'을 되살릴 수 없기에.

소설 속의 '그'는 낭가파르바트 원정 도중 실종되지만, 그는 "다시 한 달을 가서 설산을 넘으면"으로 끝나는 '불완전한' 수첩을 남겼지만, 그녀는 끝내 그를 이해하기 위해, 아니 그의 죽음의 과정을 다시 살아내기 위해 글을 쓴다. 그의 죽음을 다룬 기사는 이 사건을 단순사고로 기록하고 있지만, '그의 끝'을, 그의 삶과 죽음 사이에 가로놓인 거대한 틈을 끝내 자신의 문장으로, 아니 죽은 그와 살아 있는 내가 함께 만들어가는 문장으로 채워넣는 일. 그것이 너와 나 사이에 놓인 히든 크레바스를 넘는 길, 소설 쓰기와 소설 읽기의 과정 아닐까. 진정 치명적인 비밀은 문자로 기록되지 않는다. 사라진 사랑을 기억 속에서 죽이지 않는 유일한 방법은, 논리적 인과관계의 설정이나 기록의 보존이 아니라, 기록할 수 없는 생사의 문턱을 가로지르는 비밀의 언외언(言外言)을 읽어내는 마음의 눈임을, 이 소설은 힘겹게 보여준다. 소설가는 '소통 불가능성'이라는 거대한 암벽을 타며 손발로 끊임없이 소통의 언어를 더듬는 고독한 등반가다.

4. 슬픔의 DMZ & 기쁨의 DMZ

무엇보다도, 소설은 내 슬픔의 DMZ였다. 이 슬픔이 없으면, 그 어떤 행복도 희망도 무의미하다는 생각이 들 정도로, 이제는 몸에 새겨진 문신처럼 익숙해진 슬픔의 DMZ. 소설의 슬픔은 나의 슬픔과 화학반응을 일으켜 영혼의 흉터를 남긴다. 마치 처음부터 나의 상처였던 듯 자연스럽게. 견고한 재산이나 손에 잡히는 행복이 아니라 슬픔의 자양분이야말로 내가 나일 수 있는 이유였다. 소설의 상처와 나의 상처가 만나 빚어내는 제3의 슬픔은 마음속의 DMZ를 구축했고, 소설의 독자인 나는 그 슬픔의 무게 앞에서는 모든 악다구니가 무장해제되어버리곤 했다. 소설은 아무에게도 빼앗길 수 없는 내 고통의 비무장지대였다.

소설을 통해 독자는 아무리 멀어지려고 해도 차마 미학적 거리를 둘 수 없는, 치명적인 상처들과 조우한다. 소설과 독자 사이에 놓인 '거리'가 있기에 우리는 소설을 읽기의 '대상'으로 향유할 수 있지만, 읽는 과정 속에서만은, 그리고 그 소설이 독자의 마음속에서 뿌리를 내리는 한, 우리는 그 '거리'를 행복하게 지울 수 있다. 어린 시절 소설을 바라보는 기준은 오직 '감동'의 밀도였다. 그러나 시간이 지날수록 '좋은 소설'의 경계는 넓어지는 것 같다. 때로는 소설을 읽는 내 고정된 시선 자체를 바꿀 것을, 은밀하게 선동하는 소설들이 있다. 이런 다양한 소설들의 아우성으로 인해 내 슬픔의 DMZ는 자꾸만 넓어진다. 그에 따라 소설의 정의도 용법도, 우리가 소설이라 부를 수 있는 텍스트의 경계도 오히려 계속 확장되는 것 같다. 이것 또한 소설 읽기의 기쁨 중 하나일 것이다.

최근 소설 중에서는 윤대녕의 「탱자」, 이현수의 「추풍령」, 정이현의 「삼풍백화점」, 권여선의 「약콩이 끓는 동안」, 편혜영의 「사육장 쪽으로」, 정미경의 「내 아들의 연인」, 전성태의 「늑대」 등등이 '소설이란 무엇인가'의 경계 자체를 다시금 고민케 하는, 오랫동안 기억에 남을 소설들이었다. 윤대녕의 「탱자」는 소설 한 편만으로 타인의 인생을 한꺼번에 살아낸 듯한 처연한 랑데부를 느끼게 했다. 이현수의 「추풍령」을 통해서는 주인공의 어머니가 만든, 그녀의 고통스런 삶 전체가 녹아 있는 감자탕 국물이 내 메마른 식도를 타고 흘러 오장을 뜨겁게 데워주는 듯한, 생생한 직접성이 느껴졌다. 정이현의 「삼풍백화점」에서는, 삼풍백화점 붕괴 당시 폐허 속으로 사라져갔을 그녀가 작품의 액자를 찢고 살아나와 내게 말을 거는 듯한 고통스런 착시가 느껴졌다. 권여선의 작품은 한국소설에서는 드물었던 심리스릴러적 구성과 극한적 디테일의 묘사로 인간 무의식의 불수의근을 생생하게 담아냈다. 정미경의 소설은 부르주아의 세속적 내면을 투명한 언어로 담아낸, 그리하여 부르주아의 일상 자체를 '타자화'하지 않고 소설의 영토 내부에 진입시킨 흥미로운 소설이었다. 편혜영의 소설을 통해 시체의 생살이 내 살에 직접 닿는 듯한 섬뜩함, 우리가 발 딛고 서 있는 방이나 거리가 시체들의 무덤 위일지도 모른다는, 생생한 공포를 경험했다. 전성태의 「늑대」는 다중적 퍼스펙티브와 욕망의 야생성을 실험적 문체로 표현함으로써 '국경'과 '시점'의 경계를 동시에 넘어선 장쾌한 스케일을 보여주었다.

소설, 내 슬픔의 DMZ는 이렇게 조금씩 넓어져가고 있다. 그러나 소설 읽기의 체험이 만들어내는 이 슬픔의 DMZ는 곧 기쁨의 DMZ이기도 하다. 어떤 가공할 고통도 퇴색시키거나 휘발시킬 수 없는 기쁨의 DMZ. 웃음의 대상을 '배제'하는 것이 아닌 웃음의 대상까지도 따스하게 끌어안는 유머의 세계. 김중혁의 「유리방패」나 김애란의 「스카이 콩콩」, 박민규의 「야쿠르트 아줌마」 등등은 생의 비애를 긍정한 웃음의 넉넉한 품을 보여준 아름다운 소설들이었다.

다시, 0. 에필로그

오랫동안 정성들여 써온 비밀일기장을 누군가 샅샅이 뒤졌을 때의 당혹감과 수치심. 내 마음 깊숙이 들어온 소설들은 하나같이 그렇게 폭력적인 침입자의 얼굴을 하고 있었다. 그런 고통을 묵묵히 받아들이지 않고서는 소설 속의 진정한 '타자'와 만날 수 없었다. 타자는 이해나 분석의 대상이 아니라, 나 역시 또다른 타자가 됨으로써만 가까스로 만날 수 있는 존재였다. 내 존재에 상처를 냄으로써 그 상처의 틈새로 흘러드는 타자의 고통만이, 내가 교감할 수 있는 타자의 삶이었다. 소설이라는 어둠상자를 통과하면, 아무런 특별함도 없어 보이는 사물들이 전설과 신비로 가득 차오르곤 한다. 픽션은 내게 있어 사실을 배반하는 허구가 아니라 매일매일 경험하는 사실을 기적으로 만드는 마법이다. 소설은 작가의 상상력과 독자의 믿음이 연주하는, 매번 새로운 즉흥연주다. 책상에 갇힌 삶의 비좁음을 떨쳐내기 위해, 거리를 실내로, 실내를 거리로 만드는 유쾌한 산책자가 되기 위해, 우리는 오늘도 소설을 읽는다. 길을 찾기 위해서가 아니라 더욱 끈덕지게 방황하기 위해, 더 깊이 길을 잃기 위해, 익숙한 감성으로 세상의 중력에 길들여지지 않기 위해, 나는 오늘도 소설을 읽는다. 벤야민의 말처럼, 우리가 어디에 있는지 분명히 알게 되는 순간, 풍경은 단번에 사라지므로.

'국경' 의 다면체들: 『북간도』에서 『리나』까지
—한국소설의 국경은 어디까지 상상되었는가

1. 국경(國境) — 이미 무너져버린, 동시에 여전히 단단한

첨단의 '탈'국가주의 담론들 vs 여전히 단단한 일상의 '국경'들

  '민족'은 '상상의 공동체'에 불과하다는 앤더슨의 주장은 바야흐로 '지식'을 넘어 '상식'으로 정착하는 중이다. 민족주의를 비판하는 담론은 그 어느 때보다 문전성시를 이루고 있다. 그러나 '악당의 최후의 가면'이라 불리는 애국심의 아성을 뒤흔들 만한 '현실'의 사건들은 쉽게 찾아볼 수 없다. 9·11 테러가 훑고 간 폐허의 자리, 그라운드 제로(ground zero: 폭탄투하지점)는 어쩌면 다양한 탈국가주의 담론 자체의 그라운드 제로(원점)일지도 모른다. 사카이 나오키는 9·11 테러로 인해 '물 만난' 미국의 극우 민족주의를 바라보며 탄식한다. "그것은 지금까지 이십 년 이상 계속되어온 오리엔탈리즘 비판, 서양중심주의 비판, 소수자(minority)에 대한 차별 의식 비판, 그리고 유색인종에 대한 차별 비판 등, 매스컴을 통해 여러 차례 행해져온 비판들이 일주일 사

이에 단번에 원상태로 되돌아가고 말았다는 점입니다. (……) 즉 구식민지 종주국으로서의 죄책감을 떨쳐버리게 된 거죠."[1]

'사건' 한 방에, 그토록 힘겹게 진행되어온 '민족주의로부터의 탈주'는 원점으로 돌아간 것일까. 9·11 테러야말로 미국식 민족주의의 고상한 가면을 벗겨내는 투명한 폭로의 과정일 수 있다. 탈국가주의는 이제 만천하에 공개된, 자신의 진정한 적수를 만난 것이 아닐까. 이론의 차원에서는 한없이 세련화되고 있는 탈국가주의. 그러나 실감의 영역에서, 일상의 장에서, 국가주의를 넘어서는 일은 더더욱 불가능에 가까운 프로젝트로 감지되고 있다. 민족주의의 화려한 재림에 탄식하거나 그에 대한 상큼한 대안을 내놓는 것보다 중요한 것은, '이론의 그라운드 제로'로 돌아가 아주 원초적인 질문부터 다시 시작하는 일일지도 모른다. '경계를 훌쩍 뛰어넘자'는 캐치프레이즈의 반복보다 중요한 것은 '그럼에도 불구하고 이 경계가 얼마나 단단한지'를 실감하는 것, 이 무너지지 않는 돌다리를 맨손으로 가만히 두드려보는 일일지도 모른다. 이 글은 물론 '국경'을 둘러싼 수많은 문제를 해결할 수도, 『북간도』에서 『리나』에 이르는 국경 관련 소설들을 모두 들춰볼 수도 없지만, 그저 온몸으로 커다란 물음표를 그리는 일에 열중하고자 한다. 확고한 마침표들이 아닌 불안한 물음표들로 이루어질 이 글은 그리하여 누군가와 함께 고민하기 위한 작은 출발이 되고자 한다.

'비행기'의 정치학—비행기는 모든 갈등을 해결한다?

언제부터인가 텔레비전 드라마의 시작과 끝을 '비행기'가 장식하는

---

1) 임지현·사카이 나오키, 「집단적 규정성을 넘어서」, 『오만과 편견』, 휴머니스트, 2003, 33쪽.

경우가 많아졌다. 비행기를 통한 국경의 이동으로 갈등이 시작되고 종결된다. 비행기를 타고 누군가가 국경을 넘어오면서 갈등은 시작되고, 비행기를 타고 누군가가 국경을 넘어가면서 갈등은 해소된다. 그러나 누군가 국경을 가뿐히 넘어만 주면, 진정 갈등이 해결되는 것일까. 속도와 자본의 힘으로 국경을 넘어서는 체험은 더이상 특별하지 않지만, 정작 국경을 둘러싼 참혹한 역사적 기억, 예를 들어 이민 2세나 3세들의 문제는 깊이 있게 다루어지지 않는다. 또다른 문제는 비행기를 통해 타자가 국경을 넘어'가는' 과정을 통해 갈등이 무마되거나 지연된다는 것이다. 너무 깊이 상처받은 자, 존재 자체만으로도 너무 깊은 갈등을 불러일으키는 자를 머나먼 타자로 만들면서, 그들을 '우리'의 경계 밖으로 밀어내면서, 드라마는 종결되곤 한다. 여전히 타자를 국경 밖으로 추방함으로써 갈등을 봉합하려는 무의식이 작용하고 있는 것일까.

또하나의 물음표. 속도와 자본의 대중화를 통해 진정 '월경(越境)'의 편리함과 신속성도 대중화된 것일까. 그렇다면, 19세기 말의 조선인 이한복(『북간도』)의 월경 장면과 뉴 밀레니엄의 힙합소녀 리나(『리나』)의 월경 장면은 왜 이다지도 비슷한 걸까. 생존을 위해 국경을 넘고, 비행기는커녕 제대로 된 탈것과 먹을 것도 없이, 그들은 목숨을 걸고 국경을 넘는다. 국경을 넘어도 여전히 지속되는 처참한 가난과 노동. 지리적 국경의 체험뿐 아니라, 현대인의 '마음속의 국경'은 진화했을까. 우리는 외국인을 바라볼 때 뭔가 '내국인'과는 다른 잣대로 인상을 판가름하지 않는가. '나는 누구고, 그는 누군가'를 얼굴색으로 가르는 무의식은 여전히 유효하지 않은가. 기러기아빠에게 아메리칸 드림의 환상은 여전히 달콤한가. 가족과 친지의 무한한 기대를 한 몸에 안고 온 이주노동자에게 코리안 드림은 이제 무슨 빛깔로 채색되어 있는가.

'사랑'은 국경의 치부를 가릴 수 있을까

　국경을 둘러싼 문화적 차이는 로맨틱 코미디의 단골 소재다. 〈나의 그리스식 웨딩〉은 그리스인 순혈주의를 제창하는 고집불통 아버지를 둔 딸 툴라가 미국에서 멋진 백인 남자와 결혼에 골인하는 이야기다. 그리스 문화가 모든 문화의 기원이라 믿는 아버지의 문화민족주의가 갑갑한 만큼, 딸이 점점 자신의 외모를 아메리칸 스타일로 꾸며가는 모습도 석연치 않다. 그녀가 호감을 느낀 백인 남자는 툴라의 외모가 가장 미국적으로 변모했을 때에야 툴라의 매력을 감지한다. 평범하다 못해 음울한 인상으로 그려진 툴라의 메이크업과 패션이 '아메리칸 레이디'의 그것으로 변화되자, 그녀를 바라보는 남성들의 시선이 달라진다.
　그녀는 마치 '미개인'이나 '야만인'에 대해 말하듯 그리스식 라이프 스타일을 이야기하지만, 남자는 바로 그 그리스인들의 못 말리는 왁자지껄함에 매료된다. '서른 명이 넘는 잡식성의 대가족 vs 채식주의자 부모를 둔 세 명의 핵가족'으로 대변되는 이 극단적 문명의 충돌. 그들이 서로의 결여를 행복하게 어루만질 때 로맨틱 코미디의 사랑방정식은 여지없이 해법을 찾는다. 이태리 남자가 그리스 여성의 문화적 전통을 따르는 것으로 이들의 사랑은 해피엔딩을 향해 치닫는다. 그녀를 위해서라면 모든 것을 할 수 있다는 남자, 그는 툴라 아버지의 요구에 따라 그리스정교의 세례를 받는다. "난, 이제 그리스인이야." 그러나 "난 이제 그리스인이야"라고 말하는 '순수 미국인'을 미국인들은 어떻게 바라볼까. 이 남자가 이태리 출신이 아니었다면, 이러한 '정신적 귀화'가 웃음의 대상일 수 있었을까. 로맨틱 코미디 특유의 '말랑말랑한 장르적 특성'은 이 극단적 문화갈등을 교묘하게 피해간다. 이 영화가 '나의 쿠바식 웨딩'이나 '나의 이라크식 웨딩'이 되었다면, 하물며 '나의 북한식 웨딩'이 되었다면 미국 내 박스오피스 1위에 오를 수 있었을까,

아니 제작 자체가 가능했을까. 눈물겨운 사랑과 포복절도할 웃음은 국경의 치부를 가릴 수 있을까.

『나마스테』는 네팔 출신 이주노동자 카밀과 LA 흑인폭동의 상처를 안고 살아가는 한국 여성 신우의 사랑을 그리고 있다. 존재를 걸고 싸우는 사랑이라면, 국경이라는 삼엄한 경계를 허물 수 있을까. 이 소설은 '그럴지도 모른다'고 조심스레 화답한다. 하지만 이 소설은 단순히 아름답고 처연한 멜로드라마로 끝나지 않는다. 그들이 천신만고를 거쳐 사랑을 이루는 과정이 소설의 절반이라면, 힘겹게 쌓아올린 사랑이 사방팔방에서 위협당하는 과정이 절반이다. 카밀은 이주노동자의 생존권을 위해 싸우고, 신우는 둘 사이에서 태어난 아이와 그들의 사랑을 지키기 위해 싸운다. 두 사람의 싸움은 서로 완전히 배타적인 화살표를 그린다. "그가 끝내 조국을 버리지 않는다면 내가 조국을 버릴 것이었다. 어찌하여 조국과 가족이라는 말이 때로는 서로 배타적이어야 한단 말인가."[2] 이 소설의 클라이맥스는 오히려 에필로그에 있다. 네팔인 아버지와 한국인 어머니는 자신들의 신념과 사랑을 지키기 위해 목숨을 잃었고, 살아남은 딸 애린은 자신이 '무적자'의 운명을 대물림하게 되었음을 깨닫는다. "'무적자'로서의 카르마가 할아버지와 어머니의 죽음으로도 끝나지 않고 내 삶의 중심에 또아리를 틀고 있다는 사실에 나는 치를 떨었다. 나는 누구인가, 한국인인가, 네팔인인가, 아니면 미국인인가." 스탠퍼드에 입학하게 된 애린은 고뇌한다. "무적자를 면할 수 없다면 스탠퍼드에 갈망정 무엇을 배울 수가 있단 말인가."(372쪽) 국경의 혼란 속에서 태어난 아이들은 자라나 자신의 정체성의 촉수를 어디에 드리워야 할까.

---

2) 박범신, 『나마스테』, 한겨레신문사, 2005, 243쪽. 이하 이 책에서 인용할 경우 본문에 쪽수만 표시한다.

조국＝고국＝모국？

드라마, 영화의 해외 로케뿐 아니라 현실에서의 해외 관광도 더이상 특별한 사치는 아니다. 이 '월경'의 체험들은 사람들의 기억 속에서 어떻게 소비되고 있을까. 국경의 벽은 확연히 낮아졌고 특별한 결의나 참여의식을 요구하지 않는 가벼운 왕복운동이 대중화되었다. 그러나 이 가벼움 속에 '국경'을 둘러싼 차별과 억압이 은폐되고 있는 것은 아닐까. 자이니치(재일조선인) 2세, 3세, 4세 들은 한국 문화에 대한 축적된 정보나 친밀감이 극도로 부족한 상태에서, 취학 취직 결혼 등 인생의 모든 결정적 문턱에서, 자신이 '한국인도 일본인도 아님'을 깨달아야 한다. 유도선수에서 파이터로 변신한 자이니치 4세 추성훈, 그는 한국인일까 일본인일까. 그가 K-1에서 우승하지 않았다면, 아시안게임에서 한국인을 꺾고 우승했다는 이유로 "조국을 메쳤다"라는 비난에서 벗어날 수 있었을까. 추성훈이 입은 유도복 상의 오른쪽 어깨에는 태극기, 왼쪽 어깨에는 일장기가 있었다. 그는 여전히 '자랑스런 한국인'의 범주 안에 있지 '추성훈＝아키야마 요시히로' 그 자체로 인정받지 못한 것은 아닐까.

대중문화와 스포츠, 예술 등은 트랜스 내셔널리즘의 대표적 아이템들이다. 그러나 문화적인 트랜스 내셔널리즘이 정치적인 트랜스 내셔널리즘으로 이어지는 것은 아니다. 한류를 타고 일본으로 흘러들어간 한국의 대중문화는 '침략의 기억'과 분리된 채 소비된다. 한국의 일본 대중문화 팬도 마찬가지로 애니메이션이나 J-pop을 일본의 사회적, 역사적 인상에서 분리하여 향유하곤 한다. "디아스포라에게는 조국(선조의 출신국), 고국(자기가 태어난 나라), 모국(현재 '국민'으로 속해 있는 나라)의 삼자가 분열해 있으며 그와 같은 분열이야말로 디아스포라적 삶의 특징"[3]이다. 그러나 이제 '조국＝고국＝모국'의 요건을 충족시키는 사람들은 점점 줄어들고 있다. 한편, 여기에는 하나의 항이 빠져 있다. 조국도 고국도 모국도 아니지만 다양한 이유로 오랫동안 체류하는 나라, 거주국.

이주노동자들은 조국도 고국도 모국도 아닌 한국에 '향수'를 느낀다. "여기 와서 몇 년 지나면 다 정들거든요. 학바는 작년에 네팔로 돌아갔는데요, 한쪽 눈 잃고, 손가락 두 개 잘리고, 돈도 크게 못 벌고 돌아갔지만 지금 한국병, 향수병, 걸려 있어요. (……) 너무 한국 그리워서 벌건 라면 끓여서 밥 말아 막 퍼먹었더니 누이가 묻더래요. 왜 그렇게 더럽게 해서 먹느냐구요. 이게 한국 스타일이라고 설명해주는데, 그리 한국이 그립더래요. 그 관리부장의 발길질도 그립더래요. 그래서 울면서 라면 먹었대요. 학바만 그런 게 아니에요. 다들 그래요."(85쪽) 향수는 국경에 의해 제조되지 않는다. 오랫동안 거주했던 기억에 묻어 있는 음식 냄새, 사람 냄새…… 그러한 육체적 실감과 경험의 씨줄날줄로, 후천적·사후적으로 구성된다.

『리나』에서 반복되는 추방과 재난으로 모든 것을 잃은 리나도 차라리 고향보다는 고통의 기억으로 얼룩진 공단을 그리워한다. "리나는 문득 깨달았다. '어딜 가나 다 똑같군, 심심하고 지저분하고.' 무너진 공단지대가 미치게 그리워져 빨리 돌아가고 싶었다."[4] 그곳이 조국도 고국도 모국도 아닐지라도, 인간의 지금-여기를 구성하는 모든 곳은 고향이 되지 않을까. 소유자보다는 점유자가 그 물건의 가치를 더 잘 알듯이, 인간은 반드시 태어난 곳에만 향수를 느끼는 것은 아니다. 자전소설 「삼풍백화점」에서 정이현의 고백처럼 말이다. 그녀의 고향은 그녀의 치명적인 상처를 품어안은 공간, 삼풍백화점이었다. "고향이 꼭, 간절

---

3) 서경식, 『디아스포라 기행』, 김혜신 옮김, 돌베개, 2006, 114쪽.
4) 강영숙, 『리나』, 랜덤하우스코리아, 2006, 306쪽. 이하 이 책에서 인용할 경우 본문에 쪽수만 표시한다.

히 그리운 장소만은 아닐 것이다. 그곳을 떠난 뒤에야 나는 글을 쓸 수 있게 되었다."[5]

2. Who are you? Where are you from?

이곳에 숨으면 안전하다?

민족주의로 인해 더 많은 적대와 불안이 조성된다는 사실은 은폐되고, 민족주의는 '이곳에 숨으면 가장 안전하다'는 환상과 함께 국민 개개인의 정신적 요새를 제공한다. 안보정치의 핵심은 모호한 타자에 대한 막연한 공포를 끊임없이 조성하는 것이다. 빈 라덴이 미국 집권당 선거 광고에 출연한 일은 안보정치의 코믹 하이라이트다. "더 엄청난 일이 남아 있다!" 출연료도 없이 광고에 출연한 빈 라덴이 미국인들의 공포를 쥐어짜는 광고 카피다. 심장박동 소리와 시계초침 소리도 가세해 이 공포의 비주얼을 세련된 사운드로 갈무리해준다. 위협이 멀지 않은 곳에 있다. 당신은 어디에 투표하겠는가. 세계화는 자유보다는 불안을 세계화시킨 것은 아닌가. 현대전은 이제 총력전을 넘어 안보전으로 진화했으며, 이러한 상황에서 승자는 국민의 막연한 불안을 항시적으로 조성하는 쪽이다. "공포는 가장 잔인한 자객이다. 공포는 결코 죽이는 법이 없다. 단지 도저히 살아갈 수 없도록 만들 뿐이다."[6]

그렇다면 이토록 '안전한' 국경을 벗어나면 어떤 일이 벌어질까. 목숨을 쥐락펴락하는 이 무서운 국경의 '실체'는 막상 초라하고 무덤덤하

---

5) 정이현, 「삼풍백화점」, 『문학동네』 2005년 여름호, 422쪽.
6) 폴 비릴리오, 『속도와 정치』, 이재원 옮김, 그린비, 2004, 107쪽.

50   제1부 문학, 그 신비로운 위성(衛星)

기 그지없다. 본래 국경이란 자연의 일부가 아니라 인간이 그려넣은 인위적 선분이기에. 강영숙의 『리나』에서처럼. "드디어 스물두 명은 총소리 한 번 듣지 않고 국경을 넘었다. 국경은 푸른 띠처럼 펼쳐진 드넓은 둑 위에 있지도 않았고, 은빛 교각에 둘러싸인 반짝거리는 강물 위에 있지도 않았다. 국경은 그저 퇴로가 없이 사방이 막힌, 비탈지고 조용한 산길의 일부일 뿐이었다."(13쪽) 그러나 국경은 인간에게만은 너무도 강력한 실체다. 『리나』에서처럼 생존을 위해 국경을 넘는 자들에게 안전한 곳은 없다. "말도 통하지 않는 나라에 우리만 이렇게 버리고 가면 어떡해. 이 빌어먹을 놈의 새끼야. 안전한 데까지 데려다줘야 할 거아냐"라고 항변하는 탈출자들에게 인솔자는 말한다. "당신들한테 안전한 데가 어딘데?"(20쪽)

국적을 보장받을 수 없는 디아스포라의 공포는 실제적이고 구체적인 자극에 의한 것이 아니라 막연한 항시적 불안이다. "국경을 넘은 이후로 항상 누군가가 따라다니고 있다는 느낌을 지울 수 없었다. 그리고 누구든 그들이 항상 자신을 망칠 생각을 하고 있다는 의심을 잠시도 버리지 못했다. 남자든 여자든, 노인이든 어린애든, 리나에게는 누구나 다 똑같았다. 그들은 항상 리나를 주시하고 몸값을 담보로 시비를 걸 준비가 되어 있었다."(101~102쪽) 리나의 몸값으로 사기를 친 브로커는 이렇게 말한다. "항상 너를 따라다니는 존재들이 있어. 너희들은 딱보기만 해도 금방 알 수 있거든. 심장도 파갈 수 있고 하물며 팬티 한 장까지 다 가져가지. 너희들의 모든 걸 털어갈 준비가 돼 있어. 그러니까조심해."(115쪽)

국가는 '너희들'을 키우지 않았다?

가장 머물고 싶은 곳, 가장 돌아가고 싶은 곳에서 추방당한 자들, 그들을 '디아스포라'라고 부른다. 자신의 모국어, 예술, 전통 모두가 적들의 손아귀에 있을 때 디아스포라는 존재의 마지막 안식처조차 잃어 버린다. 프리모 레비는 아우슈비츠에서 살아남는 데 교양이 도움이 되었다고 말한다. 그러나 장 아메리는 달랐다. "왜냐하면 내가 의지하려고 하는 기반이란 기반은 전부 적의 것이었기 때문이다."[7] 베토벤의 음악을 지휘하는 것은 제3제국의 유명인사 푸르트벵글러였으며, 중세의 격언시에서 현대의 고트프리트 벤의 시에 이르기까지, 정신적 자산과 미적 유산은 고스란히 적들의 손아귀에 있었다는 것. "어느 날 수용소에서 한 남자가 직업이 무엇이냐고 물었을 때 어리석게도 '독일문학자'라고 순순히 대답했다. 결국 나는 친위대원으로부터 불같은 노여움을 사, 반죽음이 되도록 맞았다."[8] 비아리아인은 국민이라는 틀뿐만 아니라 모어나 모문화로부터도 추방된다. "아메리는 '자기 자신임'에서, 즉 자기의 아이덴티티로부터 추방당했던 것이다. 따라서 아메리에게 '향수'란 '자기소외'나 다름없는 것이었다."[9] 파울 첼란은 말한다. "고향…… 내 경우는 어떤가? 나는 고향(집)에 있었을 때조차 한 번도 내 집에 있다고 느끼지 못했다."[10]

그러나 폭력에 길들여지지 않는 디아스포라는, 끝내 진화한다. 아니, 비약한다. 『리나』에서 여주인공 리나의 모든 정체성은 철저히 '중력'을 상실하고 있다. 그녀의 국적도 가족관계도 학교도 직업도 모두 그녀를 설명하는 데 도움이 되지 않는다. 처음부터 그녀에게 '의미'를 지니지 않기 때문이다. 그녀는 '익숙한 것들과의 치명적인 이별'을 아무렇지도 않게 흘려보낸다. 리나의 삶에는 모성도 가족애도 연애조차도 끼어

---

7) 서경식, 앞의 책, 207쪽.
8) 같은 책, 208쪽.
9) 같은 책, 209쪽.
10) 같은 책, 210쪽.

들 틈이 없다. 리나가 진정 누구인지 알고 싶다면, 리나를 추방하고 강간하고 구타하는 사람들에게 리나가 퍼붓는 통쾌한 욕설과 모진 드잡이를 음미하는 편이 낫다. 리나는 자신을 등쳐 먹을 준비가 되어 있는 사람들에게, 그녀에게 언제나 "Who are you?"라고 묻는 자들에게, "야, 이 XX야! 너야말로 누구냐!"라고 묻는 것이다. "리나는 가족들에게 돌아가고 싶었다. 그러나 리나는 사회에 대한 불만이 너무 많았다. 그리고 성격도 몹시 안 좋아서 고분고분하게 부모의 품으로 돌아가고 싶지가 않았다."(85쪽) 가족을 영원히 떠나는 모습이 단 세 문장으로 무심하게 처리된다. 그리고 리나는 끝내, '아무렇지도' 않다. 고국에 대한 향수도 없다. 이런 리나'들'의 정체성을 국가가 제조했는가.

내가 모르는 나, 그것이 '나'일 수 있을까

자이니치 2세, 3세, 4세 들은 자신이 '일본인'이라고 믿으며 살아가는 경우도 있지만, 결정적인 순간에 자신이 한국인임을 폭력적으로 깨닫는 경우가 많다. 자신이 일본인임을 의심한 적이 없다가, 사회에 첫발을 내딛는 순간, 자신이 한국인임을 알게 되고, 이름도 모국어도 가족도, 그 모든 친밀한 것들이 한없이 낯설어지는 경험. 이들은 자신이 경험하지도 인식하지도 못한 것을 향해 정체성의 닻을 내려야 한다. 오카 마리의 『기억·서사』[11]에는 스무 살이 지나서야 자신이 한국인임을 알게 된 어느 젊은이의 고뇌가 엿보인다. 그는 '내가 누구인지' 알 수 없게 되었을 때, 역사나 국적 따위는 허상처럼 느껴졌다고 고백한다. 역사를 이해한다는 것, 서사를 이해한다는 것, 그것은 자신이 어떤 사람인지를 자명하게 알고 있는 자들의 특권이 아닌가. 이들은 자신의 정

---

11) 오카 마리, 『기억·서사』, 김병구 옮김, 소명출판, 2004.

체성을 스스로 창조해야 하는 고통에 직면한다. 그들은 1세들에게조차 어떤 이물감을 느끼곤 한다. "이우환은 조선어가 모어이며 조선 문화에 대한 소양도 풍부한 1세다. 일본에서 태어나 일본어가 모어이며 '조선 문화'에 대해 기본적인 소양조차 없을 뿐 아니라 그것을 바라지도 않고 '일본 문화'에 젖어버린 것이 나나 문승근과 같은 재일조선인 2세다."[12] "조선말도 조선 문화도 모르고 자라 '조선 사람'이라는 것을 실감한 적도 없는 재일조선인 2세, 3세 가운데는, 그래도 '조선 사람'임을 받아들여 살아가고자 하는 이들이 있다. '민족의식'이나 '애국심'이 강하기 때문이 아니다. (……) 스스로의 존엄을 주장하기 위한 반항이다."[13]

1958년 고마쓰가와 사건 피고인 이진우. 그는 살인사건으로 피소되었고 '역시 조센진'이라는 일본인의 자이니치관을 '재확인'시킬 만한 모델로 인식되었지만, 그는 끝내 일본인이기도 한국인이기도 거부한 채, 재판과 언론 플레이의 모든 과정을 견뎠다. 그의 태도는 자신의 신체를 가로지르는 그 어떤 국경의 표식도 거부하는 것이었다. "즉 조선인이 아니며 일본인도 될 수 없는, 그 어느 것으로도 존재할 수 없는 자기 자신을 품을 때 자이니치는 자이니치일 수 있다."[14] 1세, 2세, 3세, 이런 방식으로 '집단화'된 자이니치의 기억을 탐구하는 것은 별 의미가 없을지도 모른다. 단순한 차별/피차별이나 민족의식의 유무로 규정되지 않는 개개인의 실감의 영역이야말로 'Where are you from?'이라는 질문법에 묻어 있는 정체성의 단단한 그물을 벗어날 수 있는 길이 아닐까. 언제부터 'Where are you from?'이 '국적'을 묻는 질문법으로 굳어버렸을까. 2세도 3세도 아닌, 한국인도 일본인도 아닌 '나 자신'의

---

12) 서경식, 앞의 책, 134쪽.

13) 같은 책, 204쪽.

14) 우카이 사토시 외, 『반일과 동아시아』, 연구공간 '수유＋너머' 번역네트워크 옮김, 소명출판, 2004, 278쪽.

기억은 이제 새로운 방식으로 씌어져야 하지 않을까.

'Who am I?' 'Where are you from?' 을 묻지 않고 살 수 있을까

기록은 기억의 파편을 서사화시키는 전략이다. 그러나 날것의 기억을 완성된 서사로 요리하는 순간, 우리는 '사건'을 우리의 취향이나 의지에 따라 매끄럽고 나긋나긋하게 길들이는 것이 아닐까. 사건을 전달하기 위해선 인물과 배경과 플롯을 지닌 이야기를 만들어야 한다는 확신. 그것은 어쩌면 이해도 해석도 감당도 불가능한 사건의 넝마를, '견딜 만한 자극'으로 날조하기 위한, 존재의 방어본능이 아닐까. 또한, '기억의 대리자'의 입과 붓으로 기억이 '대표'될 수 있을까. 기억의 당사자들은 기억에 대해 말하고 싶지 않거나, 아예 망각의 피안으로 사라져버렸다. 기억을 대리자/대표자의 언어로 '서사'의 차원으로 엮어 '오늘의 언어'로 '번역'하는 과정에 얼마나 많은 오독의 위험이 도사리고 있는가. 더이상 해석이나 식별 자체가 불가능한 흔적으로, 디아스포라의 기억은 점철되고 있는 것 아닌가. '내가 누구인가'를 말해줄 수 있는 흔적들은 본래의 빛깔과 무늬를 알아볼 수 없는 나달나달한 천조각처럼, 눈물 콧물 핏물이 섞여 알아볼 수 없는 빛깔로 물든 빛바랜 사진처럼 남아 있는 것이 오히려 '정상적'이지 않은가. 말줄임표로밖에 표현할 수 없는 주체의 더듬거림. 침묵으로밖에는, 말줄임표로밖에는, 역사를 증언할 수 없는 것 아닌가.

기억의 파편들이 이야기로 재구성되는 순간 주체의 의도와 목적이 기억의 현장성을 파괴한다. 기억이 한 편의 매끄러운 이야기들로 구성되지 않고 소설의 시점과 시공간이 투명하게 해체되는 새로운 서사의 가능성이 최근 소설들에 나타나고 있다.[15] 특히 『리나』는 삼인칭 전지적 시점이나 관찰자 시점으로 규정할 수 없는 특이한 시점을 구현한다.

화자의 시점은 '삼인칭'이라기보다는 '무인칭 혹은 비인칭'에 가까우며, 화자는 리나이기도 하면서 리나를 넘어선 어떤 존재, 리나를 휘어잡지도 리나에 포섭되지도 않은 시점을 구성한다. 이 소설은 철저히 리나의 이야기이지만 리나만의 이야기로 귀속되지 않는 특이한 문체를 실현한다.

리나는 자신의 '국경 스토리'를 매번 새로운 픽션으로 창조한다. "오늘의 이야기. 열여덟 살에 국경을 넘어 당신들의 나라에 들어와 스물네 살이 된 여자 이야기. (……) 매일 사기치고 매일 사기당하고 열여덟 살이지만 모르는 게 없어. 남자는 어딜 만져야 좋아하고 여자는 어딜 만져줄 때 좋아하는지 모르는 게 없어. (……) 어디서 왔냐구요? 도대체 어디서 왔는데 말투가 그 모양이냐구요? 그럼 난 수줍게 말하지. 국경이오."(93~94쪽) 그녀는 자신의 '국적'을 말하는 것이 아니라 자신이 '국경 출신'이라고 말한다. 그녀의 삶의 진정한 시작은 국경에서 비롯되었고, 국경을 넘고 또 넘어 떠도는 삶이야말로 그녀의 '유동하는 정체성'이다. 리나는 자신의 서사를 매우 가파르고 파란만장하게, 마치 남의 이야기인 듯 각색한다. 서사의 리얼리티를 유쾌하게 조롱하는 리나의 스토리는 분명 현실을 왜곡하지만, 이상하게도 그것이 '픽션'으로 느껴지지 않는다.

그녀의 말을 알아듣지 못하는 청중에게 전혀 사실에 부합하지 않는 스토리를 늘어놓으며 돈을 버는 리나. '이것이 삶'이며, 이것이 '기억'의 본래 모습임을 리나는 복화술로 속삭이는 것 같다. 리나가 발화하는 국경 스토리는 사실이 아니지만 사실보다 더 사실적인 새로운 리얼리티를 자아낸다. 국경을 넘어 생존의 늪을 건너는 디아스포라의 삶은 공

---

15) 전성태의 「늑대」, 유재현의 『시하눅빌 스토리』, 배수아의 『훌』, 강영숙의 『리나』 등이 그 예다.

간적, 시간적 차이도 무화시킨다. 리나는 매번 새로운 픽션을 만들어 자신의 정체성을 끊임없이 변형시킨다. 그럼으로써 그녀는 디아스포라의 '상처의 공동체'에 함몰되지 않으며 상처를 미학화하거나 고통을 낭만적 멜로로 요리하지 않는다. 자신을 둘러싼 운명의 중력에 휩쓸리지 않기 위해, 그녀는 자신의 라이프스토리를 총천연색 판타지로 채색한다. 리나는 이렇게 '모두이면서 그 누구도 아닌' 존재가 됨으로써 디아스포라의 역동적 정체성을 창조해내는 캐릭터가 아닐까.

국경은 도시의 내부를, 인간의 마음속을 가로지르고 있는가

국경의 문제를 건드리다보면 자연스럽게 모든 차별과 폭력의 언저리들을 더듬게 된다. 오늘날 국경은 지정학적 DMZ에 있는 것이라기보다는, 도시 내부를 가로지르고 있다. 대도시에 기거할 수 있는 권리가 곧 진정한 도시인이 될 수 있는 권리와 같지는 않다. 강남/강북의 차별은 국경만큼이나 엄청난 심리적 장애물 아닌가. 문화적 계급화, 교육권/거주권으로 위계화되는 도시 내부의 심리적 국경들. 지문인식이나 음성인식으로 경비되는 화려한 고층아파트는 외부인들에게는 '주거공간'이라기보다 '군사적 요새'처럼 삼엄하게 느껴진다.

가장 깊고 치명적인 국경은 단단한 빗장이 되어 '내국인'의 마음속을 가로지르고 있다. 『나마스테』는 이렇듯 한국인의 무의식 깊이 내장된 국경의 빗장을 들추어낸다. "영업부장님, 특히 마리오 미워해요. 아니 얼굴 검은 사람 미워해요. 흑인 제일 미워하고 아시아 사람도 얼굴 검은 순서대로 미워하는 사람이에요. 이유는 없어요. 깜둥이만 보면 무조건 패고 싶다고 영업부장님, 직접 말하는 거 들은 일도 있어요."(108쪽) LA 흑인폭동으로 아버지와 오빠가 죽어가는 것을 본 신우조차도 위급한 순간에는 카밀을 '마음속으로' 무시한다. "돈벌이 욕심에 제 나라도

등지고 여기까지 떠밀려온 주제에…… 라고, 나는 생각했다."(54쪽) 귀화조차도 마음속에 질러진 국경의 빗장을 녹여낼 수 없다. 덴징의 친구는 한국 여자와 결혼하여 아이까지 낳았지만 '국경'이 아니라 '마음'의 장벽을 넘지 못한다. "여기선 귀화 아무 소용도 없다, 껍데기를 다 벗겨서 한국 사람 껍데기로 바꾸기 전엔 아무도 한국 사람 취급 안 한다, 그러니 귀화하려면 차라리 껍데기 바꿀 길을 찾아봐라, 하고 말예요. 한국 사람들 진짜 지독해요. 색깔대로 점수 매겨요."(227쪽) 게다가 여전히 '귀화'는 '조국을 버린다'와 동의어로 유통된다.

"개 미워 낙지 산다"는 '한국' 속담은 이주노동자들에 대한 한국인들의 '번지 없는 적의'를 압축적으로 폭로한다. "개 미워 낙지 산다는 말, 있어요. (……) 고기 먹을 때, 사람은 보통 고기 먹고 남은 뼈는 개한테 주잖아요. 그런데 개가 미워봐요. (……) 처음부터 아예 뼈 없는 낙지를 사요. 개한테 줄 것도 없게요. (……) 이런 한국 사람들, 나는 많이 봤어요. 외국인 노동자한테는 종자 다르다면서 처음부터 뼈도 안 주려고 낙지를 사는 한국 사람요."(121쪽) 이주노동자들 내부에서도 국적의 차이는 그들의 마음속을 가로지른다. 국경만큼이나, 어쩌면 국경보다 견고한 경계는 계급이다. "스리랑카가 싫대요, 사비나는. (……) 같은 네파리 사람끼리도 높은 사람 낮은 사람 있대요. 사비나는 원래 네파리 사람 봐도 그거, 따져보고 그래요."(288쪽)

결국 국경 문제를 건드리면 다른 모든 문제들이 함께 딸려나온다. 계급, 인종, 화폐, 그리고 가족까지도. "언니는 여기, 넓은 방에서 혼자 자잖아요. 한국 사람이니까요. 나도 그래요. 스리랑카 사람이랑 자고 싶지 않아요."(289쪽) "나의 한계가 바로 거기 있었다. 한국 사람이기 때문에 사비나와 펠르와 덴징과 로리와 구릉을 낮춰 보지는 않았으나, 그들과 함께 살 때조차, 세상은 물론 그들로부터도 나의 가족들을 지키고자 하는 본능에 따라 움직였던 것이었다. 안방은 그런 면에서 나의 마지노선과 같았다."(290쪽) 나, 가족, 학교, 직장, 사회, 국가로 확장되는 동심원적 인간관계에 대한 무의식의 집착을 벗어날 수 있을까. 문화적 다양성이란 말이 편리한 가면처럼 느껴질 때가 많다. 문화와 문화가 부딪칠 때는 대부분 다양성이나 다원주의 따위로는 해소될 수 없는, 치명적인 오해와 심리적 상흔들을 남긴다. 이런 문제는 톨레랑스, 다원주의 등으로 대표되는 '세련된 관용'과 '웃는 무관심'으로 해결되지 않는다. 문화적 다양성이라는 합리적 관념으로 너와 나의 차이를 거리화/객관화하는 것으로는 이런 구체적 실감의 얽힘을 해결할 수 없다. '너무도 다른 우리'는 서로의 삶에 실감과 실존으로 얽히고 물어뜯김으로써만 '만날' 수 있지 않을까.

3. 소통 — 날개 없이 나는 법을 배우기

중국의 반일시위와 〈겨울연가〉 팬덤

쑨꺼는 거대한 신민족주의의 재림으로 평가되곤 했던 중국의 반일시위를 전혀 다른 시각으로 바라본다. 강요된/제도화된 기억에 맞서 개개인의 실감 속에서 잠자고 있는 기억의 개별성을 강조했던 쑨꺼. 그녀는 반일시위의 '혼돈' 속에 꿈틀대던 새로운 역동성을 발견한다. 각국의 미디어는 중국인의 반일감정에만 초점을 맞추었지만, 마치 중국 정부가 시민들의 반일감정을 관리하는 주체인 양 떠들었지만, 과연 그럴까. 문제가 정말 '반일' 자체에 있을까. '반일시위'의 초점은 '반일'이 아니라 '일본' 자체, 그리고 시위의 혼돈이 아닌 시위 자체의 역동성, 자율성에 맞추어져야 하는 것이 아닐까. "중국사회는 애당초 일본에 대해 관심이 부족했다. (……) 그런데 각지에서 서로 응답이라도 하듯 시위가 발생한 결과, (……) 드디어 '일본'이라는 가깝고도 먼 대상이 중국사회의 공론 영역으로 진입하게 된 것이다."[16] 그녀는 중국사회의 '불안한 기류'보다는 그 기류를 바라보는 지식인과 미디어의 관점이 고착화되는 것을 우려한다. 그녀는 "비상사건이라는 비제도성(非制度性)이 시위의 내실을 혼돈으로 풍요롭게 한다"[17]고 본다. 나아가, 중국의 대중시위에서 '이성'이 유행어로 등장한 것은 처음이라고 한다. 비로소 중국이 '도대체 일본이란 무엇인가' '평범한 일본인들은 중국에 대해 어떻게 생각할까'를 광란이나 신경증이 아닌 '이성'으로 묻기 시작했다는 것. 더이상 관제민족주의를 비롯한 정부 주도의 담론이 다양한 여론을 통제할 수 없다는 것. 저 거대한 중국사회에서 이제 막 '국경이란 무엇인가'라는 질문이 시작되었다는 것 자체가 소박한 희망의 목소리 아닐까.

일본의 사회학자 모리 요시타카는 〈겨울연가〉의 팬 이십 명과 인터뷰를 한 후 이렇게 고백한다. "미디어에서 내보내는 천박한 중년 여성이라는 스테레오타입의 〈겨울연가〉 팬의 상과 다른 모습을 발견할 수 있었다. 그녀들은 대부분 인터넷을 활용하고 전문지를 구입하며 팬들끼리 정기적으로 모임을 열어 활발하게 교환하고 있다. (……) 이러한 팬 가운데는 한국 문화 전반에 관심을 갖고, 같은 세대의 재일한국인 주부를 초대하는 공부 모임을 열거나 한글 공부를 시작하고 또 한국의 역사, 일본과의 관계를 다시 생각하는 등 활동을 넓혀가고 있는 사람들도 있다. (……) 최근 '반일' 소동을 매우 냉정하게 정보 분석하는 데에 강한 인상을 받았다. 이를테면 독도 문제를 한국에서는 어떤 교육을 하고 어떻게 받아들이고 있는지 그 배경을 상세히 논하거나, 일본의 미디

---

16) 우카이 사토시 외, 앞의 책, 79쪽.
17) 같은 책, 81쪽.

어가 어떻게 한국의 반일운동 상황을 과장하거나 왜곡하여 보도하는지를 논의하고 있었다."[18] '한류(韓流)'라는 말 자체는 커다란 의미를 지니지 못한다. 한류는 말 그대로 한국에서 외국으로 뻗어나가는 일방적 벡터만을 강조함으로써 이러한 개별적이고 자율적인 네트워크로 인한 역동적 피드백을 담아낼 수 없기 때문이다.

우리는 서로에 대해 아는 것이 거의 없으며 완전한 소통이란 거의 불가능에 가깝다는 것을 확인하는 작업이야말로 소통의 시발점이 될 수 있을 것이다. 거짓 화해 대신 정직한 몰이해와 대면할 때, 오해의 심연에서 투명하게 서로의 감각을 응시하고 접촉할 때, 동아시아뿐 아니라 민족담론 전반의 새로운 문제 설정이 가능하지 않을까. "하나의 문화 내부에서 문화의 자족성에 대한 회의가 생겨날 때 비로소 문화를 넘는 사건이 생길 수 있다."[19] 우리는 아주 쉽고 단순한 문제에 대한 해답도 아직 마련하지 못한 것 아닐까. 일본의 학자 아미노 요시히코가 처음 가르쳤던 학생은 이런 질문을 했다고 한다. "선생님은 천황의 힘이 약해져서 사라지게 될 것이라고 설명했는데, 왜 그래도 천황은 없어지지 않았나요?"[20] 우리는 이렇게 걸음마를 하듯, 담론의 그라운드 제로로 돌아가 '국경'을 둘러싼 기억의 투쟁을 다시 사유하기 시작해야 하는 것이 아닐까.

하나씩의 별, 하나씩의 삶

일본 군대에서 잔학행위나 살인, 생체실험 등을 했던 전범들이 중국

---

18) 같은 책, 287쪽.
19) 쑨꺼, 『아시아라는 사유 공간』, 류준필 외 옮김, 창비, 2003, 117쪽.
20) 코모리 요우이치·타카하시 테츠야 엮음, 『내셔널 히스토리를 넘어서』, 이규수 옮김, 삼인, 2005, 214~215쪽.

공산당에게 잡혀 수용소에 갇힌 적이 있다. 그때 이 수용소를 총괄했던 인물이 바로 저우언라이였다. 그는 전범들을 '처벌'로 단속하지 않고, 그들 개개인을 한 명의 인간으로 '만나는' 방법을 택한다.

그는 일본 전범을 철저하게 인간적으로 대하도록 지도했습니다. 그뿐 아니라 엄청나게 많은 자료를 검토해 전범들이 어떤 범죄를 저질렀는지를 철저히 조사했다고 합니다. 결국 그들 모두를, 자신이 어떤 범죄를 저질렀는지 고백하는 데까지 이끌고 갔습니다. 예를 들면 중국의 한 마을에 들어가서 그곳의 농민 여성을 어떻게 강간했는지, 또 체포한 중국 병사를, 생체실험으로 유명한 731부대에 어떻게 보냈고, 생체해부를 어떻게 했으며, 그때 누가 명령을 했고 어느 부대에서 그것이 이루어졌는지를, 만주국의 정책 결정에서부터 일본군의 보급 체계까지 조사한 것이죠.

일본 전범들은 순순히 고백했는데 그 순간 대부분 울어버렸다고 합니다. 그리고 그들 중 극히 일부가 실형을 선고받았지만 사형선고를 받은 사람은 아무도 없었습니다. (……) 이러한 고백을 거침으로써 일본군이었던 사람들은 자신이 한 행위를 스스로의 죄로 경험할 수 있게 됩니다. 그때까지는 자신의 전쟁범죄를 의식 밖으로 제외시켜서 완전히 둔감해질 수가 있었는데 고백의 결과 마음의 상처가 된 것입니다. 상처가 되었을 때 그들에게 죄책감은 체면이나 합리화의 문제가 아니게 되었습니다. 그들이 그럴 수 있었던 것은 중국의 수용소 사람들이 그들을 인간으로 대우했기 때문입니다.

이 수용소에서는 국가의 책임뿐만 아니라 일본군 개개인이 무엇을 했는지도 조사했습니다. 그리고 반성의 결과 생각이 바뀐 사람도 많았는데, 그들이 일본에 돌아가서 무엇을 했냐 하면 자신들이 어떻게 일본사회를 개선할 수 있는지, 어떻게 하면 중국 사람들에게 사죄할 수 있는지 생각하기 시작했습니다. 그들에게 식민주의적 죄의식은 사회를 바꾸는

노력으로 표현되었습니다. 자발적으로 활동하기 시작해서 지금은 인터
넷에 웹사이트도 있습니다.[21)]

민족주의가 유발하는 '원한/복수의 악순환'의 고리와 단절하는 길
중 하나가 이러한 '개별적인 고해의 장'이었다는 점은 의미심장하다.
결국 내셔널리즘의 함정에서 벗어나는 길은 주체 하나하나와의 끈질긴
개별적 만남, 그리고 그 만남을 통해 자신이 저지른 범죄를 스스로 역
(逆)경험하게 하는 일이 아닐까. 저우언라이의 '고해의 축제'는 그들의
행위 하나하나에 '개별성'을 부여함으로써 '집단적 광기의 수행'을
'개별적 행위' / '개별적 상처'로, 즉 전혀 새로운 방식으로 '기억'하게
만든 것이다. 얼굴 없는 전범의 집단적 폭력에 하나하나의 서로 다른
얼굴을 덧입혀주는 일. 그들이 군대의 메커니즘 속에서 단순한 명령 복
종의 논리로 행했던 전쟁범죄는 그때-거기에서 폭력을 감당했던 사람
들 하나하나의 표정과 피눈물과 상처로 되살아나 폭력의 부메랑으로
되돌아왔다. 이러한 극한 경험은 오히려 그들을 국가주의를 넘어서는
자발적 투쟁의 루트로 이끌어나갔다. 이제 집합적 기억이 제도나 역사
나 민족의 이름으로 뭉그러뜨린 얼굴'들'의 하나씩의 표정을 만나야 하
는 것 아닐까. 1930년대의 디아스포라들의 삶을 담은 이용악의 시는,
이렇게, 뭉그러진 하나씩의 얼굴들을 아름답게 복각하고 있다.

　무엇을 실었느냐 화물열차의
　검은 문들은 탄탄히 잠겨졌다
　바람 속을 달리는 화물열차의 지붕 위에
　우리 제각기 드러누워

---

21) 임지현·사카이 나오키, 앞의 책, 83~84쪽.

한결같이 쳐다보는 하나씩의 별

두만강 저쪽에서 온다는 사람들과
쟈무스에서 온다는 사람들과
험한 땅에서 험한 벌 치르고
눈보라 치기 전에 고향으로 돌아간다는
남도 사람들과
북어쪼가리 초담배 밀가루떡이랑
나눠서 요기하며 내사 서울이 그리워
고향과는 딴 방향으로 흔들려 간다

푸르른 바다와 거리 거리를
설움 많은 이민 열차의 흐린 창으로
그저 서러이 내다보던 골짝 골짝을
갈 때와 마찬가지로
헐벗은 채 돌아오는 이 사람들과
마찬가지로 헐벗은 나요
나라에 기쁜 일 많아
울지를 못하는 함경도 사내

총을 안고 불가의 노래를 부르던
슬라브의 늙은 병정은 잠이 들었나
바람 속을 달리는 화물열차의 지붕 위에
우리 제각기 드러누워
한결같이 쳐다보는 하나씩의 별

— 이용악, 「하나씩의 별」 전문

"험한 땅에서 험한 변 치르고", 남루한 차림으로 '객차'가 아닌 '화물열차'의 지붕 위에 빼곡히 드러누워, "하나씩의 별"을 안고 새로운 꿈을 찾아가는 이들의 모습. 그것은 비행기표 하나 달랑 쥐고 코리안 드림을 찾아 떠나오는 이주노동자의 얼굴, 그들의 눈동자에 박힌 하나씩의 별들과 닮지 않았는가.

그 무엇에도 기대지 않는 새로운 정체성의 창조 ― 유우객자

서경식은 『디아스포라 기행』에서 내셔널리즘의 현기증에서 벗어날 수 있는 유일한 방식은 결국 인간은 우연히 태어나 우연히 죽고, 혼자서 살고 혼자서 죽으며, 죽은 뒤는 무(無)일 뿐임을 '긍정'하는 일이라고 말한다. 이것은 '디아스포라들'의 문제만이 아니다. '나'를 구성하는 정체성을 '나의 바깥'에서 강요당하는 자들, 그것을 인정할 수 없는 모든 '근대인'들의 문제가 아닐까. 그러나 그것이 반드시 내셔널리즘의 탄생 이후의 문제만은 아니다. 16세기의 사상가 탁오(卓吾) 이지(李贄)는 이렇게 말한다.

사람은 이 세상에 태어나자마자 그 몸이 남에게 구속된다. 어릴 때는 말할 필요도 없고, 배우고 스승을 섬길 때 또한 말할 필요도 없고, 자라서 학당에 들어가서도 사부와 제학종사(提學宗師)에게 구속되고, 관직에 들어가면 관직에 구속된다. (……) 오면 맞이하고, 가면 전송하고, 분금을 내어 술자리를 마련하고, 축금을 내어 장수를 축하한다. 털끝만큼이라도 조심하지 않아 그들의 환심을 잃으면 곧장 화가 닥친다. 그 구속은 죽어서 관 속에 들어가 땅에 묻힐 때까지도 끝나지 않고 더욱 고통스럽게 구속한다.

그래서 나는 차라리 바깥 사방으로 떠돌지언정 집에 돌아가지 않았다.

벗들을 방문하여 나를 알아주는 사람을 찾고 싶은 마음이 절실하긴 했지만, 천하에 나를 알아주는 사람이 없음을 이미 훤히 알았다. 그저 남의 구속 밑에 들어가는 것을 원하지 않는 한 가지 바람으로, 관직을 버렸고 고향에도 돌아가지 않았다. (……) 그러나 출가하여 천하를 주유(周遊)해도, 그 주유하는 곳에 또 지방 장관이나 고관대작들이 있어, 내게 관심을 가져서 나를 구속했다. 등정석이 처음 현(懸)에 부임할 때 (……) 그가 예를 갖추어 내게 물품과 서찰을 보내왔다. 그러니 나로서도 아무 명함도 없이 답할 수 있었겠는가? (……) 이리저리 궁리 끝에 유우객자(流寓客子)라는 네 글자를 써서 화답했다. (……) '유우'는 현명한 은일(隱逸) 명사(名士)를 말한다. (……) '흘러다니며(流) 묵는다(寓)'는 뜻의 '유우(流寓)'라는 말은 집을 짓고 거기서 사는 것이 아니라는 말이다. 땅을 갈고 씨 뿌려서 거기서 나는 것을 먹으면, 구속을 안 받으려야 안 받을 수 없다. 그래서 '객자(客子)'라는 말을 덧붙임으로써, 여로에 잠시 머물듯(流寓)하는 것이지 정말로 '머물러 사는(寓)' 것이 아님을 알려주는 것이다. (……) 나는 오직 남으로부터 구속을 받지 않으려고 삭발을 하기로 했지만, 또한 어찌 쉬운 일이었겠는가?[22]

우리 집, 우리 동네, 우리 지방, 우리나라라는 식으로 이어지는 동심원적 인간관계. '우리'의 것이 아닌 것, '우리'와 다른 것, '우리'와 다르게 행동하는 모든 것들에 대한 배제와 타자화. 진정 "차이는 증오를 낳"(니체)아왔던 것이다. 정착민이 된다는 것은, 즉 땅을 갈고 씨 뿌려서 거기서 나는 것을 먹는다는 것은, 그 지점을 중심으로 한 동심원적 관계성 안으로 자신을 속박하는 것이었다. 정착민이 된다는 것은 곧 채무자와 채권자의 관계 속에서 내가 채무자의 자리이기를 수락하는 것

---

22) 이지, 『분서』, 홍승직 옮김, 홍익출판사, 1998, 286∼289쪽.

일 뿐이었다. 이탁오는 바로 정주민이 아닌 유우객자가 됨으로써 그러한 동심원적 관계의 사슬을 끊어내고자 한다. 어디서든 머물지 않고 모든 장소를 미끄러져가며 그 길 위에서 만나는 이질적인 존재와 새로운 관계를 맺는 것. 국적이나 명함 따위를 떼어놓고도 말할 수 있는 인간의 정체성이란 '고작' 이런 것이 아닐까. 무엇에도 기대지 않는, 날것의 삶의 추위를, 남루를, 그저 인정하는 것. 우리는 누구의 자식이거나 어느 나라의 국민이라는 관념에 기대지 않은 채, 오롯한 '유우객자'로 살아갈 수 있을까.

빈곤의 박물지를 향한 미완성 노트
—2000년대 작가들이 그린 가난의 풍경

한 사람의 이데올로기적 관점은 그가 사는 주택의 위상에 따라 형성된다.
— 피터 워드(Peter Ward)

1. IMF 이후, 양극화 경제가 낳은 표상들

IMF는 국제통화기금이라는 물리적 실체로서보다는 막연하지만 치명
적인 '몰락'의 상징으로 각인되었다. 지금까지 쌓아온 경제적 기반이
순식간에 붕괴될 수 있다는 두려움의 확산이야말로 IMF의 위력이었다.
IMF는 절대적 빈곤의 확산 자체보다도, 갑작스런 도산이나 실업을 비
롯한 개개인의 고립된 '추락'의 경험으로 인지되었다. '홈리스'라는 단
어가 일상어 사전에 등재된 것도, '신용불량'이라는 공포의 낙인이 수
백만 가구의 경제를 붕괴시킨 것도, '청년실업'이라는 화두가 대학가
의 풍경을 취업전쟁의 이미지로 도색해버린 것도, 모두 IMF 이후의 현
상이었다. 그러나 '그래도 나는, 중산층이다'라는 서민적(?)인 판타지
가 붕괴된 것만이 IMF 시대의 상징은 아니었다. 오히려 IMF 이후 '럭셔
리' 문화에 대한 갈증이나 일상적 '웰빙'에 대한 욕구는 강력해졌다.
그것은 더더욱 현란해진 광고 이미지나 각종 명품의 소비 증가를 통해
단적으로 확인된다. 이태백(이십대 태반이 백수), 십장생(십대도 장차

백수를 생각해야 한다), 프리터족, 니트족 등 빈곤의 실재를 포착하는 일상언어들은 점점 기상천외해지지만, 부(富)의 판타지를 확장시키는 아파트 광고나 자동차 광고의 이미지들은 더욱 강력한 스펙터클로 상대적 박탈감을 가속화시킨다.

매스미디어가 IMF 이후 서민 경제의 몰락을 형상화하는 방식은 매우 이중적이다. 일차적으로, 코믹한 이미지로 포장된 '전업백수'들의 고난 극복 체험은 안방극장의 단골 메뉴로 정착했다. 시트콤 〈거침없이 하이킥〉의 이준하는 젊고 유능함에도 불구하고 아내에게 경제권을 넘겨준 실업자의 캐릭터를 '방귀대장'의 코믹한 이미지로 형상화한다. 그가 인생역전을 꾀하는 방식도 매우 'IMF 시대적'인 코드로 읽힌다. 그는 든든한 직장을 탈환하여 안정된 월급쟁이로 돌아가는 것이 아니라, 한의사로 성공한 아내가 지원해준 종자돈을 바탕으로 주식투자에 성공함으로써 눈물겨운 인간승리를 일군다. 그의 이런 '대박'이 그다지 비현실적으로 보이지 않는다는 것, 그의 주식투자 성공이 네티즌의 응원과 축복을 한 몸에 받는다는 것, 그것은 이제 더이상 '노동'이 자본 축적의 주요 동력이 아님을 증언하는 것이 아닐까. 주식이나 펀드, 부동산투기를 비롯한 각종 재테크 전략들은 더이상 특정 계층의 전유물이 아니다. IMF 시대 이후 떠오른 가장 강력한 문화적 징후 중 하나는 바로 온 국민이 '재테크' 열풍에 휩싸였다는 것이다. 2000년대 이후 한층 두꺼워진 신문의 경제면에서 가장 큰 비중을 차지하게 된 섹션도 바로 '재테크' 난이다.

한편, 코믹한 휴머니즘적 이미지만으로 갈무리할 수 없는 처참한 빈곤에 대한 묘사는 또하나의 극단적 경향을 낳았다. 드라마 〈쩐의 전쟁〉으로 대표되는 이러한 경향은 일종의 하드고어적 감수성으로 빈곤의 문제에 접근하는 것이다. 참혹한 빈곤은 최대한 잔혹한 방식으로 공론장에 전시되며, 화폐에 대한 인간의 집착은 노골적으로 전면화된다.

첫 회부터 시청자들을 충격과 공포의 스펙터클로 몰입시키는 〈쩐의 전쟁〉의 서사는 빈곤의 문제를 고립된 개인의 문제가 아닌 사회적 구조의 효과로 다루려는 의지를 어느 정도 보여주는 듯하다. 특히 사채업자의 협박을 견디다 못한 아버지의 자살 장면은 TV 드라마의 표현 수위를 훌쩍 뛰어넘는다. "엄마. 우리 아버지가 원래 그렇게 독한 사람이었어? 신용카드 있잖아. 그걸 들입다 갈아가지고는, 동맥을 끊었더라구. 울 아버지 갔어, 한 방에, 가버렸어. 카드가 칼, 이 된 거지 뭐." 은유가 아닌 실제 칼이 되어 아버지의 동맥을 끊은 신용카드. 피로 휘갈겨 쓴 아버지의 처참한 유언은 그가 남긴 마지막 유산이 되었다. "나라야, 은지야. 카드빚 내지 마라." 그러나 〈쩐의 전쟁〉의 주인공 금나라는 이준하의 주식투자보다 한결 더 '노동' 과는 거리가 먼 방식으로 인생대역전을 꿈꾼다. 그는 한국 최고의 사채업자에게 찾아가 그의 노하우를 전수받음으로써 복수와 성공이라는 양날의 칼을 휘두르고자 한다. 〈쩐의 전쟁〉은 화폐나 '제3금융(사채업)' 에 대한 근원적 성찰보다는 오히려 사채업 자체의 저널리즘적 폭로로 치달아 주인공을 비롯한 다양한 인간 군상들의 빈곤을 '타인의 고통' 으로 타자화시킨다.

시청자들로 하여금 끝내 '구경꾼' 의 자리에 머물러 있게 하는 것, 빈곤을 묘사하되 사회적 빈곤의 발본적 문제제기 자체는 교묘히 차단하는 것, 그것이 2000년대 매스미디어의 빈곤 묘사 방식의 전형이기도 하다. 드라마 콘텐츠는 그 자체로 투명한 상품성을 전제로 하기 때문에 빈곤의 원인 자체를 향한 근원적 비판의 메스를 가하기 어렵다. 그렇다면 IMF 이후 한국사회에 도래한 총체적 빈곤의 박물지는 문학, 특히 소설에서 어떻게 나타나고 있을까. 2000년대 한국소설은 IMF 한국사회의 새로운 빈곤의 양태를 어떻게 구체화하고 있을까. 화려한 미디어와 참혹한 현실의 간극 사이에 선 현대인은 어떤 표정으로 이 시대를 견디고 있을까.

1976~1992년 사이에 전 세계적으로 146건의 특별한 폭동이 있었는데, 이 폭동을 'IMF 폭동'이라고 부른다. 실제로 우리나라도 1998년 막 출범한 김대중 정부의 일각에서는 서울역으로 몰려나왔던 노숙자나 갑자기 직장을 잃어버린 사람들 틈에서 폭동이 일어나지 않을까 하는 우려가 있었던 것이 사실이다. 어쩌면 OECD 국가 내에서 최초의 IMF 폭동을 우리나라가 기록할 뻔했던 것이다.[1]

2. 2000년대 작가들이 그려낸 '빈곤'의 콜라주

윤성희 — 빈곤조차 용해시키는, 마음의 연금술

윤성희의 인물들에게 가난은 공기처럼 주어진 삶의 전제조건이다. 빈곤으로 인한 고통을 무심코 유머의 소재로 삼는 여유가 윤성희 소설의 동력 중 하나다. 어떤 가난의 미장센도, 윤성희의 손을 거치면 따스한 유머의 질료로 거듭난다. 그녀의 소설집 『감기』(창비, 2007)는 애면글면한 가난의 풍경들을 와글와글한 잔치의 공간으로 거듭나게 한다. 일견 비루하고, 비천하고, 구질구질한 삶의 '조건'들 속에서 살아가는 주인공들에 대해, 윤성희는 「작가의 말」에서 이렇게 말한다. "거기 등장하는 수많은 인물들은, 내가 상상하는 것 이상으로, 그리고 여러분들이 상상하는 것 이상으로, 더 멋진 세계를 살아가고 있다."(272~273쪽) 그들은 하나같이 '안정된' 경제적 기반을 지니지 못했지만, 그들의 일상은 기묘한 온기와 불가해한 평화로 물들어 있다.

---

1) 우석훈, 「슬럼이라는 질문을 어떻게 받아들일 것인가」, 마이크 데이비스, 『슬럼, 지구를 뒤덮다』, 김정아 옮김, 돌베개, 320쪽.

윤성희의 인물들은 매주 같은 번호로 로또를 하는 아버지를 뒀거나(「구멍」), 집이 통째로 넘어가게 되자 갈 곳을 잃은 식구들이 모텔을 전전하며(「하다 만 말」), 트럭운전수인 아버지가 불에 타 죽은 아들의 시체를 찾아 헤맨다(「등 뒤에」). 그녀의 소설 속에는 건물 붕괴 사고에서는 살아남았지만 무한경쟁의 시대에서는 건강히 살아남지 못한 젊은 백수청년들의 이야기(「부분들」)가 있으며, 서랍정리전문가나 유령해설가 같은 독특한 직업세계를 가진 이들의 이야기(「리모컨」)가 있고, 이 세상에서 가장 쓸모없는 것들만을 모아놓은 박물관을 짓는 꿈을 지닌 청년(「무릎」)이 있는가 하면, 생판 모르는 남의 소원을 들어주러 전국을 헤매는 부모의 이야기(「저 너머」)가 있다. 그들은 없는 자와 없는 자가 만났을 때만 비로소 일어날 수 있는 고통 공유의 기적을, 고통과 고통이 살을 부대껴 일으키는 불가해한 사랑의 스파클을 보여준다. "식구들은 많고 집은 좁아서 마루에 모여앉으면 서로의 무릎이 닿았다. 그의 가족들은 한겨울에도 추위를 느낀 적이 별로 없었는데, 그게 서로의 무릎이 닿도록 모여앉아 있었기 때문이라는 것을 그는 이제야 알았다."(「무릎」, 231쪽)

그들은 작은 행복에 크게 기껍고, 큰 불행에 단단히 면역되어 있다. 고통에 대한 예방주사를 스스로 접종한 나머지, 고통을 고통 자체로 느끼지 않으며, 늘 고통이 견딜 만한 것으로 증류된 상태를 '연기'한다. 「하다 만 말」에서 어머니는 아버지와의 결혼을 후회할 때마다 식구들 몰래 주부탁구교실에 나간다. 아버지를 만나기 전 사귀었던 사람이 탁구선수였단다. '그 사람'이 아니지만, 그저 탁구를 치는 사소한 제의적 행위로 어머니는 곤궁함을 견딘다. 아버지는 사귀던 여자와 헤어지기로 결심을 한 날, 실내야구연습장에서 손바닥에 물집이 잡힐 때까지 배트를 휘두른다. 그저, 그게 전부다. "아버지에게는 자주 아픈 딸과 고개를 숙이고 길을 걷는 아들이 있었으니까."(46쪽) 부모뿐 아니라 식구들 전체가 고통을 이기는 아주 사소한 제의적 연기력을 지니고 있다. 집이 통째로 날아간 후 모텔을 전전하며 그들은 때 아닌 맛집 기행으로 시간을 보낸다. "세상에! (……) 세 끼를 먹었는데 아직 열두시도 지나지 않은 것이다."(45쪽) 그들은 집 없는 신세를 차라리 작은 축제-여행으로 변형시켜버린다. 그들의 '마음' 속에서만 일어나는 고통의 드라마를 지켜보는 눈이 있는데, 그것은 어린 나이에 죽은 딸의 영혼이다. 그들의 고통을 바라볼 수 있는 존재는 죽은 딸의 몸 없는 넋뿐이다.

내가 떠난 후, 아버지는 자주 목욕탕에 다녔다. 탕에 앉아서 눈물을 흘리면 그 누구도 그게 눈물인지 알아차리지 못했다. 사람들은 아버지를 볼 때마다 피부가 좋아졌네요, 점점 젊어지네요, 라고 말했다. 적어도 일주일에 네 번 이상 대중목욕탕을 다니다보니 피부가 좋아지긴 했다. 오빠는 별들을 공부하기 시작했다. 내가 떠나기 전까지 오빠에게는 궁금한 것들이 없었다. 하지만 이제 오빠는 하늘에 떠 있는 저 많은 별들의 비밀이 궁금해졌다. 할아버지는 젊은 시절 할머니 속을 썩였던 일들을 반성했다. 먼저 죽은 할머니가 나를 잘 돌봐주도록 기도했다. 하지만 나는 아직 할머니를 만나지 못했다. 그리고 어머니는…… 요리를 하다 자주 손을 벴다.(49~50쪽)

죽은 딸의 영혼은 고통을 안으로만 삭여낸 어머니의 심장이 점점 녹아내리는 것을 알고 있다. "나는 어머니의 가슴을 손으로 만졌다. 철로 만들어진 어머니의 심장은 조금씩 녹슬기 시작했다. 한 번만 더 눈물을 삼키면 심장이 온통 녹슬어버릴 것이다. 나는 마지막으로 힘을 내 어머니의 심장을 움켜쥐었다."(50쪽) 그들은 현실의 법칙 속에서 이룰 수 없는 꿈들을 소박한 판타지 속에서 위안하는 지혜를 단련한다. 등을 쓸어주며 위로해주는 사람이 아무도 없을 때조차, 그들은 스스로를 위안하는 방책을 찾아낸다. "나는 아직도 분수를 처음 보았을 때를 잊지 못한다. 그 물줄기들이 땅속 깊은 곳에서 솟아오르는 줄로만 알았다. 물줄기가 솟구쳤다 사라졌다 하는 것을 보면 왠지 안심이 되었다. 아 지금 지구가 숨을 쉬고 있구나, 이런 생각이 들었던 것이다. (……) 지구가 나 대신 숨을 쉬고 있다고 생각하면 약간은 위안을 받을 수 있거든요."(「등 뒤에」, 69쪽)

「감기」에서는 우연히 잘못 걸린 전화 속의 낯선 음성을 조용히 들어주기만 하는 것으로, 인연은 시작되고, 삶은 견딜 만한 것이 된다. "여자가 남자의 휴대폰에 문자메씨지를 잘못 보낸 것이 시작이었다. 그 돈 언제 갚을 거예요?"(79쪽) 고속도로 톨게이트에서 일을 하는 여자가 누군가에게 떼먹힌 돈 때문에 가슴 앓는 사연을, 마을버스 운전사인 남자는 영문도 모른 채 조용히 들어준다. 몽유병에 걸린 아들을 위해 아무것도 해줄 수 없는 아버지는, 만물수리상인 자신이 모든 것을 고칠 수 있었지만 아들의 병과 아내의 마음을 고칠 순 없었음을 고백한다. 하마터면 남자의 아버지가 될 뻔한 작은아버지는 몽유병에 좋다는 온갖 약초를 캐러 산야를 헤매는가 하면, 생전 안 가본 도서관에서 몽유병에 관한 각종 서적들을 독파한다. 그러나 그 역시 소년의 고통을 도려낼 순 없다. "도서관에서 돌아온 작은아버지는 남자를 꼭 껴안으면서 말했다. 미안하다. 미안해. 네 무의식 깊은 곳까지는 우리가 돌봐줄 수 없구나."(89쪽)

그들은 소년의 몽유병을 고칠 수도 없고, 남자 또한 그 여자가 떼먹힌 돈을 찾아다줄 수 없다. 그러나 그들의 '능력' 때문이 아니라 그들의 '태도'가 상처받은 여자와 남자를 위무한다. 다만 그녀의 이야기를 들어주는 남자의 고마운 침묵 때문에, 다만 몽유병에 걸린 소년을 핑계로 자기들끼리 술을 마시며 뻗어버리는 아버지'들' 때문에, 그들은 어느새 혼곤한 고통의 늪을 훌쩍 건넌다. 지리멸렬한 일상의 질료를 요리하여 반짝거리는 축제의 보석을 제련하는 마술적 연금술이야말로 윤성희가 선물하는 일상 속의 기적이다. 남자가 운전하던 마을버스는 평생 같은 길만 달렸다. 마을버스가 그 길을 살짝 이탈하는 순간 축제의 기적이 시작된다.

날씨 참 좋네. 소풍이나 갔으면. 남자는 정지신호를 무시하고 달렸다. 버스정류장도 그냥 지나쳤다. 이봐! 기사양반. 뭐 하는 거야. 사람들이 손잡이를 꼭 움켜잡은 채 말했다. 정말 날씨가 좋아요. 우리 소풍이나 가죠! 그렇게 말하고 남자는 경적을 길게 울렸다. 병원에 가야 한다는 중년 남자와 가스레인지에 설렁탕을 올려놓고 나왔다는 새댁이 버스에서 내렸다. 남자는 늘 좌회전을 하던 교차로에서 직진을 했다. 열여덟 개의 정거장을 하루에 여덟 번씩 반복해서 돌던 마을버스는 1997년 가을 공장에서 출고된 이후 처음으로 낯선 길을 달렸다.(97쪽)

윤성희는 너무나 작은 인간들, 누가 봐도 작아 '보이는' 인간들을 연민하거나 그들의 실패나 죽음을 애도하거나 그들이 미처 움켜잡지 못한 행복이나 기회를 안타까워하지 않는다. 윤성희는 그들보다 오히려 더 작아짐으로써, 작가의 시점의 공간 자체를 무한소로 축소시킴으로써, 스스로의 존재의 빛을 꺼버림으로써, 과소 인간들보다 더 작아지고, 그들과 함께 저물어간다. 이런 문장들은 그렇게 한없이 축소된 작가만이 볼 수 있는 아름다운 아포리즘이다. "우린 바보들이거든요. 너무 바보라 아무도 우리를 시기하지 않아요. (……) 아무도 시기하지 않기 때문에 기적이 찾아와준 거죠."(「부분들」, 243쪽) 저 높은 곳에서 '그들'을 굽어보는 절대적 조감자의 시점이 아니라, 작가는 문득 피사체와 관찰자의 구분 자체를 조용히 지워버리고, 자신과 그들의 경계 자체가 있었다는 사실 자체를 망각한 채, 그들의 삶 속으로 용해되어버린다. "아! 얼음땡놀이 하는군요. 누군가가 그게 뭔데, 하고 물었다. 또다른 누군가가 그렇게 질문한 사람들을 모아놓고 규칙을 설명했다. 달밤은 우리들의 그림자를 아름답게 만들어주었다. 그 그림자들이 서로를 스치고 지나갔다. 우리들은 서로의 가슴을 밟고, 서로의 얼굴을 밟고, 서로의 웃음을 밟았다. 하지만 아무도 아프지 않았다."(「부분들」, 252쪽) 한없이 작아진 작가만이 한없이 작아진 인간들의 아름다움을 발견해낸다. 너무나 작고 하찮아서 나노 단위의 미세입자로 녹아 없어질 듯한 과소 인간들이, 그저 여기 있었다고 증언하는 것. 그들이 겪는 고통의 입자 하나하나에 하나씩의 이름과 빛깔과 중량을 입혀주는 것. 그렇게 윤성희는 2000년대의 빈곤을 가장 따뜻하게 형상화해냈다.

김애란, 서하진, 정미경―빈곤의 멜랑콜리, 그 처연한 풍경들

김애란의 「성탄특선」(『문학과사회』 2006년 여름호), 정미경의 「내 아들의 연인」(『작가세계』 2006년 여름호), 서하진의 「꿈」(『요트』, 문학동네, 2006) 등은 빈곤의 가장 본질적인 표정은 바로 슬픔임을 포착해낸다. 이들에게 빈곤은 무엇보다도, 수식어가 필요 없는 '슬픔' 그 자체다. 편의점과 원룸을 중심으로 공간화되는 젊은 세대의 빈곤을 애잔하고도 예리한 감수성으로 그려냈던 김애란은 「성탄특선」에서 한층 더 빈곤의 문제에 깊숙이 접근한다. 성탄절은 가난한 오누이에게 '역병'처럼 찾아든다. 성탄절은 일 년 중 가장 먹먹한 새벽을 만나는 날이며 모두 어디론가 가장 기쁘고 따뜻한 공간을 꿰어차고 흩어져버린 폐허 위에 혼자 남는 고립의 시간이다. 입고 나갈 옷을 찾지 못해 점점 더 사랑하는 사람과 멀어지는 젊은 여성의 상처를 김애란은 이렇게 묘파한다. "세련됨이란 한순간에 완성되는 것이 아니며 오랜 소비 경험과 안목, 소품의 자연스러운 조화에서 나온다는 것을. 옷을 '잘' 입는 것이 아니라 '자연스럽게 잘' 입기 위해 감각만큼 필요한 것은 생활의 여유라는 것을."(186쪽) 김애란의 여주인공들은 자신들의 전 재산을 올인해도 살 수 없는 이 '생활의 여유'가 얼마나 뼈아픈 박탈감을 주는 것인지를 알고 있다. 남자친구와 성탄절의 달콤한 밤을 보낼 모텔 방 한 칸이 없어 마침내 여인숙에 당도한 그녀가 마주치는 존재는 동남아시아 출신의 외다리 청년이다. 김애란의 주인공이 만나는 것은 이제 거울 속 초라한 입성을 한 자신만이 아니라, 자신들만큼, 어쩌면 자신들보다 더 빈곤한 이 사회의 타자들이다. 김애란의 인물들은 알고 있다. 연인과 몸을 섞은 후의 나른한 로맨틱함을 즐길 수 있는 공간 또한 그들의 전 재산으로도 살 수 없는 '생활의 여유'라는 것을.

사내가 자신의 방에서 연인과 몸을 섞지 않은 건 아니었다. 그곳에서 그들은 아주 작은 기척에도 자주 놀라야 했다. 누군가 올 것 같은 느낌. 나가야 될 것 같은 느낌. 그러나 속절없이 달아오른 청춘과 아득한 살내음. 눈 감고 기어오른 그녀의 몸뚱이 위에서 혼몽해진 정신으로 음탕하고 지저분한 말이라도 좀 할라치면, 그때마다 동네 아이들이 떠드는 소리와 야채 트럭의 확성기 소리, 하수도 공사음이 전투적으로 들려왔다. 사내가 그녀에게 처음으로 사랑한다 말했을 때도 그랬다. (……)
"사랑해."
그녀가 한 손으로 사내의 얼굴을 만졌다. 사내는 기대에 찬 눈으로 그녀를 바라봤다. 이윽고 그녀의 입술이 천천히 열리며 뭔가 마음의 대답이 전해지려는 순간, 창밖으로 한 떼의 아이들이 지나가는 기척과 함께 누군가 소리치는 게 들려왔다.
"썹탱아! 그게 아니잖아! 저 새끼 항상 저래."
한없이 부풀어올랐던 방 안의 공기는 외계의 소음에 찢겨 초라하게 쪼그라들었다. 사내는 야한 농담을 했는데 아무도 웃어주지 않았을 때처럼 죽고 싶어졌다. 사내는 소심하게 그녀의 거웃을 만지작거리며 '아, 그 새 끼 항상 그러는구나' 생각했다. '진짜 나쁜 새끼네' 하고.(182~183쪽)

가장 달콤한 순간의 격정을 표현할 수 있는 한순간의 고요조차도, 이 비좁은 슬럼의 산통 깨는 각종 소음들로 산산이 와해되어버린다. 김애란이 형상화하는 이른바 청년실업세대의 빈곤은 슬픔을 넘어 공포로, 공포를 넘어 철저한 고립의 체험으로 각인된다. 빈곤이 대상이 아닌 주체의 차원에서 경험될 때, 그것은 마치 밖에서는 안을 볼 수 있지만 안에서는 밖을 볼 수 없는 일방경으로 둘러싸인 거대한 유리방 안에 갇힌 느낌처럼 고립과 공포와 수치의 감정으로 각인된다. 이제 막 세상을 향해 발을 내딛는 순간, 자신들이 내딛을 한 평의 땅이 없다는 것을 깨달은 그들의 미래는 한없이 불투명하다.

서하진의 「꿈」은 가난 때문에 난자 공여자가 된 젊은 여성의 이야기를 다루고 있다. 아버지의 빈자리를 대신하려던 오빠는 "저녁내 신문 사이에 광고지를 끼우느라 짓무른 손마디에 반창고를 붙이고", "한밤의 편의점에서 계산기의 바코드를 찍었"고, "다리의, 손가락의, 무릎의 통증을 안고 신문을 배달하고 전철 안에서 졸음 때문에 자주 정거장을 지나치면서도 씩씩하게 강의를 들으러 갔다."(138쪽) 그러나 그는 육체의 고통을 돌보지 못하고 오랫동안 참기만 하다가 치료도 제대로 받지 못한 채 요절했다. 그녀는 이제 아버지와 오빠의 부재를 대신하여, 어머니와 자신의 생계를 책임져야 한다. 그녀가 마지막 학기 등록을 포기하고 휴학계를 내러 가던 길에, 그녀는 학교 앞에서 받은 광고용 휴대 화장지에 인쇄된 전화번호를 발견한다. 그것은 '여성 도너 구함'이라는 광고였다. "불임부부를 도와주실 분을 찾습니다. 만 20~29세의 신체 건강하고 용모 단정한 여성분. 도와주신 분께는 최선의 사례를 할 것임."(142쪽) 그녀는 그렇게 자신의 '노동력'을 넘어 자신의 '신체' 자체를 상품으로 내놓는다.

　의사는 초음파의 영상을 보며 내 질 안으로 천천히 주삿바늘을 주입한
다. 15센티미터에 이르는 가느다란 바늘은 자궁을 지나 사다리 타듯 나팔
관을 뚫고 난소로 난소로 향한다. 난소에는 한껏 부푼 난자들이, 작은 꽈
리 같은 모습으로 잠들어 있다. 펌핑, 다시 펌핑. 난소에 꽂힌 대롱을 따
라 핑크빛의, 흡사 딸기주스 같은 난자액이 조금씩 조금씩 빠져나온다.
열 개의 어쩌면 스무 개의 난자가 그 속에 동그랗게 숨어 있을 것이다. 그
들은 내 속에 단 하나의 난자라도 남겨두지 않으려 펌프질을 하고 또 한
다…… 나는 잠들어 있으므로 아무것도 느끼지 못한다. 내 속에서 무엇
이 생겨났는지, 무엇이 빠져나가는지 나는 알지 못한다.(168~169쪽)

　주삿바늘과 펌프질이 그녀의 육체를 헤집는 난자 공여 장면. 그것은
빈곤은 그 자체로 육체적 고통으로 체험된다는 사실을 소름끼치는 육
체적 실감으로 형상화한다. 대물림되는 가난의 고통, 가혹한 노동과 심
리적 중압감을 견디다 병사한 오빠의 부재, 오빠의 죽음으로 선택적 기
억상실 증상을 보이는 어머니의 고통을 견뎌야 했던 그녀는 난자 공여
를 해서라도 생계를 책임지려 한다. 그러나 그녀는 자신의 몸에서 강제
로 빠져나간 난자의 행방에 대해 완전히 초연할 수 없는 자신을 발견하
고 이 세상 모든 아이들이 자신을 엄마라고 부르는 듯한 끔찍한 환상에
시달린다. 가난은 그녀에게 "환자가 된 기분"을, "치유가 불가능한, 아
무러한 약으로도 낫지 않을 병에 걸린 느낌"(156쪽)으로 경험된다.
　한편, 정미경은 「내 아들의 연인」을 통해 매우 난숙하고도 지적인 상
류층 여성의 눈에 비친, 아들의 가난한 여자친구의 삶을 포착한다. 아
들 현의 여자친구 도란은 "개 컨테이너에 살아요. 무허가 집들 모여 있
는 그런 데서, 살아요"(220쪽)라는 현의 외침으로 요약되듯 절대적 빈

곤의 상황에 놓여 있다. 차라리 도란이 현을 통해 적당히 세속적인 신분상승을 꿈꿨거나, 현의 도란에 대한 사랑이 좀더 유희적인 것이었다면, 도란과 몇 번의 만남을 가진 현의 어머니인 '나'의 성정이 TV 드라마의 전형적 상류층처럼 적당히 속물적이었다면, 도란과 '나'의 가슴에 남은 상처는 덜했을 것이다. 그러나 현과 도란은 끔찍이 사랑했고, '나' 또한 도란을 "내 딸 성격이 이러면 참 예쁠 것 같다"(230쪽)고 생각할 정도로 어여삐 여긴다. 그러니 그들의 사랑을 가로막는 장벽은 부모의 반대 같은 신파적 코드가 아니다. "아무렇지도 않다고 말하면서도 현이는 도란이 살고 있는 무허가 컨테이너 건물이 적어도 자기의 연인이 지내기엔 끔찍한 장소라고 단정짓고는 끊임없이 도란이를 거기서 끌어내려 하고 있었다."(231쪽)

그들 사이에는 넘을 수 없는 장벽이 존재하는 것이 아니라 "사실은 넘고 싶지 않은 벽"(231쪽)이 놓여 있었음을, 아들 현은 깨닫는다. 그녀 또한 도란을 바라보며, "힘들어 죽겠다는 흔적 같은 건 없"지만 "그런데도 얼굴 전체를 보면 묘하게 역경을 지나온 신산함이 새겨져 있"(233쪽)음을 감지한다. 그녀가 백화점에 도란을 데려가 옷을 사입히려 하는 순간, 도란과 '나' 사이의 장벽 또한 선연하게 드러난다. "똑같이 맨얼굴로 서 있어도 이 동네 사람과 다른 곳에서 온 사람의 피부는 때깔에서 차이가 난다. 맨발에 슬리퍼를 신고 나와도 이 동네 사람들과 아닌 사람들을 가려낼 수 있다. 그게 걸치고 있는 입성의 차이에서 나오는 느낌만은 아니라는 걸 나는 알고 있다. 뼛속 깊은 데서 나오는 다름, 이라고 할 수 있을까."(228쪽) 도란도 '나'도 알고 있다. 그녀의 아들 현은, "허름한 식당에 들어가 밥을 먹긴 해도 두루마리 화장지가 식탁에 올라 있으면 비위가 확 상하는, 뼛속 깊은 부르주아 청년"(227쪽)임을. 마침내 두 남녀가 헤어졌을 때, '나'는 "도란이에 대한 안쓰러움과 우울한 안도감이 동시에 교차"함을 느끼고, "상실감과 죄책감은 봄과 함께 사라"(240쪽)

질 것임을 인정한다.

「내 아들의 연인」은 상류층의 생생한 일상의 프리즘을 통해 도란의 가난을 엿보는 시점의 참신성으로 인해 빈곤의 풍경을 더더욱 선명한 보색 대비로 형상화한다. 보풀이 일어난 스웨터를 걸친 도란의 초라한 옷차림은 "돈을 크리넥스 뽑아서 코 풀듯 쓰는 이 동네 애들"(223쪽)과 대비되고, "자장면 주제에 무슨 봉사료"(227쪽)가 붙냐고 따지는 도란의 억울한 표정은 "아버지 통장에 든 돈이 제 돈이나 되듯 얘기하는"(233쪽) 현의 뻔뻔함과 대비된다. 가난이 도란의 일부가 아니라 가난이 "공기처럼 그녀의 삶 전부를 지배"(240쪽)함을 깨닫는 현. 이리저리 세련된 변명을 찾는 아들을 보며, "현이, 넌 개의 가난이 싫은 거야. 간단한 얘기 복잡하게 하지 마라. 어릴 때부터 변기까지 들여다보며, 우리 아기 예쁜 똥, 미운 똥? 물어가며 키운 내 자식인데 그 속을 내가 모르겠니."(240쪽)라고 읊조리는 '나'.

이렇게 이 작품은 아무리 '톨레랑스'를 발휘해도 여전히 가난한 상대방을 배우자로, 며느리로 품어안을 수 없는 대한민국 1퍼센트의 솔직한 심정을 리얼하게 형상화한다. 부를 제대로 그리는 것이야말로 빈곤을 제대로 그리는 지름길임을, 이 작품은 명쾌하게 보여준다. 어쩌면 IMF 이후로 더더욱 극심한 '20 대 80의 사회'로 치닫는 한국사회의 경제를 묘파함에 있어, 한국문학은 '빈곤'뿐 아니라 '부'를 묘파하는 데도 인색하지는 않았을까. IMF 이후 한층 현란해지고 복잡해진 재화의 축적과 향유의 메커니즘을 낱낱이 밝히는 소설의 부재야말로 2000년대 한국문학의 거대한 결핍이 아닐까.

배수아 — 영원히 유예되는 포만감의 세계

나는 내가 지금까지 만났거나 혹은 직접 만나지 못한 모든 사람들에게서 빈곤을 읽었다. 가난을 겪은 사람이나 심지어 그렇지 않은 사람에게서도 마찬가지이다. 그것 말고는 사람에게서 아무것도 읽은 것이 없다고 말할 수조차 있다. 극단적으로 단언해서, 나를 포함해서, 빈곤하지 않은 사람을 나는 한 번도 만나지 못한 것이다. 그것이 최초의 모티프가 되었다.(「작가의 말」, 『일요일 스키야키 식당』, 292쪽)

IMF 이후 빈곤의 문제를 전면적으로, 그것도 연작 장편의 형식으로 다룬 작품은 배수아의 『일요일 스키야키 식당』(문학과지성사, 2003)이다. "나를 포함해서, 빈곤하지 않은 사람을 나는 한 번도 만나지 못한 것이다"라는 도발적인 선언은, 빈곤의 문제가 단지 화폐의 문제가 아니라 인간의 정신의 뇌관 전체에 드리우고 있는 강력한 (무)의식임을 문제삼고 있는 것으로 보인다. 빈곤은 대기업 총수나 대통령에게도, 빈곤에 대해 한 번도 관심을 가져본 적이 없는 사람에게도, 빈곤에 지배당하지 않을 정도로 충분히 부유한 사람에게도 서려 있다. 빈곤에 대한 공포, 빈곤으로 인한 불편함, 빈곤을 사회문제로 치부하고 그를 해결하려는 모든 사람들, 그 모두가 빈곤의 거대한 중력으로부터 자유롭지 못하다. 빈곤은 바로 우리 안의 가장 친밀하고도 낯선 타자다.

타인의 빈곤을 불편해하거나 연민할 준비가 되어 있는 우리 안의 잠재적 공포. 빈곤은 통계적 수치 안에 있는 것이 아니라 빈곤을 두려워하고 혐오하는 저마다의 '나'들' 안에 있다. 어쩌면 인간은 '부'를 발명해내는 순간, '빈곤'을 함께 발명한 것은 아닐까. '더 나은' 삶을 위한 기계나 도구를 발명할 때 그로 인한 사고나 재난을 함께 발명하는 것처럼. "범선이나 증기선을 발명한다는 것은 곧 난파를 발명한다는 것이다. 마찬가지로 열차의 발명은 탈선의 발명이며, 자가용의 발명은 고속도로상에서 벌어지는 연쇄 충돌의 발명이고, 공기보다 무거운 물체(비행기나 기구)를 날게 만든다는 것은 추락의 발명"[2]이다. 문명의 발명은 곧 부의 발명이었고, 부의 발명은 곧 도시의 발명이었으며, 도시의 발명은 곧 슬럼의 발명, 빈곤의 발명으로 이어졌다. 도시화 비율은 전 세계적으로 곧 90퍼센트를 육박하겠지만, 슬럼화 비율도 조만간 50퍼센트를 넘어설 것이라 한다. 더구나 한국은 세계 슬럼 철거의 역사에서 당당히 최고 기록을 보유하고 있다고 한다. 영화 〈홀리데이〉의 지강헌이 구속된 바로 그 사건이 단일 철거로는 세계 최대 규모였다.

1960년대까지 많은 경제학자들은 인류 대부분이 아주 가난한 상태에서 20세기를 맞았다는 일종의 편견을 가지고 있었고, 국민소득이라는 관점에서 제3세계 국가 혹은 원시공동체의 소득 수준을 추정하기를 즐겼다. (……) 만약 이런 눈으로 고려시대나 조선시대 국민소득을 추정한다면 얼마나 될까? 모르긴 몰라도 현재의 화폐 단위를 사용한다면 백 달러 미만일 것이다. 이런 눈으로 바라본 우리의 과거는 부끄럽고 가난했던 역사에 불과할 것이다. 과연 이러한 눈이 옳은 것일까? (……) 놀랍게도 밀림이나 태평양의 작은 외딴섬에 고립되어 있는 원시공동체 구성원들의 하루 섭취 열량은 WHO가 권장하는 성인 일일 권장 섭취 열량과 일치한다. 게다가 이들의 주당 노동시간은 다섯 시간을 채 넘지 않는다. 이들이 가난하다고 말할 수 있을까?[3]

원시공동체 회귀론을 펼치자는 것이 아니다. 빈곤의 문제는 곧 문명과 공동체를 비롯한 모든 인류학적 화두, 지금-여기의 한국사회를 관통하는 모든 사회학적 화두를 관통하고 있다는 것이다. 배수아는 빈곤을 '묘사'하지 않는다. 배수아의 인물들은 빈곤을 몸소 실천하고 의식

---

2) 폴 비릴리오, 『속도와 정치』, 이재원 옮김, 그린비, 2004, 118쪽.
3) 우석훈, 앞의 글, 313~314쪽.

적으로 탐구한다. 배수아는 빈곤을 배경이나 소재로 삼는 것이 아니라 빈곤 자체를 철학적 탐구의 테마로 끌어올린다. '빈곤'이라는 코드로 연루된 『일요일 스키야키 식당』의 다채로운 인물 군상들. 특히 「일요일 스키야키 식당」의 '마(馬)'와 「털 모델」의 언더헤어 모델은 '스키야키'라는 최고의 음식(여기서 스키야키는 웰빙푸드나 값비싼 음식이 아니라 그들이 주관적으로 가장 선호하는 음식이다)을 갈망한다. 그러나 그들이 상찬을 아끼지 않는 스키야키의 환상적인 맛을 체험하는 행위는 끊임없이 연기된다. 그들은 스키야키 식당에서 한 번쯤은 마주칠 수 있는 우리의 이웃들이지만 그토록 원하는 스키야키를 끝내 먹지 못한 채 소설은 끝난다.

배수아는 휴머니즘적 희극성이나 리얼리즘적 비극성이 아닌, 서늘한 스릴러물의 문체로, 마치 외계생명체가 지구인을 바라보듯, '빈곤'이라는 코드로 기묘하게 네트워킹하고 있는 인간이라는 종족을 관찰한다. 이 소설은 윤리나 온정 따위, 동화적 화해 따위가 완전히 부재하는 소름끼치는 정서적 황폐의 공간 속에, 가난이라는 지뢰를 깔아놓고 누구든 이 지뢰를 밟으면 치명적 중상을 입지 않을 수 없도록 만든 상황극이다. 가난 때문에 자신의 모든 가능성을 포기하거나, 가난하지는 않더라도 가난에 대한 공포나 원한으로 긴박된 인물들을 한 무대에 몰아놓고, 그들끼리 부딪쳐 일으키는 총천연색 브라운 운동을 관람하는 듯한 냉혹한 시선. 그것이 『일요일 스키야키 식당』의 독특한 관음증적 시선이다. 빈곤의 문제는 이들의 영혼을 부식하고 일상을 침식하며 관계를 황폐화시킨다. 윤리도 질서도 온정도 완전히 사라진 탈휴머니티적 장소에서 작동되는 인간의 욕망이 이 소설의 주인공이다. 이 소설의 시점은 가난한 인간들을 우리에 가둬놓고 그들이 서로 물고 뜯고 죽어가는 모습을 바라보는 냉혹한 조련사의 시선이다. 이들에게 가난한 가족은 곧 보이지 않는 신체포기각서다.

표현정은 돈을 좋아했다. 쓰기 위한 돈이 아니라 그것이 상징하는 의미로서의 돈이다. 표현정에게 돈이란 권력의 상징이었다. 지폐 다발은 표현정의 인생에서 모든 불가능했던 것들을 보상해주는 위안인 셈이다. 건물의 일층에 살고 있는 이유도 무관하지 않았다. 지진이 나거나 화재가 나면 일단 모든 돈을 커다란 가방 두 개에 나누어 들고 달아나면 된다.(53쪽)

표현정은 화폐의 분량으로 따졌을 때 결코 가난하지 않다. 그러나 그녀는 그것을 '쓰지' 않는다. 지폐를 잔뜩 쌓아놓고 있으면서도 자신의 삶도 딸의 삶도 조금도 바꾸지 못한다. 화폐의 보존과 축적이라는 신앙이 현재의 소박한 행복마저 영원히 유예시킨다. "그 돈은 세상 사람들이 말하는 그냥 돈이 아니다. 표현정의 자존심이고 삶의 이유이고 정체성이었다."(54쪽) "만일 내 돈에 손끝 하나 피해를 낸다면 내 딸일지라도 갈기갈기 찢어 죽여버릴 것이다! 살아 있는 심장을 날것으로 파먹어 버릴 테다!"(55쪽) 갓 스물을 넘긴 세원의 눈에 비친 세상의 부조리는 모두 화폐로 인한 것이다. "돈경숙이 마와 같이 더러운 인간이랑 사는 것도 그렇고 그 노랑내 나는 계모가 자신을 구박하는 것도 전부 돈 때문이다. 석민이 차가 있다고 뻐기는 것도 그렇고 부혜린이 그 늙은 마녀 표현정에게 꼼짝 못하는 것도 돈이 원인이다. 전부 다 가난하기 때문이다. 돈이 없기 때문이다."(56쪽) 『일요일 스키야키 식당』의 무대는 모든 불행이 가난으로 환원되는 세계다.

어린아이들도 가난에 대한 본능적인 공포를 가지고 있다. 그 공포를 가난한 자에 대한 증오로 표현한다. "친구들도 없고 크레용도 없고 주변에는 전부 가난뱅이뿐이고. 난 분명히 말해. 그런 곳에서 살기 싫어."(73쪽) 등장인물 모두 철저히 돈에 의해 일상과 운명이 결정된다는 점에서 동일한 공동체의 일원임을, 즉 화폐라는 거대한 신앙공동체의 일원임을 확인할 수 있다. 화폐에 대한 절대적 신앙 속에 살아가는 인간을 무대 밖에서 바라보는 방외인의 시선이 바로 작가의 시선이다. 얼핏 화폐를 긁어모으기만 하는 '악한' 어머니 표현정과 어머니에게 아무런 저항도 하지 못하고 자신의 인생을 어머니에게 담보 잡힌 '착한' 부혜린은 전혀 다른 화폐 인식을 갖고 있는 것처럼 보이지만, 화폐라는 운명의 사슬에 완전히 종속되어 있다는 점에서 그들은 동일한 인과율 속에 구속되어 있다. 이는 상대적으로 부유한 음명애에게도 마찬가지다. 그녀는 화폐야말로 이 불안한 세계의 마지막 보루임을 확신한다. "돈을 가지고 있다는 것의 장점은 타협할 필요가 없다는 것이다. 욕망에 떨지 않아도 된다는 뜻이다. 사람들은 돈을 아주 세속적인 것으로 생각하는 경향이 있는데 정반대라는 것을 음명애는 잘 알고 있었다."(81~82쪽)

평생 동안 일정한 직업을 가지지 않겠다고 결심한 언더헤어 모델은 IMF 이후에 탄생한 새로운 인간형 중 하나인 프리터족의 표상이다. "나는 노동이나 시간에 얽매이는 직장을 싫어합니다. 그러므로 일생 동안 밥벌이를 위한 직업은 갖지 않을 생각이었습니다. 그런 나에게 이 일은 적당히 재미있고 긴장감도 유지하면서 즐거운 일이었죠."(124쪽) 그녀는 노동의 강박에도 타인의 시선에도 얽매이지 않는다. 여자는 스물한 살이고 중산층 출신이며 "고등학교를 졸업한 후 털 모델을 제외하고는 어떠한 직업도 가져본 적이 없으며 (……) 다른 일을 하지 않는 이유는 지나치게 바빠져서 혼자 있는 시간이 줄어드는 것을 원하지 않기 때문"(125쪽)이다. 즉 그녀는 비정규직이라든지 청년실업이라든지 하는 사회학적 통계 자체에 포섭될 수 없는 인간이다. 그녀는 미래에 대한 고민도 타인의 삶에 대한 궁금증도 전혀 없다. "당신은 혹시 이 사회의 불평등이나 가난과 같은, 당신 자신과 직접 관련이 없는 집단적인 문제에 대해서 생각해본 적이 있습니까?" "그것은 대학을 나온 사람들의 몫 아닌가요? 굳이 내가 생각할 문제는 아니라고 봐요. 그리고 생각으로

해결될 문제도 아니잖아요."(128쪽)

한편 맞벌이 노동을 프라이드로, 일중독을 자랑거리로 생각하는 딩크족 또한 이 소설의 흥미로운 캐릭터들이다. 배유은과 김요환 부부는 유능한 맞벌이 부부이며 아이 없는 결혼생활을 자유의 부적이라 여긴다. 김요환의 이상향은 에릭 사티다. "'1925년 성 요셉 병원에서 독창적이고 금욕적이고 고독했던 삶을 마감. 아내도 아이도 남기지 않음.'" 김요환은 말한다. "나도 이렇게 살고 싶어."(161쪽) 계획에 없던 아이가 생기자 의외로 기뻐하는 배유은과 달리 남편 김요환은 아이를 지울 수 없을까라는 의견을 서슴없이 발설한다. 아이조차 비용의 문제로 환원된다. "일을 얼마나 쉬어야 하는지, 돈이 얼마나 많이 들어가는지 모든 것을 계산해야 해. 출산 준비 비용, 출산 비용, 산후 조리 비용, 육아 비용, 각종 의료 비용, 그리고 무엇보다도 탁아 비용."(162쪽) "자식이란, 노동은 조금도 안 하고 돈 쓸 궁리만 하면서, 자신에게 모든 당연한 권리가 다 있다는 듯이 내가 말라 비틀어져 죽을 때까지 돈을 달라고 손을 벌리는 그런 존재가 아닌가? 난 그런 입장에 얽매이긴 죽어도 싫어." (166쪽) 빈곤에 대한 일종의 연구 프로젝트를 진행시키던 성도는, 다음과 같이 2000년대 한국의 빈곤 풍경을 요약한다.

나는 빈곤이 모든 것의 시작점이며 동시에 모든 가능한 것들의 종말이라고 보여지는 것에 대해서 의심하지 않게 되었다. 빈곤은 크게 궁핍의 문제와 분배의 문제, 두 가지로 이루어져 있다. (……) 또한 사기를 당해 가난해진 사람들, 무리한 투자로 인해 파산한 사람들, 술과 도박으로 재산을 날린 사람들, 노동할 의지나 의향이 없는 사람들, 반면에 일평생 언제나 일하기만 했는데 재산이라고는 한 푼도 없이 이제 늙고 병든 사람들, 어이없는 금융 시스템 때문에 도산했다고 주장하는 사람들이 있다. 그들이 당장 두려워하고 있는 것은 굶주리는 것이 아니라 그들의 아이들이 이 사회에서 더이상의 기회를 갖지 못할 것이라는 공포였다. (……) 빈곤의 문제에 집착하여 몇 년 동안이나 그것을 들여다보고 있으면 과연 '공동체'라는 것은 진정 존재하는가, 라는 의문을 갖게 된다. 민족이나 국가 말이다. 공동체가 유지되고 있는 것은 단 한 가지, 오직 외부의 위협 때문인 것으로 보인다.(260~261쪽)

빈곤을 탐구하는 것은 곧 공동체의 운영 메커니즘을 탐구하는 것과 등가다. 빈곤은 DNA만큼이나 무섭게 대물림되는 존재의 초기조건이 되었다. "진주와의 결혼을 그토록 오랜 기간 망설인 것은 가정을 가지고 허울뿐인 공동체의 구성원으로 편입하는 것에 대한 거부감도 있었지만 아이를 낳게 될지도 모른다는 공포 때문이었다. (……) 나는 내 사촌들이 반복되는 가난을 대부분 그대로 이어받은 것을 보았다."(265쪽) 빈곤이라는 키워드의 바통을 마지막으로 넘겨받은 인물은 고리대금업자다. 그는 사생아이자 장애아로 자라난 자신의 참혹한 과거로부터 끝내 자유롭지 못하다. 그는 "모든 선택의 여지를 가지고 있는 사람들을 증오"(276쪽)했으며 그를 키운 것은 오직 그 증오의 힘이었다. "무엇이 한국의 역사고 유산이란 말인가? 그들은 공통점이 없었다. 그들은 한시도 같은 '역사' 안에 머물렀던 적이 없고 앞으로도 그럴 것이다. 고아와 고아 아닌 자, 사생아와 사생아 아닌 자, 일그러진 자와 그렇지 않은 자. 그는 죽는 날까지 최후의 있는 힘을 다해서 냉소할 것이다. 그는 일생 동안 한국인도 뭣도 아니었다. 오직 무참히 짓밟힌 인간, 그것일 뿐."(290쪽) 배수아가 그려낸 2000년대 한국사회의 빈곤 박물지, 그 피날레는 바로 빈곤이 존재의 단순한 핸디캡이 아니라 존재의 존재함 자체를 위협하는 공동체 '내부'의 폭력이라는 것이다.

3. '타인의 고통'을 투과하는, 한없이 좁은 문들을 위하여

철저히 정복되고 분쇄된 까닭에 고통으로 얼굴이 일그러지고 이마에 주름이 진 채 창백한 낯빛을 하고 있는 사람들…… 비탄에 잠긴 채 입을 벌려 울부짖고 있는 사람들을 그려야 한다. (……) 사지가 찢겨나가거나 온몸에 흙먼지를 뒤집어쓴 채 죽은 사람들을 그려야 한다…… 그리고 시체에서 땅으로 꾸불꾸불 흘러내리는 피를 원래의 색깔대로 보여줘야 한다. 단말마의 고통에 빠져 두 주먹으로 몸통을 움켜쥔 채 다리를 꼬고 눈동자를 희번덕거리며 이빨을 가는 그런 사람들을 그려야 한다.[4]

수전 손택은 『타인의 고통』에서 전 세계에 만연한 전쟁의 이미지가 일종의 포토저널리즘으로 소비되고 있음을 지적하면서, '왜 인간은 타인의 고통에 개입하는 능력을 잃어버렸는가'라는 화두를 밀고 나간다. 21세기가 되어도 여전히 끝나지 않은, 아니 오히려 더욱 복잡해지고 광범위해진 전쟁의 위협은 빈곤의 세계화라는 문제와 분리될 수 없다. 미디어는 일종의 '고통산업'을 양산하면서, 기아와 전쟁의 폭력에 시달리는 인류의 고통을 거대한 스펙터클로 전시하고 그것이 아주 '먼 곳'에서 일어나는 일인 양, 그래서 안방에 앉아 각종 재난과 참사현장을 바라보는 시청자는 그 '안락'을 감사해야 하는 양, 고통을 TV 화면의 2차원적 공간 속으로 밀폐시킨다.

빈곤은 닳고 닳은 소재가 아니라 파고들수록 점점 낯설고 난해해지는, 여전히 '기록되기를 기다리는' 무참한 실재로 꿈틀댄다. 빈곤을 탐구하는 사람들은 사회구조의 핵심적 부조리와 만나지 않을 수 없다. 문학이 사회적 영향력을 잃은 것은 이 빈곤의 문제에 정면으로 대처하지

---

4) 레오나르도 다 빈치의 말, 수전 손택, 『타인의 고통』, 이재원 옮김, 이후, 2004, 115쪽에서 재인용.

않았기 때문일지도 모른다. 빈곤은 문학의 핵심적 화두가 되어야 했지만 여전히 2000년대 한국사회를 가로지르는 신빈곤의 문제는 충분히 문학화되지 않은 것 같다. 빈곤을 탐구의 대상으로 삼는 순간 그것은 언어라는 매개장치를 투과할 수밖에 없기에 실제 빈곤은 휘발되어버린다. 그러나 이 언어적 추상화 없이는 이해되지 않는 것이 또한 바로 빈곤이다. '통계적이고 추상적인 빈곤'과 '개별자의 구체적 빈곤' 사이의 간극을, 존재가 찢기는 고통으로 횡단할 때, 점점 프랙털 구조처럼 복잡다단해지는 21세기의 빈곤 문제는 '타인의 고통'이길 그칠 수 있지 않을까.

만약 인간이 타인의 고통을 마음대로 넘나들 수 있었다면, 애초에 문학은 존재 이유가 없었을지도 모른다. 타인의 고통을 넘나들 수 없는 인간의 한계야말로 문학이 타인의 고통에 드리워진 은밀한 프라이버시를, 알면서도 침해해야 하는 이유인지도 모른다. 소설이 인터넷 뉴스의 속도를 따라갈 수는 없다. 하지만 소설은 인터넷 뉴스처럼 단시간에 휘발되지 않고, 공동체의 장기적 기억을 창조할 수 있는 보존과 되새김질의 장이 되어야 한다. 타인의 고통에 전이/감염되는 것에 그치지 않고 고통을 관음증적으로 향유하지도 않는 길이란 무엇일까. 어떻게 하면 타인의 고통은 미디어라는 스크린을 통해 전시되는 무력한 피사체이기를 멈출 수 있을까. 우리는 타인의 고통을 보며 타인의 고통을 타자화시킬지도 모르는 두려움과, 타인의 고통을 들쑤시는 행위 자체의 수치심과 싸우면서, 그럼에도 불구하고 타인의 고통을 기억하고 기록해야 한다. 타인의 고통을 타인만의 고립된 상처로 봉인하지 않기 위해 문학은 좀더 더러워져야 하고 훨씬 많이 수치스러워져야 하며 있는 힘껏 혐오스러워야 한다. 이토록 휘황한 문명의 시대에 이토록 거대한 빈곤의 바이러스가 전 세계로 번지고 있다는 것, 여전히 빈곤이 인류의 화두라는 것이야말로 문학이 감당해야만 할 인류학적 스캔들이 아닐까.

제 2 부

한유주, 김유진, 김태용이 꿈꾸는 인류 전체에 대한 알레고리적 악몽에 전염된 독자라면, 한동안 꿈 없는 단잠을 청할 수가 없을 것이다. 그러나 진실로 강력한 독자라면, 작가가 침묵하는 텍스트를 읽어내야 하고 작가가 선사하지 않는 감동까지 가로채야 할 것이다. 이들은 '세대화 자체가 불가능한 첫번째 세대' 들이다. 이들의 공통점이라면 철저한 정서적 고립이라는 집단적 질병을 앓고 있다는 것 정도일 텐데, 이것은 분류의 범주가 될 수 없는 '증상'에 불과하다. 한사코 죽음과 절망과 소통 불능의 세계만을 그려내는 이들의 캐릭터들은 어떤 세대로부터도 이해도 공감도 받지 못하는 세대의 단말마 아닌가. 이것이야말로 우리가 이들의 이야기를 고통스럽지만 한 글자 한 글자 치밀하게 파고들어야 할 이유가 아닌가. 우리는 이토록 눈부신 나이에 이토록 눈이 시린 절망의 심연을 굴착하고 있는 이들의 속삭임을 외면할 수 없다.

아름다운 외계인들과의 교신 기록

연애의 테크놀로지, 유행의 우주론
—정이현론

1. 뉴 밀레니엄의 타임캡슐에는 무엇이 들어갈까

다채로운 언어의 질감을 버리고 발랄한 이모티콘의 상징으로 소통하는 세계. 귀여니 소설은 십대들의 로맨스를 소설적 언어의 카니발이 아닌 인터넷 언어의 압축성으로 그려낸다. 너를 처음 만난 그 0.005초의 순간을 묘사하기 위해 원고지 수백 매도 불사할 수 있었던 풍요로운 언어의 춤사위를, 귀여니 소설은 단 하나의 이모티콘("♥.♥" 혹은 "ㅠㅠ.ㅠ" 등등)으로 과감하게 압축한다. 기존의 소설이 한 가지 이야기를 천 일 밤 동안 지속할 수 있는 늘여쓰기의 세계이자, 낱말 하나를 간택하기 위해 천 일 밤을 고민할 수도 있는 망설임의 세계였다면, 귀여니 소설로 대표되는 인터넷 소설은 이 기나긴 풀어쓰기의 노동 대신 말끝을 상큼하게 잘라먹는 인터넷 용어를 선택한다. 언어를 선택하기 위한 고독한 망설임의 몸짓 대신 경쾌한 이모티콘을 선택한다. 단 하나의 낱말을 선택하기 위해 며칠 밤 편지지를 구기는 감정 노동 대신, 쑥떡같이 말해도 찰떡같이 알아듣는 무한한 언어놀이의 세계. 귀여니 소설의 놀라움은 내용 자체의 참신성이 아니라 표현형식의 전복이다. 십대들이 이미 그들 또래집단의 소통수단으로 채택한 지 오래인 인터넷 언어들을 버젓이 소설이라는 전통적 액자에 담아낸 귀여니 소설은 수많은 제2의 귀여니들을 양산하며 출판계의 오아시스가 되었다.

그러나 중요한 것은 귀여니로 대표되는 '인터넷 소설'과 '정통소설' 사이의 가치 판단이나 두 세계의 우열을 가리는 문제가 아니다. 중요한 것은 인터넷 소설로 대표되는 언어의 해체와 욕망의 단순화가 엄연히 현실의 일부가 되었다는 것, 그리고 이런 현상에 대해 '정통소설'은 지나치게 침묵해왔다는 것이다. 인터넷 서점의 장르 분류를 살펴보면 황석영과 이문열의 소설은 '한국소설'이라 분류되어 있고 귀여니와 리얼겨니의 인터넷 소설은 '본격장르소설'이라고 분류되어 있다. 이 기묘한 장르 가르기야말로 두 세계의 어색한 공존을 폭로한다. '한국소설'이 (무)의식적으로 타자화하는 인터넷 소설의 세계는 단순히 욕망의 세속화나 언어의 해체만으로는 설명하기 어렵다. 그 자체가 이미 우리 사회의 지배적 일상을 구성한다는 점에서, 인터넷 소설의 주요 독자의 계층과 세대가 점점 확장되고 있다는 점에서, 그리고 인터넷 소설의 주요 소비계층인 십대들이 다음 세대의 문화 패턴을 주도할 것이라는 점에서, 인터넷 소설에 대한 탐닉은 단순한 마니아적 열정으로 치부할 수 없다. 인터넷 소설에 대한 '한국소설계'의 반응은 '모두가 알고 있지만, 아무도 주목하지 않는'으로 요약될 수 있다.

『낭만적 사랑과 사회』라는 소설집으로 21세기 젊은 작가군의 반열에 오른 정이현.[1] 그녀는 적어도 이러한 '인터넷 소설적 세계', 즉 욕망의

---

1) 이 글에서 주로 다루는 텍스트는 다음과 같다. 정이현, 『낭만적 사랑과 사회』(문학과지성사, 2003); 「타인의 고독」(『2004 이효석문학상 수상작품집』, 해토, 2004); 「빛의 제국」(『창작과비평』 2004년 가을호); 「위험한 독신녀」(『문학동네』 2004년 겨울호); 「섬」(『한국문학』 2005년 봄호). 이하 인용할 경우 본문에 작품명과 쪽수만 표시한다.

카탈로그가 명확하게 현시되며, 감정의 너저분한 늘여쓰기를 허용하지 않는 '대중적인, 너무나 대중적인' 세계를 향해 민감한 촉수를 드리운다. 모두가 알고 있지만 아무도 표현하지 않는 세계, 미디어를 통한 소문으로만 경험하는 집합적 대중의 세계에 대해 정이현은 날선 촉각을 들이댄다. 우리가 사적으로는 향유하지만 공적으로는 발설하지 않는 세계, 또는 미디어를 통해 간접적으로만 경험하는 지독한 통속의 세계를 향해 정이현은 집요한 메스를 내리긋는다. 정이현의 소설 속 주인공들은 문자 이모티콘에 숨어 있는 감정의 잔여물 때문에 짜증을 부리고 (「섬」), 아예 이모티콘의 세계에서 살아가는 십대 소녀가 일인칭 화자가 되어 소설 전체를 이끌어가기도 한다(「소녀시대」).

　뉴 밀레니엄을 살아가는 한국의 소설가들 역시 문자메시지나 이메일을 통해 매일매일 다채로운 이모티콘을 주고받으며 살아간다. 그러나 이러한 대중화된 의사소통의 풍경을 자신의 소설 속에 적극적으로 담아내는 작가는 매우 드물다. 어쩌면 '한국소설'과 '본격장르소설' 사이의 기괴한 장르 구분보다 문제적인 것은 여전히 광주의 트라우마를 껴안은 채 고뇌하는 임철우의 소설과 '광주'라는 아이콘이 어떤 뜨거운 상징을 품고 있는지에 관해 관심도 책임감도 느낄 수 없는 귀여니 세대의 소설을 '동시'에 읽고 고민하는 몸짓이 적어도 '작품'으로는 드러나지 않는다는 점일지도 모른다. 황석영적 세계와 귀여니적 세계에 대해 동시에 '작품으로' 말할 수 있는 작가, 이것이 젊은 작가 정이현이 설수 있는 첫번째 자리일지도 모른다. 2000년대 초반 한국인의 삶을 타임캡슐에 담는다면 어떤 소설이 물망에 오를까. 그중에서도 이삼십대 한국 여성들의 전형적인, 너무나 전형적인 삶의 패턴을 담은 소설을 고르라면. 정이현 소설은 '2000년대, 한국 여성들은 어떻게 살았을까'라는 백 년 후의 풍속사 논문에서 가장 기본적인 자료의 목록에 오를 수 있는 삶의 유형을 소설로 빚어내고 있다. 독자메일로 "정말, 제 이야기 같았어요" "제 이야기도 소설이 될 수 있다니"라는 젊은 여성의 고백을 가장 많이 접수할 것 같은 작가, 정이현이다.

2. 유행이라 불리는 새로운 우주의 시민

정이현의 소설은 얼핏 막힘없고 거침없이 읽힌다. 독자가 미디어나 소문을 통해 익히 알고 있는 세계들이 펼쳐진다. 안단테가 아닌 알레그로의 속도로, 당김음도 쉼표도 없는 스타카토의 질감으로. 돌출부 하나 없는 매끄러운 텍스트를 향해 독자의 눈은 텍스트 내부로 쾌속질주한다. 소설 속 주인공이 결혼한 주부와 동성애적 관계를 맺는 레즈비언이든(「무궁화」), 길거리 캐스팅을 당해 "미소녀 헤어누드"를 찍는 여고생이든(「소녀시대」), 내연의 남자를 살해한 직후 변기에 앉아 태연히 화장을 지우는 독신녀든(「트렁크」), 정이현의 호흡은 너무도 빠르고 경쾌해서 독자는 좀처럼 책갈피를 끼워둔 채 소설 읽기를 중단할 수 없다. 그러나 막상 정이현의 소설 한 편을 다 읽고 났을 때, 독자는 자신도 모르게 어떤 정교한 욕망의 사슬에 결박된 듯한 폐소공포증을 느낀다. 다 아는 이야긴데, 놀라운 세계라곤 한 톨도 찾아볼 수 없는데, 독자는 정이현의 막힘없는 화술로 정교하게 직조된 질긴 포승줄에 결박된다.

정이현이 독자의 팔목에 휘감는 금속성 수갑의 이름을 우리는 '유행의 제국' 혹은 '취향의 우주'라 불러볼 수 있을 것이다. 소문으로만 존재하는 것, 미디어의 정보기록으로만 존재하는 것, 우리가 엄연히 살고 있지만 애써 표현할 필요를 느끼지 못하는 당연한 욕망들을 정이현은 민첩하게 포착한다. 그녀의 도도하고 '쿨'하기 이를 데 없는 문장들은 독자의 욕망의 촉수를 낱낱이 건드리면서 독자를 마침내 이 밀폐된 유행의 우주에 가두어버린다. 정이현의 텍스트에는 출구는커녕 창문도 없다. 정이현의 소설 속 인물들은 아무도 그 세계 바깥으로 나아가려 하지 않는다. 오히려 그 세계를 공고히 하는 데 모든 에너지를 집중한다. 「순수」의 여성 일인칭 화자는 끊임없이 새 남자를 만날 것이고 그와의 이혼을 통해 재산을 증식할 것이다. 「소녀시대」의 주인공은 '할머니 할아버지들의 세계보다 짱 멋있는' 자신의 소비문화적 세계에 갇혀 살아갈 것이다. 정이현은 그 출구 없는 순환의 세계를 '비판적'으로 묘사하지 않는다. 정이현은 그 폐쇄된 일상 자체를 정교한 퍼즐의 완성품으로 보여줄 뿐이다. 작품 뒤에 숨은 작가의 표정은 물기 하나 어리지 않은 채 싸늘하다. '여기가 바로 여러분이 사는 곳입니다. 어때요, 끔찍하죠?' 라고 속삭이는 듯한. 그녀는 이곳을 빠져나갈 수 있는 출구를 한 뼘도 남겨놓지 않은 채 욕망의 미로 곳곳에 치명적인 덫을 설치한다.

정이현이 그리는 유행의 우주는 무엇을 입고 무엇을 먹고 무엇을 보는가를 기록한 상품의 카탈로그처럼 질서정연, 용의주도하다. 그녀는 작품 속의 인물들이 무엇을 입고 먹고 보는지를 통해 인물의 삶 자체를 명쾌하게 투시한다. 하얏트 호텔은 낭만적 사랑이 럭셔리하게 완성되는 공간의 아이콘이다. 서초구 반포동은 "가리봉동이나 봉천동, 수유리 등과는 다른 이름"(「낭만적 사랑과 사회」, 18쪽)으로서 나이트클럽이나 미팅 따위에서 부킹 상대에게 일단 꿀리지 않는 장소의 표상이다. 문화 센터 노래교실은 중산층 주부의 평준화된 교양과 품격의 아이콘이다. 여주인공의 속옷이 "양은솥에 넣고 폭폭 삶아댄, 누리끼리하게 변색된, 낡은 팬티"(11쪽)에서 "민무늬의 흰색 실크 팬티"(29쪽)로 바뀌는 것은 그녀가 순결을 미끼로 백마 탄 왕자를 낚기 위한 가장 중요한 무대장치다. 그녀의 말대로 "팬티를 사수하는 것은 세상을 사수하는 것"(11쪽)이므로. 「트렁크」에서 여주인공의 차가 아반떼에서 EF소나타로 바뀌는 것은 곧 그녀의 삶의 '레벨'이 정확히 어디로 이동하는가를 가늠할 수 있는 강력한 척도이다. 그녀가 구형 볼보를 몰고 다니던 권을 버리고 은색 렉서스를 모는 브렌든에게 이끌리는 것 또한 그녀의 욕망의 화살 표가 이동하는 경로를 명확히 지시하는 아이콘이다.

"폴로 랄프 로렌의 니트 스웨터와 버버리 체크 스커트, 그리고 무릎 양말과 진퉁 DKNY 스니커즈"는 "깻잎 앞머리, 마법사 구두, 엉덩이 꼭 끼는 교복 치마들의 물결"(「소녀시대」, 75쪽) 속에서 혜나를 '이방인'으로 만드는 완벽한 미장센이다. 「순수」의 여주인공의 대표적 소지품이 샤넬 립스틱에서 베르사체 선글라스로, 일 캐럿의 다이아몬드 반지에서 BMW525로 '진화'해가는 과정은 그대로 그녀가 재혼하는 남편'들'의 사회적 지위가 점점 높아져가는 상징적 기호들이다. 덴마크식 다이어트, 칼로리별 음식목록, 바비인형의 광고, 포도 다이어트는 여성의 육체에 대한 시선의 강박에 매일매일 질식해가는 삶의 패턴을 투명하게 노출한다(「신식키친」). 「이십세기 모단 걸」의 김연실이 태어나서 한 번도 자른 적이 없던 댕기머리를 손수 벼린 시퍼런 가위로 잘라내어 단발머리를 만드는 장면은 의미심장하다. '댕기머리'에서 '단발머리'로의 이동은 단순한 '모던 걸'로의 거듭남을 넘어 김연실이 "모든 걸 끊고, 모질게 끊고, 먼 길을 떠났다"(224쪽)는 사실을 담아내는 영상적 아이콘이다. 정이현은 치열하게 내면을 독백하는 언어적 고뇌의 길을 택하지 않는다. 그녀는 유행의 아이콘을 통해 욕망의 핵심을 꿰뚫는다.

정이현의 소설 속 그녀들은 모든 욕망의 질감을 상품의 언어로 번역한다. 그녀는 인물의 언어도 속내도 상품의 언어에 가둠으로써 현대인의 욕망을 철저히 규격화한다. 2000년대에 한국을 사는 도시인의 일상을 타임캡슐에 담는다면 들어가야 할 모든 '평균적' 타입의 욕망의 얼굴이 그녀의 소설에 담겨 있다. 그녀는 범주화된 일상으로부터 탈출하고자 하는 어떤 미세한 틈새도 차단한다. 정이현은 유행을 대변하는 상품의 아이콘으로 인물의 캐릭터를 직조해나간다. 이러한 작업은 필연적으로 한 인물의 원자적 개성보다는 집단적이고 유형화된 캐릭터의 묘사로 나아간다. 그녀의 소설 속에서 빈번하게 사용되는 어미는 "……이 일반적이다" "……한 편이다" "……이 뻔하지 않은가" "대충 그랬다" "……한다고 한다" 등이다. 이 어미들은 일반화된 소문의 세계, 혹은 평준화된 감수성의 모자이크를 구성한다. 즉 정이현은 개개인의 특이한 욕망의 메커니즘을 '미시적'으로 포착하기보다는, 특정 집단의 균질적, 보편적 욕망을 '거시적'으로 범주화한다. 그녀의 소설은 민감한 디테일을 향유하는 실내악이기보다 평균적 욕망의 교향악을 추구한다.

정이현의 소설은 대상의 미세한 차이에 붓을 겨루는 세계라기보다는 통계학적, 집합적 상상력이 지배하는 세계다. 그녀의 소설은 '세상엔 이런 여자도 있다'는 골방의 독백이 아니라 '세상엔 이런 유형의 여자들이 있지요. 그렇죠, 여러분?'이라고 외치는 광장의 방백에 가깝다. 정이현적 방백의 효과는 특수한 개인을 향한 감정이입이 아니다. 정이현 소설의 효과는 오히려 '소문의 공동체'가 비판하는 세속적이고 속물적인 세계야말로 소문을 짓고 빻는 당사자들의 세계라는 부메랑의 효과다. 소문은 '그렇고 그런 여자'들을 손가락질한다. 그러나 정이현의 소설은 그 소문의 진원지가 '그녀들의 악행'이 아니라, 언제든 소문에 열광하도록 구조화되어 있는, 대중적 심리의 준비된 센세이셔널리즘에 있음을 간파한다. 그래서 정이현의 독자들은 소설 속의 그녀들, 인류 최고의 속물들인 그녀들을 함부로 비난할 수 없다. 정이현 소설을 통해, 그 '보편적'인 속물적 욕망의 사슬에서 자유로운 이는 없음을 깨닫기 때문이다. 정이현의 소설은 '끔찍한 여자들에 대한 그로테스크 모험담'이 아니라 '끔찍한 여자들을 욕하는 우리 자신의 음각화'다. 정이현 소설이 그리는 '평범한 섬뜩함'은 인물들 자체를 낯설게 하는 것이 아니라 인물을 바라보는 사회적 '시선'을 낯설게 만든다.

정이현은 '포니 2'와 〈창밖의 여자〉만으로 1980년이라는 거대한 시간의 그림자를 불러낸다(「낭만적 사랑과 사회」의 여주인공 유리가 태어난 해가 1980년이다). 이 두 가지 유행의 아이콘만으로도 1980년의 시대적 분위기는 완벽하게 소환된다. 수많은 대중의 알록달록 차이나는 시간적 경험을 유행의 아이콘으로 수렴하는 그녀의 붓끝은 날카롭다. 이유행의 교향악이 뿜어내는 욕망의 화살표는, 낡은 것에 대한 치욕이다. 새것이 아닌 낡은 것, 후줄근하고 추레한 것에 대한 수치심은 정이현의 인물들을 역동적으로 밀어가는 힘이다. 그녀의 데뷔작 「낭만적 사랑과 사회」의 피날레를 장식하는 '짝퉁'에 대한 각주는 의미심장하다. 짝퉁에 대한 여주인공 유리의 불안감은 자신의 섹슈얼리티가 '제값'에 교환되지 못함으로써 자신의 삶 전체가 붕괴될 위험을 상징한다. 유리는 순결을 '헌납'하는 것이 아니라 순결을 '전시'함으로써 백마 탄 왕자를 소유하려 한다. 그러나 순결의 물적 증거인 혈흔, "내 몸에서 흘러나왔어야 할 붉은 꽃잎"(33쪽)이 어디에서도 발견되지 않음으로써, 그녀의 '순결 프로젝트'는 위기에 직면한다. 이때 마치 그녀의 증명할 수 없는 순결의 화대인 양, 남자친구는 무심하게 루이뷔통 가방을 선물한다. 그녀는 그 순간에도 그 가방이 '짝퉁'이 아닐까 의심한다. "순간, 맹렬한 불안감이 솟구쳤으나 곧 가라앉았다. 집에 가자마자 보증서를 확인해보면 될 것이다. 그리고 설마 면세점에서 '진짜 짝퉁'을 취급할 리는 없을 것이다."(34쪽) 그러나 독자와 화자는 그녀의 순결이야말로 혈흔이 발견되지 않는 순간 '진짜 짝퉁'으로 전락해버렸음을 알아챈다. "아니다. 누가 뭐래도 그는 내가 사랑하는 사람이다. 우리는 서로, 사랑하는 사이다"(35쪽)라는 낭만적 판타지로 불안을 봉합하려 하지만, 독자의 가슴을 먹먹하게 짓누르는 남자친구의 목소리는 사뭇 공포를 자아낸다. "너 되게 빽빽하더라."(33쪽)

'짝퉁'은 유행에 대한 집단적 트라우마를 상징한다. 유행의 첨단을 리드하는 명품에 대한 강박의 상징, '짝퉁'. 짝퉁은 낡고 초라한 것에 대한 수치심을 자극한다. 헌것에 대한 수치심은 정이현이 추구하는 유행의 우주론을 지배하는 핵심적 정서다. 헌것에 대한 굴욕감은 유행 '상품'에만 그치지 않는다. 이것은 '인간'에게도 해당된다. 교환가치가 부족한 인간에 대한 수치심은 '쪽팔림'을 넘어 분노와 살의로 치닫는다. 헌 물건은 쓰레기통에 처넣을 수 있지만, '헌 사람'은 그녀들의 삶의 반경에서 반드시 축출해야 하는 제거 대상 1호다. 정이현이 펼쳐가는 유행의 우주론은 단순히 상품의 유행에 투항하는 현대인의 자화상만은 아니다. 유행의 속성(빨리 기억된 만큼 빨리 잊혀지고, 교환가치가 다한 제품은 처치 곤란한 애물단지로 전락하는 것)은 인간 자체에까지 적용된다. 「트렁크」에서 헌 남자(권)는 "고장난 트랜지스터라디오"(44쪽)처럼 무용하고 흉물스러운 풍경이 되어버리고, 「순수」에서 여주인공은 차례로 죽어가는 전남편'들'에게 어떤 감정의 찌꺼기도 남기지 않는다. 남편이 살해된 집을 떠나면서 그녀는 자랑스레 고백한다. "시내 한가운데의 고층 맨션으로 이사하면서 나는 그 집에서 쓰던 숟가락 하나도 가져가지 않았습니다."(112~113쪽) 오직 새것만이 숨쉴 수 있는 세계, 새것이며 명품인 인간만이 파트너가 될 수 있는 세계, 이 유행의 우주의 중력장을 벗어날 수 있는 개인은 없다는 것. 이것이 정이현이 그리는 21세기의 조감도다.

정이현의 소설은 일반적인, 너무나 일반적인 한국사회의 가치기준을 다채로운 시각에서 전시하는 인류학적, 풍속학적 보고서다. 정이현의 소설 속 그녀들의 자연은 곧 유행이다. 풍속＝유행＝자연＝우주인 세계 속에, 그녀들은 살고 있다. 21세기 한국인의 자연은 곧 유행이며 21세기 도시인의 우주는 곧 패션임을 이야기하는 정이현 소설. 유행이라 불리는 근대인의 새로운 자연은 '새것의 지옥적인 반복'을 통해서만 존재할 수 있다. 정이현의 소설 속 주인공들은 소설을 통해 갈급하게 비상구를 찾으려는 독자들에게, 싸늘한 저주의 목소리로, 이렇게 속삭이는 것만 같다: 유행 바깥에는 아무것도 없다. 이제 현대인의 자연은 유행이다.

유행 속에 우주가 있다. 아니, 유행이 곧 현대인의 우주다.

3. 낭만적 사랑의 판타지를 제거한 연애의 카탈로그

정이현의 소설에는 연애가 범람하되, 사랑은 없다. 그녀의 소설 속에서 이십대 초반의 여대생은 순결을 무기로 백마 탄 왕자를 소유하려 하고(「낭만적 사랑과 사회」), 삼십대 직장여성은 남자를 갈아탐으로써 소셜 포지션을 갈아치우려 하며(「트렁크」), 삼십대 이혼녀는 무한한 이혼의 퍼레이드를 통해 재산을 증식하는 데 어떤 죄책감도 느끼지 않는다(「순수」). 이십대 후반의 직장여성을 결혼으로 골인시키는 것은 불타는 사랑이 아니다. 오 년의 지루한 연애 후 "다음 단계는 정말이지 누가 봐도 결혼뿐"(「홈드라마」, 149쪽)이었기 때문이다. 삼십대 직장남성 또한 마찬가지다. 그가 스스로를 재혼전문 결혼정보회사의 상품으로 입찰시키는 것은 특별히 사랑을 갈망하기 때문이 아니다. "여기는 대한민국이고, 아직도 부모들이 자식의 이혼을 당신들의 이마에 찍힌 낙인이라며 자책하는 곳이니까."(「타인의 고독」, 12쪽) 그들이 남자를 만나고 여자를 만나는 이유는 낭만적 사랑에 대한 순수한 노스탤지어 때문이 아니다. 정이현의 인물들에게, 연애의 밑그림은 사랑이 아니다. 현대인의 통념은 이렇게 말한다. 연애가 세속이라면 사랑은 신성이다. 연애가 일상이라면 사랑은 진리다. 그러나 정이현 소설은 세속에 입맞추며 신성을 축출한다. 진리를 비웃고 일상을 끌어안는다. 정이현의 텍스트는 사랑은 없고 연애만 있는 세계의 절대성을 그린다. 그녀의 소설은 '사랑의 본질' 따위에는 한 점 눈길도 주지 않은 채, '연애의 테크놀로지'를 경쾌하게 나열한다. 정이현식 연애의 결승점은 '정확한 배팅과 적절한 잭폿'을 내장한 '합리적인' 결혼이다.

그녀가 그리는 연애의 카탈로그들은 하나같이 '다 아는 얘기지만 참을 수 없이 불편한' 것이다. 정이현은 어떤 인터뷰에서 독자들이 자신에게 "당신의 소설에는 왜 늘 악녀들이 출현하나요?"라는 질문에 당혹스러웠다는 고백을 한 적이 있다. 그녀가 빚어낸 인물들은 '악녀'라기보다는 '천진무구'하다는 표현이 어울린다. 그녀들은 자신의 욕망에 지나치게 솔직할 뿐 타인에게 위해를 가하려는 의도가 전혀 없다. 그녀들에게 삶은 치열한 게임이며 그녀들이 거는 기회비용은 존재 자체를 통째로 올인하는 '배팅'이다. 그런데 이 천진무구한 그녀들이 얼핏 '악녀'로 비치는 이유는 무엇일까. 그것은 그녀들이 무구한 만큼 정직하고, 천진한 만큼 능동적(많은 순간 '공격적'으로 오해되는)이기 때문이다. 그녀들은 이 사회가 요구하는 평균적 욕망을 추구하지만, 그녀들이 욕망을 추구하는 '방식'은 결코 무난하지 않다. 요컨대 그녀들은 아주 보편적인 욕망을 추구하기 위해 아주 극한적인(때로는 엽기적이고 공포스런) 방식을 동원한다. 평범한 욕망(안정적인 남성 파트너를 통해 운신의 자유를 얻는 것)과 비범한 도구(목표를 달성하기 위해 그녀들은 어떤 위험도 감수한다, 「트렁크」에서는 심지어 살인까지) 사이의 간극. 이것이 너무도 평범한 그녀들의 욕망을 지독히 불편한 맘으로 바라볼 수밖에 없는 이유다. 지극한 평범함으로부터 배어나오는 참을 수 없는 불편함, 이것이 그녀들을 '악녀'들로 '오인'하게 하는 착시효과의 진원지로 보인다.

「트렁크」의 여주인공이 타고 있는 EF소나타 골드는 2003년 봄 당시 최고의 유행품목이었다. "2002년형 EF소나타. 사 년 연속 부동의 베스트셀러 1위. 대한민국 도로 어디에서나 흔히 볼 수 있는 모델이었다." (62쪽) 「트렁크」가 씌어지던 당시에 최첨단 유행을 질주하던 EF소나타는 벌써 '헌 모델'이 되었다. 소설 속 그녀가 2005년을 살았다면 그녀는 EF소나타 따위에는 눈길도 주지 않은 채, 2005년 자동차 판매 1위를 기록하고 있는 'SM7'에 탑승하고 있을 것이다. 모든 히트 모델의 업그레이드 버전에는 끊임없이 'new'라는 훈장이 붙으면서, 'new'가 붙기 이전의 제품들을 '헌것'으로 강등시킨다. 한 인간의 교환가치가 그 사람의 소비 성향과 소장 명품의 가짓수, 그리고 최첨단 유행의 반열에 오른 자동차의 소유 여부로 결정되는 세계. 그 세계 속에서 살아남을 수 있는 인간은, 정이현 소설 속에서, 오직 두 가지 유형뿐이다. 평생 쓰고도 돈이 남아돌 만큼 부자이거나, 그 부자를 유혹하는 데 성공하는 인간이거나.

정이현의 소설 속 '강한 여자'들, 아니 '강하기 위해 모든 것을 불사할 수 있는 여자'들의 눈에는 모든 인간들이 자로 잰 듯 정확히 유형화된다. 독자는 적당한 거리를 두고 정이현이 그리는 21세기의 풍물지를 감상한다. 그러다가 불현듯 이 여인들의 머릿속에 차곡차곡 한 치의 오차도 없이 구분되는 인간 유형의 목록 속에서, '나는 어디쯤에 위치할 것인가'를 질문하는 순간, 서늘한 공포와 마주하게 된다. 정이현에게 등단 이후 첫번째 문학상을 안겨준 「타인의 고독」은 이 인간 유형별 성적표를 정확히 묘파한다. "재혼전문 결혼정보회사의 분석에 의해 나는 B⁺의 평점을 획득했다"(9쪽)로 시작되는 이 소설은 '이 복잡다단한 결혼시장에서 나의 학점은 무엇인가'라는 우리의 궁금증에 명쾌한 해답을 내려준다.

재혼전문 결혼정보회사의 담당자는 자신을 커플 매니저라고 소개했다. 피부가 하야스름하고 턱 선이 네모진 여자다. 그녀는 내 평점이 A가 아니라 B클래스에 속하는 것은 직업과 신장에서 살짝 점수가 깎였기 때문이라고 알려주었다. 여자의 설명에 의하면, 회사원은 더이상 안정적인 직업이 아니며 서른네 살에 과장이라는 직함을 달고 있는 것은 그만큼 퇴직의 시기가 빨라지리라는 예고로 비쳐질 수 있다고 했다. 1미터 73센티미터의 내 키는 가입 남성회원의 딱 평균에 해당하지만 일반적으로 요즘 여자들은 180센티미터에 가까운 키를 선호했다. 반면 높은 점수를 얻은 항목은 주거와 과거 부분이었다. 변두리이고 소형 평수이기는 하지만 아파트를 소유하고 있다는 점, 또 지난 결혼생활의 기간이 짧다는 점이 인정되어 나는 B군(群)이 될 수 있었다. 어머니는 내 몫의 아파트에 대해서만 알렸을 뿐 적지 않은 은행융자에 대해서는 미리 밝히지 않은 모양이었다. 칠 개월간의 법적 혼인 지속기간만 알렸을 뿐 칠 년간의 연애에 대해서는 미리 밝히지 않은 것과 마찬가지로 말이다. 하긴 여기는 그런 것쯤은 찡긋 눈감아주는 세계인지도 모르겠다. 무엇보다 내가 A의 바로 아래 단계인 B⁺가 되는 데 결정적인 역할을 한 것은 아이가 없다는 점이었다. 딸린 아이가 하나면 10점 감점, 둘이면 15점 감점이었다.

"매칭 뒤에 피드백이 괜찮으면 한 단계 올려드릴게요."(13~14쪽)

칠 년의 연애가 남긴 마음의 짙푸른 멍들은 결혼정보에 포함되지 않고 칠 개월의 법적 결혼 기간만이 결혼정보회사의 중요 데이터가 되듯이, 우리의 마음에 다채로운 빛깔의 상처와 환희를 남긴 장면들은 정이현의 소설 속 그녀들의 눈에는 계산되지 않는다. 그녀들은 '타인의 고독'을 향해서는 지독히 냉혹하고, '타인의 재산과 학력과 비전'에만 총명한 눈동자를 굴린다. 「홈드라마」는 한국사회의 연애와 결혼에 대한 정이현식 글쓰기의 결정판이다. 「홈드라마」는 연애와 결혼의 보편적 서사에 서려 있는, 한 치의 오차도 없는 천편일률적 패턴을 소름끼치게 형상화한다.

①발단: 오 년째 사귀어온 연인이 지루한 데이트 끝에 서로에게 등 떠밀리듯 결혼을 결정한다. ②전개: "특별히 남 앞에 내세울 만한 장점이 발견되지 않"(150쪽)는 여자와 "아무리 헤아려봐도 도무지 뭐 하나 비범한 구석이 없는"(151쪽) 남자가 양가 부모들의 백 보 양보 끝에 불

편하기 이를 데 없는 상견례에 성공한다. ③위기: "서울 시내에서 둘째 가라면 서러울 만큼 용하다는 역술인"(154쪽)이 점지해준 결혼 날짜가 주말이 아니라는 사실에 남자는 경악하고 여자는 그 '길일'을 고수한다. 1차 전쟁. 길일을 양보한 여자가 호텔에서 럭셔리한 결혼을 치르고픈 소망을 버리지 못하자 2차 전쟁. 피로연의 음식 선정에서 값싼 갈비탕 코스를 주장하는 남자 쪽 부모와 값비싼 양식 코스를 주장하는 여자 쪽 부모 사이에서 3차 전쟁. 예단을 둘러싼 이전투구로 인한 4차 전쟁. 분가를 반대하는 남자 쪽 부모의 의사를 순순히 따르는 남자에 대한 배신감으로 치를 떠는 여자, 드디어 폭발. ④절정: 냉전기를 치르는 두 남녀. 남자는 "북창동"에 있는 "단란한 데"에서 "사나이답게 완전히 망가"(163쪽)지고, 여자는 "상견례도, 예단도, 아파트도 개입하지 않아 순진무구했던 옛 시절을 추억"(164쪽)하며 첫사랑과 밤을 보낸다. 그후 남자 쪽 아버지가 전세비 오분의 삼을 내놓고, 오분의 일은 여자 아버지가 보태고, 나머지는 남자의 이름으로 가계 대출을 받음으로써 사태는 극적으로 타결된다. ⑤결말: "남자 아버지의 고향에서 제일 성공한"(167쪽) 전직 국회의원의 고전적 주례사와 함께 그들의 결혼식은 "따뜻하고도 아름다운 장면"(168쪽)을 연출한다.

디테일의 차이는 있을지라도 이 지독히 패턴화된 결혼의 내러티브는 수학공식보다 도식적이다. 이 소설을 읽고 고개를 주억거리지 않을 젊은 세대가 있을까 싶게, 「홈드라마」는 연애와 결혼에 얽힌 전형의 극한을 추구한다. 그러나 여기서 끝난다면 정이현이 아니다. 정이현스러운 서사의 치명적인 덫은 프롤로그와 에필로그에 존재한다. 프롤로그는 단 세 줄이다. "어느 날 속옷을 갈아입던 여자는 사타구니 안쪽에 발긋발긋 피어난 작은 사마귀들을 발견했다. 거의 같은 시간, 샤워를 하던 남자도 제 고환에 돋아난 닭 벗 모양의 낯선 돌기들을 의아한 눈빛으로 들여다보고 있었다."(147~148쪽) 어쩌면 이 소설은 프롤로그의 단 세

줄을 해명하기 위한 태연한 진술서일지도 모른다. 그들이 결혼 직전 각각 보낸 "외롭지 않은 밤"(164쪽)의 훈장인 이 기묘한 돌기들의 정체는 물론, '가벼운 성병'이다. "학명 콘딜로마, 속명 곤지름. 성 접촉에 의한 바이러스성 질환. (……) 금방 허니문을 떠나야 했으므로 남자와 여자는 성실히, 그리고 묵묵히 치료를 받았다. 영원히 혼자 간직할 비밀 하나쯤은 괜찮을 것 같기도 했다."(168쪽) 이 '하찮은 질병'은 결코 그들의 '핑크빛 홈드라마'를 위협하지 않는다. 그러나 정이현이 옴팡진 동작으로 설치한 이 아름다운 홈드라마의 덫은, 끔찍하다. "알 수 없는 곳으로부터 가끔 윤이 나는 흑갈색 바퀴벌레 떼가 스멀스멀 기어나오기도 했으나 해충약을 뿌리면 곧, 사라졌다."(168~169쪽) 진정 두려운 것은 그들의 행복한 스위트홈을 위협하는 세파와 시련이 아니다. 해충약(가벼운 불행 청소제)을 뿌리면 그 바퀴벌레 떼(그들의 행복을 위협하는 갖가지 위험)가 손쉽게 사라지리라 믿는 '우리'의 안일한 낭만적 판타지다.

정이현이 그리는 정형화된 연애의 패턴은 연애의 감상성을 한 톨도 남기지 않은 채 연애의 정교한 테크놀로지만을 앙상한 골격처럼 남겨둔다. 정이현의 소설 속 그녀들은 오 분 안에 인간을 유형화하고 점수를 매겨 그와의 지속적 관계 여부를 결정한다. '마법처럼 사랑에 빠진다'든지, '그녀의 상처에 공명한다'든지 하는 '너절한' 연애의 센티멘털리즘은 철저히 배제된다. 이제 연애는 물기 가득한 감수성이나 심오한 세계관의 문제가 아니다. 연애는 한 점의 감상도 허용치 않는 정교한 계산과 미세한 테크놀로지의 문제다. 그녀들은 과거를 향한 일체의 향수도 용납하지 않는다. 「트렁크」에서 순박하기 이를 데 없는 비정규직 사원 선미는 여주인공이 절대로 되돌리고 싶지 않은 무지와 가난을 상기시킨다. "군데군데 보푸라기 일어난 더플코트와 가짜 프라다 백팩. 다시 그 나이로 돌아가라면 그녀는 단호히 고개를 저을 것이다."(48쪽)

정이현식 연애의 테크놀로지 제1조: 낭만과 순수는 가난과 치욕의 다른 이름이다.

「낭만적 사랑과 사회」의 여주인공 유리가 '그'에게 순결을 선물하는 이유는 단순히 그가 부잣집 막내아들이기 때문이 아니다. "맘먹고 찾으려고만 든다면 국제변호사에 미국 공인회계사 자격증까지 갖춘 남자를 만날 수도 있을 것이다. 문제는, 그런 남자들과 내가 함께 할 수 있는 일은 오로지 연애뿐이라는 것이다. 결정적인 순간에 부모 핑계를 대거나 결혼 얘기는 농담으로도 꺼내지 않는 남자들과, 그는 달랐다."(27쪽) 정이현식 연애의 테크놀로지 제2조: '합리적' 결혼으로 골인하지 못하는 모든 연애는, 죄악이자 낭비다. 「순수」의 여주인공은 남편'들'이 죽어나갈 때마다 막대한 유산을 상속하며, 「트렁크」의 여주인공은 내 연남의 사회적 위치에 따라 자신의 사회적 성공의 타깃을 조정한다. 그녀들은 어떤 남성에게도 안주하지 않을 것이다. 그녀들의 욕망은 끊임없이 분열증식할 것이고, 그때마다 그녀들의 몸에 꼭 맞는 남성이라는 이름의 액세서리는 '새로워야' 할 것이므로. 정이현식 연애의 테크놀로지 제3조: 여성에게 남성의 존재는 그녀의 사회적 안정을 보장하는 한시적 담보물이다. '이 산'이 아니다 싶을 땐 뒤돌아보지 말고 '저 산'으로 질주할 것. 떠날 때는 흔적 없이, 어떤 감정의 찌꺼기도 남기지 말 것. '나'의 미래를 방해하는 그 어떤 감정의 잔여물도 정신의 맹독일 뿐이다. 「트렁크」의 여주인공이 살인 혐의를 받을 위기에 처해 있었을 때, 그녀의 다음 행동을 결정하는 판단의 변수는 명료하다. "그녀는 최선을 다해 커리어를 쌓아왔다. 갈 길이 아직 멀었다. 판단은 순식간에 이루어졌다."(52쪽) 그녀는 시체를 유기하기로 결심한다.

정이현은 '진정한 사랑'의 판타지가 존재하지 않는, 오직 합리적 교환의 관계만이 지배하는 연애의 폐쇄회로를 그린다. 그녀는 그 세계에 대한 어떤 '비판'이나 '옹호'의 태도도 보이지 않는다. 다만 보여준다.

그녀는 우리가 사유를 시작해야 할 곳이 바로 이곳임을 보여주려는 것일까. 그녀는 연애의 속물성을 분석하거나 비판하지 않고 다만 그 속물성의 투명한 속살을 남김 없이 까발린다. 그녀는 낭만적 사랑의 신화에 대한 휴머니즘적 시선을 잔혹하게 해부한다. 아직 그녀의 다음 행로를 알 수 없다. 그녀는 연애를 둘러싼 차이의 목록을 유형화하는 데 성공했다. 그러나 그녀는 차이를 '해부'했을 뿐 아직 차이를 '해방'시키는 차원으로 나아가지 않았다. 수많은 차이를 지닌 개인들을 철저히 유형화하는 정이현적 캐릭터는 양날의 칼이다. 정이현의 소설은 대중의 집합적 욕망을 해부학용 메스로 부검하는 데는 유용하지만 그 메스를 '살아 있는 개인'들에게 '치료'의 목적으로 사용하는 데는 인색하다. 지금까지 정이현의 작업이 낭만적 사랑의 허위를 예리하게 감지하고 우리의 불행한 연애의 상처가 지닌 허영을 가차 없이 베어버리는 것이었다면, 이제 정이현은 해부학적 메스를 치료의 메스로 전환함으로써 '정이현의 홈드라마 제2막'의 서곡을 준비해야 하는 것이 아닐까.

4. 울지 마, 웃지 마, 쿨해질 거야

정이현, 그녀는 스타카토다. 인물의 대사와 욕망을 이끌어감에 있어 페달을 밟음으로써 인물의 대사에 공명을 일으키거나 독자에게 안단테적 읽기 속도를 요구하지도 않는다. 잰걸음으로 백화점의 쇼윈도를 지나쳐가며 아이쇼핑을 하듯, 독자는 빠르고 경쾌하게 그녀의 소설의 호흡을 따라간다. 우회하지 않고 비범하지 않으며 내숭 떨지 않는 문체, 신비화를 거부하며 소파에 누워 한달음에 읽을 수 있는 스피디한 문체야말로 그녀의 힘이다. 그녀의 소설 컬렉션에 진열된 상품은 유행의 제국에서 살아가는 현대인들, 소비지향적 삶에서 유일한 행복을 발견하는 '취향 제국'의 시티즌들, 남성들의 세계에서 자신의 세계를 철저히 세속적 욕망의 무기로 돌파해가는 여자들이다. 독자는 정이현이 코디네이터로 일하는 소설 백화점을 기꺼이 향유하며 내레이터 정이현의 속삭임을 쉽게 이해할 수 있다. 하지만 거기까지다. 아직 정이현은 그녀가 제시하는 세속의 풍경을 '콜라주'로 제시할 뿐, 그 세속의 풍경이 정이현만의 독특한 욕망의 배치로 어떠한 '별자리'를 만드는지에 대해서는 대답해주지 않았다. 그녀가 코디네이터로 일하는 소설 백화점의 상품들은 매혹적이다. 그러나 아직 독자들은 그녀의 제품을 통해 일상의 고통스런 중력을 이겨낼 수 있는 무기를 발견하기 어렵다. 그녀는 미디어의 숲을 유쾌하게 질주하는 소설계의 카레이서이지만, 그녀의 경기는 아직 그녀만의 독특한 성좌(星座)를 일구어내지 않았다. 정이현의 눈부신 비약을 기다리는 독자들은 정이현이 '잘 보여주는' 작가에서 만족하지 않고, 그녀의 소설이 삶의 권태를 이겨낼 수 있는 무기를 '잘 만들어주는' 작가이길 바랄 것이다.

그녀의 최근 소설들은 초기작의 '냉정한 보여주기'의 세계를 넘어서는 차원으로 조심스레 이주하고 있다. 「위험한 독신녀」와 「빛의 제국」은 정이현이 자신의 빛깔을 넘어서려는 몸짓의 분수령에 위치한 소설이다. 「위험한 독신녀」는 자신의 세계를 위협하는 어떤 타자의 개입도 허용치 않았던 정이현의 인물이 처음으로 타자의 삶 속으로 걸어들어가는 장면으로 끝난다. 정이현의 소설 속 인물은 처음으로 '정이현적 쿨함'의 자그마한 틈새를 보이기 시작한다. 그것은 지독히 쿨한 그녀들의 지극한 방어본능이 때로는 타인의 삶을 송두리째 바스러뜨릴 수도 있다는 섬뜩한 자각 때문이다. "그 예쁘고 착한 소녀의 비극은 다만 머리가 나쁘다는 것뿐이었"(329쪽)던, 양채린의 '정신질환' ─ 아직도 1989년의 세계에 살아가는 그녀는 "품이 헐렁한 청재킷과 청치마, 드라이어로 한껏 세운 뒤 헤어스프레이를 뿌려 닭벼슬처럼 빳빳하게 고정시킨 앞머리, 발목까지 올라오는 흰색 캔버스천의 농구화"(322쪽)와 함께 2004년의 거리를 활보한다 — 은 의미심장하다.

여고의 남자 선생님들까지 그녀에게 울며불며 매달릴 정도로 아름답고 매혹적이었던 채린. 그녀는 평범하기 이를 데 없는 주인공 이현주를 비롯한 수많은 여자아이들이 제조한 악성 루머들로 인해 처절하게 따돌림당한다. 채린의 천진무구함을 이용하는 남자들은 수없이 그녀를 착취하고 구타하고 유혹함으로써 그녀를 파괴시킨다. 채린은 이 또래 집단의 '소문의 공동체'가 지닌 무시무시한 권력과 '우리가 특별히 악의를 품지 않고 매일매일 행하는 사소한 증오의 표현'들이 만들어낸 희생양이다.

그녀가 예순두 명 중에 육십이등이라는 것은 내가 말하지 않았어도 언제든 알려질 비밀이었다. 그 소문이 산불처럼 번지는 데 대해 나는 별다른 죄책감을 가지지 않았다. 그러나 그녀에게 대걸레라는 별명을 붙인 것은 내가 아니었다. 나는 그저, 채린의 뒤에 대걸레와 주전자밖에 없잖아, 라고 커다랗게 말했을 따름이다. 그 말 속에 들어 있던 악의를 부인하지는 않겠다. 하지만 단정하고 규범적인 소녀라면 누구나 그녀에 대해 그만큼의 악의는 품고 있었을 것이다. 존재 자체만으로도 타인의 심기를 건드리는 인간은 어디에나 있다. 채린에게 어디서부터 사과해야 할지 막막했다.(347~348쪽)

현주는 마침내 채린의 부서진 삶을 향해 서늘한 죄책감을 느끼며 그녀와 함께하는 방법을 택한다. 1989년의 스타일로, 앞머리를 "살벌하게 직각으로 올려붙인"(341쪽) 채, "커다란 패드가 들어간 구형 재킷과, 항아리 모양의 모직 스커트"(348쪽)를 입고 채린에게 간다. 정이현의 인물 최초로 그녀는 유행을 배반한다. "유행을 무시하며 살 수는 없을

줄 알았다. 지금은 그렇게 생각하지 않는다. 삶은 유행보다 더디게 지나간다. (……) 이제 나는, 그녀에게 간다."(349쪽) 소설 속 그녀는 어디서부터 문제를 '해결'해야 할지는 알 수 없지만, 이제 타인의 삶과의 소통을 어디서부터 '시작'해야 하는가를 고뇌하기 시작했다.

지극히 평범한 이야기를 통해 끔찍한 전율을 안겨주기. 이것이 정이현의 텍스트가 독자에게 말을 거는 방식이었다. 그 전율의 진원지는 아마도 자타가 공인하는 정이현적 쿨함, 그녀 스스로 "내추럴 본 쿨 걸"이라 부르는 냉혹한 자의식 때문일 것이다. 그녀는 세상과 독자와 작중인물들에게 공평하게 쿨하다. 그러나 그녀가 자신의 쿨함을 유지하기 위해 치러야 할 기회비용도 있다. 등장인물에게 어떤 감정적 잔여물도 가지지 않는다는 것, 등장인물들조차도 스스로 감정의 격한 해일을 겪지 않는다는 것, 그로 인해 정이현의 텍스트는 '솔기'가 없다. 너무도 매끄럽고 경쾌하다는 것, 한 올의 주름이나 미처 잘라내지 못한 실밥도 찾아낼 수 없다는 것. 텍스트의 솔기 없음은 정이현 소설의 소중한 매혹이자 치명적 환부가 될 수 있다. 그녀가 그리는 세계는 지독히 깔끔하게 커팅된 타일 조각처럼 명쾌하게 조각나 있다. 텍스트의 기묘한 돌기, 그것 때문에 텍스트가 처절하게 붕괴될 수도 있고 그것 때문에 텍스트가 눈부시게 꽃필 수도 있는 위험한 아름다움이, 정이현 소설에서는 아직 발견되지 않는다. 그녀는 유능하게 반영하고 포착하되, 처절하게 초월하고 내파(內破)하지는 않는다. 정이현 소설에는 꿈꾸는 집단, 꿈꾸는 개인이 없다. 현재를 버티는 개인을 차갑게 묘사할 뿐 현재를 극복하려는 우직한 개인의 열정이 없다. 그녀의 소설 속 주인공이 "진지한 눈빛은 질색입니다"(「순수」, 110쪽)라고 말하는 것처럼, 그녀 역시 사회에 대해 진지한 태도를 취하는 것에 대한 거부감을 '쿨'함이라는 단어에 녹여내는 것인지도 모른다.

정이현이 그려낸 인물들이 빚어내는 욕망의 모자이크는 유행이라는 우주 속에서 유형화되는 인물의 패턴이다. 그녀는 21세기의 소비문화와 미디어의 우주를 유영하는 인물의 '패턴'을 묘사하는 데 성공했다. 이제 문제는 개별성의 발견 혹은 창조가 아닐까. 유행의 우주 속에서 외롭게 부유하는 정이현의 인물들은 새것의 지옥 같은 반복 속에서 공장의 소시지처럼 똑같은 이미지로 복제되고 증식된다. 정이현 소설의 캐릭터에는 도발적 상상력을 가진, 삶의 지배적 중력과 싸우려는 개인이 존재하지 않는다. 「무궁화」에서 유부녀와 동성애에 빠지는 여주인공, 「이십세기 모단 걸」에서 고독한 신여성의 길을 걸어간 김연실, 「위험한 독신녀」에서 정신질환에 걸린 옛 친구의 삶 속으로 들어가는 현주 정도가 정이현 소설에서 유행이라는 지배적 코드를 이탈하려는 존재들이다. 그러나 이들의 존재는 아직 정이현적 세계의 아슬아슬한 임계점에서 서성인다. 어쩌면 자신이 창조한 인물들을 향해 끝까지 '쿨함'을 지키려는 작가의 태도가 그들의 진정한 일탈을 가로막는 것일지도 모른다.

정이현의 힘은 잡스러운 문화적 에너지를 일관된 테마로 압축하는 것이다. 이제 그녀는 더더욱 극한적으로 잡스러워져야 한다. 그리고 그 잡스러움을 분류하고 재배치하기 위한 스스로의 독특한 관점을 창안해야 한다. 그녀는 기성의 제도와 문화에 대한 도발적 안티의 화살을 장전하지만 그것은 아직 총명한 딴죽에 머무를 뿐 창조적 관점의 생산으로 나아가지 못했다. 잡스러움의 넓이가 잡스러움의 깊이로 양질전화할 때까지, 그녀의 붓은 한껏 더럽혀지고 자질구레해져야 한다. 대중문화의 잡탕 속에서 그녀만의 철학의 성좌를 다시 그리는 일은 기존 문화에 대한 안티를 넘어 기존의 문화적 성운을 교란시키는 '위험한' 작업이어야 할 것이다. 정이현은 기존의 소설에서 흔히 발견할 수 없는 평범한 인물들, 지나치게 평범하다는 이유로 오히려 타자화되었던 세속적 인물들, 유행에 탐닉하고 유행에 중독되고 유행 속으로 저물어가는 인물들을 나열한다. 이 '나열'이 단순한 파노라마적 전시를 넘어 정이현적 사유의 '성좌'를 그려낼 수 있을 때, 정이현의 진정한 '2기'는 시작될 수 있을 것이다.

가장 세속적인 일상의 풍경 속에서 가장 혁명적인 정치적 에너지를 길어올리는 것. 우리는 이 패배가 예정된 위험천만한 프로젝트를 끝까지 포기하지 않았던 한 철학자를 떠올린다. "벤야민은 프리랜서 작가로서 라디오와 신문이라는 대중매체에 접근했다. 자본주의 형식을 가지고 이러한 문화 장치를 내부로부터 전복할 수 있을까? (……) 부르주아-자본주의의 터전인 소비의 거대도시가, 혹세무민하는 매혹적 세계이기를 그만두고 형이상학적, 정치적 조명의 세계로 변형될 수 있을까?"[2] 정이현이 명시적으로 선언한 적은 없지만, 나는 이러한 벤야민적 고뇌의 그림자를 정이현의 소설 속에서 감지한다. '문화의 전달자'로서의 소설가의 역할을 정이현은 경쾌하게 수행해왔다. 90년대 소설 중에는 유행의 해일 속에서 소외감과 이물감에 시달리는 여주인공들은 많았지만, 유행의 한복판에서 유행에 탐닉하며 유행 속으로 투신하는 캐릭터들을 찾기는 어려웠다. 나는 정이현의 소설 속에서 홈쇼핑과 명품 백화점과 재래시장을 활보하며 일상의 경험과 문학적 관심 사이의 괴리를 극복하고자 분투하는 산책자의 표정을 읽는다. 유희의 세계와 성찰의 세계 사이에 엄숙한 위계를 설정하지 않는 정이현의 분방한 상상력은 분명 그녀의 소설을 밀어가는 귀중한 에너지다.

정이현의 소설은 싸이월드로 일상적 감정을 소통하며 디지털 카메라 속의 자신의 이미지를 거울 속의 자신의 얼굴보다 더 '진짜'라고 믿는 십대 소녀들의 감수성에도 무리 없이 문을 두드릴 수 있다. 나는 정이현의 이 세속적 총명함이 이쪽 세계('정통소설'의 세계)와 저쪽 세계

---

2) 수잔 벅 모스, 『발터 벤야민과 아케이드 프로젝트』, 김정아 옮김, 문학동네, 2004, 41쪽.

(더이상 계간지의 단편소설에는 눈길을 주지 않는 대중문화의 감수성) 사이의 공포스러운 간극을 메울 수 있는 유쾌한 사다리이기를 희망한다. 그녀의 소설이 '대중문화'와 '고급문화' 사이의 날선 경계를 통쾌하게 가로지르고, 유희적 세계와 성찰적 세계 사이의 위태로운 줄타기를 포기하지 않기를. 정이현이 세속적 풍경 속에서 철학적 유토피아를 발견하고 매스미디어의 무한질주 속에서 혁명의 잠재력을 일깨우기를 희망한다. 물론 문화의 전달 자체가 현실의 장벽을 뛰어넘을 수는 없다. 그러나 정이현의 소설은 지금 이곳의 대중적 감수성을 지배하는 유행의 우주야말로 우리의 진정한 사유의 재료임을 일깨운다. 철학적, 예술적 영감을 구하기에는 너무나 평범한 장소야말로 정이현의 소설이 독자에게 말을 걸기 시작하는 장소다. "일상의 경험과 전통적인 학술적 관심 사이의 괴리를 극복하는 것"[3]이 벤야민의 화두였듯이, 정이현의 소설은 대중문화의 잡스러운 풍경 자체가 예술의 성좌를 구성할 수 있는 가능성을 보여준다.

대중문화의 최전선 혹은 대중문화의 맨 밑바닥에서 정치적 폭탄을 길어올리는 것. 그것은 이데올로기를 소프트하게 번역하기 위해서도, 이데올로기의 진실을 은폐하기 위해서도 아니다. 자기 시대의 버려진 물건들의 상처를 통해 다가올 미래의 혁명적 상상력을 발견하는 벤야민의 빛나는 명랑성은 여전히 소중하다. 미디어의 폭주와 유행의 난개발 속에서 권태에 지친 현대인의 깊이 팬 상처. 이것을 더욱 끈기 있게 응시할 때, 정이현의 소설은 인류학적 허무주의의 위험을 넘어설 수 있을 것이다. 그녀의 소설은 아직, 디스토피아의 명품 백화점이다. 인간의 문명이 다다를 수 있는 최악의 시뮬레이션을 깔끔한 디스플레이 실력으로 전시해놓은. 이것이 변함없이 반복된다면 그녀의 소설은 자칫

---

3) 같은 책, 16쪽.

여러 가지 인간의 유형들을 단순히 기록하기만 하는 기술적인(des-criptive) 인류학에 멈출 위험이 있다. 그녀는 이제 그녀가 진열한 디스토피아의 이미지가 품고 있는 분노의 상징을, 그리고 그 분노와 공명하고 분노와 '맞장' 뜰 수 있는 그녀만의 무기를 찾아야 할 것이다. 유행과 미디어의 토박이이되 그 지긋지긋한 유행과 미디어의 숲을 매번 낯설고 놀라운 것으로 인지하는 눈 밝음이 절실하다. 정이현은 종종 자신의 작품 뒤에서, '이미 난 다 알고 있어. 이 도시에 서린 욕망의 지도를' '나에게 이 도시는 어떤 새로움도 느끼게 하지 않아'라고 권태롭게 속삭이는 것 같다. 그녀가 세상을 해부하는 칼은 아직 자신의 '바깥'을 향해 있다. 그녀의 메스가 그녀 자신을 향할 때, 그녀가 그녀의 트레이드마크인 '쿨' 함을 '도도한 냉소'에 가두지 않을 때, 그녀의 비약은 시작될 것이다. "보들레르는 상품에 감정이입하면서 상품의 죄를 자기 것으로 삼았다. 보들레르는 타락과 악을 묘사할 때 언제나 자신을 넣었다. 그는 풍자가의 제스처를 알지 못했다."[4] 그녀가 유행의 쓰레기 더미, 연애의 넝마, 미디어의 찌꺼기, 상품의 잔해 속에서 개별성의 승리를, "유행보다 더디 가는 삶"의 상처를 구해내기를. 사소하고 하찮고 죽어가는 것들의 마지막 눈빛에서 비약과 단절의 상상력을 찾아내기를.

얼마 전 아름다운 미술 작품 하나를 발견했다. 영국에서는 대중 스타 부럽지 않은 인기를 누리고 있다는 젊은 작가 팀 노블과 슈 웹스터의 작품이다. 이 작품의 재료는 '쓰레기'다. 이 작품은 얼핏 보면 쓰레기 더미에 지나지 않는다. 그러나 이 조악한 쓰레기 더미에 조명을 비추어 벽에 그림자를 만들면, 놀랍게도, 아름다운 실루엣이 탄생한다. 이 작품의 제목은 '더러운 하얀 쓰레기'[5]이다. 쓰레기는 악취와 오염과 구

---

4) 같은 책, 243쪽.
5) 나는 이 작품을 진중권의 『놀이와 예술 그리고 상상력』(휴머니스트, 2005, 108쪽)에서 발견했다.

팀 노블·슈 웹스터, 〈더러운 하얀 쓰레기〉(1998)

토의 주범이다. 그러나 이 작가들이 공들여 빚은 쓰레기 조형물이 빚어
내는 실루엣은, 결코 더럽고 끔찍하지 않다. 담배를 피우는 남자와 와
인을 마시는 여인이 서로의 등에 여유롭게 기대고 있는, 아름다운 소통
의 풍경이다. 그들이 작품에 사용한 쓰레기(예술작품의 질료)는 여기저
기서 '주워 모은' 생활쓰레기들이다. 부엌에서 나온 음식물 상자, 통조
림 캔, 심지어 갈매기의 시체까지 널브러져 있다. 말 그대로 정크 아트
(Junk Art), 더러운 쓰레기를 질료로 아름다운 예술작품을 창조하는 것
이다. 그들에게는 버릴 것이 없다. 모두가 더럽고 하찮고 끔찍하게 여
기는 쓰레기로부터, 결코 저버릴 수 없는 예술적 상상력을 발견하는
것. 쓰레기 더미조차도 예술의 질료로 끌어안는, 이 현실 자체에 대한
무한한 존중과 자긍이야말로, 우리 시대의 소설가가 문학을 자폐적 밀
실의 공간에 가두지 않을 수 있는 소중한 상상력의 틈새일지도 모른다.

정이현의 소설은 우리를 '위협'한다. 그러나 그녀의 소설은 아직 우리가 사는 세계를 '위험'에 빠뜨리지는 않았다. "세상을 뒤흔든 위대한 책들의 목록은 대개 금서들의 목록이다. (……) 세상을 한 번도 위험에 처하게 하지 않은 책이 어떻게 위대한 책일 수 있겠는가. (……) 부시를 보라. 위협하는 자가 원하는 것은 세계 속의 이권이지 새로운 세계가 아니다. 그러나 위험한 자는 세계의 이권에 관심이 없다. 그가 원하는 것은 새로운 세계이다."[6] 나는 정이현의 소설이 '뉴 밀레니엄 타임 캡슐'에 탑재되는 것에 만족하지 않는다. 나는 그녀의 책이 21세기의 진정한 '금서'가 되기를, 태워버려야 할 정도로 위험한 책, '분서(焚書)'가 되기를 희망한다.

---

6) 고병권, 「오늘날의 공산당 선언」, 데이비드 보일, 『세계를 뒤흔든 공산당 선언』, 유강은 옮김, 그린비, 2005, 166~167쪽.

이야기하지 않는 셰에라자드의 탄생

—김애란, 한유주의 첫 소설집을 기다리며

1. 디지털 미디어 시대의 신세대 작가

미디어가 전달할 수 있는 자극의 극한까지 경험해버린 현대인. 우리는 이제 그 어떤 이야기에도 놀라지 않는다. 현대인은 미디어의 자극에 구토를 느끼면서도 미디어 없이는 삶의 탯줄이 끊어진 양 황량한 세계를 살아간다. 우리는 미디어를 향한 중독과 구토를 동시에 느낀다. "무엇을 상상하든 그 이상을 보게 될 것이다!"라는 영화 〈매트릭스 2〉의 메인 카피는 미디어 콘텐츠 창조자들의 권태, 공포, 오만, 절망을 동시에 응축하는 아포리즘으로 들린다. 무엇을 상상해도 이제 완전히 새롭기는 어려울 것이라는 권태, 무엇을 상상해도 '당신들'보다는 '우리'가 창조적일 것이라는 오만, 무엇을 상상해도 이 세계는 구원될 수 없을 것이라는 절망, 무엇을 상상해도 새롭지 않다면 어쩔 것인가 하는 공포. 게다가 무엇보다도, 무엇을 상상하든 무슨 소용이 있겠는가 하는 '허무'가 동시에 느껴지는 이 위대한 광고 카피. 이 광고 카피에는 미디어 콘텐츠 창조력의 고갈에 대한 공포와 함께 '미디어의 창조자가 신

(神)의 위치를 대리한다'는 환상이 서려 있다.

미디어 중독의 핵심은 미디어가 철저히 의인화되고 있다는 점이다. 미디어는 이제 우리의 연인이자 친구이자 가족이 되어간다. 헬스클럽 러닝머신에도 텔레비전과 라디오가 달려 있을 정도로, 현대인은 늘, 항상, 언제나 '온라인' 상태를 요구받는다. 미디어 중독으로 인해 가족과 직장, 인간관계에서 불화를 겪는 일도 비일비재하다. 휴대전화 없이는 업무 자체가 불가능하지만, 휴대전화로 혹시 정리해고 메시지가 올까 두려워해야 하는 시대. 21세기는 미디어가 없으면 살 수도 죽을 수도 없는 세계로 탈바꿈하고 있다.

자동차가 다리의 확장이며 문자는 눈의 확장이고 의복은 피부의 확장이며 컴퓨터는 두뇌의 확장이라는 마셜 매클루언식 미디어 정의를 적용하면, 즉 인간의 신체 및 감각기관의 기능을 확장하는 것을 모두 미디어라 인정한다면, 미디어는 관계와 소통의 '직접성'을 단절하는 모든 것이다. 매클루언 시대에 아직 보편화되지 않았던 공기청정기는 '심폐기능의 확장'인 셈이다. 이제 집 안에서 매일 숨쉬는 공기마저 전깃줄 위에서 가공된다. 인간의 숨결마저 디지털화하는 시대. 무의식의 모공에까지 깊숙이 침투하는 각종 PPL(간접광고)들. 이 모든 '기계적 미디어'가 인간의 활동을 간접화하는 것이라면 '완곡어법'은 인간의 언어를 간접화하는 '언어적 미디어'다. 진심을 은폐하거나 미화하기 위한 너무 많은 완곡어법들 사이에서, 생생한 소통의 현장성은 점점 마모되어간다. 미디어 중독의 세계는 사물의 본래적 촉감과 멀어지는 세계다. 미디어 중독의 세계는 현대인으로 하여금 김치를 담그면서 손에 고춧가루가 묻지 않기를 바라는 마음, 사랑을 나누면서 타액이나 정액이 몸에 묻기를 바라지 않는 마음, 화장실에서 큰일을 보고 자신의 밑을 닦기를 거부하는('비데'라는 기계장치에 깃든 그 가공할 '귀차니즘'은 매번 경탄을 자아낸다) 마음을 길러주는 것은 아닌가. 21세기는 사물의 촉감과 멀어지는 세계, 관계의 직접성과 결별하는 세계다.

이러한 디지털 미디어 시대의 적자(嫡子)로 '보이는' 세대. 문학의 미래를 이끌어갈, 이제 막 작가의 길에 들어선 신세대들의 정신세계는 어떤 것일까. 이 질문에 대답할 두 젊은 작가가 바로 김애란과 한유주다.[1] 그러나 정작 '미디어가 키운 아이들'로 보이는 그녀들에게도 미디어는 아늑한 모체가 아닌 것 같다. "나는 동창들의 미니홈피에 방문하는 것을 좋아하지 않았다. 언제부터인가 서로가 오갈 것이라는 것을 알고, 혹은 서로가 슬며시 왔다 갈 것이라는 걸 알면서도 모른 척하며 더 열심히 자기 삶을 전시하고 있는 모습이 보기 싫었기 때문이었다. 윤택한 사진 아래로는 온갖 사교적인 답글이 달리고, 사람들은 모두 행복해 보였다. 온라인상에서 우리는 날마다 동창회를 열고 있었다."(「영원한 화자」) 김애란은 미니홈피 주인의 '방만한 노출증'과 방문객의 '은밀한 관음증'을 견디지 못한다. 한유주의 경우 미디어에 대한 거부감은 훨씬 직설적이다. "내 기억들은 언제나 전파를 타고 왔으므로. 세계는 14인치 텔레비전 화면 하나로 축소되어 있었다. 흑과 백으로 명멸하는 세계는 나를 어두운 방 한 구석으로 밀어낼 뿐이었다."(「그리고 음악」) 그녀는 미디어가 기억의 세포 하나하나를 잠식하고 있는 상황에 절망한다.

---

1) 이 글에서 다루는 텍스트는 다음과 같다. 김애란, 「영원한 화자」(『실천문학』 2004년 가을호), 「스카이 콩콩」(『문예중앙』 2005년 여름호), 「누가 해변에서 함부로 불꽃놀이를 하는가」(『문학동네』 2005년 가을호), 「그녀가 잠 못 드는 이유가 있다」(『현대문학』 2004년 5월호), 「나는 편의점에 간다」(『문학과사회』 2003년 가을호), 「노크하지 않는 집」(『창작과비평』 2003년 봄호), 「종이 물고기」(『창작과비평』 2004년 봄호), 「달려라 아비」(『한국문학』 2004년 겨울호); 한유주, 「그리고 음악」(『동서문학』 2004년 겨울호), 「죽음의 푸가」(『문학과사회』 2004년 봄호), 「달로」(『문학과사회』 2003년 봄), 「죽음에 이르는 병」(『현대문학』 2005년 11월호), 「베를린·북극·꿈」(『현대문학』 2005년 11월호), 「오필리어, 다름아닌」(『문학판』 2003년 가을호), 「세이렌 99」(『파라21』 2004년 봄호). 이하 인용할 경우 본문에 작품명만 밝힌다.

그러나 그들이 미디어 중독의 세계에서 자유로운 것은 아니다. 그들의 가족들은 텔레비전에 중독되거나(「그녀가 잠 못 드는 이유가 있다」) 텔레비전에 출연하며(「그리고 음악」「죽음에 이르는 병」) 또래집단들은 인터넷과 문자메시지의 세계를 우주로 삼는다. 이들은 김경욱, 정이현처럼 미디어에 대한 비판적 친화력도 없고 그 윗세대의 작가들처럼 미디어의 세계를 작품 안에 좀처럼 끌어들이지 않는 것도 아니다. 그녀들의 소설 속에는 가족적 휴머니티나 연애의 낭만, 친밀한 우정과 연대의 몸짓이 존재하지 않는다. 김애란, 한유주의 주인공들이 겪고 있는 총체적인 소통 불능의 상태는 미디어의 공헌이 크다. 이들에게서 할머니의 옛날이야기와 어머니의 회초리를 빼앗아간 주범은 매스미디어이기 때문이다. 그들에게는 공동체의 따뜻함이나 또래집단에 대한 애착, 전통에 대한 신뢰와 존경도 존재하지 않는다. 미디어의 자극이 생활의 틈새를 빈틈없이 틀어막고 있는 시대에 태어나 자라고 이제 성인의 문턱에 들어선 이십대의 정신세계는 어떤 것일까.

2. 편의점, 원룸, 포스트잇의 우주론

세계는 내가 해석해야 할 수수께끼가 아니다. '나'야말로 세계가 풀어야 할 수수께끼다. 세계는 나의 수집 대상이 아니다. '나'야말로 세계가 수집해야 할 대상이다. 나는 세계의 수집가가 아니라, "나는 나의 수집가"다. 나는 내가 사랑한 첫번째 타인이며, 나는 나의 죄를 모르지만 나의 삶은 내가 모르는 죄의 벌이다. "나는 나의 첫사랑…… 나는 내가 읽지 않은 필독도서, 나는 나의 죄인 적 없으나 벌이 된 사람이다." 평소에는 타인의 필요성을 느끼지 못하지만 '나'의 존재를 확인받기 위한 순간에는 타인이 필요하다. 그녀의 내면은 타인에게 보이지 않는 '무한한 나'에 대한 확신으로 빛나지만, 타인에 대해 그녀가 알고 싶은 정보는 없다. "나는 자신에 대해서는 '당신들이 모르는 내가 있다'고 생각하면서, 타인에 대해서는 언제나 '다른 사람들은 모르지만 나는 다 알고 있다'고 생각하는 사람이다."(「영원한 화자」) 그녀는 자아를 통해 세계를 바라보는 것이 아니라 세계를 통해 자아를 바라본다. 즉 그녀에게는 세계 전체가 자아를 투시하는 거대한 프리즘이다. 자아는 무한대로 확장되며 세계는 무한소로 축소되는 세계. 언제나 '나〉세계'인 세계, 그녀의 바깥에서 일어나는 일보다 그녀의 마음에서 일어나는 사건이 더 큰 세계. 그곳에 작가 김애란이 있다.

김애란의 소설 속에서는 주인공의 내면에서만 엄청난 사건과 치명적인 대화가 오고갈 뿐, 서사구조 자체에서는 커다란 일이 일어나지 않는다. 그들은 '사건'과 '진심'을 내면에 가두어둘 뿐, 좀처럼 일상 자체를 진정한 사건의 무대로 만들지는 않는다. 김애란의 소설 속에서 일인칭 화자들은 하나같이 '지리멸렬한 일상' 혹은 '내 마음에 들지 않는 내 생의 내러티브'에 대항하여, '나의 미적 취향과 서사적 취향을 만족시키는 환상 속의 내러티브'를 구축하고 있다. 「스카이 콩콩」에서는 무덤덤한 일상을 기적으로 비춰주는 가로등의 판타지가 필요하고, 「종이 물고기」에서는 부모의 범속한 희망(자식이 번듯한 직장을 구하기 바라는)을 견디기 위한 '종이 물고기(수천 개의 포스트잇으로 도배된 방)'의 판타지가 필요하다. 「누가 해변에서 함부로 불꽃놀이를 하는가」에서는 이곳에 없는 어머니의 공백을 채우는, 그리고 "마술이 아니라 완력인. 내 아버지의 우스운 사랑"을 아름답게 포장하는 아버지의 무한한 '구라 시리즈'가 있다. 김애란의 소설 속 인물들은 자신의 굴곡 없는 일상의 여백을 아름답고 역동적인 판타지로 메운다.

그녀의 소설들은 사소한 것들에 격분하고 진노하며 절망하는 현대인의 일상의 알레고리처럼 보인다. 〈모래시계〉식의 거대서사의 세계가 감동적이되 생경하게 되어버린 시대. 진심을 말하기엔 소통의 장벽이 너무 크기에, 내 마음속의 수런거림만이 이 세상에서 가장 큰 사건이 되어버리는 시대. 김애란의 소설세계는 거대서사가 사라진 시대에 범람하는 미소서사의 풍요로운 각축전이다. 거대한 원한 대신 하찮은 적의들이 그녀의 영혼을 더 크게 잠식하고 있다. 하고 싶은 말은 매번 내면으로 기어들지만, 진정 하고픈 말들은 입으로는 막아도 숨소리와 모공을 통해서라도 흘러나오기 마련이다. 그녀의 소설 속 주인공들은 A를 말하기 위해 C라고 말하고, B를 숨기기 위해 D를 노출한다. 어떻게든 무언가를 표현하지만 그 표현은 늘 무언가에 대한 에둘러 말하기다. "그녀는 사람들이 A를 그냥 A라고 말하지 왜 C라고 말한 뒤 상대방이 A라고 들어주길 바라는지 이해할 수 없었다."(「그녀가 잠 못 드는 이유가 있다」) 그녀가 타인의 '필요 이상의' 친절이나 궁금증에 화답하는 방식은 "정성은 없었으나, 악의도 없는" 거짓말이다.

그녀가 바라보는 세계는 편의점만으로도 압축될 수 있다. 편의점의 좁은 공간만으로도 도시인의 일상적 욕망은 충분히 요약된다. 그녀에게는 집 주위의 세 개의 편의점을 꼭짓점으로 한 좁은 공간 자체가 세상을 바라보는 현미경이자 망원경이다. "하루에도 몇 번씩 편의점을 오가는, 내가 한 번쯤 만났을 수도, 그렇지 않았을 수도 있는 사람들. 그중에는 조금 전 비디오방에서 섹스를 한 뒤 컵라면을 나눠 먹는 연인도 있을 테고, 근처 병원에서 아이를 지운 뒤 목이 말라 우유를 사러 온 여자, (……) 간첩, 심지어는 걸인으로 위장한 예수조차 있을지 모른다. 그러나 편의점은 묻지 않는다. 참으로 거대한 관대다."(「나는 편의점에 간다」) 그녀는 수많은 인간들의 그토록 많은 마주침에서도 한 번도 진정으로 만나지 못하는 편의점적 인간관계의 거대한 톨레랑스를 응시한다. 편의점의 거대한 관대. 그것은 친절과 봉사의 표정을 짓는 냉혹한 무관심이며, 투명함을 가장하고 있기에 쉬이 눈치챌 수 없는 비밀이다. 편의점은 "숨길 것도 감출 것도 없다는 듯 투명 유리 사이로 훤히 내장을 드러내고 있"지만, "저렇게 많은 물건 중 설마 내게 필요한 게 한 가지도 없을까"라는 의문을 일으키며 늘 내 손에 무언가를 들려 보내지만, 그곳에서는 누구도 맨얼굴을 부대낄 수 없다.

편의점은 내가 모르는 나를 알고 있다. '어서 오세요'와 '감사합니다'의 세계로만 인식되던 편의점은 그녀의 식성, 그녀의 가족관계, 그녀의 고향, 그녀의 생리주기, 그녀의 성생활을 모두 안다. 혹은, 안다고 가정된다. 그녀가 늘 구입하는 흑미햇반, 그녀의 십 리터짜리 쓰레기봉투, 택배로 날아온 우편물의 발신자 주소, 그녀가 사는 생리대와 콘돔까지 모두 바코드 검색기에 기록되기 때문이다. 모든 것을 파는 공간인 편의점의 바코드 검색기, 그것은 현대인의 일상을 투시하는 카메라 오브스쿠라다. 그러나 막상 서울에 아무런 연고가 없는 그녀가 급한 볼일로 편의점 청년에게 열쇠를 맡겨야 하는 순간, 청년은 그녀에게 처음 보는 사람보다 오히려 머나먼 타인이다. "깨끗한나라 화장지랑, 쓰레기봉투는 꼭 십 리터짜리만 사가고, 햇반은 흑미밥만 샀는데…… 모르시겠어요?" "손님…… 죄송하지만 삼다수나 레종은 어느 분이나 사가시는데요." 끝내 그는 그녀의 '개별성'을 알아보지 못한다. 그는 '그녀의 모든 것'을 다 알 수 있는 위치에 있었음에도 불구하고 '그녀의 단 한 가지'도 알려고 하지 않는다. 바코드 검색기는 청년의 '시선'이었을 뿐, 청년 자체는 아니었다. 그녀의 부모나 친구보다 그녀를 더 잘 알고 있을 거라 믿었던 청년은 '바코드 검색기'라는 선글라스를 통해 자신의 '눈먼 응시'를 숨기고 있었다. 이 눈먼 카메라에 비친 그녀의 우울과 절망이 아무리 클지라도, 바코드 검색기는 그저 그녀의 비밀과 욕망을 다만 '유통'시킬 뿐이다. 바코드 검색기에는 '본다'는 형식만 있고 본다는 행위의 콘텐츠는 없었던 것이다.

인간관계에 대한 건조한 냉소와 불신은 그녀의 소설 곳곳에서 발견된다. 「그녀가 잠 못 드는 이유가 있다」에서 아버지는 가족을 버리고 어머니를 쓰러지게 한 장본인이면서 또 누군가에게 쫓기는 표정으로 그녀의 자취방에 스며든다. 아버지는 그녀가 돌봐주어야 할, 그러나 결코 돌보고 싶지 않은 대상이다. "태아처럼 리모컨을 꼬옥 쥔 채 웅크리고 잠든" 아버지, 그는 텔레비전을 모체로 삼아 기식하는 태아다. 아버지는 텔레비전이 없이는 먹지도, 잠들지도, 깨어 있지도 못한다. "보여주는 것은 뭐든지 보는 아버지. 본 것을 또 보는 아버지. 봤었다는 걸 기억하지 못하는 아버지. (……) 매초 삼백만 개의 점이 쏟아지는 화면은 주시하면서, 딸이 잠 못 드는 단 한 가지 사실을 알아차리지 못하는 아버지." 불면증에 시달리던 그녀는 이제 '텔레비전을 보는 아버지' 만 없다면 잠들 수 있을 것 같다. 물리적으로만 존재할 뿐 사회적으로도 심리적으로도 존재하지 않는 아버지. "그녀는 거울의 각도를 숙여 거울 속에 비친 아버지의 얼굴을 사라지게 했다." 거울의 각도를 숙인다고 해서 아버지가 사라지는 것은 아니지만, 그것은 살아 있지만 존재하지 않는 아버지에 대한 상징적 거세다.

영혼의 안식처가 오직 텔레비전뿐인 아버지에게, 미디어는 상징적 태반(胎盤)이다. 텔레비전 화면의 삼백만 개의 점은 모체의 세포이며, 텔레비전의 사운드는 모체의 맥박 소리다. 그러나 그녀는 잠을 자야 한다. 텔레비전의 리모컨을 마치 탯줄인 양 필사적으로 그러쥐고 자는 아버지 때문에 그녀의 불면증은 깊어만 간다. 견디다 못한 그녀는 마침내 가위로 텔레비전 유선을 잘라버린다. "그것은 과거, 아버지가 그들 가족과의 관계를 끊었던 것처럼 잘 잘라졌다." 그러나 잘린 것은 텔레비전 유선만이 아니었다. 유선을 끊으며 그녀와 아버지 사이의 상징적 탯줄도 참혹하게 끊어진다. 진정 끊어진 것은 아버지와의 인연의 사슬이다. 그녀에게 아버지의 표정은 외계어처럼 생소하며, 아버지와의 대화는 어색하고 생소하기만 하다. "그녀는 아버지의 표정이 새벽에 중개되는 게임 방송처럼 느껴졌다. 벌레처럼 생긴 작은 기계들이 쉴 새 없이 기어다니며 원석을 실어나르고, 무언가 끊임없이 행해지고 있으나 알 수 없는 해설과 열광이 외계어처럼 다가오던 그 낯설음. 진지한 게이머의 얼굴을 보며, 저 사람과 자신은 절대 같은 시간 속에 살고 있는 사람이 아니라고 느꼈던 그 이상하면서도 생경했던 새벽." 아버지에 대한 그녀의 증오는 텔레비전으로 대표되는 미디어를 향한 이물감과 맞물려 있다.

아버지로 표상되는 기성세대와의 소통의 단절이 관계의 종축이라면, 이 단절은 관계의 횡축, 즉 또래집단이나 이웃에게도 확장된다. 「노크하지 않는 집」에서 같은 욕실과 변기를 쓰는 다섯 여자들은 한집에 살면서도 서로 한 번도 얼굴을 본 적이 없다. 그녀들은 웬만하면 얼굴을 마주칠 수도 있는 상황에서도 절대로 얼굴을 마주치지 않는다. 그녀들은 그들 중 한 여자가 밤새 통곡을 해도, 그 여자를 찾아온 남자가 밤새 현관문을 발로 차도 그 소음을 인내하거나 무심해한다. 사람 사는 곳이라 언제나 사건이 있기 마련이지만, 사건들조차 '얼굴'이 없다. 사건이 있되 아무도 그것을 의미 있는 표정으로 자신의 사유의 목록에 등록하지 않는다. 이 소설의 일인칭 화자 역시 신파적으로 소통에 매달리지는 않지만, 그녀 역시 외롭다. 직장에서 돌아온 '2번 방 여자'가 곱게 개어진 빨래를 보고 흐뭇해할지도 모른다며 살포시 옷을 개어두지만, 돌아오는 것은 한 줌의 미소도 깃들지 않은 차가운 포스트잇이다. "내 옷에 손대지 마시오." 다른 사람들에게 피해를 줄까봐 조심조심 담배를 피우고 섬유유연제까지 뿌려보지만, 또다시 돌아오는 것은 "왠지 사무적이고 서툰" 표정의 포스트잇이다. "방에서 불을 사용하는 사람은 조심합시다. 우리 모두를 위해."

단절과 무관심의 세계에 숨이 막힌 '1번 방 아가씨'인 주인공은 나머지 2, 3, 4, 5번 여자의 얼굴을 목마르게 상상해본다. 미리 열린 방문 뒤로 얼른 숨어버리는 그녀들의 반쪽 얼굴은 혹시 모두 화상이라도 입은 것일까. "모두가 제 방 주인이고, 모두가 제자리에 가 있는 것뿐인데, 나는 숨이 막혔다." 그녀들은 가족보다 가까운 거리에 있으면서도 생면부지의 타인보다 멀다. 그녀는 차라리 자그마한 사건이라도 일어나 그 사건이 그들의 집에 사소한 '물기'를 만들어주기를 바라지만, 정작 그녀의 방에 잇단 도난 사건이 일어나자 당황한다. "한 번만 더 이런 일이 발생한다면 나는 그 반쪽짜리 얼굴의 여자들에게 당당하게 전면 공개를 요구할 것이다. (……) 소리나 냄새가 아닌 실제 얼굴을 보고 말이다." 그러나 그런 용감한 소통의 몸짓을 차마 실천하지 못한 그녀는 나머지 방의 문을 몰래 따고 도난당한 물건을 찾는다. 악몽 속에서 자신의 방과 똑같은 네 여자의 방을 발견한 그녀는 이제 진정한 공포에 휩싸인다. "나는 왠지 그녀들이 모두 내 방을 거쳐가며 이쪽을 한번씩 노려보고 갔을 거란 공포에 사로잡힌다." "이제는 정말 누군가 필요한 시간"이지만 그날따라 그녀가 누르는 모든 휴대전화의 번호들은 응답이 없다. 공포에 사로잡힌 그녀가 할 수 있는 일은 아주 소심하고 서글픈 표정이 서린 포스트잇을 붙이는 일뿐이다. "미안해요. 무서워서 그랬습니다."

한편 「종이 물고기」는 키덜트 세대 전체의 알레고리로 읽힌다. 부모로 표상되는 이 사회의 기성세대 전체는 결코 이들 욕망의 이해자도 조언자도 후원자도 될 수 없다. 이 소설 속의 주인공은 '청년실업시대의 서자(庶子)'로서 부모의 끊임없는 잔소리를 뒤로하고 홀로 상경한다. 그는 차라리 어른들의 감시와 처벌의 시선이 닿지 않는 곳에서 자기만의 상상 속의 텍스트 유토피아를 건설하려 한다. 그는 "누구도 알지 못하고 찾아올 수도 없는" 값싼 옥탑방을 구해, "오직 그만이 알아볼 수 있는" 수천 개의 포스트잇을 사방에 붙인 후, "'소설'이라고 할 만한 것을 한번 써보겠다고 결심"한다. "6×8의 포스트잇이 질서정연하게 붙어 있는 네 벽면은 커다란 체스판처럼 보이기도 했으며, 시간이라는 x축과 공간이라는 y축을 가진 사건 그래프처럼 보이기도 했다." 그러나 결국 이 젊음의 창조성과 진실성을 증명할 길이 없다. 그의 인생 전체를 담고 있는 그 수천 장의 포스트잇들이 무너져가고 있었던 옥탑방의 균열을 가리고 있었고, 그가 외출한 사이 옥탑방은 무너져버리고 만 것이다. 그들의 사유는 포스트잇처럼 혹독한 가변성으로 들끓고, 그들의 존재 근거와 물적 토대는 금방 무너질 옥탑방처럼 아슬아슬하다.

그러나 김애란의 소설 속 주인공들이 하나같이 단절된 소통에 대한 공포와 냉소만으로 일관하는 것은 아니다. 「달려라 아비」에서 그녀는 "여전히 무능하고, 또 여전히 나에게 해준 것이 없는" 아버지를 향해 닿을 수 없는 화해의 손길을 전한다. 「달려라 아비」의 '진짜 아비'는 주인공이 태어나기도 전에 그녀를 버리고 미국에서 새살림을 차렸지만, 그것도 모자라 어머니가 아닌 여자에게 이혼을 당하고 어이없는 죽음을 맞을 때까지 그녀에게 엽서 한 장 보내지 않았지만, 그녀의 환상 속에서 아버지는 "세상 그 어디라도 기꺼이 달려가줄 듯" 용감무쌍한 포즈로 전 세계를 달리고 있다. 현실의 서사는 답답하고 느리며 섬세함도 스펙터클도 없다. 그러나 그녀는 '유머와 미적 완결성을 동시에 갖춘 서사'를 환상 속에서 매번 업그레이드시키면서, 지리멸렬한 현실의 서사를 견딘다. 아버지는 "의도를 알 수 없는 선의처럼, 종지감 없는 연극이 끝난 뒤에 터지는 어정쩡한 박수처럼" 돌아왔지만, 그녀는 상상 속에서 계속 세계를 이리저리 뛰고 있는 아버지의 얼굴에 선글라스를 끼워드리며 자신의 상상 속 내러티브의 미학을 완성시킨다. 그녀의 상상 속의 내러티브는 구질구질한 현실에서 흘러나오는 김칫국물을 깔끔하게 단도리하는, 향기나는 행주다.

「달려라 아비」의 주인공이 상상 속의 아버지에게 선글라스를 끼워드리는 장면(아버지에 대한 상징적 용서와 화해)보다 더욱 인상적인 것은

'어머니'에 대한 묘사다. 김애란 소설에서 '어른'이 냉소나 적대나 무관심의 대상이 아닌 경우, 그래서 가장 '견딜 만한 어른'으로 등장하는 것은 이 어머니가 거의 유일하다. 이 작품에서 어머니는 그녀에게 특별한 가르침이나 물질적 풍요를 선사하지는 않지만, 가족 이데올로기에 함몰되지 않으면서 가족 이데올로기를 돌파하는 차원을 보여주고 있다. "어머니는 농담으로 나를 키웠다. 어머니는 우울에 빠진 내 뒷덜미를, 재치의 두 손가락을 이용해 가뿐히 잡아올리곤 했다. 그 재치라는 것이 가끔은 무지막지하게 상스럽기도 했는데, 내가 아버지에 대해 물을 때 그랬다. (······) 어머니는 '내가 느이 아버지 얘기 몇 번이나 해준 거 알아 몰라?'라고 물었다. 나는 주눅이 들어 '알지······'라고 대답했다. 그러면 어머니는 시큰둥하게 '알지는 털 없는 자지가 알지'라고 대꾸한 뒤 혼자서 마구 웃어댔다. (······) 어머니가 내게 물려준 가장 큰 유산은 자신을 연민하지 않는 법이었다. 어머니는 내게 미안해하지도, 나를 가여워하지도 않았다. 그래서 나는 어머니가 고마웠다. 나는 알고 있었다. 내게 '괜찮냐'고 물어보는 사람들이 정말로 물어오는 것은 자신의 안부라는 것을. 어머니와 나는 구원도 이해도 아니나 입석표처럼 당당한 관계였다." 이 대목에서는 생의 끊어낼 수 없는 비애를 결코 멈추지 않는 웃음으로 승화시키는 삶의 내공이 반짝인다.

　　첫 소설집의 출간을 앞두고 있는 김애란의 정서는 발랄한 진중함, 경쾌한 심오함이다. 혹은 깊이 있는 가벼움, 증오를 감춘 무관심이기도 하다. 그녀의 소설은 거대한 삶을 야금야금 좀먹는 사소한 악의들에 대하여, 하찮은 에피소드들로 인하여 붕괴되는 소중한 관계들에 대해 속삭인다. 콘크리트 못처럼 단단하고 청산가리처럼 독기 어린 문장들은 그녀의 빛나는 재능이다. 그녀의 주인공들은 종종 '자폐적 고립'을 '공격적 시니시즘'으로 위장하고 있다. 필연적인 이유 없이 문단을 한 문단씩 끊어준다든지, 디테일의 강인함에 비해 전체 서사가 헐거운 것은 그녀가 넘어야 할 장벽이다. 특별한 이유 없이 문단을 과감하게 끊어버리는 것은 소설가의 시간설계도를 독자가 음미할 틈을 주지 않은 채 시간의 이음새 자체를 은폐하는 것이다. 그녀의 특장인 에피소드적/만화적 서사성만으로 장편의 장구한 시간을 견뎌낼 수 있을까. 전통적인 서사를 벗어나 '(거대한) 이야기 없는 (사소한) 이야기'의 세계를 구축한 것은 그녀가 개척한 새로운 차원이지만, 그렇다고 해서 소설적 시간의 문제 전체가 해결되지는 않는다. 그녀의 주인공들은 가끔 에피소드적으로 고뇌하고 광고 카피처럼 상큼한 문장들로 내면을 현시한다. 시간의 흐름을 '커브(만화적/에피소드적 서사)'가 아닌 '직구'로 견딜 수 있을 때, '도시의 청년/유년'에 한정된 고뇌를 좀더 많은 사람들의 좀더 깊은 고뇌로 확장해갈 때, 그녀의 재능은 내공으로 깊어갈 것이다. 그녀의 소설은 가장 가까운 타인을 향한 애잔한 노크 소리다.

3. 미디어 중독의 세계 vs 우울한 텍스트 디스토피아

어느 날 불현듯, 기다리지도 않았던 편지가 날아온다. 수신자 주소도 잘못되어 있고, 게다가 언어마저 지구인의 언어는 아닌 듯싶다. 분명히 한글로 되어 있지만 직업적 은어나 군사적 암호가 아닌 바에야 이토록 생소할 수 있을까. 주소 불명의, 해독 불가능한 코드로 된 편지. 그러나 왠지 반드시 내가 그 메시지를 읽고 소화해야만 할 것 같은, 고통스런 기대를 버릴 수 없는 편지. 이 편지를 힘겹게 다 읽고 나면, 비로소 그것이 내가 기다리고 있었던 그 편지임을 깨닫게 될 것만 같은. 그것이 한유주의 소설이 주는 첫인상이다. 2003년 「달로」라는 단편으로 등단한 한유주의 소설은 전통적 서사의 규범은 물론 전통적 문장의 규범조차 낱낱이 파괴하고 있다. 그녀는 지구인이 매일 쓰는 언어를 낯설게 만든다.

스물네 시간을 하루로 삼고 삼백육십오 일을 일 년으로 삼아 살아가는 지구인의 시간관을 생소하게 만든다. 문자로 소통을 하는 언어 습관, 텍스트는 이해의 대상이라 생각하는 읽기의 관습, 밥을 먹고 잠을 자고 배설을 하는 일상다반사를 때로는 생경한 미로처럼, 때로는 끔찍한 공포의 대상처럼 만들어버린다. 잘못 도착했으며, 해독 불가능하지만, 그녀의 소설 곳곳에 박힌 독창적 아포리즘들은 이미 피로해진 독자의 눈을 차마 거둘 수 없게 한다. 우리는 스토리의 흐름을 두뇌에 각인하는 익숙한 독법으로는 그녀와 만날 수 없다.

　그녀의 주인공들은 영상 미디어와 활자 미디어로 얼룩진 현대인의 기억과 싸운다. '정확한 문법'과 '발신자와 수신자가 명확한 소통의 구조'와 싸운다. 그리고 인물, 사건, 배경으로 얼개가 구성되는 '이야기'와 싸운다. 그리고 마침내 과학과 역사와 예술의 삼각형으로 구조화된 인류의 문명 전체와 싸우려는 듯하다. 한유주는 우리가 살고 있는 세계를 "무수히 쌓인 종이 더미와 포스트잇과 대용량 하드디스크의 세계"(「죽음의 푸가」)로 압축한다. 우리가 살고 있는 세계는 "17인치 텔레비전 화면만큼이나 옹색하고도 완고하다."(「그리고 음악」) 게다가 시간의 흐름과 사건의 선후를 제멋대로 편집하는 미디어의 테크놀로지. 그것은 인류의 두뇌를 미디어가 편집한 균질적인 체험으로 오염시킨다. "세계는 같은 시각에, 같은 내용의 꿈을 꾸기 시작했다. 사람들의 아련한 추억들은 활짝 젖혀진 어느 공장에서 조금씩 가공되었다."(「달로」) 미디어는 새로운 꿈을 만들어내는 공장이 아니라, 인간들로 하여금 '타인의 꿈이 마치 자신의 꿈인 양' 각자의 두뇌를 비슷비슷한 장면들로 편집하는 괴물이다. 이제 "일상의 뒷면"에는 "텅 빈, 세계를 기록한 지나간 시대의 이미 상해버린 필름만이 남아 있을 뿐"이다. 우리는 복제인간이 나타날까봐 걱정하는 존재들이 아니라, 이미 영상과 미디어의 언어로 인해 편집된 기억을 갖고 있는, 복제인간들이다.

날것의 직접적인 체험이 아니라 미디어를 통해 모든 이야기를 간접적으로 체험한 현대인에게, 모든 사건은 이전 사건의 반복인 양 느껴진다. 스스로의 신체와 감성으로 직접 체험하지 않아도 미디어만으로 세계 모든 곳의 모든 사건에 접속할 수 있다는 유비쿼터스의 환상. 그것은 한 사람 한 사람의 온라인 접속자가 신의 위치에서 세계를 조감하는 듯한 착시현상을 일으킨다. 그러나 이러한 유비쿼터스의 환상 속에서는 실제로 아무런 사건도 진정으로 일어나지 않는다. 유비쿼터스의 판타지 속에서는 모든 사건은 기존 사건의 반복일 뿐이며 내가 경험하는 세계는 당신이 경험하는 세계의 반복에 불과하기 때문이다. 한유주의 눈에 비친 세계는 "일상의 활기찬 소음들"이 "기나긴 적막 속으로 삼켜"진 세계이며, 오래된 SF영화 〈데몰리션맨〉에서처럼 인간들 사이의 직접적 접촉이 없는 세계이다. 타액이나 정액은 물론, 서로의 땀냄새와 숨소리도 느낄 수 없는 세계. 한유주의 인물들은 서로 사랑할지라도 좀처럼 손을 잡거나 입을 맞추지 않으며, 잘 먹고 잘 자는 일에 관심이 없다. "이유도 없이 문득, 먹는 것이 부끄럽게 느껴진다." "이것은 무슨 맛일까. 나는 왜 여기에 있을까…… 저들은 왜 여기에 있으며 무엇을 먹고 있을까."(「그리고 음악」) 그녀에게는 가장 일상적인 행위가 가장 낯설고 비현실적인 세계로 탈바꿈한다.
　한유주의 인물들은 하나같이 치명적인 죽음을 안고 살아가거나, 혹은 죽음과 별로 다르지 않은 삶을 살아간다. 그녀는 매스미디어가 결코 접근하지 않는 잊혀진 죽음의 세계, 혹은 이미 죽어 있는 듯 보이기에 존재감조차 느껴지지 않는 인물들을 자신의 작품 속에 살게 한다. 그런 그들에게는 일상적 소통의 문법이 전혀 통하지 않는다. "독일어 수업시간, 왜 그것이 중요하다고 생각하죠? 나는 아무 말도 하지 못한다. 은행 창구 앞, 여권 말고 다른 신분증은 없으세요? 나는 아무 말도 하지 못한다. 강당 앞에서, 지금 몇 신지 아세요? 나는 아무 말도 하지 못한다."

(「그리고 음악」) 일상적 소통이 불가능하거나 혹은 쓸모없어져버리는 그들의 언어세계 속에서는 당연히 농담도 통하지 않는다. 권태롭고 물기 없는 일상을 기적처럼 견딜 수 있게 해주는 소통의 형식, 농담. "환영에게는 농담이 통하지 않는다. 나는 농담할 수 없는 대상들의 목록을 재구성한다. 이를테면 오래된 독재자, 누군가의 몸에 박힌 탄환의 개수, 바닷물에 떠밀려온 신원 미상의 몸, 그리고 에 세테라." 농담이 원천봉쇄된 그들의 세계 속에서, 그 어떤 말도 그들을 웃게 할 수 없다.

미디어의 환상은 그들 고유의 환상마저 빼앗고, 가장 소중한 이들의 죽음을 끌어안고 사는 그들은 구어체로 이루어진 말들의 세계마저 잊어버렸다. "환희가 죽고 난 이후부터는 하루가 종일 지옥이었다. 나는 가짜로 가짜인 사람일까, 진짜로 가짜인 사람일까."(「죽음에 이르는 병」) "환영은 비명을 막기 위해 말을 잊어야만 했다. 아무도 엄마가 익사했다는 것을 믿지 않았다. 의사도, 경찰도, 아버지도."(「그리고 음악」) 가장 사랑하는 사람이 죽은 후, 한유주 주인공들의 삶의 시계는 멈춘다. 시간이 멈춰버린 사람에게 시간성을 지닌 이야기란 얼마나 무용한 것인가. 그래서 그들에게는 평범한 일상의 풍경이 '뮤트(mute)'된 비디오처럼 아득하고 무미건조하게 느껴진다. 그 어떤 사건이 일어나도 그 어떤 의미도 오롯이 보존/경험되지 않는 세계. 사건의 진정한 촉감과 냄새는 휘발되고 신문에 인쇄된 건조한 팩트만이 사건의 무게를 증언하는 시대. "사건, 사고, 이야기는 신문지의 거친 결로만 남아 손가락 끝에서 잊혀졌다. (……) 말들이 사라지고 나면 사람들은 추억했다. 누가, 언제…… 그리고, 그러나, 대화는 지속되는 법이 없었다."(「죽음의 푸가」)

한유주의 주인공들의 삶은 고통스러운 비극의 마지막 장에 위태롭게 붙어 있는 불필요한 부록처럼 극도의 우울과 자학으로 점철되어 있다. "나는 하나뿐인 동생을 잃었고, 그는 하나뿐이었는지는 모르겠지만 아무튼 사랑하는 친구를 잃었다. (……) 나는 우리가 고른 아이스크림이 무채색이라는 것을 깨닫는다. 주변을 둘러보면 다들 딸기, 멜론, 망고, 바나나, 그렇게 채도 높은 아이스크림들을 먹고 있다. 한 스푼을 떠 입에 넣었다. 아무 맛도 느껴지지 않는다."(「죽음에 이르는 병」) 삶의 채도가 '0'이 되어버린 삶. 삶의 밀도도 농도도 '0'이 되어버린 그녀에게는 음식맛의 차이도 악취와 향기의 차이도 무화되어버린다. 세상 모든 소설의 제목이 '잃어버린 시간을 찾아서'로 번역될 수 있다지만, 그녀는 텍스트 전체를 '잃어버린 시간은 결코 찾지 못한다'는 잠언의 변주로 만든다.

그러나 소설의 시공간을 살아가는 존재는 '어쨌든 살아가야 하는 사람'이다. 죽음과 같은 일상을 유령처럼 부유하는 소설 속 인물들도, 때론 희망을 갖는다. 「그리고 음악」에서 '나'는 환영의 영혼에 다가가기 위해 첫발을 내딛는다. 환영은 영상 미디어나 활자 미디어를 거부하는 대신 음악을 택했지만 그런 환영 역시 음악에 중독됨으로써 삶 자체를 유령으로 만들어버린다. '나'는 환영과 유일하게 공유할 수 있었던 음악이라는 환상조차 그들을 가로막고 있는 장벽임을 느끼고, 음악이 아닌 '살아 있는 말들의 오고감'으로 환영과의 거리를 극복하고자 한다. "음악은 아무것도 구원하지 못해. 나는 음악을 믿지 않아." 그러나 환영은 못 들은 척한다. 그럼에도 불구하고 그녀는 더 나아간다. 환영이 세상을 향한 눈과 귀를 닫아버린 치명적인 상처, 어머니에 대한 기억을 물음으로써 환영에게 필사적으로 다가가려 한다. "전부터 궁금했던 건데…… 어머니는……" 그러나 그녀가 살아 있는 소통의 몸짓을 시작하자마자 '나'와 '환영'의 거리는 오히려 영원으로 늘어난다. 그리고 그 결말은 이미 그녀가 예견했던 것이었다. "나는 지금 어디로 가고 있는 것일까. 그리고 환영은? 나는 갑작스레 옆에 앉아 있는 환영과의 거리가 수천 킬로미터로 늘어나는 것을 본다. 그렇게 우리는 한순간 영원히 멀어진다."(「그리고 음악」)

「베를린·북극·꿈」에서는 좀더 집단적이고 적극적인 방식으로 문명과 싸워온 주인공들이 등장한다. 이들은 오래 전 혁명이나 테러의 목적으로 무장한 잠행자들이지만, 지금은 싸워야 할 뚜렷한 목적도 국적도 잃어버린 상태다. "테러범에서 잡시로, 우리는 한 발짝 혹은 두 발짝을 후퇴한다." "그리고 낡은 텔레비전을 틀면 우리는 없다. 어느 해안가에서 고래들이 자살한다. 초음파로 오염된 바다, 전 지구적 쓰레기들, 고래들은 귀를 막고 죽는다. (……) 세계의 무게에서 우리와 죽은 고래들을 뺀 꼭 그만큼만이, 텔레비전 속에 존재한다." 그들은 욕망도 감정도 국적도 기억도 버린 채 세계를 부유한다. 그들은 문명의 쓰레기들을 견디지 못하고 자살한 고래들처럼, 문명 밖으로 탈주한 자들이다. 고래의 자살 장면은 문명의 종말을 예언하는 우울한 전주곡처럼 반복해서 등장하고, 한유주의 소설은 문명이 스스로 자살하고 있는 장면을 그린 우울한 풍경화가 되어, 무채색으로 가라앉는다. 자신이 자살하는지도 모르고 매일 조금씩 미량의 독을 먹고 있는 문명에 대한 풍경화. "솔이 거의 닳아버린 칫솔을 꺼내 이를 닦으며 양치질은 우리가 영원히 버릴 수 없는 문명이라던 네 말을 생각했다." 그들은 문명 전체와 싸운 테러리스트들이었지만, 문명 바깥에서도 아무것도 찾지 못한다. 역시 이들의 끝도 '사라짐'과 '죽음'이다.

미디어와 문명과 일상을 거부한 한유주의 인물들의 종착역은 어디일까. 그것은 '또다른 죽음'(「베를린·북극·꿈」)이거나 일상도, 소통도, 사랑마저도 불가능한 세계다. "나는 환영의 대답을 헤아린다. 나는 여전히 살아 있다. 그리고 이것이 나의 야만이다." 결국 삶 자체가 야만으로 굳어져버리고 만다. 일상과 소통과 연애가 불가능한 세계. 그것과 유비되어 한유주의 텍스트도 불가능한 비밀들의 아수라가 된다. 도저히 다가갈 수 없는 타자일 때만, 혹은 이미 죽은 인물들에게만, 한유주의 인물들은 무한한 애착을 느낀다. 가장 사랑하는 사람 때문에 오히려 나는 가장 낯설고 무의미한 존재가 되어버린다. 소설 속의 인물들은 돌이킬 수 없는 타자가 되며, 그녀의 소설 자체도, 작가로서의 그녀도 '이해되기를 거부하는' 타자가 된다. 나 : 환영＝독자 : 소설의 유비관계가 성립된다. 다가가려고 필사적으로 애쓰는 존재 vs 이해되기를 필사적으로 거부하는, 아니 그 자체에 무심한 존재. '미디어 중독'의 세계에 맞서는 한유주의 인물들의 무기는 '텍스트'다. 살아 있는 사람을 쓰다듬을 수 없는 이들에게 유일한 친구이자 연인이자 가족은 차라리 문자로 된 텍스트들이다. "나의 두 친구가 나르치스와 골드문트였다면, 나는 어느 날에는 리자베타였고, 어느 날에는 마르멜라도프, 어느 날에는 소냐였다. 우리 모두는 기묘한 짝패를 이루었다. 라스콜리니코프와 포르피리도 빠질 수 없었다. 나는 스스로를 심문했다가, 동정하기도 했고, 경계했다가, 마음을 풀기도 했다."(「죽음에 이르는 병」) 텍스트를 연인이자 친구로 삼은 그녀에게, 진정한 타자는 자기 안에 있다. 그녀는 자기 자신의 연인이자 친구이며 자신의 심판자였다가 피고가 되었다가 자신을 증오하고 자신을 용서한다. 세상의 모든 일이 자기 자신 안에서만 일어난다.

그녀의 소설은 '미디어 중독'의 세계에 '텍스트 중독'의 무기로 맞서는 몸부림처럼 읽힌다. "우리의 역사는 인용의 역사, 너는 다른 사람들의 문장을 빌려 말을 한다." "네 말은 따옴표와 괄호로 알려진 모든 문장의 부호들 안에 갇히고 말았고, 전해진 말들은 우리와 너와 모두를 규정하고, 너에게서 나에게로 전해진 말들은 나에게 너를 베끼라고, 네 모든 말의 몸들을 집어삼키라고 요구했다."(「오필리어, 다름아닌」) 그녀의 인물들은 세상의 모든 언어에 대한 근원적 불신을 갖고 있지만, 그럼에도 불구하고 그들이 기대는 것은 문자로 된 텍스트들이다. "누구나 자기 자신으로부터 자유로울 수 없다는, 어디에서나 눈에 띄는 경구들이 나를 괴롭혔다. 구제는 진실로 죽는 데에, 죽어버리는 데 있다는 문장을 읽었다. 책을 덮는다. 다들 거짓말을 하고 있다. 보이는 것, 들리는 것은 모두 거짓들뿐이다."(「죽음에 이르는 병」) 그녀의 숨소리도, 그녀의 목소리도, 그녀의 세포 하나하나도 마치 텍스트로 구성되어 있을 것 같다. "기억들이 나를 찾아온다. 그리고 목을 조른다. 숨이 넘어가고 있는 그 순간에도 나는 문어체로 사고한다. 우스꽝스럽다. 나는 나 자신에게서조차 멀어진다. 나는 여전히 어디에도 없다." 미디어에 중독되는 대신에 텍스트에 중독된 그들. 그녀의 주인공들은 텍스트로 사유하고 밥 대신 텍스트를 먹고 배설하는 삶을 살아간다. 그리하여 마침내 텍스트가 곧 세포가 되어버리는 삶.

그녀의 소설 속 주인공들은 자신의 고통조차 텍스트의 언어로 은유한다. "나는 더러운 아이다. 그러므로 지금만큼은 재투성이 신데렐라가 된다. 맞지 않을 구두, 더러운 손과 뺨, 의붓언니는 아직 죽지 않았다. 언니가 내가 미리 줄여둔 구두를 신으려고 발뒤꿈치를 잘라내고, 발뒤축을 애써 늘리며 흐르는 피를 그림자처럼 드리우고 성으로 향하는 동안 나는 조용히 이를 간다. (……) 환희가 떠나던 그 순간 이미 내 삶은 모두 끝났으므로. 책을 펼친다. 글자들이 부질없게 느껴진다." 이미 '삶이 끝났다'고 생각하는 존재의 마지막 상징적 제의가 바로 독서다. 부질없이 느껴지지만 끊임없이 글을 읽고 부질없이 느끼지만 비밀 없는 비밀을 기록한다. 그녀의 텍스트는 비밀의 콘텐츠가 없는 비밀의 형식이다. 비밀의 외관을 하고 있지만 비밀의 고갱이가 없다는 점에서 텍스트 자체를 비밀로 만들어버리는 글쓰기. 그런 의미에서 그녀의 텍스트는 진정한 비밀이다. 홀로 그녀의 비밀을 알고 있는 환희는 그 자리에서 죽어버린다. 서사의 가장 큰 고리, 사건의 진정한 비밀은 절대로 발설되지 않는다. 끝내 비밀을 말하지 않기. 그녀의 텍스트는 기승전결에서 '전'이 빠진, 가장 중요한 조각이 빠진 미완성의 퍼즐이다. 죽은 여동생

환희는 그녀의 이복동생이면서 그녀의 연인이 아닐까 하는 추측만을 독자에게 남겨둔 채 소설은 끝난다.

그녀의 주인공은 "아무것도 읽지 않는 삶이 가능할까?"라고 묻지만, 그녀의 소설은 '아무것도 읽지 않고서는' 결코 완성되지 않는다. 그녀의 소설은 무언가를 읽고 말함으로써 파괴되는 삶을 향해 또다른 무언가를 읽는 행위로 맞서기에, 영원히 텍스트의 늪에서 헤어날 수 없을 것만 같은 폐쇄회로를 그린다. 그녀는 전통적 서사와 전통적 문법을 거부하기 위해, 가장 중요한 말들은 '빈칸'으로 남겨놓는 전략을 택한다. 그녀는 가장 중요한 것은 말줄임표 안에 있다는 듯, 가장 치명적인 비밀을 말줄임표 안에 가둔다. 가장 결정적인 내용은 말줄임표 안에 존재하며, 가장 치명적인 무기는 귓속말(「죽음에 이르는 병」)로 존재한다. 기승전결의 '전'이 되는 부분이 결정적으로 빠져 있기에, 그 여백을 통해 텍스트가 다층적 울림을 갖게 된다.

한유주는 문체적 자의식이 분명히 느껴지는 문장들, 전통적 서사와 결별하는 '플롯 없는 플롯'으로 자신의 소설을 지탱하고 있다. 그녀는 세상의 모든 말들이 지니고 있는 "의미와 문법이라는 환상"과 싸운다. 사람들이 이미 가려워하는 곳만을 긁어주고 안마해주는 것이 매스미디어의 전형적 커뮤니케이션이라면, 한유주는 우리가 가려워하고 있는지조차, 아니 그런 부위가 있었는지조차 인식하지 못하고 있던 것을 헤집어내어, '거봐요, 이곳이 이렇게 곪아 있는데 아직도 모르고 있었나요?'라고 속삭이는 듯하다. 이것은 평준화된 커뮤니케이션의 통속성을 돌파하는 한유주의 화법이며, 미로 없는 곳에서 미로를 만드는 한유주의 텍스트 건축술이다. 말줄임표를 통한 호흡의 단절, 문법적 규칙의 파괴와 홑겹문장의 형식적 규범 파괴, 「달로」「죽음의 푸가」「세이렌99」처럼 아예 논리적 규칙과 주술관계의 규범마저 파괴해버린 문장들을 통해 한유주는 '언어의 무의식'을 실험하고 있는지도 모른다. 그러나 그 실험이 어떤 미학적/담론적 효과를 불러일으키는지는 좀더 지켜보아야 할 것 같다.

이미 존재하는 텍스트의 벽돌로 또다른 텍스트의 건축물을 건조하는 한유주의 창작방식은 긍정적인 함의를 지니고 있다. 텍스트의 인용과 텍스트에 대한 자신의 사유를 정교하게 배치하고, 그것이 '사건'과 맞물리도록 텍스트와 사건 사이에 충돌을 일으키는 방식이다. 이것은 절대로 텔레비전 드라마나 극장용 영화로는 만들 수 없는, 소설만이 할 수 있는 방식이기도 하다. 한유주는 문자 언어의 극한적 표현성을 극대화하는 문체적 실험을 계속한다. 그녀는 인류가 잃어버린 기억들, 경험하지 못한 세계를 그녀의 새로운 텍스트를 통해 복원한다. 텍스트를 살아 있는 세포들처럼 소설 속에서 살아가게 하기에, 그녀는 소설을 통해 이미 죽은 사람의 삶도 체험할 수 있다. 그러나 그녀는 현실의 소통 불가능성을 문자 텍스트로 보상받고 싶어하지만 텍스트마저도 그녀에게 안식을 주지 않는다. 한유주의 소설은 텍스트에 대한 간접/직접 인용 없이는 성립되지 않는다. 텍스트에 대한 독창적 해석과 일상과 텍스트가 자연스레 녹아드는 서술은 그녀의 장점이기도 하지만 인용 없이 작가 스스로의 사유와 상상력만으로 텍스트를 길어올리는 힘도 필요하다. 그녀는 종종 자신의 언어로 절망하기보다는 자기가 본 텍스트의 언어로 절망하는 듯 보인다. "진정한 극복은 세속의 계시에 있다"는 벤야민의 전언처럼, 그녀는 좀더 구체적이고 드넓은 세상 속으로 자신의 인물들을 방류해야 하지 않을까.

4. 몇 번이라도 좋다, 이 끔찍한 생이여, 다시 한번!

'우리는 당신들로부터 아무것도 받은 것이 없다'는 서늘한 증오. 이것이 김애란과 한유주의 인물들이 품고 있는 기성세대에 대한 기본 정서다. 문제는 소설 속 인물들이 그 분노를 표출하는 방식에 있다. 그것은 내면적 공격이며, 소극적 폭력이자, 파괴적 방어다. "그녀는 아버지에게 뭔가 받아본 기억이 없다." "하지만, 아무것도 주지 않은 아버지에게 자신이 무언가 해줄 수 있다면 그것도 멋진 복수이지 않을까."(「그녀가 잠 못 드는 이유가 있다」) 그 '멋진 복수'의 결과는 참혹하다. 그녀가 아버지께 드린 용돈에는 아버지에 대한 '선물'의 의미보다 '증오'의 뉘앙스가 강렬했고, 아버지는 그 잔혹한 복수의 기미를 알아채고 그녀를 떠난다. 김애란과 한유주의 주인공들은 기성세대를 향해 직접적으로 증오를 표현하지 않는다는 점에서 더욱 문제적이다. 내면화된 복수는 마음껏 표출하는 저주보다 훨씬 위험하며, 궁극적 화해의 가능성도 적기 때문이다.

「나는 편의점에 간다」에서 큐마트를 경영하는 부부에 대한 묘사는 김애란의 사회학적 시선을 보여준다. "그 나이에도 의심이 적고, 성격이 부드러운 사람들이란 대개 그들을 부드럽게 만들 수밖에 없는 환경에서 살아온 사람들이다. 그들은 사기를, 배반을, 착취를, 불평등을 모른다. 그들은 아마 그들이 노력한 만큼 벌거나 노력한 것 이상으로 벌어온 사람들일 것이다. 모든 부드러움에는 자신들이 의식하지 못하는 어떤 잔인함이 있다. (……) 그런 면에서 나는 나도 모르게 그 순간 엘에이의 한인촌을 습격한 흑인과 닮아 있다. 편의점에 가는 나는 한국에 살고 있는 한국인이면서 흑인이다." 이쯤 되면 기성세대를 향한 복수의 멘털리티가 단순히 기성세대만을 향한 것은 아님이 분명해진다. 그것은 소설 속 그녀들을 허름한 단칸방에 처박은 세상 전체에 대한 저주다.

김애란과 한유주의 소설을 읽는 내내 '나 역시 이들과 같은 세대인가'라는 질문을 끊임없이 던졌다. 나이로 치면 사오 년 차이밖에 안 나지만, 그들의 눈에 비친 세상과 내 눈에 비친 세상은 너무 달랐다. 나를

'소통의 추위'에 떨게 만들고, 나로 하여금 세상을 향한 눈먼 저주에 불타게 한 어른들도 수두룩했지만, 이 끔찍한 세계를 견딜 수 있는 용기를 준 어른들이 훨씬 더 많았기 때문이다. 그러나 공지영의 『우리들의 행복한 시간』의 추천사를 쓴 이명랑의 말대로라면, 나 역시 '키덜트 세대'였다. "오로지 나 자신을 위해 살고 나만을 위해 존재하다가 나 자신만을 위해 죽고자 하는, 그러나 다 큰 어른이 되어서도 아기처럼 취급받는다는 것에 은밀한 기쁨을 느끼는 이 시대 키덜트(Kidult)들의 흉터투성이 生"이 키덜트의 본질이라면, "술에 취해 잠들었다가 다시 깨어나면 매를 드는 아버지를 죽여버리고 누군가 자신을 구원해주기를 기다리는, 그 인생의 첫 기억이 살의로 시작되는" 상처를 지닌 세대가 키덜트라면, 나 역시 그러할 것이다.

그래서 나는 더더욱, 그녀들에게 미안하다. 내가 그들보다 수천 번은 더 비웠을 밥그릇의 양만큼이라도 세상을 좀더 살 만하게 만들지 못했다는 이유로, 그녀들이 분노하는 세상에 대한 책임이 있기에. 그래서 나는 더더욱, 그녀들의 복수가 아프다. 무능하고 무지한 아버지에게 '마음의 맹독'이 묻은 용돈을 쥐어주기보다는, 나를 포함한 어른들의 무능과 무지보다 더 힘센 지혜와 여유로 세상을 보듬어 안기를 부탁하고 싶다. 그도 아니라면, 내성화된 복수심을 안으로만 키우지 말고, 온 세상 어른들이 다 찔릴 수 있도록 힘껏, 문학이라는 날카로운 단검으로 세상의 환부를 제대로 도려내주기를. 그도 저도 아니라면, 버나드 쇼의 복수론을 들려주고 싶다. "너의 일격에 복수하지 않는 자를 기억하라. 그는 너를 용서하지 않는 것이며, 네가 스스로를 용서하는 것을 허락하지도 않은 것이다."(『인간과 초인 *Man and Superman*』, 1903)

김애란과 한유주의 인물들은 무리지어 함께 공부하면서도 모두 하나같이 '독학 아닌 독학'을 하고 있다. 설사 그들이 '나는 세계를 향해 그 어떤 부채도 없다. 다만 나는 나의 공간에서 나만의 세계를 일굴 테니,

돈 터치 미'라고 외치더라도, 우리는 할말이 없다. 그럼에도 불구하고, 사회가 물려준 것이 설사 억압과 금지의 흔적뿐일지라도, 그들은 그것이 사회가 남긴 '위대한 유산'임을 긍정해야 한다. 추악한 어른들을 보며 '나는 절대 저런 인간이 되지 않아'라는 결의를 품는 것보다 '저 어른들의 더러운 세상까지 품어버리겠다'는 지독한 여유가 더 좋은 작품을 낳을 것이므로. 소설가는 혹독한 문명 비판을 펼칠 때조차 자기 자신을 첫번째 타깃으로 삼아야 하므로.

한유주는 아무것도 신기할 것이 없는 일상성의 세계를 난해한 미로의 공간으로 만드는 작품으로 우리에게 다가왔다. 그녀의 소설은 수수께끼조차 사라진 세상 전체를 수수께끼로 만들고, 미로 없는 곳에 미로를 만든다. 그러나 그녀의 소설은 세속적 일상성의 시공간을 한사코 벗어남으로써, 그녀의 텍스트를 무시간성의 세계에 위치시키지는 않았는가. 평범함의 위대함, 범상함의 숭고함을 긍정하지 않는다면, '세속의 계시'는 오지 않을 것이다. 한유주는 세속의 일상성 속으로 자신을 내던짐과 동시에 스스로의 소설적 신념을 지킬 수 있는 이중코드를 찾아야 한다. 그녀는 '전통적 이야기'를 벗어남으로써, 그녀만의 독특한 '이야기 없는 이야기'를 창조했다. 하지만 내장 없는 이미지, 혈관 없는 아포리즘으로 어떻게 완전무장한 미디어의 일만대군을 상대할 수 있겠는가. 이야기와 싸우기 위해서는 이야기보다 매혹적이고 질기고 강렬한 무언가가 있어야 하지 않을까. 그녀의 이야기는 '문법과 이해'라는 환상을 돌파할 새로운 문체를 탄생시켰다. 그녀의 인물들이 이제는 금욕과 우울을 벗고, 때론 즐기고 사랑하고 포식하고 폭소하며 시대의 우울을 견디고 소설의 암흑을 건너가기를.

김애란의 소설은 삶의 콘텐츠보다 삶의 각주가 커져버린 상황을 정확하게 묘파하고 있다. 서사의 핵심이 아니라 서사의 에필로그와 프롤로그에 더 많은 시간을 빼앗겨버려, 주인공들은 진짜 '사건'이 일어나기도 전에 이미 기운을 다 소진해버린다. 진정한 욕망이나 끝까지 지켜야 할 신념보다 변명이 더 커져가는 삶. 포장을 가다듬느라 마음을 가다듬을 시간이 없어진 우리, 소문에 귀 기울이느라 삶 자체에는 흥미를 잃어버린 삶을 더듬는 김애란의 시선. 메인 테마보다 미장센이 중요해진 삶, 디테일에 신경을 빼앗겨 주제를 잊는 삶. 자기가 원하는 정보를 찾으려다가 정작 마우스를 누르면 원하는 정보와 '동명이인'이거나 '동음이의'인 정보에 마음을 빼앗겨, 원래 찾고 싶었던 것이 무엇인지를 잊어버리는. 타인의 숨은 그림을 관음증적으로 엿보다 정작 자기의 숨은 그림을 망각하는 삶. 김애란의 소설 속에서 우리는 '영원한 화자'가 될 뿐 진정 '사건의 주인공'이 될 수 없다.

미디어는 '심심한 자들의 킬링타임거리'나 '약자들의 도피처'가 아니다. 현대인에게 '삶으로서의 권태'는 일상적이며, 권태로운 인간은 우울에 빠진다. 그때 인간에게 필요한 것이 엔터테인먼트다. 벤야민의 말처럼, 권태는 현대인의 존재론적 기초다. 이것이 바로 미디어의 존재 이유다. 범람하는 미디어 비판론이 그다지 힘을 발휘하지 못하는 이유는 아직 그것을 넘어설 만한 강력한 대체재가 없기 때문이다. 웬만한 양식 있는 지식인들은 민족주의의 타파를 부르짖고, 어지간한 비판적 지성들은 모두 미디어를 비판하지만, 우리에게 민족주의가 주는 대중적 위안을 뛰어넘을 마약이 있는가. 영상 미디어를 압도할 만한 관능적 매혹의 텍스트가 풍부한가. 유비쿼터스의 환상과 싸우는 김애란, 한유주가 진정 미디어를 뛰어넘기를 원한다면, 그녀들이 그토록 혐오하는 '균질화된 평범성'의 세계로 들어가야 한다. 매스미디어는 자본의 가면이자 혈관이다. '나는 미디어에 중독되지 않았다'는 식으로 스스로를 위치시켜서는 안 된다. 벤야민이 자본의 매혹을 통해 자본주의를 내파했듯이, 그들도 미디어의 방관자가 아닌 미디어에 매혹되고 중독된 자리에서 미디어를 내파하기를. 우리는 외계인 사령부에 보내는 지구

답사기를 원치 않는다.

전통적 서사에 익숙해진 독자의 눈에, 그들의 작품은 가끔 아포리즘의 콜라주(한유주)로 보이거나 에피소드의 퀼트(김애란)로 보인다. 이들은 세계의 몰락에도 부흥에도 일희일비하지 않으며 극도의 무심함으로 세계에 대처한다. 세계가 자신을 성장시키는 데 아무런 도움이 되지 않았음을 확신하는 자 특유의 냉소와 무감함이 이들의 정서적 토대다. 한유주와 김애란은 서로가 없는 것을 갖고 있다. '그럼에도 불구하고 끈질기게 살아 있는 것을 찾는' 김애란과 '그럼에도 불구하고 끈질기게 사라져가는 것을 찾는' 한유주. 두 사람은 서로 만나지 않아도, 멀리 떨어져 서로의 소설을 읽는 것만으로도, 소중한 문학적 도반(道伴)이 될 수 있을 것이다.

번뇌를 비우고 그저 말갛게 웃기 위해 보러 간 영화 〈내 생애 가장 아름다운 일주일〉. 어떤 위대한 메시지도 기대하지 않았던, 영화 장르 중에서도 가장 만만했던 로맨틱 코미디가 그 어떤 철학해설서보다 훌륭하게 니체를 이해하고, 인용하고, 전파하고 있었다. 모든 총천연색 우여곡절이 끝나고 엔딩 크레디트가 올라가기 직전. "몇 번이라도 좋다, 이 끔찍한 생이여, 다시 한번!"이라는 니체의 아포리즘이 스크린 위에 덩그러니 놓여 있었다. 그 짧은 순간, 사람이 죽기 직전에 자기 생의 모든 풍경이 엄청난 속도로 한꺼번에 엄습한다는 이야기가 떠오를 정도로, 삶이 내게 선물했던 모든 상처와 환희가 한꺼번에 몰려들었다. 상처의 덫을 회피하려 골몰하는 삶이 아니라, 상처를 볼모로 자신을 자학하는 삶이 아니라, 오히려 삶의 온갖 치명적인 위험을 수천수만 배로 부풀려, 그럼에도 불구하고 이 끔찍한 생을 긍정하는 여유. 그 '고만고만한' 로맨틱 코미디야말로 벤야민이 말한 '세속의 계시'였다. 나는 아직까지 이토록 '누구나 이해할 수 있고, 누구나 웃으며 울 수 있는' 니체의 해설서를 보지 못했다. '이야기 없는 이야기'의 세계를 창조한 우

리 시대의 새로운 셰에라자드. 그녀들의 소설은 '이야기 없는 이야기'
이지만, 더이상 인간의 언어를 믿지 않는 샤푸리야르 왕(독자)은 이 새
로운 셰에라자드들의 출현을 반길 것이다. 이제 새로이 태어날 그들의
작품도, 이렇게 세속의 숭고함을 외면하지 않기를. 닝마 같은 일상 속
에서 길어올리는 빛나는 계시 속에 그녀들의 소설이 자리하기를.

마지막 멜로드라마의 연주자

── 서하진의 『요트』를 중심으로

1. 그녀들의 교집합 ── 엘레강스, 멜랑콜리, 인텔리겐치아

서하진의 문체는 노을처럼 애잔하고 노을처럼 섬뜩하다. 그 애잔함은 뉘엿뉘엿 피안으로 넘어가는 태양에 대한 탄식과 애도를 연상시킨다. 그 섬뜩함은 노을에서 선연한 핏빛을 발견할 때의 당혹감이다. 서하진의 노을을 닮은 문체의 주성분은 '가족'이다. 그녀의 소설에서 가족은 질긴 인연의 끈으로 개인의 욕망을 집어삼키는 블랙홀이다. 그러나 그들의 주체성은 가족 없이는 설명되지 않는다. 가족으로부터의 원심력과 가족을 향한 구심력이 팽팽하게 긴장하는 욕망의 임계점 위에 서하진의 인물들이 위태롭게 자리하고 있다. 서하진은 이 애잔하고도 섬뜩한 문체로 독자를 끌어당겨 질기디질긴 가족의 서사로, 여전히 끝나지 않은 가족의 서사로 독자를 안내한다. 서하진의 문장은 삶의 모진 흔적이 새겨진 자글자글한 주름을 닮았다. 서하진의 캐릭터는 슬픔이 세포처럼 자기화되어 있어 슬픔과 자신을 더이상 분리할 수 없을 것 같다.

'사랑'을 다루는 태도에 있어 서하진의 작품세계는 전경린과 나란히

놓을 때 그 차이가 더욱 선연하게 드러난다. 전경린이 극단의 쾌락과 극단의 고통을 오르내리는 '욕망'으로서의 불륜을 묘사해왔다면, 『요트』 이전의 서하진에게 불륜이란 아버지의 질서 바깥으로 탈주하려는 몸부림인 동시에 아버지의 질서 바깥에는 역시 아무것도 없다는 쓸쓸한 자기 확인이었다. 전경린이 자기 충족적 불륜의 판타지를 역동적으로 그려냈다면 서하진은 쾌락의 순간에도 여전히 슈퍼에고의 통제 아래 있는 불륜의 고독을 그려냈다. 전경린이 불가해한 열정으로서의 사랑을 그린다면, 서하진은 완전히 열정에 몰입할 수 없는 이성의 잔여를 그려낸다. 전경린의 주인공이 사랑으로 인해 주체를 완전히 연소시키는 경지를 꿈꾼다면, 서하진은 사랑이 끝난 후의 담담한 멜랑콜리를 무의식적으로 더 즐기는 듯하다. 전경린이 욕망의 카오스를 그 자체로 향유하는 역동성을 보여준다면, 서하진은 사랑에 완전히 몰입할 수 없어 끊임없이 열정 자체를 회의하는 정적인 주체를 그린다. 전경린의 키워드가 정염(情炎)이라면 서하진의 키워드는 비애(悲哀)다. 전경린의 캐릭터가 전력 질주하여 위치 이동한다면 서하진의 캐릭터는 같은 에너지로 제자리뛰기를 한다. 전경린의 사랑이 불꽃의 심지에 있다면, 서하진의 사랑은 타고 남은 재 속에 흔적으로 각인된다.

서하진의 소설은 점점 내면의 서사가 강력해지면서 심리적 서사와 외부적 서사의 간극을 점점 벌려나가고 있다. 그녀는 오정희적 내면의 탐구와 박완서적 중산층의 내러티브 사이에서 자신만의 세계를 만들어가고 있는 듯하다. 완전히 불온할 수도 완전히 속물적일 수도 없는 서하진의 인물들은 자신의 '우아함'을 포기하지 않기에 완벽한 모성의 탈환으로도 나아가지 못한다. 그들은 가족의 욕망과 갈등 속에서 좌절하지만 가족을 완전히 통제하지도 가족의 품 안에 안주할 수도 없다. 이 '어쩔 수 없음'이야말로 서하진의 캐릭터들이 도달한 욕망의 극한이다. 그녀들은 분노의 극단에 다다랐을 때조차도 특유의 지적인 관조로 가득 찬 우아함을 포기하지 않기에, 전형적 모성의 악다구니가 갖는 욕망의 정직함과는 거리가 멀다. 그녀들의 우아함과 애매함이야말로 그녀들의 아킬레스건인 동시에 그녀들이 생의 치욕을 견디는 내적 에너지이기도 하다. 우아함은 그녀들의 한계인 동시에 그녀들의 자존이다. 그녀들은 열정에 몰입하기에는 너무나 이지적이고 우울에 자신을 던지기에는 일상의 중력에 강하게 묶여 있다. 그녀들은 열정의 순간에도 지성을 갈구하며, 열락의 순간보다는 남겨진 자의 우울/비애를 곱씹는다. 그녀들이 얼마나 배웠으며 얼마나 고통받는가에 상관없이, 그녀들의 내면을 관통하는 키워드는 멜랑콜리와 인텔리겐치아다.

2. 끝나지 않은 가족서사를 향한 만가

가족은 낡디낡은 소재다. 그러나 그 닳고 닳은 가족을 단순한 소재로서가 아니라 끝나지 않는 작가적 화두로서 지속시키는 서하진의 작품들은 저마다 다른 빛깔로 꿈틀거린다. 가족주의로부터 탈주하지도 못하며 가족주의를 아름답게 채색하지도 못하는 가족소설의 자리, 거기에 바로 서하진의 작품들이 있다. 가족을 벗어나는 순간 파괴되어버릴 것 같은 연약함, 그러나 가족 안에서는 잠시도 안주하지 못하는 불편함. 그 모호한 나약성과 강렬한 불편함 사이에 서하진의 인물들이 서성이고 있다. 가족주의의 딜레마를 철두철미 인지하는 서하진의 주인공들은 그 딜레마의 해결책조차 이미 인식하는 듯한 징후를 곳곳에서 보여주지만, 가족이라는 시스템 자체를 일상 속에서 해체하는(즉 가족을 계속 유지하면서도 가족주의를 넘어서는) 결단으로까지는 나아가지 못한다.

이제 『요트』 이후의 서하진의 소설 속에서 아버지나 남편들은 더이상 예전처럼 강력한 가부장들이 아니다. 오히려 『요트』(문학동네, 2006)의 남성들은 가부장의 헤게모니를 잃고 좌충우돌하며 실질적 가부장의 자리를 아내나 딸에게 위임한 채 가족 밖으로 이탈하려 한다. 그런데 중요한 것은 그토록 가부장적 질서에 독한 회의를 품던 서하진의 인물들이 그 '아버지(남편)의 빈자리' 앞에서 완전히 일탈하지는 않는다는 것이다. 그들의 선택은 일탈과 안주 사이에서 위태롭게 진동하는 모호성으로 점철되어 있다. 『요트』 속의 아버지들은 책임감은커녕 애착이나 미련조차 없이 가족을 떠나고(「꿈」「비망록, 비망록」), 일상적 감각을 잊고 몽환적인 판타지에 젖어 무작정 요트를 타고 여행을 떠나겠다는 아버지가 존재하는가 하면(「요트」), 잊혀진 꿈을 실현하기 위해 갑자기 사표를 던지기도 하고(「퍼즐」), 아내가 공부를 시작하고 싶어 직장을 그만두었다는 이유만으로 당당하게 가출하기도 한다(「농담」). 서하진의 포커스는 '떠난 남자들'이 아니라 '남은 여자들' 혹은 '남은 자식들'의 태도다.

기존의 서하진 소설에서 여성들이 가부장을 증오할 수 있었던 동력 중 하나는 가부장이 증오를 견딜 만큼 '강하다'라는 믿음이 전제되어 있었기 때문이다. 그러나 이제 제대로 증오할 만큼 강력한 존재감조차 가지지 못한 아버지들을 향해, 의사(擬似)가부장의 역할을 떠맡은 어머니나 딸의 선택은 더더욱 복잡해진다. 가부장에 대한 증오를 강력하게 표명할 수 없는 대신, 이들의 존재론적 고뇌는 더욱 다채로운 빛깔을 띠게 된다. 사라진 아버지와 죽어간 오빠의 자리를 대신해 가정을 떠맡은 「꿈」의 주인공 김승희는 아버지에서 오빠, 제부와 남자친구로 이어지는 '약한 남자'의 계보를 강력하게 부정한다. 편안할 때나 불편할 때나, 사경을 헤매는 오빠가 누워 있는 중환자실 앞에서도, 늘 "괜찮으실 겁니다" "괜찮을 거야" "괜찮니?"라는 말밖에 하지 못하는 "감상적"이고 "천진한"(148쪽) 남자들의 불가해한 대물림에, 김승희는 진저리를 친다. "성실하고 자상한 남자, 착한 사람이 이제 나는 지긋지긋했다. 동그란 눈, 맨송맨송한 얼굴이 나날이 구질구질해져가는 것을 더이상 보고 싶지 않았다."(149쪽) '괜찮어' 속에 생의 모든 다채로운 공포와 불안을 괄호 치는 소시민적 휴머니즘이, 가족을 지킬 만큼 강하지 못하면서 가족 없는 삶을 상상하지 못하는 허약한 상상력이, 그녀에게는 증오의 대상이다. 가부장의 역할까지 떠맡아야 하는 그녀에게 착함은 곧 구질구질함, 나약함과의 동의어로 인지된다. 그녀가 남자친구와 결별하는 이유도 그것이다. "아버지, 오빠, 동생의 남편…… 내 생애 착한 남자는 그로써 족하다고 나는 생각했다."(149쪽)

모성 또한 그녀들의 정신적 도피처가 되지 못한다. 모성은 오히려 부성에 대한 애증을 증폭시키는 기제로 작동하곤 한다. 서하진 작품의 어머니들은 미련 없이 가족과 단절한 아버지를 맹목적으로 기다림으로써 여생을 소진하거나(「비망록, 비망록」), 떠난 아버지와 죽은 아들의 부재를 견디지 못해 일상의 닻을 끊어버리고 가출해버린다(「꿈」). 부성이 균열/해체된 자리에서는 모성 또한 동요하거나 상실된다. 남편의 부재 앞에서 그 어떤 적극적인 제스처도 취하지 못하는 것은 어머니들뿐 아니라 젊은 아내들에게도 적용된다. 「농담」의 희수는 남편의 예고조차 없는 가출 앞에서 수동적인 기다림도 적극적인 반항도 아닌 어정쩡한 체념과 맹목의 태도를 보인다. "세 해를 함께 살았으니 세 해쯤은 기다릴 수도 있는 일이었지만 아무래도 남편이 돌아오지 않을 것만 같았다."(112쪽)

아버지가 떠난 자리 위에 남아 있는 자식들은 이 '가족 아닌 가족'의 폐허 위에서 극한의 분열을 경험한다. 가족을 버린 아버지를 맹목적으로 기다리는 어머니를 바라보는 고통은 남아 있는 아들에게 아버지에 대한 증오만큼이나 격렬하게 경험된다. "아버지가 결코 돌아오지 않으리라는 것을 어머니는 이미 오래 전에 알고 있었으리라는 생각이 들었다. 그럼에도 어머니는 아버지를 기다렸다. 기다림이 어머니 속에 병을 만들고 자라게 했다. 죽을 때까지, 죽음에 이르도록 어머니는 그 허망한 기대를 키우고, 붙들고, 놓아주지 않았다. 지독한 사람들이다, 나는 중얼거렸다."(「비망록, 비망록」, 94쪽) 아들은 부모의 고통을 고스란히, 자발적으로 전수받는다. "집 안의 불을 모두 끄고 나는 잠이 들었다. 어머니의 지옥은 사라졌다. 이제 그것은 내게로 왔다."(95쪽) 서하진의 주인공은 가족에 대한 증오를 극한으로 몰고 가면서도 가족으로부터 이탈하지 않는다. 그것은 불가피하기 때문이라기보다는 무의식적이면서도 자발적인 선택의 결과에 가깝다.

3. 부서질 듯, 부서질 수 없는 우아함의 반격 — 가족, 집, 영원히 가까워질 수 없는

『요트』 속의 여주인공들은 하나같이 겉으로는 모범 공무원 같은 완벽한 라이프스타일을 고수하지만, 마음속에는 지옥 같은 욕망의 혼돈을 안고 살아간다. 그들은 단정함의 이면이 지루함임을 안다. 우아함의 이면이 무언가에 대한 끝없는 허기짐이라는 것을 안다. 하지만 불행과 충격 앞에서 냉정을 지키는 것마저 포기한다면 그들의 자존마저 흔들릴 것이다. 그리하여 그들의 내면은 폭발 직전의 휴화산처럼 위태로운 균열로 가득 차 있다. 지표면 바로 밑에 지독한 온도의 마그마를 안고서도 태연한 포커페이스를 유지하느라 그들의 내면은 더 깊은 우울로 물들어간다. 그 여자들은 공부를 더 하고 싶고(「농담」), 어린 시절 문청(文靑)의 푸른 꿈이 있었고(「요트」), 여전히 예술가가 되고 싶다(「꿈」). 그들은 바로 밑에서 치받쳐 올라오는 욕망이라는 마그마의 용솟음, 그 가공할 원심력을 견디느라 더더욱 피로하다. 그래서 그들은 안다. 때로는 맹렬히 앞으로 나아가는 것보다 묵묵히 제자리를 지키는 것이 어려움을. 욕망의 전력질주보다 욕망의 무풍지대를 연기(演技)하는 것이 어려움을. 희로애락의 모자이크로 생의 서사를 장식하는 것보다 무색무취의 나날들로 생을 견디는 것이 더 어려움을.

작가 스스로도 생의 권태 그 자체를 소중히 긍정하는 발언을 한 적이 있다. "나는 지루한 영화를 좋아한다. 대사가 없고 화면이 잘 바뀌지 않고 특별한 줄거리가 없는 영화를 선호한다. 그런 영화를 보고 있으면 가슴이 아프다. 저런 정경이야말로 우리 삶이라는 생각이 들어서. 지루하게 만들기 위해 감독이 겪었을 혹독한 갈등이 눈에 잡혀서. 재미없게 만들기도 참 어려울 것이다."[1] 그녀에게 인생은 극적인 모험의 방정식을 푸는 것이라기보다는 지루한 영화를 견디며 지루한 영화를 만든 사람의 갈등에 감정이입을 하는 것이다. 서하진은 지루한 생이 극적인 생보다 견디기 어려움을 알아버린 사람들의 이야기, 이 집요한 견딤의 세계를 담담하게 그려낸다. 견딤이야말로 현대인의 진정한 일상성이며 그 견딤에 대처하는 표정과 심리의 차이가 우리들의 '다름'을 결정하는 것인지도 모른다. 드라마나 영화가 주목하는 것은 보석처럼 빛나는 극적인 '사건'이지만, 삶을 '지속'시키는 에너지는 공기처럼 물처럼 데면데면한 이 견딤의 시간이 아닐까. 서하진의 인물들은 이 사건 없는 지루한 날들의 내면의 견딤을 그려내는 데 익숙하다.

물론 이들의 권태의 가속엔진은 가족 내부의 공격성이다. 가족은 가장 가까운 타인들의 서식처이자 가족 밖에서 표출하지 못한 욕망의 피난처다. 마르지 않는 샘물 같은 모성애도, 책임감과 안정감으로 무장한 부성애도, 당연한 옵션이 될 수 없다. 서하진 소설에서는 모성애도 부성애도 자연스런 본능이 아니다. 모성과 부성을 잉태할 수도 지속시킬 수도 없게 하는 '조건'에 대한 탐색이 서하진 소설에서는 직접적으로

---

1) 서하진, 「작가 후기」, 『라벤더 향기』, 문학동네, 2000, 301쪽.

드러나지 않는다. 가족 내부의 소우주를 묘사의 현미경으로 굴착하는 그녀의 시선은 아직 가족이라는 이데올로기 자체를 근원으로부터 내파(內破)하는 데까지 나아가지는 않는다. 그러나 여전히 가족 내부의 불가해한 적대성과 공격성이야말로 서하진 소설의 중요한 테마다.

서하진의 특장은 가족을 생판 처음 보는 타인처럼 제삼자의 시선으로 관찰하고 묘사한다는 점이다. 익숙하다 못해 이것이 가장 적나라하게 드러나는 작품이 「요트」다. 유능하지는 않지만 무리 없이 아버지의 자리를 지켜오던 남편이 어느 날 갑자기 요트를 타고 육 개월 동안 태평양과 대서양을 떠돌겠다고 선언하고, 착하고 총명한 줄로만 알았던 아이가 어느 날 갑자기 게임에 빠져 흔적도 없이 가출해버린다. 아이의 가출마저 자신이 발견하지 못하고 담임 선생님으로부터 전해 듣고, "가방을 메고 자전거를 타고 가던 뒷모습이 선한데 결석이라니요"(32쪽)라는 입속말을 간신히 삼키고, 그 순간에도 우아함을 잃지 않은 이 어머니는 고상한 거짓말을 재빨리 창조해낸다. "눈병이 나서요, 결막염이라나요. 그게 전염된다고 해서 어쩔 수 없이 쉬게 했어요."(32쪽) 가출한 아이를 천신만고 끝에 찾아내지만 아이는 처음 보는 타인처럼 낯설다.

아이는 잠들어 있었습니다. 가방을 베고 온몸을 둥글게 말고 있었어요. 검게 그을린 얼굴, 어디서, 누구에게 얻은 것인지 알 수 없는 때에 전잿빛 점퍼를 입고 있었던 때문이었을까요? 아이는 정말이지 낯설었습니다. 저는 아이의 머리맡에 조심스레 앉았습니다. 노숙자에게서 날 법한 냄새가 코를 찔렀어요. 왈칵 눈물이 쏟아졌습니다. (……) 얼마가 지났을까요. 눈을 뜬 아이는 휘, 주위를 둘러보고 저를 보았습니다. 엄마, 하고 불렀습니다. 그래, 잘 잤니? 제가 물었어요. 이제 집에 가자, 말하려는 순간이었어요. 저 집에 안 가요, 엄마. 아이가 이렇게 말했습니다. 말문이 막혔지요. 집에 가도, 저 또 나올 거예요. 아이는 제게 등을 보이고 돌아누웠어요. (……) 저는 아이의 곁에 몸을 뉘었습니다. 텁텁한 냄새, 꿉꿉한 기운이 등을 타고 올라왔습니다. 아이가 조금 몸을 틀어 제게서 떨어지더군요. (……) 금방이라도 아이가 벌떡 일어나 복도 쪽으로 달려갈 것 같았어요. 열리지 않던 문, 그 가운데 어느 문을 열고 사라질 것만 같았어요.(46~47쪽)

가장 잘 알고 있다고 생각했고, 가장 사랑한다고 믿었던 대상, 자신의 남편이, 자신의 아이가, 한없이 낯설어지는 순간의 섬뜩함을 서하진은 이렇게 그려낸다. 익숙한 일상적 관계가 가장 섬뜩한 공포의 진원지임을 깨닫게 되는 순간의 찰나적 깨달음을, 더듬더듬 속삭인다. 가족은 여전히 욕망의 모세혈관 곳곳을 샅샅이 훑어내리는 희로애락애오욕의 집결지이자 사회적 욕망이 블랙홀처럼 집결된 소우주다. 가장 사적인 것들이 빚어내는 내밀한 소우주의 전쟁을 그녀는 여전히 느릿느릿, 비감한 엘레지처럼, 세련된 멜로드라마의 수사학으로 묘사해낸다. 그리고 그 가족의 섬뜩한 욕망의 원심력이 클라이맥스에 이르는 순간, 그 순간이야말로 잠복하고 있었던 그녀들이 자신도 모르고 있었던 자신의 투명한 욕망과 맨몸으로 조우하는 시간이기도 하다.

　"우등생 딸과 모두가 부러워하는 아름답고 유능하기까지 한 아내"를 가진, 그리하여 "스트레스가 너무 없는 것도 스트레스인가"(「퍼즐」, 197쪽) 싶을 정도로 잔잔히 살아오던 남편이 어느 날 갑자기 사표를 내고 퇴직금을 털어 강원도 산골짜기의 땅을 샀다는 고백을 듣는 순간. 그녀가 만나는 것은 남편이 절대로 변화하지 않을 거라고 믿었던 자신의 안이함이고, 자신의 인생 자체가 무풍지대일 거라 믿었던 비논리적 자신감이다. "지은은 충격을 받았다. 그녀로서는 남편이 회사를 그만두었다는 사실보다 그가 그럴 수도 있다는 가능성을 고려하지 않은 자신이, 안이하고 미지근하게 대처했던 그 모든 순간이 도저히 용서가 되지 않왔다."(199쪽) 강하고 현명하고 따뜻하고 너그러웠던 남편이, 가난조차 "너무 익숙해져서 편안한, 이웃과도 같았"던 나날들을 담담히 견뎌주었던 남편이, 가끔은 "가난을 즐기는 것처럼 보였"(「시간이 흘러가도」, 238쪽)던 남편이 느닷없이 뉴질랜드로 가겠다고 떠날 채비가 되었다고 말하는 순간, 그녀는 비로소 알게 된다. 남편과 아이를 뉴질랜드로 보내고 나서야, 그녀는 무작정 가족을 따라 떠날 수 없는 자신을 발견한다. 그제야 자신도 몰랐던 자신의 투명한 혼란을 대면한다. "이 땅을 영영 떠난다면, 바다와 하늘과 가없는 너른 들판을 바라보면서 허위허위 살아온 내 서른일곱 해를 잊을 수 있을까. 내 남루한 날들을 나는 정말 버릴 수 있을까. 나를 가두는 것, 내가 진정 두려워하는 것은 무엇일까."(255쪽)

그녀의 인물들은 언제나 가족에게서 버림받고 가족에게서 절망을 느낀다. 집이야말로 가장 잔혹한 불행, 공포의 수원지가 된다. 언제 내 가족에게 가장 쓰라린 배신을 당할지 모르는 항시적 공포 속에 서하진의 소설은 자리잡고 있다. 사건이 일어나길 기다리지만 막상 사건이 일어나면 두렵고 공포스럽다. 가장 가까운 타인, 가장 사랑하는 괴물이라는 가족의 패러독스를 극한적으로 질주하는 것이 서하진의 소설적 테마다. 가족이라는 존재가 이 세계에서 가장 멀어 보이는 순간. 내 옆에 붙어 있는, 한 이불 속에 살을 섞고 있는 배우자의 얼굴이 갑자기 눈코입도 없는 막연하고 불가해하고 공포스러운, 언캐니(uncanny)한 존재가 되는 순간의 공포와 고통을 묘사하는 것이야말로 서하진의 특장이다. 그녀의 소설은 아주 많이 변한 것처럼 보이지만 사실 본질적으로는 별로 변한 것 없는 가족 내부의 트라우마를, 가족 안의 갈등의 지형도를 느릿느릿 그려나간다.

가족 내부의 비밀은 서하진 소설의 중요한 테마다. 어쩌면 서하진의 소설 자체가 가족 구성원의 비밀을 둘러싼 미시정치학적/심리분석학적 미로라고도 할 수 있다. 서하진의 소설은 가족 간 비밀의 정서적 울림을 치밀하게 굴착한다. 그러나 문제는 그들이 비밀을 무조건 증오하는 것이 아니라 비밀 자체에 매혹되기 쉬운 존재들이라는 점이다. "비밀은 때로 관계를 아름답게 한다. 아주 어릴 적부터, 그 의미를 맨 처음 인지한 때부터 나는 비밀이라는 단어에 매료되었다. 이상하게도 내게는 비밀이 없다, 는 말은 믿음이 없다는 말처럼 들렸다."[2] 비밀은 매혹과 고통이라는 양날의 칼로 가족 구성원을 고통스럽게 한다. 그들은 저마다의 치명적 비밀 때문에 독한 감정의 갑옷을 입지만, 이 비밀이야말로 그들이 일상을 견디는 에너지이기도 하다. 비밀 없는 인생의 가난함을 아는 이들은, 비밀 자체가 배신과 저주의 씨앗을 안고 있음도 긍정한다. 그리고 대부분의 경우 이들의 비밀은 이들의 상처와 동의어다. 상처 없는 비밀은 존재하지 않는다. 이제는 비밀=상처가 몸 속의 세포처럼 자기화되어버린 지금, 오히려 비밀=상처 없는 그들의 삶은 상상할 수 없다. 그녀의 소설은 사회적 진화를 멈춘 가족을 향한 만가다. 모두가 알지만 아무도 풀지 못하는 비밀, 가족. 그녀의 비밀은 이제 우리의 비밀이 되어 가슴에 박힌다. 비밀 없는 시대의 마지막 비밀, 그것은 바로 가족이다.

---

2) 서하진, 「회전문」, 같은 책, 177쪽.

가족담론의 해체 vs 문학의 카오스
―한유주, 김유진, 김태용의 소설

세계 전체를 상대하다가 책형(磔刑)에라도 처해져, 형틀 위에서 아래를
굽어보며, 이 바보들, 하며 마음속으로 경멸하며 죽어보고 싶다.
― 나쓰메 소세키

1. 미디어의 가족해체서사 탐험

달콤한 부르주아 핵가족 이미지의 전령사였던 로맨틱 코미디조차도
이제는 전형적 가족 이데올로기를 말하지 않는 시대. 이념적으로 가장
보수적인 텔레비전 드라마 속 코믹 로맨스류에서도 안정된 가족 삼각
형의 모델은 깨지고 있다. 〈내 이름은 김삼순〉〈불량주부〉〈불량가족〉
등의 안방 로맨틱 코미디들은 여전히 스위트홈의 이미지를 지향하는
측면이 있긴 하지만, 그 핵심 이데올로기는 구성원 각자의 다채로운 행
복이지 가족 모델 전체의 구조적 질서와 안정은 아니다. 이제 황금시간
대의 텔레비전 드라마에서도 전형적 핵가족의 단란한 꿈을 실현하는
목표로 질주하는 서사가 아닌, 변형되고 재배치된 형태의 사랑과 가족
을 꿈꾸는 서사가 바야흐로 횡행하고 있다.
전형적 가족담론 해체의 징후는 우선 로맨틱 코미디류에서 가부장제
의 핵심인물인 '아버지'의 역할이 축소되는 현상에서 발견된다. 불과
십여 년 전 공전의 히트를 기록했던 드라마 〈사랑이 뭐길래〉에서 대발

이네 가족에게는 아버지의 엄격함 자체가 코믹극의 요소였다. 그러나 '아버지'의 상징적 이미지는 가부장적 완고함의 존재 가치를 상실하는 순간 '부드럽고 따뜻한' 이미지로 탈바꿈하는가 싶더니, 불과 몇 년 사이, 그야말로 '죽거나 나쁘거나' 혹은 '없거나 불필요한' 존재로 전락해버렸다. 심지어 〈내 이름은 김삼순〉의 남녀 주인공에게는 모두 아버지가 없다. 아버지는 아스라한 추억의 갈피 속에서만 존재한다. 아버지라는 존재는 이제 로맨스에도 코미디에도 적대적인 존재다. 아버지의 보편적 이미지는 로맨스의 낭만과 코미디의 경쾌함에 대한 명백한 장애물로 추락했다. 로맨틱 코미디에서조차 부르주아 핵가족의 전형적 모델(유능한 아버지-현명한 어머니-부모의 전적인 사랑과 보호를 받는 최소한의 자녀)이 붕괴되는 시대가 온 것이다.

정통 멜로의 경우 가족모델의 해체가 로맨틱 코미디처럼 우회적인 방식이 아닌 드라마 자체의 강력한 테마로 부상하고 있다. 이제 주인공들은 더이상 '콩가루 집안'이 되지 않기 위해 안간힘 쓰는 것이 아니라 '콩가루 속에서도 행복한 개인'이 되기 위해 분투하고 있다. 드라마 〈봄날〉에서는 등장인물 중 어느 누구도 '준(準)' 정신질환에서 자유롭지 않다. 캐릭터 각각에게 정신질환의 다채로운 명칭을 붙여 호명할 수도 있을 것 같다. 고아 아닌 고아로 자란 정은은 성장하여 어머니를 찾아가지만 자식을 알아보지 못하는 어머니로 인해 충격을 받고 자발적 실어증과 자폐증상을 보인다. 아버지의 재혼으로 친어머니와 강제로 격리당한 채 살아온 은호는 교통사고로 그 자리에서 어머니를 잃고 부분기억상실증에 걸린다. 드라마는 이 두 사람의 정신적 치명상이 극복되는 과정을 메인 스토리로 삼는다.

그러나 이 드라마의 묘미는 오히려 겉으로 멀쩡해 보이는 사람들이 앓고 있는 의사(擬似)정신질환이다. 은섭은 배다른 형 은호에 대한 열등감과 형이 자신을 '있어서는 안 될 존재'로 생각한다는 과대망상에 시달리면서도 형과 같은 의사가 되기 위해 몸부림친다. 피만 보면 격심한 구토증세를 보이면서도 외과전문의가 되어 아버지의 인정을 받고 싶어하는 은섭이야말로 보호와 관심이 필요한 존재다. 은섭의 친모이자 은호의 계모는 가장 문제적인 캐릭터다. 그녀는 호스티스 출신의 과거를 극복하는 도구로서 은호의 아버지를 사로잡는 데 성공하지만 어렵게 쟁취한 가족을 잃을까 전전긍긍하며 하루도 마음 편히 살아가지 못한다. 그녀는 스위트홈의 이상을 온몸 바쳐 욕망했을 때 개인의 생이 얼마나 처절하게 파괴되는지를 여실히 보여주는 캐릭터다. 그녀는 극심한 의부증과 과대망상을 오가며 자신의 위치가 위협당한다고 느낄 때마다 메스로 손목을 그어 자살을 기도한다. 한편 형의 연인 정은을 사랑하는 은섭은 정은에 대한 형의 마음이 '친엄마를 닮은 정은을 통한 대리만족'이라고 판단한다. "어릴 때 엄마를 잃어버린 형은, 저 나이를 먹도록 사랑하는 여자랑 엄마를 구분하지 못한다구요." 정은은 끝내 은호 앞에서 절규한다. "나는, 당신, 동생을, 사랑해요." 이 드라마는 현대 사회의 사랑과 가족의 이상을 지탱하기 위해서는, 아니 '콩가루'인 채라도 위태로운 가족의 형상을 부여잡기 위해서는, 어느 누구도 '정상적인 정신 상태'로 버틸 수 없음을 보여주고 있다.

드라마 〈발리에서 생긴 일〉에서는 우리가 흔히 '정상적'이라고 믿는 가족이 한 케이스도 등장하지 않는다. 인욱의 가정은 재산도 아버지도 없기에 불행하고, 재민의 가정은 엄청난 부를 사이에 놓고 이전투구하는 가족 멤버들로 인해 삭막하기 이를 데 없으며, 수정은 고아로 자라나 아예 가족 자체를 경험해보지 못한다. 이들은 단란한 가족을 향한 욕망 자체의 실현 불가능성을 깨닫거나 가족을 이룰 수 있다는 희망 자체를 이십대에 이미 차단해버린 채 죽어간다. 수정에게 허락된 자유는 돈 많은 남자의 세컨드가 되거나 가난하지만 출세한 남자의 어머니가 반대하는 결혼뿐이다. 단 한 번도 자신이 원하는 것을 가져보지 못한 인욱의 대사는 이 드라마의 결정적 테마이기도 하다. "'원하는 것'은 아무에게나 주어지는 특권이 아니야." 가족도 사회도 욕망도 불필요한, 불가능한 유토피아를 상징하는 발리. 그 섬에서 세 남녀는 죽고 죽이며 최후를 맞이한다. 이들의 욕망이 안식을 얻을 수 있는 방법은 아무 연고도 없는 섬에서의 처참한 죽음뿐이다.

한편 드라마 〈아일랜드〉는 가족 이데올로기 자체의 창조적인 해체의 기미를 보여준다. 이 드라마는 해외입양과 살인사건으로 인해 가족을 두 번이나 잃어야 했던 여주인공 이중아가 가족 없이도 가능한, 어쩌면 가족보다 더 질기고 치명적이며 소중한 관계를 만들어가는 과정을 보여준다. 이중아는 어린 시절 아일랜드로 입양되어 새로운 가족 속에서 행복하게 살지만, 가족 모두가 눈앞에서 몰살당하는 광경을 목격한 후 심각한 정신질환을 앓는다. 그녀는 한국으로 돌아와 원래의 가족을 찾지만, 그녀가 사랑하게 된 남자 이재복이 친오빠일지도 모른다는 사실 앞에서 절망한다. 그러나 그녀는 유전자 감식 결과를 애써 확인하려 하지 않는다. 그녀에게는 이미 혈연의 진위 문제가 중요치 않다. 그가 친오빠라 할지라도 그녀의 사랑이 변할 수 없는 것처럼, 가족이 없다고 해서 그녀가 불행할 이유가 없음을 깨닫는다. 이미 자신의 치명적인 트라우마를 자신도 모르게 치료해준, 가족 없이도 그녀를 행복하게 해준 수많은 인연들이 주위에 피어났음을 깨닫는다. 그녀는 이제 더이상 가족을 찾아 헤맬 필요가 없다. "가족 찾기는 이제 끝. 내 안에 가족이 너무 많아."

드라마 〈불량가족〉은 피 한 방울 섞이지 않은 가짜 가족이 진짜 가족보다 더 아름다운 인연을 만들어가는 풍요로운 에피소드들을 보여준다. 이 드라마는 가족의 롤 플레이 자체에 대한 보편적 상식을 타파한다. 그러나 가족에 대한 상식의 타파보다 중요한 것은 그것이 '유쾌하다'는 데에 있을지도 모른다. 이제 가족이 해체되는 것은 더이상 우울하거나 불행한 일이 아니다. 가족의 역할 모델을 교란시킴으로써 구성원 각자의 행복의 질량이 늘어난다면. 〈굿바이 솔로〉에는 가족이 아닌 관계에서도 얼마든지 가족보다 농도 짙은 관계가 가능함을 보여주는 '대안적 커플'들이 총출동한다. 민호와 미영 할머니, 지안과 민호 아버지, 오영숙과 미영 할머니, 오영숙과 김민재 등은 모두 가족이나 연인이나 친구의 보편적인 카테고리로 묶일 수 없는 관계들이지만, 혈연으로 맺어진 가족에게 치명상을 입은 그들은 가족보다 더 깊은 이해와 공감의 관계를 창안한다.

드라마 전체의 갈등을 독특한 유체이탈적 시선으로 조감하는 오영숙. 그녀는 모든 관계에 연루되어 있으면서도 그 모든 관계에서 자유롭다. 오영숙은 오히려 웰빙 공동체로서의 21세기형 스위트홈에서 추방당함으로써 진정한 존재의 자유를 얻게 된다. 경제적 기만과 미학적 허영으로 점철된 가족의 해체는 오히려 존재론적 '경사'가 되어버린다. 그녀는 21세기형 인간관계의 사회적 이미지를 요약하는 한 글자, '쿨'함의 허구를 다음과 같이 날카롭게 일축한다. "개나 소나 쿨, 쿨. 좋아들 하시고 있네. 뜨거운 피를 가진 인간이 언제나 쿨할 수 있을까? 진짜 쿨한 게 뭐냐면, 진짜 쿨할 수 없다는 걸 아는 게 진짜 쿨한 거야. 좋아서 죽네 사네 하는 남자가 나 싫다 그러는데 '오케이, 됐어' 한 방에 그러는 거, 쿨한 거 아니다. 미친 거지." 이렇게 가족과 사랑의 전통적 이미지는 영상 미디어 중에서도 가장 보수적인 텔레비전 드라마에서조차 이미 철저하게 파괴되었다. 어쩌면 우리는 이제야 가족의 환상으로부터 결별함으로써 '개인'이라는 존재 자체를, 가족을 비롯한 모든 집단적 공동체와 분리한 채 사유할 수 있는 최초의 패러다임을 맞이하고 있는지도 모른다.

2. 가족이 사라진 시대의 새로운 가족서사

가족과 사회와 제도와 법률이 개인을 구속하는 것이 불가능해졌을 때, 이데올로기, 상식, 전통이 사라진 자리에 남는 것은 무엇인가. 일상, 또래집단, 공통의 경험은 물론, 지켜야 할 그 무엇도 남아 있지 않은 세대의 욕망은 무엇인가. 한유주, 김유진, 김태용은 거대담론의 그늘이 희미한 흔적기관으로만 남아 있는 듯 보이는 이 시대에 '그 모든 과거의 흔적이 사라진 시대가 올지라도 우리는 무언가를 쓸 수 있다'고 속삭이는 것만 같다. 이 세 소설가는 7, 80년대적 거대담론은 물론 90년대적 환멸의 정서와도 거리가 멀며, 미디어와의 비판적 친화력을 유지하며 시대적 트렌드 읽기와 그에 대한 비판적 성찰을 동시적으로 구현하는 젊은 작가들과도 다르다. 앞 세대나 동시대의 모든 소설적 테마가 사라진 자리에서도 소설은 존재할 수 있음을 이들은 온몸으로 증거하고 있다. 게다가 그들은 비슷한 또래들 사이에서조차 어떤 세대적 공통감각도 형성하지 않는다. 어쩌면 그들에게는 모두에게 선연한 교집합으로 존재하는 그 어떤 세대감각도 부재한다는 것이 유일한 세대감각인지도 모른다.

그들은 혼자 있을 때 가장 외롭지 않은 존재이며, 사회의 모든 규칙과 요구 바깥에 존재하는 개인을 확인하는 글쓰기를 감행하고 있다. 이들은 집 안에서의 지속적인 친밀성의 세계와 집 밖에서의 다양한 접촉 모두를 거부한 인물들의 세계를 그린다. 이들은 부르주아 핵가족을 저주하거나 냉소하지만 그에 대한 아무런 대안도 내놓지 않는다. 그들은 다만 스스로의 우울의 심연에 더 깊이 빠져들어 그 우울의 기원을 철학적으로 성찰하거나(한유주), 자신이 창조한 인공신화적 세계에 더욱 깊숙이 존재의 뿌리를 드리우거나(김유진), 관계와 의무를 요구하는 모든 상황에 대한 파괴적 의지로 작품을 밀어나간다(김태용).

"시장경제사회는 궁극적으로 무자녀(無子女) 사회이다. 아니면 아이들은 끊임없이 이동하는 독신 아버지나 독신 어머니와 함께 자라야 하는 것이다"[1]라는 독일 사회학자의 말이 이들의 소설에서는 이미 작중인물들의 존재론적 토대로 자리한다. 이들은 스스로의 미래를 '무자녀 사회'로, 나아가 '무배우자 사회'로 간주하고 있다. 가족을 중심으로 한 지속적인 친밀성의 세계와 직장과 학교를 중심으로 한 다양한 접촉의 세계. 이것은 전근대사회에서든 근대사회에서든 인간에게는 필수적인 '친밀성'의 메커니즘이었다. 그러나 이들의 소설 속에서는 이 두 가지 '필요불가결한 친밀성'의 세계가 낱낱이 파괴되어 있다. 아니, 어쩌면 이들은 '친밀성' 자체를 거부하는 듯 보인다. 인간에게 최소한의 안정감을 느끼게 해주는 두 가지 관계의 축, 집 안에서의 친밀성과 집 밖에서의 친밀성의 세계로부터의 탈주. 이로 인해 이들의 캐릭터에서는 공통적으로 그 어떤 안정감도 발견되지 않는다. 이들의 주된 정서는 불안과 냉소, 의혹과 증오, 분열과 우울로 점철된다.

이들은 누군가와 같이 있을 때조차 늘 자신의 영혼만을 주인공이자 유일한 출연자로 인정하는 캐릭터들이다. 즉 이들의 소설 속에서 진정한 등장인물은 늘 일인칭 주인공 한 명으로 한정된다. 아무리 다양한 캐릭터가 공존해도 이들의 소설 속에서는 '나 아닌 타자'의 삶은 철저히 의미 없는 배경화면으로 처리된다. 이들의 주인공들은 가족이 있어도 없는 것과 진배없는 '텅 빈 둥지로서의 집', 그리고 독립을 얻는 대신 고독을 짊어진 '원룸형 솔로레타리아'의 탄생을 증거한다. 이들이 아무리 많은 곳을 전전한다 해도, 아무리 많은 사람들과 만남을 지속한다 해도, 그들이 가는 모든 공간은 가족도 친구도 연인도 없는 진공의

---

1) 울리히 벡·엘리자베트 벡-게른샤임, 『사랑은 지독한 그러나 너무나 정상적인 혼란』, 강수영 외 옮김, 새물결, 1999, 78쪽.

틈새다. 이들이 작품 속에 가족을 출현시킬 때조차 '텅 빈 둥지'로서의 집은 거대한 원룸일 뿐이다.

"가족과 아이를 갖는다는 것은 당신에게 어떤 의미를 갖는가?"라는 질문에 대한 독일인들의 대답은 다음과 같다. "삶이 뭔가 중요한 의미를 갖게 된다" "내가 어디에 있는지, 무엇을 위해 일을 하는지를 알게 된다" "누군가가 나를 필요로 한다면 삶이 더 멋있어질 것이다. 밤낮 종일토록 혼자 산다면 아무것도 보여줄 것이 없다. 가족과 함께라면 내가 이룬 것이 무엇인지를 알 수 있다. 무엇을 위해 살아왔는지를 알게 된다."[2] 이런 전형적인 가족의 존재 이유를 들여다보면, 한마디로 '자살에 이르지 않기 위한 마지막 바리케이드'로서 인간은 가족을 만든 것이 아닐까 하는 생각마저 든다. 영화 〈캐스트 어웨이〉에서 무인도에 불시착한 남자 주인공이 고독을 견디다 못해 배구공 위에 얼굴을 그려 친구(타자)를 만들어낸 것처럼, 타자에 대한 욕망은 인간의 본원적 목마름일 것이다.

그러나 이들은 타자 없는 세계를 맨몸으로 견뎌내는 냉혹한 전사가 되어 소설의 세계를 질주하고 있다. 이들의 소설을 읽다보면 이들이 그려내는 한국사회의 디스토피아가 다음과 같이 그려진다. 한 이십 년쯤 후면 부모를 증오하며 가족을 부정하는 세대가 사회를 이끌어갈지도 모른다. 인류는 '부모를 정신세계 속에서 수없이 죽인, 생물학적/정신적 어른이지만 부양할 아이가 없는' 존재들이 일구는 유전적 불모지에서 살아갈 것만 같다. 무엇보다도 이들의 작품세계의 문제적 징후는 소설 속에 그 어떤 '사랑스러운 타자'도 존재하지 않는다는 것이다. 이들에게는 조력자가 없으며 애써 그런 이들을 찾으려 하지 않는다. 가족을 거부하는 것만이 문제가 아니라 관계 자체를 거부한다는 것이 이들의

---

2) 같은 책, 192~193쪽.

작품이 안겨주는 진정한 공포다.

3. 진공의 전장에 구축된 '혼자 놀기'의 세계

한유주, 김유진, 김태용의 캐릭터들의 전반적인 공통점은 그들이 에고 마니아적 대인기피증, 자폐적 나르시시즘, 미학적 고립주의를 공유하고 있다는 점이다. 한유주의 캐릭터들은 '(문자) 텍스트가 낳은 아이'처럼 텍스트를 통해 숨쉬고 텍스트를 통해 성장하고 텍스트를 통해 발화한다. 한편 김유진의 등장인물들은 생물학적 부모의 존재를 치명적으로 기억하고 있으면서도 그들과는 전혀 다른 세계에서 자신의 탄생설화를 스스로 창조하는 존재들을 그려낸다. 그녀의 작품들은 매번 버전을 달리한 인공신화의 아우라를 뿜어내고 있다. 한편 김태용의 캐릭터는 자신의 창조자(아버지)에 대한 테러를 자신의 정체성으로 삼은, 영화 〈블레이드 러너〉의 인조인간 같다. 그러나 그에게는 〈블레이드 러너〉의 인조인간이 뿜어내는 처연함과 애잔함의 정서가 존재하지 않는다. 즉 김태용은 가족의 붕괴를 서러워하지 않으며, 스스로가 '보편적 인간'의 울타리 안에 들 수 없음에 대한 한 줌의 애도도 없이, 가족과의 모든 정서적 고리 자체를 냉혹하게 끊어버린 듯한 인간 유형들을 전시하고 있다.

이 세 사람의 소설 속 인물들은 공통적으로 생물학적 부모와의 정서적 연대를 완전히 근절한 듯한 멘털리티를 공유한다. 즉 이들은 '스스로가 스스로를 창조한 존재'로서, 생물학적 부모는 그들에게 그 어떤 정서적/물질적 영향력도 행사할 수 없다. 어쩌면 이들은 '인간의 몸'을 지녔지만 스스로를 각기 다른 정신사적 인조인간으로 변형한 캐릭터들일지도 모른다. 이들의 작품은 타인이 만든 기계적 인조인간이 아니라 스스로의 생물학적 신체를 그대로 지닌 채로 정신세계 자체를 인류의 보편성과 분리시켜버린, 심리학적 인조인간의 탄생을 예고하는 듯하다. 심지어 김태용 소설 속의 주인공은 스스로를 "약으로 무장한 치명적인 병균"(「궤적」, 『문학판』 2005년 겨울호)으로 인식한다. 김태용의 작품세계는 아예 '안티-휴먼'의 세계로까지 극단화되곤 한다. 이들은 생명과 정서를 불어넣는 모든 물리적 온기와 정서적 습기를 제거한 곳에서, '인간으로서의 기본적 예의와 상식을 지키라'는 문명사회의 공통적 정언명령과 스스로를 단절시킨 자리를 소설의 출발점으로 삼는 듯하다.

그러나 일상과 제도와 공동체가 어떤 인력도 발휘할 수 없는 진공의 전장(戰場)에 구축된 이들의 소설은 작품의 전반적 이미지는 강력하되 디테일이 약하다. 이들의 소설은 충격적인 메타포로 그득하지만 그에 비해 독자를 자신의 세계로 초대하는 정서적 환기력은 약하다. 즉 이들의 소설에는 정신세계는 있지만 생활세계는 없다. 혹은 생활세계가 존재하더라도 그것은 그들에게 어떤 결정적 중력도 행사하지 않는다. 그들은 생활세계의 만유인력 자체로부터 초탈해 있기에 생활세계의 구체성이란 그들의 소설 속에서 무의미한 미장센에 불과한 것이다. 이들의 작품은 회복 불가능한 상처를 입은 존재, 혹은 상처 자체를 건조한 유희로 즐기거나 상처의 극복 자체를 거부하는, 작가의 분신적 자아를 향한 일인칭적 탐닉의 태도를 벗어나지 못하고 있다. 그들이 이 집요한 일인칭의 연기력으로부터 진정으로 자유로울 수 있을 때, 이들의 새로운 도약은 시작될 수 있을 것이다. 최근 한유주, 김유진의 의미 있는 변화는 한유주의 「우울의 발견」(웹진 〈문장〉 2006년 4월호)과 김유진의 「목소리」(『문예중앙』 2006년 봄호)에서 희망적으로 발견되고 있다.

완전한 개인이 되라는 압력과 표준화된 전략을 채택하라는 압력을 동시에 받고 있는 현대인들. 이 세 작가는 철저히 고립된 개인이 되는 데는 성공했지만 그것으로 인해 존재의 자유를 얻은 것 같지는 않다. 어쩌면 이들이 직면한 문제의식은 나쓰메 소세키가 수십 년 전에 제기한 문제일지도 모른다. "문명은 할 수 있는 모든 수단을 다하여 개성을 발전시킨 후에, 할 수 있는 모든 방법을 동원하여 이 개성을 짓밟으려고 한다. 한 사람당 몇 평 또는 몇 홉의 땅을 주고서는, 이 땅 안에서 자든지 일어나든지 마음대로 하라는 것이 현재의 문명이다."[3] 이들의 작품세계는 나쓰메 소세키처럼 인간세계를 유지하는 메커니즘 자체를 완전히 해체하여 인류의 습속 전체를 총체적으로 리모델링하고 싶은 것인지, 아니면 그 메커니즘의 '파괴' 자체에 주제의식이 닻을 내리고 있는지, 아직은 혼란스럽다. 이들 소설의 테마가 '현재의 파괴'에 있는 것인지 '미래의 창조'에 먼 물꼬를 대고 있는 것인지, 우리는 아직 속단할 수 없다.

그러나 우리는 이쯤에서 다시 한번 물어야 한다. 진정 전통과 법률과 가족과 제도는 해체된 것인가. 거대한 시스템이 개인을 구속하는 현상은 진정 사라진 것인가. 즉 자본과 국가장치는 개인을 '방치'함으로써, 즉 경찰국가의 방식으로 개인을 보호하거나 독재국가의 시스템으로 억압하지도 않음으로써, 즉 사회 구성원들의 삶을 철저한 '개인기'에 맡기는 척하면서 더더욱 노동시장의 '유연화'를 바탕으로 한 사생활의 황폐화를 방관하는 것은 아닌가. 냉혹한 방치와 방관이야말로 새로운 지배 이데올로기의 통치 전략이 아닌가. 우리는 광고 이미지를 비롯한 수많은 상품과 욕망의 화신들이 우리의 오감을 자극하는 대로 끝없이 먹고 마시고 벌고 쓰며 발버둥치다가, 그 끝없는 소비의 연쇄 고리가 경제적 결핍으로 인해 끊어지는 순간, 사회로부터 즉시 격리될 위기에 처해 있다. 뉴욕에서 홈리스가 되는 것은 그리 어렵고 특별한 일이 아니

---

3) 나쓰메 소세키, 『풀베개』, 오석윤 옮김, 책세상, 2005, 186쪽.

다. 삼 개월만 실직 상태가 지속되면 가족도 친구도 소용없다. 과거의 사회에서 저항적 인간은 싸우다가 지치고 병들거나 적의 총칼에 장엄하게 죽어갔지만, 우리 사회의 저항적 인간은 스스로의 욕망의 정염 속에서 먹고 마시고 즐기다가 관객도 없이 죽어가고 있는 것이다.

4. Pros and Cons[4] — 분열된 비평적 자아의 목소리들

Cons: 문학에 대한 편안한 잡담, 술자리의 대중적 농담이 사라진 것이야말로 문학의 진정한 위기가 아닐까. 이것이야말로 문학이 일상과 세속의 광대한 바다 속에 스며들지 못한다는, 풍속학적 증거가 아닐까. 문단의 신예 중 가장 활발한 작품활동을 보이고 있는 이 세 사람의 작품이 못내 서먹한 것은 이들에 대해서는 쉽게 잡담도 농담도 할 수 없다는 것이다. 이들의 작품에는 한 점의 유머도 없다. 이들의 정신세계는 너무 엄결하다. 사유의 인큐베이터 안에서 무균배양된 것 같은 느낌을 떨쳐낼 수 없다.

Pros: 이들이 세속과 대중으로부터 괴리된 세계 자체를 갈망하는 건 아닐 것이다. 이들의 소설이 독자에게 일차적으로 주는 정서는 충격이나 불편함일 수 있다. 하지만 이들 캐릭터가 보여주는 정신적 궤적을 읽어내는 것 자체가 우리 시대의 첨단의 징후를 읽어낼 수 있는 계기가 될 것이다. 특히 김태용의 「궤적」은 김태용적 인물들의 정신사적 발자

---

4) 한유주, 김유진, 김태용의 소설을 읽으며 내 의식은 끊임없이 두 개의 자아로 분열되곤 했다. 이 절에서는 그 분열적 입장 자체를 드러냄으로써, 내 안에서 벌어지는 그들에 대한 격렬한 난상토론을 정직하게 고백해야 할 것 같다. 현재로서는 그들의 소설에 대한 격렬한 옹호의 감정도 극심한 거부의 감정도, 동시에 팽팽한 진실로 존재한다.

취를 짐작케 한다. 나는 이 소설을 읽으며 21세기형 라스콜니코프의 부활을 보는 것 같았다. 그러나 라스콜니코프가 경험했던 마지막 구원의 출구조차 없는 것이 도스토옙스키와 김태용의 차이점이다. 「궤적」의 주인공은 자신에게 아무것도 해준 것이 없는 가족에게 그나마 자신의 전 재산인 철거비용을 줘버리고, 그에게는 의자의 '재료'와 '완성' 사이에 있는, 의자도 아니고 나무도 아닌 어정쩡한 물체만이 남게 된다. 의자일 수도 나무일 수도 없는 이 부정형의 상태가 바로 이 소설의 주인공 '너'의 시공간적 좌표다. 이인칭으로 술회되어 있기에 역설적으로 더욱 강력한 자전적인 체취를 풍기는 소설이다. 초등학교 창고에서 의자가 넘쳐나도 자신에게 허락된 의자는 없었던, 아주 어린 시절부터 집단으로부터 버림받은 감수성을 철저히 내면화한 '너'는 어떤 가족적 단란함도 연애의 친밀성도 동료애적 우정도 거부한다. 그는 세상이 한번도 만들어준 적 없는 의자(사회 속의 '나'가 어디에 존재하는가를 알려주는 좌표)를 뒤늦게나마 홀로 만들어내려고 하지만, 그 제의적 좌표 창조 행위 또한 끝내 실패한 채 그는 "세상 끝에 서 있는 인간"이 된다.

Cons: 이해한다. 그러나 그것만으로는 부족하다. 이들은 작품 속의 인물들을 사회의 제도적 사정거리에서 전면적으로 이탈시켜 그들을 철저한 무시간적 세계로 유폐시킨다. 이들은 진정한 타자도 없고 시공간의 구체성도 무화된 지점으로 주인공들을 철저히 내던져버린다. 타자가 지옥임을 너무도 잘 알기에 타자의 존재를 무화시켜버릴 수도 있고, '타자=지옥'의 세계를 긍정하면서도 타자와의 힘겨운 관계 맺기를 포기하지 않을 수도 있다. 나는 아직도 후자 쪽에 희망을 걸고 싶다. 이들이 이 세계의 모순을 치밀하게 형상화하는 데는 성공했지만, 우리는 그들에게 그 모순의 대안을 물을 권리도 있다. 행복한 부르주아 핵가족 자체가 예외가 되어가고, 혼자 먹고 자고 노는 사람들이 급속히 증가하며

'은둔형 외톨이'라는 호명이 더이상 신조어가 아닌 상황에서, 소설 속에서마저 자기와 비슷한 상황을 자기보다 더 처참하게 견뎌내는 사람들을 만나고 싶겠는가. 아직도 세상에는 자신의 일상적/사적 공간에서 이 끔찍한 가족의 붕괴를 견디며 끊임없이 대안적 삶을 고민하는 사람들이 많다.

Pros: 그러나 바로 그것이 이들의 존재 이유일지도 모른다. 원룸형 솔로레타리아의 집단적 탄생. 이것이야말로 21세기적 인간형의 핵심적 문제다. '원룸-편의점-비정규직 일터'로 상징되는 솔로레타리아에 대한 계급적/심리학적 분석이야말로 이들 소설이 보여주고 있는 현대사회의 치명적 환부가 아닌가.

Cons: 그러나 이런 무가족/무제도/무사회의 세계가 소설이라는 문학적 형식 속에서 계속 지탱될 수 있는가. 혹은 지탱된다 한들 어떤 의미가 있겠는가. 예를 들어 한유주의 주인공들이 십 년 후에도 똑같이 무국적의 시공간을 떠돌며 목적 없는 테러리스트처럼 살아간다면, 일상적 소통의 장을 잃어버린 채 혹은 세속적 생활세계 자체를 거부하는 채로 살아간다면, 그것이야말로 또다른 악몽 아닌가.

Pros: 그들의 소설이 현대사회의 인간 정서와 사회구조의 어떤 핵심적 트라우마를 건드리고 있다는 사실에 주목할 필요가 있다. 사회로부터 아무런 집단적/정신적 지원도 받지 못한 세대가 바로 이들이 아닌가. 이들은 가족 속에서 자라나고 학교에서 공부했지만, 가족의 전통적 친밀성과 학교의 공식적 커리큘럼을 내면화하지 않았다. 이들에게 기성세대들은 이렇게 말하기 쉽다. '우리가 준 경제적 자유와 사상적 자유를 왜 너희들은 충분히 활용하지 못하느냐. 우리가 그토록 갈망했던 것들을 너희는 가지지 않았느냐.' 기성세대에게는 강력한 저항의 대상이라도 존재했지만, 이들에게는 타깃으로 삼을 적 자체가 보이지 않기 때문에 더더욱 문제적이지 않은가. 이들의 주인공들은 이 사회의 '마지막 자녀들' 아닌가. 성인이 되었지만 그들은 자신의 자녀를 거부한다. 김태용의 소설에는 자기 아이로 의심되는 아이를 태아 상태로 죽이기 위해 우산 심지를 뾰족하게 갈아대는 남자가 있지 않은가. 김유진의 「빛의 이주민들」(『한국문학』 2004년 겨울호)에서도 아이는 끝내 유산된다. 그것은 단순한 사고사가 아니라 모체(母體)의 안정성 자체가 유지될 수 없는 세계의 알레고리이다. 태아의 자살로까지 읽을 수도 있다. 이들은 인류 전체의 마지막 종족으로 스스로를 규정하고 있는 것 아닌가. 그들은 인류의 마지막 종족이 된 것처럼, 아니 인류 자체에 속하지 않는 외계적 존재로서 스스로를 위치시키려는 것이 아닌가. 이들은 차라리 새로운 의미의 인조인간이 아닐까. 자기의 세계를 스스로 창조했다고 믿는 점에서, 생물학적으로 인류의 종족이지만 멘털리티는 전혀 지구인이 아닌 것이라고 볼 수 있지 않은가.

Cons: 인정한다. 하지만 내가 이들의 작품세계에서 가장 고통스러웠던 것은, 이들의 소설이 '감동 임파서블의 세계'라는 점이다. 이들의 작품에서는 소설적 카타르시스를 찾아보기가 어렵다. 이들은 독자를 상처주기 위한, 독자를 고통 속에 방치하는 문학에 골몰하는 것은 아닌가. 독자의 타자화. 이것이야말로 세 사람의 공통점 아닌가. 자기 세대를 다른 세대와 구분짓는 글쓰기를 통해 이들은 독자마저 소외시키고 있는 것은 아닌가. 가독성의 극소화도 이 세 사람의 공통점이다. 독자를 고통스러운 자기 해체의 과정으로 밀어넣더라도, 독자가 마지막 숨을 몰아쉴 최소한의 여백이 필요하지 않은가. 김태용의 소설은 아예 독자를 '적'으로 몰아붙이고 있다는 느낌까지 든다. 이들의 소설들은 독자에게 한 치의 '곁'도 내어주지 않는다. 한 치의 여백도 감동도 카타르시스도 없는 소설 속에서 독자는 길을 잃고 만다.

5. 'No Way Out'의 세계를 질주하는 작가와 독자

한유주, 김유진, 김태용이 꿈꾸는 인류 전체에 대한 알레고리적 악몽에 전염된 독자라면, 한동안 꿈 없는 단잠을 청할 수가 없을 것이다. 그러나 진실로 강력한 독자라면, 작가가 침묵하는 텍스트를 읽어내야 하고 작가가 선사하지 않는 감동까지 가로채야 할 것이다. 이들은 '세대화 자체가 불가능한 첫번째 세대'들이다. 이들의 공통점이라면 철저한 정서적 고립이라는 집단적 질병을 앓고 있다는 것 정도일 텐데, 이것은 분류의 범주가 될 수 없는 '증상'에 불과하다. 한사코 죽음과 절망과 소통 불능의 세계만을 그려내는 이들의 캐릭터들은 어떤 세대로부터도 이해도 공감도 받지 못하는 세대의 단말마 아닌가. 이것이야말로 우리가 이들의 이야기를 고통스럽지만 한 글자 한 글자 치밀하게 파고들어야 할 이유가 아닌가. 우리는 이토록 눈부신 나이에 이토록 눈이 시린 절망의 심연을 굴착하고 있는 이들의 속삭임을 외면할 수 없다.

그러나 우리는 저마다 한 사람의 독자로서 이들의 소설을 향해 소박한 부탁을 할 수는 있지 않을까. 현대인들에게는 향수와 경외를 불러일으키는 고전적 영웅은 있지만, 이토록 모든 곳에서 크고 작은 결정을 요구하는 삼백육십오 일 이십사 시간의 딜레마적 선택의 고통 속에서, 일상의 지혜로서, 삶의 모델로서 닮고 싶은 총체적 모델은 없다. 그러나 사람들은 그 모델을 그 어떤 때보다 간절하게 원하고 있지 않은가. 고전의 현대적 해석과 과거의 인물 열전을 질료로 한 각종 팩션(faction)이 온갖 장르적 경계를 넘어 사랑받고 있는 것을 보라. 문학은 바로 이 '과거'를 향한 모델 찾기를 바로 '지금, 여기'로 돌려야 하지 않을까. 이들은 행복한 삶의 구조적 불가능성, 원만한 인간관계 속에서 쉼터를 찾는 일 자체의 구조적 불가능성, 소통 자체가 불가능한 사회의 메커니즘을 포착해내지만, 이러한 소설 속 공간의 철저한 디스토피아화가 가지는 한계 역시 명확하지 않은가. 대중이 문학을 외면한다면 이제 문학이라 불리는 그 영토 속에는 진정으로 닮고 싶은 인물을 찾기가 어렵기 때문은 아닌가.

이들이 묘사하는 세계의 투시도는 한결같이 기괴하고 음산하다. 한유주의 주인공들은 문자라는 텍스트로 이루어진 세계를 질주하는, 알레고리적 우울의 세계에 스스로를 감금시킨다. 김유진의 인물들은 자신의 얼굴에 직접 '주홍글자'를 적어넣은 후, 작가가 창조한 인공신화의 세계에 주인공을 유폐시키고, 그녀들에게 '마녀'라는 잔혹한 보통명사를 붙여준다. 김태용은 모든 인간적 감정의 세포를 잘라내버린, 자발적 인조인간이 된 '非인간'의 최후를 보여준다. 이들이 묘사하는 세계는 그로테스크함을 넘어 인류의 역사 자체의 파국을 예언한다. 그러나 이들의 소설이야말로 21세기형 시시포스의 탄생을 예고하는 문학사적 인디케이터이기도 하다. 21세기형 시시포스에게는 낭만적 열정도 신화적 성스러움도 리얼리즘적 비장미도 없다. 이들에게는 죽음을 향한 탐미적 열망만이, 두려움 없이 죽음을 능동적으로 선택할 수 있는 길만이 유일한 출구로 보일지도 모른다. 그러나 출구 없는 곳에서 출구를 찾는 것이 문학의 운명이라면, 그들이 기꺼이 이 운명을 수락한 작가들이라면, 우리는 섣불리 그들의 작품세계를 비평적 언어로 갈무리하기보다는, 그들에게서 아직 움트지 못한 문학적 가능성의 세계를 기다리는 편이 나을 것 같다.

이들의 글쓰기는 우리에게 '정서적 위무'를 주기 위한, 읽는다는 행위 자체만으로 독자를 행복하게 하는 글쓰기는 결코 아니다. 하지만 나는 이들이 백척간두의 삶의 경계에 서서 그려내는 이야기들이 언젠가는 한기에 떨고 있는 우리의 삶을 간절히 어루만져줄 것을 예감한다. 벤야민이 이야기했던 이야기꾼의 아름답고 처절한 운명은 여전히 버릴 수 없는 문학의 가치가 아닐까. "소설이 의미를 갖는 것은, 소설이 이를 테면 제3자의 운명을 우리들에게 제시해주기 때문에 그런 것이 아니라, 이러한 제3자의 운명, 그 운명을 불태우는 불꽃을 통해서 우리들 스스로의 운명으로부터는 결코 얻을 수 없는 따뜻함을 우리들에게 안겨주기 때문이다. 독자가 소설에 흥미를 갖게 되는 것은, 한기에 떨고 있는 삶을, 그가 읽고 있는 죽음을 통해 따뜻하게 할 수 있다는 희망인 것이다. (……) 얘기꾼이란 그의 삶의 심지를, 조용히 타오르는 그의 얘기의 불꽃을 통해 완전히 연소시키는 그런 사람이다."[5]

카프카의 연인 밀레나는 카프카를 이렇게 묘사한 바 있다. "그에게는 최소한의 은신처도 도피처도 없다. 그래서 우리 모두는 안전하게 벗어난 모든 것에 자신을 내맡기고 있다. 마치 옷을 입고 있는 사람들 가운데서 혼자만 벌거벗고 있는 것 같다…… 아름답든, 비참하든, 삶을 기록하는 데 도움이 될 만한 모든 것을 포기한 사람, 그는 그런 운명을 타고난 존재 그 자체다. 그의 금욕은 전혀 영웅적이지 않다…… 그는 끔찍한 투시력, 순수함, 화해할 수 없는 무능력 때문에 금욕할 수밖에 없는 인간이다…… 나는 그가 삶 자체를 거부하지는 않음을 잘 안다. 그는 다만 이런 종류의 삶을 거부할 뿐이다."[6] 기존의 언어적 관습으로는 표현할 수 없으며, 표현 자체가 금기의 영역에 속하는 인간의 욕망을, 그럼에도 불구하고 언어로써 표현해야만 하는 것, 이렇게 인식의 막다른 골목에서 가까스로 탄생하는 것이 문학이라면, 출구 없는 곳에서 출

---

5) 발터 벤야민, 『발터 벤야민의 문예이론』, 반성완 편역, 민음사, 1983, 185~194쪽.
6) 오토 A. 뵈머, 『운명적 영감에 빠진 문학가들』, 김인순 옮김, 북하우스, 2006, 26쪽.

구를 찾아야만 하는 어이없는 저주를 기꺼이 풀어내야 하는 것이 작가의 운명이라면. 바로 그 파괴된 작가적 소우주의 잔해 위에서 소설이 탄생하는 것이라면. 그 어느 곳에도 없는 출구는 '발견'되는 것이 아니라 '발명'되어야 하는 것이 아닐까.

제 3 부

역사나 운명은 본래 개인의 손아귀에 들어와본
적이 없었다. 그러나 이 남자는, 자신이 하지
않은 짓까지 문명인의 이름으로 뒤집어쓰면서,
한 사람이 온 우주와 맞서는 듯한 승산 없는 싸
움의 자리를 스스로 선택한다. 어떤 공동체에
서 단 한 사람이라도 배제된다면, 그 공동체
는 이미 희망이 없는 것이 아닐까. 또 어떤 공
동체에서 단 한 명만이라도 다시 시작하려는
의지가 있다면 그 공동체에는 희망이 있는 것
이 아닐까. 문명인들 때문에 고통받는 야만인
이 단 한 명뿐일지라도, 문명은 그 죄를 결코
씻지 못할 것이다. 그러나 단 한 명의 인간이라
도 문명의 죄를 낱낱이 인정하고 극복의 길을
고민한다면 아직은 희망이 있는 것이 아닐까.

욕망의 중력, 소통의 주파수

팩션 언리미티드(Faction unlimited)
—『검은 꽃』론

0. 프롤로그

　이상한 일이었다. 이 책을 읽는 동안 소설의 건축술이나 작가의 얼굴
은 떠오르지 않았다. 어느새 작품의 완성도나 작가의 맨얼굴에 대한 궁
금증은 무대 뒤편으로 사라지고, 소설 속 인물들 하나하나가 스스로 제
나름의 표정과 목소리를 갖춘 채 내게 말을 걸어오는 듯했다. 그들은
하나같이 내 귓가에 기묘한 이명(耳鳴)을 울리며 희미한 환영(幻影) 속
에서 내 어깨를 툭툭 치곤 사라졌다. 그들은 '아직도 내 말을 못 알아듣
는 게냐'라는 듯한 표정으로 내 의식의 그물을 몹시 헝클어놓고는 묘한
비웃음을 흘리곤 사라졌다. 때론 그 비웃음이 뒤돌아 앉은 자의 소리
없는 흐느낌으로 바뀌곤 했다. 『검은 꽃』을 생각하는 동안 나는 과거에
사용했던 비평의 칼날을 버릴 수 없었다. 다만 소설 속 인물들, 아니 이
제 소설이라는 또하나의 스크린을 찢고 나와 세상 밖으로 제멋대로 활
보하고 다니는, 죽었으나 죽지 않은 인물들에게 말을 걸어보고 싶었다.
그리하여 이 글은 김영하'의' 『검은 꽃』이 아니라 『검은 꽃』 자체의 목

소리를 파고들 것이다. 이 글에서 관심은 '작가' 김영하가 아니며 작가라는 영매를 통해 내게 스며든 『검은 꽃』의 다채로운 목소리들이다. 『검은 꽃』이 나에게 촉발하는 욕망, 테마, 인물에 집중함으로써 텍스트의 가능성을 증폭시키는 것이 이 글의 기획이다.

1. 인간은 왜 기억을 지배하려 하는가

『검은 꽃』의 등장인물들이 일포드 호를 타고 멕시코의 이주노동자로 실려가던 즈음(1905), 조선에서는 무슨 일이 일어났을까. 우리는 그 해답을 '한국 측' 자료를 통해 익숙한 연대기적 방식으로 알아볼 수도 있다. 그러나 최근 출간된 『러일전쟁, 제물포의 영웅들』은 역사에 대한 궁금증을 해결하는 전형적 방식, 즉 시간(연대기)과 공간(국가)을 지정하고 그에 따라 육하원칙의 지형도를 그려내는 방식의 한계를 질문하게 만든다. 이 책은 『오페라의 유령』의 작가로 한국에 알려진 가스통 르루가 기자의 신분으로 러일전쟁의 영웅들을 취재한 르포르타주다. 인천학 관련 자료를 모으던 연구자 이희환씨가 인터넷 고서점에서 우연히 발견한 이 책은 철저히 유럽인의 관점에서 쓰어진 러일전쟁의 기록이다. 이희환씨의 말처럼, 유럽의 독자를 대상으로 한 이 책이 백 년 후 한국에서 번역되어 읽히리라고는 저자 자신도 상상하지 못했을 것이다. 그러나 "러일전쟁의 무대로 제물포를 비롯한 전 국토를 열강에게 내어주고도, 단 한 명의 한국인 등장인물도 나오지 않는 이 책을 읽어야 하는"[1] 것이야말로 자국의 백성을 머나먼 나라 멕시코 농장의 노예나 다

---

1) 가스통 르루, 『러일전쟁, 제물포의 영웅들』, 이주영 옮김, 작가들, 2006, 9쪽. 이하 이 책에서 인용할 경우 본문에 쪽수만 표시한다.

름없는 처지로 몰아넣은 당시 조선의 상황을 치명적으로 환기시킨다. 즉 이 책은 역사 서술에의 '시점'이야말로 역사 서술의 또다른 '주인공'이며, 서술자의 시점이야말로 사건의 기억을 둘러싼 담론을 지배하는 중요한 열쇠임을 일깨운다.

더욱 흥미로운 것은 가스통 르루가 자신의 기록이야말로 철저한 육하원칙을 준수한, 견고한 팩트(fact)라 믿는다는 것이다. 그는 자신이 사실을 기록해야 한다는 절체절명의 의무를 띤 역사의 메신저임을 강조한다. 그는 "사실을 기록해야 한다는 생각 외에 다른 마음은 없었다"고 주장하지만 러일전쟁의 '영웅들'에게 이미 매혹되어 있는 자신의 정서적 시점을 숨기지 못한다. 게다가 그는 종군기자가 아니며 그의 취재원은 철저히 전쟁에서 패배하고 돌아가는 러시아 수병들의 구술이다. 그는 제물포라는 '위험한' 현장에 발을 디딘 적이 없으며 "제물포의 영웅들! 그들이야말로 러일전쟁의 첫 희생자들이 아닌가!" "제물포의 영웅들은 놀랍고도 숭고한 패배로 전 세계를 깜짝 놀라게 했다"(42쪽)라는 식의 흥분을 감추지 못한다. 이 '패배적 승리'라는 역설적 도취의 밑바닥에는 동양(일본)이 서양(러시아)에 승리했다는 사실 자체를 마음으로 승인할 수 없는 유럽인들의 집단적 수치심이 깔려 있다. 그러나 '그들만의 리그'를 위한 전쟁터를 맥없이 내주고도 저항의 목소리 한번 제대로 내보지 못한 조선의 '시점'은 어디로 증발해버렸을까. 우리는 그들에게 '동양'조차 될 수 없다는, 아니 어떤 '(역사적) 존재'조차 될 수 없다는 무력감 또한 연대기적 사실만큼이나 중요한 역사적 실감이다. 문제는 육하원칙의 전장에 '정서'가 개입되어서는 안 된다는 것이 아니라, 승리자 혹은 패배자의 '정서'야말로 역사의 패러다임을 주조하는 관건 중 하나라는 점이다.

나아가 조각난 팩트들이 서사화된다는 것 자체가 이미 허구적 재배치의 가능성을 품고 있는 것임을 환기할 필요가 있다. '사실'은 오직 현장의 순간 속에만 존재하며 기록이나 서사는 그 조각난 현장성을 복원하고 재배치하는 작업일 수밖에 없다는 점에서, 모든 역사적 기록은 일종의 '팩션(faction)'일 수 있다. 또한 기억을 서사화하는 행위 자체에 기억에 대한 '지배' 혹은 '관리'의 욕망이 꿈틀거리고 있다. 『러일전쟁, 제물포의 영웅들』의 서술 시점은 "황색 난쟁이들(일본인)"에게 어이없이 패배한 유럽인의 당혹을 비극적 파토스로, 더 나아가 도착적 승리감으로 전치시키는 '기억의 지배술'이다. "루드네프 지휘관은 폭파든 수장이든 상관없다고 했으며, 어찌 되든 바랴그 호가 일본군의 손에만 들어가지 않으면 된다고 했다 한다."(158쪽) "카레예츠 호를 황색 난쟁이들의 손에 넘길 수는 없어!"(163쪽) 유럽인들은 그렇게 러일전쟁의 패배를 반어적 승리의 드라마로 채색하지 않는 한, 그들의 믿을 수 없는 패배와 동양인을 향한 모멸감을 견딜 수 없었던 것이다. "비록 전투에서 패하긴 했지만 제물포의 영웅들에게는 진정한 승리의 행진이었다. 여인들은 손에 한아름 안은 꽃을 창밖으로 제물포의 영웅들에게 던지고 있었다. 제물포의 영웅들이 행진하면서 걸음을 옮길 때마다 사람들은 이리 밀치고 저리 밀치며 법석을 떨었고 그 수는 점점 늘어났다."(187쪽) 즉 그들의 '패배 아닌 패배'를 향한 집단적 도취는 그 자체로 또하나의 '역사적 사실'로 기능하고 있었던 것이다.

그러나 조선의 시점에서 이보다 더 중요한 사실은 서로에게 포신을 겨누었던 러시아도 일본도 이미 제국주의의 꿈을 '공유'하고 있었다는 것, 즉 그들은 '근대적 민족국가'로서 제국주의의 메커니즘 '내부'에 있었고 한국은 그 '먹이'로서 철저히 타자화된 존재였다는 것이다. 즉 일본인은 최소한 '황색 난쟁이'의 '칭호'를 받을 수 있는 위치를 점유하고 있었지만 조선은 그들만의 리그의 '배경화면'에 지나지 않았다는 것, 즉 호명당할 가치조차 없었다는 것이다. '기억의 소유권'은 러일전쟁의 당사자들에게 있었지만, 조선인에게는 '기억의 점유권'조차 주어져 있지 않았다. 게다가 가스통 르루에게는 '기억의 향유' 만이 있을 뿐 그 어떤 '기억의 윤리'도 없다. 그에게는 '제물포의 영웅들'이 역사적 기록으로서의 가치보다는 탐미주의적 감상의 대상에 가깝다. 그는 러시아 수병의 참혹한 죽음에 대한 이야기를 들으면서도 "특별한 감정이 내게 밀려오지는 않았다"고 말한다. "다만 드 베렌스 대위가 들려주는 비극적인 이야기를 들으며 사르디니아 섬과 코르시카 섬 사이로 지는 태양 위로 상서로운 빛이 지나가는 장면을 상상했다. 마치 예술가들이 영감을 떠올리는 것처럼."(153쪽)

러시아인들이 스스로의 '명예로운 패배'를 찬양하며 '황색 난쟁이'의 '냄새나는 손'에 그들의 함대를 더럽히지 않기 위해 차라리 군함을 침몰시키던 무렵, 그들이 침몰시키던 바로 그 배가 떠 있는 나라, 한반도에서는 어떤 일이 일어나고 있었는가. 제물포 해전이 일어난 지 일년 만인 1905년 봄, 1,033명(『검은 꽃』에는 1,033명으로 기록되어 있으며, 황성신문의 기사에는 1,700명으로 기록되어 있다)의 조선인들은 낯선 땅으로 흘러가는 배에 더 나은 삶에 대한 희망을 싣고 제물포항을 출발하고 있었다.

2. 기록되지 못한 목소리들은 어디로 갔는가

황성신문 1905년 4월 4일 잡보에는 대륙 식민회사 특파선 일포드 호가 농인(農人) 1,700명을 탑재하고 인천항을 출발하였다는 기사가 실린다.[2] 내게는 『검은 꽃』이 집단적 인물 군상의 서사적 연대기로 기억

---

2) "大陸殖民會社 特派船 이르허르더號는 率眷 農人 千七百人을 搭載ᄒ고 本月 初二日 上午 十一点鍾 出航 仁川港ᄒ얏더라."(「移民出航」, 황성신문[잡보] 1905년 4월 4일자)

되지 않는다. 『검은 꽃』의 잔상은 인물 각각의 분열적 일인칭의 목소리들이 다채롭게 펼쳐지는 콜라주적 이미지로 남는다. 그들은 동질적인 욕망을 향한 단일한 서사로 압축되지 않았다. 그들은 각각 제 나름의 목소리로, 쉽게 언어화할 수 없는, 너무도 할말이 많아 차라리 침묵하는 듯한, 처연한 복화술로 내게 말을 걸어왔다. 이 절은 『검은 꽃』의 내용을 바탕으로 하되, 인물들 각자의 관점에서 그들이 내게 말을 걸어오는 고백의 현장을 상상적으로 재구성한 것이다. 이제 백 년 전, 이렇게 "먼 곳으로 떠나 종적 없이 사라져버린 사람들의 이야기"[3], 그들의 '기억'의 회로 속으로 들어가보자.

　시점 1: 나는 길 위에서 태어나 길 위에서 죽었다. 아비와 어미의 추억이 깃든 '집'의 서사는 처음부터 기억에 없었다. 나를 데리고 전국을 떠돌던 보부상은 내게 성도 없이 장쇠라는 아명만을 주었다. 내게 김이정(金二正)이라는 이름을 준 자, 대한제국의 전직 군인 조장윤이 내 서사의 첫 장에 등장하는 첫번째 타인일 것이다. 일포드 호에 승선하여 생존의 전장에 버려진 순간, 나는 세상의 모든 수컷이 나의 적임을 깨달았다. 다만 돈을 벌어 나의 땅을 일구는 것만이 눈먼 희망이었던 내게, 황족의 딸이라는 신분보다는 노루피에 사향을 담근 듯한 서늘한 냄새로 먼저 다가왔던 그 여자는, 돈과 땅보다 더 커다랗고 더 뜨거운 무언가를 미친 듯이 꿈꾸게 만들었다. 그러나 연수와 함께 내 생의 첫번째 집을 갖고 싶었던 모든 노력은 수포로 돌아갔다. 그녀에게 대답 없는 편지를 쓰며 숨쉬듯 노동을 할 뿐이었던 내게도 시간은 흘러갔고 한인들만이 유카탄의 희생자가 아님을 알게 되었다. 차라리 내게 가장 가

───────────

3) 김영하, 『검은 꽃』, 문학동네, 2003, 353쪽. 이하 이 책에서 인용할 경우 본문에 쪽수만 표시한다.

까운 사람들은 나를 길 위에서 헐벗고 굶주리게 한 조국이 아니라 강도 산도 그늘도 없는 땡볕에서 미래가 없는 노동에 파묻혀 사는 멕시코 농민들이었다. 나는 기약 없는 노예의 삶에서 벗어나기 위해 탈출했고, 멕시코 혁명군에 가담했다.

내가 참가한 전투의 첫 승리, 그후 모든 것이 변했다. 노예처럼 학대받던 기억도, 보상받지 못한 사랑도, 그 순간만은 잊을 수 있었다. "총알을 장전하고 방아쇠를 당길 때면 마치 몸 속에 침전돼 있던 묵은 응어리들이 한 방에 날아가는 느낌이었다."(251쪽) 첫 승리는 모든 고통의 기억을 깡그리 무화시키는 순정한 기쁨이었다. 남의 나라 혁명군의 무리 속에서 나는 비로소 내 안의 미친 불길을 잠재울 수 있었다. 내 반대편에서 정부군의 총을 발사하고 있던 남자가 내 아이를 키우고 있음을 알았을 때는, 이미 늦었다. 이미 나는 돌아올 수 없는 또다른 길 위에 서 있었다. 그녀와 나는 한 번도 '방'이라는 공간에 함께 누워 있던 적이 없었다. 평생 방도 집도 가질 수 없는 내가 아이와 여자를 데리러 갈 수는 없었다. 마지막으로 멀리서 그녀의 모습을 보았다. 귓전에 울리던 그 종소리는 내 마지막 '남자'의 목소리였고 마지막 '인간'의 기억이었다. 그리고 내가 살아 있음을 느낀 마지막 기억은 패배한 혁명의 전사들과 보낸 최후의 나날들이었다. 그곳에서 나는 나와 동지들의 힘만으로 세운, 지상에서 가장 작은 나라에서, 조선의 백성이 아닌 신대한의 백성으로 죽었다.

시점 2: 처음 그 배에 올라탔을 때 나를 사로잡은 번뇌는 황족의 딸로서의 내 구겨진 인생행로가 아니라 내가 무엇을 위해 살고 어떠한 모습으로 죽을까 하는 문제였다. 나는 나 자신을 위해 산다. 그것이 내 결론이었지만, 시대도 가족도 용납할 수 없는 그 위험한 내심을 털어놓을 곳은 없었다. 우리의 무리를 낯선 땅으로 끌고 가는 배 안에서 나는 육체의 동물성을 배웠다. 그곳에서 나는 황족의 딸이 아니라 암컷의 육체일 뿐이었다. 내가 지나갈 때마다 격렬하게 술렁이는 수컷들의 본능적 욕망의 기운을 감지했다. 내가 사랑이라는 이름으로 몸을 나눈 유일한 남자였던 김이정에게서, 육체가 사랑의 악기가 될 수 있다는 것을 배웠다. 그러나 그 짧은 행복의 나날 뒤에 기다리고 있었던 것은 기나긴 지옥의 시간이었다. 내 몸은 언제나 내가 원하지 않는 교환과 탐욕의 대상이었다. 이정의 아이가 내 자궁에 둥지를 틀기 시작했음을 알았을 때 내게는 길이 없었다. 내 힘으로는 가족의 명예도, 아이도, 사랑도 지킬 수 없었다. 아이를 지키기 위해, 다시 이정을 만나기 위해 나는 권용준의 막사를 찾아갔다. 통역의 첩으로 전락한 나에게 이젠 가족도 존재하지 않았다.

나는 권용준에게서 육체의 희극성을 배웠다. 사랑하지 않는 남자와의 잠자리에서도 나의 의식을 벗어난 내 육체는 기이한 편안함을 누렸다. 나는 끊임없이 탈출을 꿈꾸었다. 그의 아이를 데리고 그에게로 가려 했다. 탈출은 한 번도 성공하지 못했다. 그리고 박정훈을 만났다. 이번에도 길은 없었다. 또다시 돈으로 칭칭 감긴 내 몸의 쇠사슬을 풀어줄 사람은 그뿐이었다. 내가 꿈꾼 것은 사랑과 열정과 욕망의 논리였지만, 내 운명을 움직인 것은 언제나 생존과 타의의 사슬이었다. 언제나 그 자리에 고여 있는 나와는 상관없이 시간은 흘렀고 나와 아이와 남편은 아무 일도 일어나지 않는 평온한 삶을 살았다. 그리고 일생 동안 원했지만 일생 동안 기억 속에만 살아 있던 그 남자가 죽었다는 소식을 들었다. 그가 죽은 후, 내게 열린 세상의 마지막 문은 닫혔다. 나는 오직 손아귀 가득 돈을 틀어쥐고 매일매일 돈을 셌다. 그것만이 내 육체가 감각할 수 있는 유일한 행위였다.

시점 3: 내게 가까운 것은 모두 내게 형벌이었다. 어부인 아버지는 바다에서 죽었고 어머니는 나를 무당에게 팔았고 그 무당은 나를 공포로 몰아넣었다. 새것과 먼 것에 대한 동경은 내 것, 가까운 것에 대한 격렬한 증오로부터 비롯되었다. 나는 멀고 먼 팔레스타인 산 종교를 받아들여 천주교 신부 바오로가 되었다. 내 가족과 내 종족의 불길한 주술적 세계로부터 멀리 떨어지고 싶었다. 그러나 내 운명은 박광수의 삶도 바오로의 삶도 허락하지 않았다. 백인들의 종교는 나에게도 이주민들에게도 구원을 주지 않았다. 그러나 내 몸을 빌려 끊임없이 불길한 예언을 중얼대는, 그토록 증오했던 백마장군의 주술은 적어도 내 동포들에게 논리를 넘어선 희망과 위로를 주었다. 사람들은 팔레스타인의 신보다도 내 몸을 빌려 말하는 신에게 친밀감을 느꼈다. 내 몸에 들러붙은 주술의 신은 나의 몸을 빌려 이렇게 말했다. "우리가 이곳에 온 것은 돈을 벌기 위함이지 매를 맞기 위함이 아니다. 우리가 여기에 온 것은 배가 고파서이지 미친 농장주의 개가 되자고 온 것은 아니다."(185쪽) 내가 조선의 신부가 아닌 멕시코의 박수무당이 되는 장면을 구경하기 위해 위험을 무릅쓰고 모여든 백성들. 그 순간 갈가리 찢기는 내 영혼과 육체를 둘러싸고 밤새도록 울고 웃고 춤추며 축제의 광란에 휩싸인 사람들이 보였다. 그리고 나의 예언, 아니 백마장군의 예언은 실현되었다. 수백 개의 에네켄 밭이 검은 재로 변했고 노동자들은 실업자가 되었다. 나는 그렇게 박광수에서 바오로로, 박서방에서 박수무당이 되었다.

　시점 4: 나는 그곳에 에네켄을 따기 위해서 온 것이 아니라 황제를 대신하여 이민자들을 통솔하고 대표하기 위해 온 것이었다. 그러나 그곳에서는 내 고귀한 신분도 학식도 통하지 않았다. 차라리 사약을 받았다면 마음이 편했을까. 내가 아는 유일한 문자이며 위대한 문자인 한자도 통하지 않는 곳, 그 어떤 유배와 귀양도 그보다 잔인하지 않았다. 단 한 번, 내게도 기회가 왔다. 글 모르는 무지렁이 백성들이 눈으로 호소하고 있었다. 조국에 계신 폐하께 우리의 실상을 알려달라고. 돈도 밭도 싫으니 제발 우리를 데려가달라고. 내 유일한 능력은 붓과 종이 위에서 노니는 것. 그 유일한 무기가 빛을 발하는 순간이었다. 황족이자 사대부인 나에겐 충격이었다. 서울에서는 단 한 번도 나를 향한 이런 애절한 눈빛을 본 적이 없다. 그들은 겉으로는 고개를 숙였지만 양반에 대한 적의를 숨기지 못했다. 처음으로 글을 배운 보람을 느꼈다. 그러나 구원의 기대는 무너졌다. 내 유려하고 준엄한 문장에도 조선의 정부는 아무 화답이 없었다. 나는 구원을 향한 모든 기대를 접었다. 애를 배고 통역의 첩이 되어버린 딸은 없는 자식보다 못했다. 그러나 나는 여전히 조선의 선비다. 내 존엄을 지키는 일은 아침이면 황제가 있는 서쪽을 향해 절하고 밤에는 새로운 국가의 기틀을 세우는 이상적인 통치론을 저술하는 것이었다.

시점 5: 나, 권용준의 집안을 이끈 힘의 팔 할은 날렵한 실용주의다. 한낱 역관이라는 중인 신분에 지나지 않았던 아버지의 선견지명으로 나는 대대로 이어 내려오던 중국어가 아닌 영어를 배웠다. 조선인들은 제 모자란 능력은 탓하지 않고 신분의 벽만 탓한다. 더러운 옷, 이가 득시글대는 머리, 아직 상투도 자르지 않은 놈들. 그들이 나처럼 개명 세상의 참맛을 알게 될 날은 요원했다. 나는 멕시코 농장주보다 더 지독하게 그들의 등짝을 갈겼다. 그것만이 내가 이국의 땅에서 부와 명예를 거머쥘 수 있는 확실한 길이었다. 이종도가 조선의 나라님에게 보낸 편지는 내가 손수 불태웠다. 조선이 망한 이유는 무능한 주제에 입만 살아 나불대는, 그런 양반놈들 때문이다. 나는 연수라는 계집과 새로운 삶을 시작해보고 싶었다. 가진 것이라곤 돈뿐인 내겐 없는, 위엄과 교양이 그녀에게는 있었다. 그러나 세상의 모든 욕을 다 합쳐 퍼부어도 시원찮을 그년은 내가 잠든 사이 나를 버리고 도망갔다. 이제 나는 아편이면 충분했다. 아버지, 어머니, 형들, 그리고 연수도 아편만 있으면 모두 만날 수 있다. 이런 생활이 내겐 "마치 오래된 구두처럼 편안했다"(232~233쪽).

시점 6: 나는 대한제국의 군인이었다. 그러나 조국에 충성한 대가는 군대의 해산과 아내의 죽음과 처참한 가난이었다. 에네켄 농장 역시 고되기는 매한가지였다. 그러나 조선보다는 나았다. 다시 조선으로 가겠다는 벗들에게 나는 말했다. "어려서는 굶기고 철드니 때리고 살 만하니 내치지 않았나. 위로는 되놈에, 로스케 등쌀에, 아래로는 왜놈들 군홧발에 이리 맞고 저리 굽신, 제 나라 백성들한텐 동지섣달 찬서리마냥 모질고 남의 나라 군대엔 오뉴월 개처럼 비실비실, 뱃도 없고 줏대도 없는 그놈의 나라엔, 나는 결코 안 돌아가려네. 주리지만 않으면 어떻게든 여기에서 버텨보려네."(84쪽) 그것이, 내가 사람들 앞에서 가장 오랫동안 말을 한 경험이었다. 그후, 나는 전처럼 말이 없어졌다. 이발을 배운 이유도 말없이 할 수 있는 일이기 때문이었다. 아내를 병으로 잃은 이후 어떤 여자도 넘본 일이 없지만, 연수를 만난 후 모든 것이 달라졌다. 그녀의 묶인 몸을 풀어줄 수만 있다면 무엇도 아까울 것이 없었다. 어느 날 카란사 대통령의 오른팔 오브레곤은 나에게 와서 머리를 깎고 면도를 하고 싶다고 말했다. 그날부터 오브레곤의 전속 이발사가 되었다. 남의 머리를 깎고 한 여자의 남편으로 살아가는 데는 여전히 말이 필요하지 않았다. 그녀를 찾아온 김이정이라는 남자에 대해서도 말을 할 수 없었다. 아니, 이번에는 말을 하지 않는 것이야말로 그녀를 지키는 유일한 방법이었다.

3. 국가 없는 정치는 가능한가, 이데올로기 없는 신념은 가능한가

이 밖에도 더 나은 삶의 꿈을 안고 멕시코로 이주했지만 노예와 다를 바 없는 삶의 질곡 속으로 저물어간 천여 명의 조선인들의 기억은 사라져갔다. 지배적 역사의 장 속으로 편입되지 못한 이들의 기억은 본질적으로 재현 불가능한 것일지도 모른다. 기록이나 재현의 과정 자체는 언제나 기억을 부패시키거나 왜곡시킬 위험을 안고 있다. 역사가 그들을 기억하는 방식은 박물관이나 관광지 조성과 같은 상품화와 제도적 기념의 방식이다. 비역사적 실체의 삶의 흔적이 설사 발굴된다 하더라도 그들의 욕망과 일상을 그대로 되살려내는 일은 불가능하다. 여기에는 필연적으로 상상의 힘이 개입될 수밖에 없다. 멕시코 이민사의 이론적/학술적 연구만큼이나 역사적/문학적 상상력과 열정이 중요한 것은 이 때문이다. 사실의 완전한 재현이 불가능하다면 기록되지 않은 욕망의 흔적을 상상적으로 발굴하는 서술자의 태도, 시점, 세계관의 중요성이 더욱 부각된다. 결국 중요한 것은 '기억의 윤리'일 것이다.

무엇보다도 『검은 꽃』의 새로움은 대표적인 기억의 지배자인 '국가'의 시점을 벗어나 있다는 점일 것이다. 이들의 서사는 '국가가 버린 백성들의, 국가를 벗어난 삶'의 관점으로 서술된다. 『검은 꽃』은 이데올로기적 선택의 문제 혹은 국가담론으로만 설명되던 문제를 개개인의 욕망과 감수성의 문제로 역전시키고 있다. 김이정은 멕시코혁명의 끔찍한 참상을 전쟁의 심장부에서 경험하며 생각한다. "이것은 국가 때문에 벌어진 일인가 아니면 국가가 없기 때문에 벌어진 일인가. 대한제국이 있었지만 우리는 행복하지 않았다. 그리고 지금의 멕시코도 마찬가지다."(258쪽) "그러나 분명한 것은 이정이 거쳐온 그 어떤 나라도, 심지어 비야의 진영마저도, 이정이 바라는 궁극의 정체는 아니었다는 것이다."(258~259쪽) 김이정을 비롯한 이주민들의 삶은 한 번도 '국가의 그늘' 아래 존재해본 적이 없다. 조국은 그들을 버렸고 그들 역시 조국의 그늘에 미련이 없다. 그들이 연대해야 할 대상은 민족이 아니라 멕시코에서 한인들만큼이나 살인적인 노동 강도 속에 신음하던 마야인들이었다. 그러나 판초 비야의 패주 후 멕시코혁명에서도 자신의 자리를 찾을 수 없었던 김이정은 조장윤이 이끄는 한인 용병들과 '국가 아닌 국가'를 도모하게 된다. "전직 군인, 내시, 도둑, 게릴라, 노동자, 고아, 파계신부로 이루어진 총 44명의 한인 용병"(298쪽), 그들은 마야 문명의 유적지가 제공하는 천연의 요새에서 최후의 결전을 준비한다. 조장윤은 "미국처럼 대통령을 뽑는" 것으로써 근대적 국가 이데올로기의 내부에 편입되고자 하며 "이것을 일본과 미국 조선에 알려 나라가 아직 살아 있음을 만방에 선포"(299쪽)함으로써 망해버린 조국에 대한 변치 않는 애정을 과시한다. 반드시 누군가가 다른 누군가를 지배해야 한다는 관념 안에 갇혀 있던 조장윤의 정치적 신념과도, 김이정은 충돌한다.

이정은 이론과 신념으로 무장한 혁명가가 아니라, 신이나 제도나 국가가 부여하는 운명을 거부하는, 운명론적 아나키스트다. 그는 규정당할 수 있는 무언가를 창조하기 위해서가 아니라 그 어떤 개념의 그물로도 포획할 수 없는 무언가가 되기 위해 싸운다. "이정의 논리는 어려웠다. 그들을 설득한 건 논리가 아니라 열정이었다. 그리고 그 열정은 기묘한 것이었다. 그것은 무엇이 되고자 하는 것이 아니라 되지 않고자 하는 것이었다. 그리고 한 달 후, 이들은 신전 광장에 띠깔 역사상 가장 작은 나라를 세웠다. 국호는 신대한이었다."(306쪽) 말이 통하지 않는 부부지만 마야 여인들과 행복하게 살아가는 병사들. 에네켄은 그들을 가장 잔혹한 고통으로 몰아넣은 상징적인 존재이지만 신대한의 마지막 치세 기간 동안 에네켄은 평화와 축제의 상징이 된다. "마야인들과 신대한인들은 에네켄을 꼬아 만든 줄로 마을 마당에서 줄다리기를 했다. 처음엔 이정들이 이겼지만 마지막엔 마야인들이 이겼다. 그들은 축제

를 벌이며 나날을 즐겼다."(308쪽)

박정훈에게 보내는 편지에서 이정은 말한다. "여기선 누구도 다른 이를 착취하지 않습니다. 우리는 총을 안고 잠이 들지만 마음이 편합니다."(309쪽) 어떤 이론과 역사에 대한 해박한 지식이 없이도, 이정은 용맹하며 지적인 혁명가가 된다. 총을 안고 잠들면서도 마음이 편한 그들은 처절한 소멸을 예상하면서도 그 짧은 축제적 시간을 즐긴다. 권력도 지배도 없으며 다만 무구한 일상만이 평화롭게 존재하는 고요를. "박광수의 말대로 더위와 습기로 가득 찬 이 용광로 같은 밀림이 종내는 모든 것을 녹여버릴 것이 분명했다. 사람, 계약, 민족, 국가, 심지어 슬픔과 분노까지도."(310쪽) 김이정이 일군 미니 국가는 지배받을 대상/타자를 설정하지 않는다는 점에서 '비정치적 정치'였고 국가 아닌 국가를 꿈꿨다는 점에서 민족과 제도와 이념의 틀을 벗어났다. 그들이 누린 것은 아마도 민족국가의 틀 속에 살아가는 근대인은 절대로 맛볼 수 없는 쾌락이었을 것이다. 열망이 없기에 자유롭고 희망이 없기에 무상할 수 있는, 유(有)의 풍요가 아닌 무(無)의 평화를 꿈꾸는 이들의 축제적 쾌락.

그들의 기록되지 않은 열망은 『검은 꽃』을 통해 우리에게 여전히 현재적인 물음표를 던진다. 지배당하는 자가 없는 정치는 가능한가. 국가 없는, 아니 국가의 틀에 규정당하지 않는 공간은 가능한가. 허무주의에 빠지지 않으면서도 무(無) 자체를 향유하는 삶은 가능한가. 역사적 기억에 대한 책임을 지되 그 기억의 무게에 짓눌리지 않을 수 있는가. 이미 훼손당하고 난자당한 기억의 틈새로 돌아나는, 온 허공에 떠다니지만 손으로 잡을 수 없는, 이미 죽고 사라진 자들의 기억의 숨결. 그 기억의 슬픔과 원한의 무게에 질식당하지 않으면서도, 그들의 잊혀진 삶을 살려내면서도, 미래의 아이들에게 물려줄 아름다운 기억을 오늘 여기에서 만들 수 있을까.

4. '기억의 무게'로부터 벗어나는 길은 있는가

존 쿳시의 『야만인을 기다리며』는 '제국인'의 문화와 '야만인'의 문화가 교차하는 익명의 변경에서 일어나는 사건을 치안판사의 고백의 형식으로 담아내고 있다. 그는 삼천 명의 주민이 사는 변경을 통치하는 치안판사다. 그는 제국의 '일부'지만 제국'주의'의 외부에 존재하고자 한다. 제국을 건설하여 야만인들을 길들임으로써 역사의 새로운 장을 열고자 하는 사람들, 그들은 제국주의자의 전형이며 야만인을 착취하고 고문하는 데 어떤 가책도 느끼지 않는다. 그는 문명의 일부이며 제국의 정찰견 역할을 수행중이지만, 문명을 증오하며 제국을 불신한다. 그는 "어둠 속에 앉아서 역사 속의 혼령들이 자기에게 얘기를 해주길 기다리"는 사람이다. 그는 "우울함에 맘껏 젖어 텅 빈 사막에서 특별한 역사적 비애를 찾으려"[4] 한다. 그는 문명의 변경에서 문명의 추악함을 곱씹는다. 그는 자신이 야만인에 대한 약탈과 고문, 살인에 대한 원인책임을 갖고 있지는 않지만, 그에 대한 연대책임 혹은 무한책임을 지고 있음을 뼛속 깊이 인식한다. 그는 자신의 존재 자체가 제국의 야만을 표상함을 알기에 밤마다 해독 불가능한 악몽에 시달린다.

그는 어느 날 고문으로 아비를 잃고 자신의 눈을 잃은 야만인 여자가 구걸을 하고 있는 모습을 발견하게 되고, 그녀를 집으로 데려와 스스로도 이해할 수 없는 욕망에 이끌려 그녀의 발을 씻어준다. 제국의 폭력을 몸에 새긴 야만인 여자의 발을 씻겨주는 문명인 남자. 그는 자기도 모르게 무릎을 꿇고 고문을 당해 원래의 형체를 알아볼 수 없는 그녀의 발을 씻기 시작한다. 제국의 야만이 그녀를 훑고 간 폭력의 자리를 씻고 어루만질 때, 그것은 역사적 화해나 이데올로기적 혁명이 아닐지라

---

4) 존 쿳시, 『야만인을 기다리며』, 왕은철 옮김, 들녘, 2003, 30~31쪽.

도, 그 무구한 행위 자체만으로 그는 잠시나마 단잠을 이룰 수 있게 된다. 그녀를 먹이고 입히고 재우면서 그는 자기 안에서 끊임없이 돋아나는 고통스러운 질문과 대면하게 된다. 그녀의 고문당한 몸의 상처들은 해독 불가능한 상형문자처럼 그의 앞에 버티고 있다. 그녀의 몸은 탐미나 쾌락의 대상이 아니라, 문명인의 망각과 야만인의 기억이 만나는 제의적 공간이다. 물론 그녀가 그의 손길을 기다리고 그가 그녀의 몸을 만지는 행위는, 매 순간 위험한, 에로틱한 충동을 동반한다. 그러나 이 관계에서 주도권은 오히려 '그'나 '그녀'가 아니라 '과거의 기억' 혹은 '역사의 폭력'이 쥐고 있는 것처럼 보인다.

그러나 그들의 장벽은 과거의 기억뿐만이 아니라 소통 자체의 불가능성이다. 문명인의 언어는 완곡어법과 수사학의 언어이며 야만인의 언어는 투명하고 장식이 없으며 숨겨진 배후라고는 없는 직설의 언어다. 그녀는 그가 늘어놓는 끊임없는 질문의 퍼레이드에 당혹스럽다. 언어를 쥐어짜내려는, 그 언어에서 과거의 의미를 유추해내려는 문명인 남자의 욕망은 그녀를 고통스럽게 한다. 그녀는 소통의 방식이 왜 언어여야만 하는 것인지 납득할 수 없다. 그는 그녀의 몸을 고문하던 제국인의 폭력과 끊임없는 질문으로 그녀를 괴롭히는 자신의 행위 사이의 동형성을 고통스럽게 발견한다. 고문의 욕망에는 타인의 '몸 속'에 파고들면 타인의 비밀이 상처의 틈새를 비집고 튀어나오리라는 환상이 서려 있다. 끊임없는 질문으로 그녀의 머릿속에 들어가고 싶은 그의 욕망 또한 또다른 정신의 폭력은 아닐까. 그는 알고 있다. 그가 아무리 그녀의 상처를 쓰다듬고 씻어내도 제국의 죄악까지 씻어낼 수는 없음을, 제국의 폭력까지 도려낼 수는 없음을. 그는 자신이 기억할 수 없는 폭력의 상처를 그녀를 통해 재생하려는 욕망을 포기하고 그녀를 자신의 부족에게로 돌려보낸다. 그러나 이 '개인'의 행위는 제국의 감시망에 포착되고, 그는 제국에 대한 반역의 대가를 혹독하게 치른다. 그는 영웅으로 죽을 수도 없고 그녀에 대한 처절한 사랑을 통해 구원받을 수도 없다. 그는 모든 것을 버렸지만 여전히 악몽은 끝나지 않는다. 지구 전체를 유령처럼 배회하고 있는 제국의 악령, 문명과 야만을 갈라 야만을 짓밟는 행위를 통해서만 존재 가능한 제국의 폭력이 끝나지 않는 한, 어떤 윤리적 주체도 문명의 폭력에 대한 '비의도적' 공범자가 될 수밖에 없다.

이 작품에서 야만인은 문명인의 상상과 소문 속에서만 존재한다. 그들은 야만인의 실체와 한 번도 진정으로 대면한 적이 없지만 제국의 신민들은 야만인이라는 타자의 존재를 가정함으로써만 문명을 유지할 수 있다. 제국인은 야만인이 없으면 존재할 수 없다는 점에서 본질적으로 의식의 주인이 될 수 없다. 주인의 권위는 오직 노예의 도덕을 통해서만 완성된다는 역설. 그는 예수처럼 성(聖)과 속(俗)의 경계에서 속을 끌어안고 성으로 승화하는 것이 아니라, 철저히 세속에서 시작하여 세속으로 저물어가며 끝내 세속의 감시와 처벌의 울타리 안으로 투신한다. 아무런 대가도 미래도 구원도 없지만 그 고통스러운 질문을 계속해야 한다. 그의 고해는 차라리 자멸의 몸짓이지만 처절한 자멸을 통해서만 문명인은 암흑의 핵심에 다다를 수 있다. 역사나 운명은 본래 개인의 손아귀에 들어와본 적이 없었다. 그러나 이 남자는, 자신이 하지 않은 짓까지 문명인의 이름으로 뒤집어쓰면서, 한 사람이 온 우주와 맞서는 듯한 승산 없는 싸움의 자리를 스스로 선택한다. 어떤 공동체에서 단 한 사람만이라도 배제된다면, 그 공동체는 이미 희망이 없는 것이 아닐까. 또 어떤 공동체에서 단 한 명만이라도 다시 시작하려는 의지가 있다면 그 공동체에는 희망이 있는 것이 아닐까. 문명인들 때문에 고통받는 야만인이 단 한 명뿐일지라도, 문명은 그 죄를 결코 씻지 못할 것이다. 그러나 단 한 명의 인간이라도 문명의 죄를 낱낱이 인정하고 극복의 길을 고민한다면 아직은 희망이 있는 것이 아닐까.

다시, 0. 에필로그 — '행복한 야만인'을 꿈꾸며

어쩌면 한국인은 북미 인디언이나 라틴아메리카 원주민보다 더욱 타자화된 존재들이다. 근대의 내부자로서도 탈근대적 저항의 주체로서도 스스로를 긍정할 수 없는 한국인들은, 제1세계에도 제2세계에도 제3세계에도 온전히 속할 수 없다는 점에서, 여전히 문명의 '서자'는 아닌가. 백 년 전 멕시코로 이주한 조선인은 착취의 대상인 '물질'로서 존재했을 뿐 인격화된 '인간'으로서 존재하지 않았다. 한때 우리는 그들에게 야만인이었다. 제국의 풍요를 위해 꼭 필요한 타자로서의 야만인. 그러나 더 큰 비극은 우리가 진정한 야만인조차 되지 못했다는 것이다. 도둑처럼 찾아든 해방을 맞이한 이후 한국은 급속히 문명의 내부로 편입했고 이제 한국은 제국의 질서에 기생하는 '미니 제국' 혹은 '의사(pseudo) 제국'이 되어 제3세계의 노동자들을 21세기의 또다른 '애니깽'들로 전락시키고 있다. 우리는 미래인에게 또 어떤 역사적 기억으로 남게 될까. 멕시코 이민자들도 백 년이 지나서야 자신들의 이야기가 소설의 제재가 되리라고는 생각하지 못했을 것이다. 예상치 못한 독자의 예상치 못한 관심과 무구한 열정. 불가해한 상형문자로 버티고 있는 그들의 과거를 후대의 누군가가 이해하려는 노력 자체가 중요한 것이 아닐까. 과거를 규정하고, 텍스트를 통해 기억을 봉인하려는 시도가 아니라, 오독의 위험을 무릅쓰고 진실의 다면적 얼굴을 만나려는 무구한 소통의 의지야말로 마지막 열쇠가 아닐까.

완전한 현재란 있는가. 살아 있는 우리의 매 순간은 과거의 사라진 기억과 미래의 아직 오지 않은 기억 사이에서 끊임없이 진동하는 것은 아닌지, 우리의 현재 자체가 과거와 미래의 비빔밥 안에 공존하는 부정형(不定形)의 시간은 아닌지. 역사의 무게를 가늠하는 일도 중요하지만 역사의 하중에 짓눌려서는 안 되며 지금 이 순간을 각자의 천변만화한 역사적 순간으로 만드는 것이 더 중요하지 않을까. 그 어떤 과거도 어떤 기억으로 남을까를 스스로 선택할 수 없었듯이, 우리의 현재도 미래에 어떤 빛깔로 해석될지를 지금 여기서 결정할 수는 없다. 다만 분명한 것은 오늘 누군가가 내린 하찮은 선택 중 하나가 엄청난 역사적 사건으로 번져나갈 수 있다는 것, 그리하여 그 선택의 순간이 역사 전체의 거대한 벽화를 바꿔놓을 치명적인 붓질이 될지도 모른다는 것이다. "선택은 자아의 본성을 직접 반영한다. (……) 단 하루 동안에 천 가지의 조그만 선택들을 할 수도 있는데, 그것들은 모두가 중요한 것들이다."[5]

5) 앤서니 기든스, 『현대사회의 성·사랑·에로티시즘』, 배은경·황정미 옮김, 새물결, 1999, 163쪽.

암흑의 핵심을 포복하는 시시포스의 암소
—방현석론

1. 변하는 것과 변하지 않는 것

모두가 철조망이나 암벽과 마주치는 곳에서, 길을 발견하는 이가 있다. 그는 다음 순간에 어떤 길이 펼쳐질지 알지 못한다. 그럼에도 불구하고 그는 어디서나 길을 발견한다. 스스로 '이정표'가 아닌 '길'이 되는 자의 얼굴은, 없다. 그는 자신을 통해 무언가가 흘러가는 일에만 열중할 뿐 얼굴을 드러내어 말하는 법을 모르기 때문이다. 방현석의 소설을 통해 오래 전에 잊혀진 얼굴들이 제 나름의 씻김굿을 벌일 동안, 작가는 저만치 비켜서 있다. 그 비켜섬은 초월의 의지와는 인연이 없다. 그는 영매이지만 다큐멘터리언이기도 하다. 세기가 바뀐 후에도 그는 여전히 독자보다는 죽은 자의 원혼과 살아 있는 피사체의 삶에 더 가까이 서 있다. 그의 소설이 뿜는 도저한 결기는 이 어름에서 발원할 것이다. 그러나 그의 글 자체에서 기묘한 양가성이 번져나온다. 범접하기 어려운 망설임과 거리낌 없이 대작(對酌)을 청하고픈 친밀감이 동시에 서린다. 용서 없는 올곧음에서 번져나오는 알 수 없는 느꺼움, 이것이 방현석의 귀환을 반가워하는 이들의 희미한 공통감각이 아닐까.

그의 작품세계로 들어가는 입구에서 몇 가지 미스터리와 마주친다. 첫째, 80년대에 단 두 편의 중단편을 발표한 그가 80년대의 대표작가라는 호칭을 얻은 이유는 무엇인가. 둘째, 90년대 중반 이후의 그의 소설적 침묵과 세기의 전환 이후의 그의 극적인 변화를 어떻게 이해해야 할 것인가. 셋째, 우리의 기억 속에 왜 방현석은 '변함없이 한 가지를 그리는 작가'의 이미지로 각인되어 있는가. 두번째 질문과 세번째 질문은 서로를 배반한다. 그는 변하지 않음으로써 진정으로 변화했다. 또한 그는 철저하게 변화함으로써 끝내 변하지 않았다. 이 형용모순을 극한까지 몰아가는 것, 나아가 이 모순이 처음부터 모순일 수 없음을 밝히는 것이 이 글의 여정이 될 것이다.

첫번째 질문에 대한 대답은 어렵지 않다. 우선 그는 가장 80년대적인 장 안에서 가장 80년대스럽지 않은 방식으로 그 연대를 소설화했다. 그는 한 번도 떠들썩하게 승리에 도취되거나 혁명에 대한 낙관적 전망과 열정에 달뜬 적이 없다. 그는 냉혹하고 건조한 문체로 우직한 저항의 템포를 그려넣는 방식을 택했던 것이다. 서사의 견고성보다는 둔중한 현실 자체의 힘으로, 표상보다 훨씬 많은 여백을 번져나가게 하는 방현석의 미니멀리즘. 투쟁의 숭고미와 파토스를 극도의 간결한 질료로 압축한 그의 두 편의 초기 단편(「내딛는 첫발은」, 1988 ; 「새벽출정」, 1988)은 '단 두 편'의 결여로서 다가오지 않는다. 오히려 반드시 두 편일 수밖에 없었던, 생활인 방현석의 비소설적 상황을 상상케 한다. 작가 스스로도 "십 년을 우회하여 다시 여기로 돌아올 수 있었던 자신이 다행스럽다"고 말한 바 있는, 90년대 이후 그의 긴 에두름의 과정은 글 뒤에서 다루기로 한다.

그는 같은 상황에 대해 늘 다른 지평에서 질문하기를 멈추지 않는다. 그는 '노동자는 왜 아직도 파업을 하는가'라고 질문하지 않는다. 질문

자체가 품어안는 폭력을 감지하기 때문이다. 이 질문에 대답하기 전에 '누가, 왜' 이런 질문을 하는가를 물어야 한다. 이런 방식으로 질문하는 이들은 분명 자본의 내부에서 자본의 외부를 살고자 하는 아주 미세한 움직임조차 극도로 경계할 것이기 때문이다. 방현석은 질문의 방식을 끊임없이 바꿈으로써 오히려 변하지 않을 수 있었다. '노동자는 왜 파업을 하는가'가 아니라 '왜 노동자들은 파업하지 않는가'라고 질문하는 것. 그런 면에서 그의 초기 단편(『내일을 여는 집』, 창비, 1991)과 최근 작품들(『랍스터를 먹는 시간』, 창비, 2003)은 여전히 서로에게 등을 돌리지 않는다.

여기서 또다른 질문이 불거진다. 방현석의 90년대 이후 소설은 후일담문학의 변주인가. 『랍스터를 먹는 시간』의 표지 추천글에서 박완서는 '후일담임에도 불구하고 후일담스럽지 않음'을 방현석 소설의 매혹으로 설정한다. 그러나 방현석은 『당신의 왼편』(해냄, 2000)을 비롯한 여러 편의 작품에서 지금-여기의 '강자'로 살아가는 '386세대'라는 표상의 허구를 지적한 바 있다. 386세대의 지배적 이미지와는 다른 방식으로 살아가는 이들, 시대의 다수적 표상의 외부에서 침묵할 뿐인 '또다른 80년대'를 양각시키는 것이 소설가 방현석의 예민함이며 '스스로 입법한(누구도 강요하지 않은)' 작가적 윤리이다.

자기 세대의 희망을 훼손하지 않기 위해서는 회고를 거부할 수밖에 없는 세대. 문학을 간절히 열망했지만 그들의 꿈은 문학이 아닌 실천으로만 증명될 수 있었던 세대에게는 회고 자체가 금기이며, 윤리적 마지노선이다. 회고를 거부할 때 문학은 성립할 수 없고, 회고를 승인할 때 혁명은 멀어진다. 이 출구 없는 역설이, 그가 감내한 침묵의 진원지다. 80년대를 거리와 감옥에서 견뎌낸 이들의 시선에서 보면, 후일담문학이야말로 가장 반(反)혁명적인 문학이다. '그럼에도 불구하고' 혁명의 몸짓을 멈출 수 없는 자들에게는 회상 자체가 불가능한 것이므로. 그는 성장소설이나 후일담소설로 몸을 피할 수 없었다. 그가 후일담문학의 반혁명성에도, 권태로운 일상성에 천착한 90년대의 냉소와 환멸의 문학에도 몸담을 수 없었던 것은 차라리 자연스럽다.

투사이자 다큐멘터리언의 이미지가 강렬한 방현석, 그가 이상하게도 점점 문학의 영토에 가까워지고 있다. 문학의 영토를 의심하는 목소리가 커지고, 문학의 경계를 해체하자는 구호가 심심찮게 들리는 시대에, 그는 가장 전통적인 문학의 영토로 느리게, 그러나 돌연히 진입하고 있는 듯하다. 그가 단편집 『내일을 여는 집』에서, 90년대의 장편(『십 년간』, 실천문학사, 1995; 『당신의 왼편』)으로, 다시 전형적인 단편(『랍스터를 먹는 시간』)의 서사양식으로 옮아가는 도정은 흥미롭다. 그의 '소설적 침묵' 사이에 그의 비문학적 실천의 텍스트들(『아름다운 저항』, 일하는사람들의작은책, 1999; 『하노이에 별이 뜨다』, 해냄, 2002)을 슬몃 끼워넣을 때, 그의 글쓰기의 여정은 한층 풍요로워진다. 그의 '소설적 침묵'은 '비소설적 아우성'의 다른 이름이기 때문이다. 그는 시대의 암흑 안에 가장 깊숙이 들어가 있으면서도, 시대의 중력을 거스르는 글쓰기를 실천해온 것이 아닐까.

2. 미니멀리즘의 수사학, 다큐멘터리언의 상상력

『내일을 여는 집』에 실린 단편들은 노동자들의 연대, 민주노조의 활동공간, 운동의 이념적 토양 등 노동운동의 모든 출구가 가로막힌 상황에서 시작한다. 초기 단편에 등장하는 대부분의 인물들은 노동자이기에 언뜻 동질적 인물군으로 비친다. 그러나 『내일을 여는 집』의 역설은, 노동자들 내부의 균열과 이질성의 충돌이, 노동운동이 가장 활발했던 연대에 씌어진 초기 단편에서 가파르게 드러난다는 점일 것이다. 어느

한 작품도 완만하게 승리의 결말로 향하지 않는다. 방현석은 패배의 짙은 그늘이 드리운 현실에서 출발하여 거대한 트라우마나 극적인 승리의 기억으로 돌아간 후 다시 출구 없는 현실로 돌아와 그때-거기의 투쟁을 지금-여기의 투쟁과 접속시키는 서사적 전략을 구사한다.

『내일을 여는 집』을 읽는 두 가지 키워드는 횡단성과 운동성이다. 『내일을 여는 집』의 생생한 캐릭터들은 하나같이 자본가/노동자, 남편/아내, 선배/후배와 같은 위계화된 경계를 뒤흔들고, A도 아니고 B도 아닌 제3의 무엇이 되는 존재들이며, 이것이 바로 『내일을 여는 집』이 품어안는 횡단성의 풍요로움이다. 'OO답지 않은 OO'로 요약될 수 있는 캐릭터들이 그것이다. 여고생답지 않게 파업에 참여하는 윤희/순옥, 여성답지 않게 자기 키보다 큰 쇠파이프를 드는 세광 '깡순이'들, 내 집 마련 이외에는 모든 일에 무심했던 진숙이 남성조합원들을 뛰어넘는 투사로 변모하는 과정. 스스로의 신체에 새겨진 억압의 그물망들, 탈주 혹은 생성의 힘들을 수직적으로 위계화하고 수평적으로 분절하려는 격자망[1]들을 가로지르기. "나는 노동자이니까"가 아니라 "나는 노동자임에도 불구하고"라고 말하고 행동하는 이들이 방현석 초기 단편의 주인공들이다. 이들의 고통으로 얼룩진, 그러나 훼손될 수 없는 명랑성이 충만한, 숱한 가로지르기의 흔적들이 『내일을 여는 집』의 서사적 역동성을 빚어낸다.

한편 초기 단편의 노동자들이 열어가는 노동의 세계는 '노조 없는 곳의 노조활동'처럼 역설적인 시공간들이다. 이들의 활동은 조합이나 조직과 같은 실체로 규정되는 것이 아니라 끊임없는 '운동성'으로 정의된다. 방현석은 노동조합의 제도적 가능성이 보장된 곳에서 이미 일상화되고 안정된 노동운동을 포착하지 않는다. 아직 일상의 내부로 정착되

---

1) 이진경, 『탈주선 위의 단상들』, 문화과학사, 1998, 67~70쪽 참조.

지 않았기에 끊임없이 불안한 상황, 패배가 늘 목전에 임박한 노동운동의 일상적 흐름을 강렬한 긴장으로 포착해낸다. 정지된 질서 혹은 기념비적 승리의 장면이 아니라 욕망의 '운동성'을 포착해내는 방식.『내일을 여는 집』이 펼쳐 보이는 노동의 세계는 개념이나 조직의 차원으로 포획되지 않는 운동성, 혹은 생성의 흐름 자체로 범람한다.

이들의 멈출 수 없는 운동성 앞에서는 그 어떤 '마침표'도 위력을 잃는다. 이들의 투쟁에는 마침표가 없다. 아니, 이들은 차라리 처음부터 마침표를 찍고 시작한다. "다 한꺼번에 죽이라고 애새끼들까지 다 데려왔다. 이 개 같은 놈들아! 니들이 이 짓을 하고도 명대로 살 줄 알아"라 외치는 진숙(「내일을 여는 집」). 미리 감옥에 갈 준비를 해놓은 채 "무서운 건 감옥 가는 게 아냐." "이 싸움에서 지는 거야"라고 말하는 미정(「새벽출정」) 등. 이들은 자신들의 투쟁이 언제나 마침표의 위협을 받고 있음을 알기에 미리 거대한 마침표를 찍은 채 저항을 시작한다. 인물들의 생기발랄함도 이 멈춤 없는 운동성으로 획득된다. '완결된 인격'을 가진 인물군들보다도 극적으로 변화하는 인물군들이 날카롭게 부각된다.

해방되어야 할 노동은 공장의 노동만이 아니다. 「새벽출정」의 민영을 괴롭히는 것은 동료인 미정이 노조위원장의 정치력을 발휘할 동안 자신은 밥 짓기에 매달려야 한다는 사실이다. 한편 노동자들의 경쟁을 유도하는 생산라인의 변모로 인해 노동자들'끼리'의 인정투쟁이 격화된다. 무엇보다 두려운 것은 쉽게 끊어낼 수 있는 내 안의 습속, 머리가 아니라 몸이 기억하는 '성실'의 '악덕'이다. "사천원 벌려고 아침 거르고 이천원어치 택시 타게 만드는 게 개근이라는 거다." 민영, 미정, 철순이 주도한 잔업특근 거부는 예상 이상의 파문을 일으켜, 전혀 소통이 없던 다른 부서들에서까지 잔업 거부의 집단행동이 물결친다.

두 개의 시간성이 이들 앞에 버티고 있다. 노동자들에게 현재의 고통을 망각하고 순응하게 하는 권력의 시간성. 그리고 머리가 깨지고 다리를 저는 동료들을 보며 복도에 '신나'를 뿌릴 수밖에 없는 노동자들의 고립된 시간성. 이 두 개의 시간성은 분명히 한 공간에 공존하지만 결코 소통할 수 없는 욕망의 폐쇄회로들이다. 이 소통 불가능성에 균형을 깨는 것은 상상도 못 했던 또다른 생성의 흐름이다. 이들의 파업 소식이 이웃공장에 알려지자 선흥정밀 조합원들이 잔업을 '제끼고' 세광으로 달려온다. 폭력의 배치는 순식간에 축제의 배치로 변환된다. 노조활동 경험이 풍부한 선흥정밀은 모든 것이 처음인 세광노조에 '조건 없는 증여'로서 연대와 우정을 선물한다.

백오십 일간의 파업투쟁. 민영은 '결전의 날' 밤, 홀로 먼지가 쌓인 공장 현장으로 들어간다. "다섯 달 만에 맡는 신나 냄새가 짜릿했다. 다시 붓을 잡을 수 있는 날이 올까." "민영의 손길이 점점 빨라져갔다. 한 박스를 다 칠했을 때 민영의 코끝에는 땀이 송글송글 맺혀 있었다." 이 노동에 대한 보상은 없다. 누구도 명령하지 않은 자발적 제의다. 어떤 보상도 구경꾼도 없는, 1인의 축제적 노동. 민영은 음식노동에 대한 자의식, 친구 철순의 죽음에 대한 부채, 노조위원장 미정의 카리스마에 대한 열등감, 이 모두를 한꺼번에 껴안음과 동시에 넘어선다. 노동 그 자체에 대한 긍정과 사랑. 그녀를 움직이게 하는 건 이제 더이상 콤플렉스나 분노가 아니다. 이제 그들은 나 아닌 다른 것을 위해 살던 과거와 단절한다. 희생의 습속과 노예적 욕망과 단절한다. 이익이라는 '어마어마한' 보상금을 거부한 그녀들은, 더 소중한 것을 위해 싸운다. "우리로부터 웃음을 빼앗아간 자들로부터 다시 웃음을 빼앗기 위해 싸웁시다."

「내일을 여는 집」은 '시선의 권력'의 집합적 보고서다. 성만은 대성중공업에서 '파업 주동자'로 낙인찍혀 해고당한 후 일자리를 찾는다. 성만을 의심스러운 시선으로 바라보는 면접관과 그 시선에 대한 성만의 공포로 인해, '면접'의 배치는 순식간에 '수사'의 배치로 변환된다.

해고노동자의 일상을 통해 비친 '비노동적' 상황 곳곳에서, 감옥과 공장의 배치는 재현된다. 수업료를 내지 못한 열다섯 살의 성만은 자신을 감아드는 '주체 없는 시선'의 폭력을 견디지 못하고 학교를 그만둔다. 억압의 시선은 외부에서 주어지지 않는다. '가난이 죄악'임을 배워야 했던 열다섯 살의 성만에게 모든 시선은 자신을 '죄인'으로 바라보는 시선으로 재배치된다. 더욱 무서운 억압의 시선은 성만 스스로에게 깃들어 있다. "돈, 돈. 내가 벌면 될 거 아냐. 니까짓 게 나가 벌면 얼마나 번다고 설치고 난리야."

노동자 부부들의 공동체적 공간인 '내일을 위한 집'을 드나들기 시작한 후 진숙은 성만에게 새로운 관계성을 요구하고 성만도 흔쾌히 동의한다. 수직적 관계의 억압적 시선보다 남편과 아내 사이와 같은 수평적 관계의 억압은 더욱 끔찍한 방식으로 일상에서 재현된다. 일상 곳곳에 편재된 시선의 권력과 싸우는 일. 임금협상이나 복직투쟁은 싸움의 일부일 뿐. 진숙은 남편의 해고 소식을 듣고 뱃속의 아이를 떼려 하고, '이혼'을 요구하며 남편의 노조활동을 가로막는다. 운동의 대의만으로는 극복할 수 없는 일상의 악다구니. 가장 가까운 이를 동료로 만들 수 없는 가장 아픈 고독과 마주해야 한다. 이것은 이데올로기의 '옳음'이 포획할 수 없는 일상과 감정의 영역들이다. 방현석은 이렇게 이데올로기의 외부를 더듬음으로써 자본의 일상이 직조하는 암흑의 핵심을 더듬어간다. 진숙을 변화시키는 힘 역시 이데올로기 외부에 있다. 성만이 구사대의 쇠사슬에 맞고 쓰러지자 해고자협의회의 사람들이 데려간 병원. "피투성이가 된 채 서로 나중에 치료받겠다는 그들을 보며 진숙은 또 눈물이 돌았다." 진숙은 돌변한다. 노동운동에 가장 적대적이던 진숙이 복직투쟁을 진두지휘하는 진풍경. "아내의 행동에는 무서운 힘이 있었다. 반드시 이긴다는 믿음, 이기고야 만다는 자신감이 배어 있었다. 그가 지금까지 싸워온 것과는 근본적으로 다른 점이었다. 될까, 어럽다. 그래도 하는 데까지 해봐야지, 이런 식이었다." 그는 처음으로 아내를 '존경' 하게 된다.

진숙의 끈질긴 몸부림에 촉발된 노동자들은 물밀듯이 작업장 밖으로 달려나와 해고노동자들과 함께 어깨를 겯기 시작한다. 기나긴 투쟁 끝에 복직에 성공한 그들은 밥공기에 술을 따라 마시며 작은 축제를 벌인다. 성만은 어느새 '자연스럽게' 식은 찌개를 데우기 위해 냄비를 들고 부엌으로 간다. 진숙의 존재론적 비약은 성만의 오랜 신체적 습속마저 자연스럽게 바꾸어놓는다. 다른 삶을 감행하는 용기는 이렇게 '전도(顚倒)된 계몽의 배치' 의 루트를 통해 한 존재에서 다른 존재로 번져나간다.

「지옥선의 사람들」은 방현석이 그려내는 노동현장이 결코 '승리의 공간' 이 아님을 보여준다. 사방이 가로막힌 섬에서 노동운동을 한다는 것은 무엇인가. 해포 조선소의 '노조 없는 노동운동' 을 그린 이 소설은 작품 전체가 알레고리적 효과를 발휘한다. 87년 노동자대투쟁으로 고조되고 조직화된 도시의 노동운동이 주어진 격자 안에서 '장기알' 을 창의적으로 움직이는 문제였다면, 노조의 탄생 자체를 원천봉쇄당한 이들의 투쟁은 노동운동의 '격자' 자체를 창안해내는 일이기 때문이다. 노동자가 다쳐도 회사의 승인 없이는 치료받을 수 없으며 경찰도 회사의 끄나풀일 뿐이다. 연대의 손길은 더더욱 기대할 수 없다. 목숨을 건 것은 밤마다 비밀리에 모임을 가지는 동지회 회원들만이 아니다. 노동자들은 일상적으로 죽음에 노출된다. "존엄성을 인정받지 못하는 목숨을 지닌 사람들은 스스로를 마구 다루었고 동료들에 대해서도 그러했다." '그래도 능률적'이라는 이유 하나로, 여덟 명의 노동자들을 "쥐포처럼 으깨버려" 시신조차 알아볼 수 없게 만든 마그네틱 크레인은 계속 사용된다.

「지옥선의 사람들」에서 '뼛속 깊은' 노동자 출신인 봉수로서는 학생운동권 출신의 기대가 언제나 지식이나 투쟁의 밀도 모두에서 앞서가는 모습이 불편하다. 이제 기대에게 가장 큰 공포는 폭력배의 침탈만이 아니다. 아름다운 삶이 아름다운 관계를 만들어가지 못할 때, 기대는 가장 깊게 넘어진다. 그러나 그것은 더 깊은 '나다움', 아니 더욱 힘센 가로지르기와 존재를 건 비약으로 넘어설 수 있을 뿐이다. 기대의 '먹물답지 않은' 용맹은 죽음을 무릅쓰고 봉수를 구해내고, 기대를 의혹의 시선으로 바라보던 노동자들도 화해의 복잡한 과정 없이 화해한다. 노동운동에는, 아니 삶의 조건을 변화시키는 투쟁 일반에는 수많은 문턱들이 가로놓여 있다. 그 문턱을 먼저 넘는 사람을 둘러싼 인정투쟁은, 한 명이라도 그 문턱을 넘지 못하면 그 '넘음'도 '넘음'이 될 수 없음을, 코뮌의 문턱 넘기는 개인의 극복이 아니라 '집합적 주체'의 '넘음'이어야 함을 보여준다. 이들은 노조 없이도, 자율주의적 노조운동을 일궈낸다. 이들의 저항을 규정하는 것은 조직이나 기억이 아니라 행동과 실천일 뿐이다.

「또하나의 선택」에서 방현석의 미니멀리즘의 수사학은 극한에 이른다. 건조하고 간결하다 못해 형해만 남은 듯한 문체. 노조위원장 석철은 식당 문제 해결을 위한 투쟁에서 단식을 선택한 후 쓰라린 패배를 맛본다. 단식으로 피폐해진 신체가 남았고, 간부들의 조합원에 대한 "경멸에 가까운 불신"만이 남는다. "문제의 원인은 조합원들에게 있는 것이 아니라 조합원들 대신 조합원들의 문제를 해결사처럼 풀어주려던 집행부에 있는 건 아니오?" 석철은 지금까지의 집행부 단식 방침을 철회하고 식당 문제를 현장토론에 부친다. 평조합원들을 통해 석철은 자신의 지나친 책임감이 노조의 배치를 일방향적 계몽의 배치로 경직시켰음을 깨닫는다. 취사축제. 이들의 축제적 투쟁에 사장은 열흘 만에 투항한다. 투쟁은 놀이가 된다. 이전에는 자신의 역할을 발견하지 못했던 '아줌마 조합원'들도 자신의 능력과 욕망을 마음껏 발산할 수 있게 된다. 대중의 자발성을 '계산' 하지 않고, 대중의 일상 속으로 허심하게 몸을 던졌을 때, 예측불허의 잠재성이 폭발한다. 조합원 대중들의 분자적 욕망 속으로 걸어들어가자 누구의 주도도 아닌 분자적 축제가 확산된다.

'또하나의 투쟁' 은 석철이 투옥된 이후 시작된다. '취사축제' 에서 어떤 법률적 해고의 근거도 찾지 못한 회사 측은, 현장에서 남은 재료를 가지고 아이의 장난감을 만든 석철을 '절도범' 혐의로 감방에 밀어넣는다. 그는 자신이 '공안사범' 이 아닌 '잡범' 으로 분류된 것에 강한 자의식을 느낀다. 그러나 감옥의 일상 속에서 석철은 '노조위원장' 의 정체성을 넘어서게 된다. 감옥 안에서 그는 새로운 현실, 즉 '죄수' 라는 이유만으로 모든 부당한 모멸을 견뎌야 하는 집합적 광기의 상황에 맞닥뜨린다. 그는 감옥 안에서 '얼굴 없는 연대' 를 발견한다. 한 번도 자신의 얼굴을 본 적이 없는 공안사범들이 자신이 벌방에 들어갔다는 이유만으로 단식투쟁을 벌인 것이다. 실체가 보이지 않는 곳에서도 연대는 가능하며 자신의 일이 아닌 일로 투쟁하는 것이 진정 자신을 위하는 일이 된다.

석철은 감옥 안에서 또다른 투쟁을 벌이고 있는 공안사범들에게서 새로운 주체성을 획득해나간다. 석철은 가장 저열한 억압의 상황 속에서 가장 유쾌한 배움을 얻어간다. 석철은 감옥 내의 처우 개선과 알 권리 보장 등의 사안으로 또다시 단식투쟁을 시작한다. 단식 열이틀째. 턱주걱을 틀어쥔 채 강제급식을 마친 교도관들이 비웃음을 흘리며 돌아섰을 때 석철은 손가락을 집어넣어 그들이 흘려넣은 미음을 모두 토해낸다. "못 배운 빨갱이가 무섭다더니 이 새끼가 그 짝이구만." '못 배운 빨갱이' 석철의 '무서운' 저항은 여기서 끝나지 않는다. "모든 처우는 종전 수준대로 되돌아왔고 이감되었던 공안사범들은 원상회복하기로 합의가 이루어졌다. 그러나 석철은 8사동(공안사범의 처소)으로 되돌아가는 것을 거부했다." 석철은 편안할 수 있는 길을 내려놓는다.

석철의 투쟁은 감옥 안의 경계, 즉 공안사범과 잡범 사이의 미묘한 갈등의 배치마저 허물어버린다. '잡범'과 '공안사범'의 경계에서 서성이게 된 석철은 두 곳 모두를 횡단하며 잡범답지 않은 공안사범, 공안사범답지 않은 잡범이 된다. 그의 극한의 단식투쟁과 자기 변이는 감옥 안의 '내부의 열정'들에 불을 댕긴다. 이제 석철의 주위에 잠재하던 수많은 탈주선들이 접속된다. 교도관들조차 '도둑놈'에서 '1024번'을 거쳐 '김석철씨'로 호칭을 바꾼다. 죄수들은 '주는 대로 받아먹던' 노예적 욕망의 배치를 넘어 비로소 자신들이 어떤 권리를 포기당하고 있는지를 묻기 시작한다. "교도소당국이 제일 두려워하는 일반수들의 반란 조짐이 보이기 시작한 것이다."

『내일을 여는 집』의 피날레는 늘 싸움의 끝이 아닌 시작으로 갈음한다. 투쟁의 시작만이 소설의 마침표를 대신할 수 있었던 것이다. 시작만이 끝이 될 수 있는 서사적 역설이 초기 단편의 긴장을 버티고 있다. 방현석은 민감한 다큐멘터리언의 촉감에 포착되지 않는다면 쉽게 망각되어버릴 사실들에 집요한 붓끝을 들이댄다. 방현석이 사랑하는 소설 속 캐릭터들은 하나같이 망각을 거부하는 신체들이다. 결코 잊어선 안 될 광기와 참혹의 현장들을, 방현석은 명료하고 소박하다 못해 냉혹하고 무미건조한 문장으로 써내려간다. 거대한 현실에 비하면 말이 표상할 수 있는 것들은 미미하다. 그는 삶의 힘을 통해서만, 구체적인 일상의 고통을 통해서만, 언어가 '최소한의' 도관이 되어 흐르게 한다. 그의 다큐멘터리적 글쓰기가 미니멀리즘의 수사학과 접속하는 필연성은 여기서 성립한다. 초월적 대상에서 우러나오는 칸트적 숭고함이 아니라 우둘투둘한 일상의 여정에서 번져나오는 내재적 숭고함. 그의 미니멀리즘의 수사학과 다큐적 상상력이 빚어낸 문학적 여정의 집적이 바로 『십 년간』이다.

3. 지금-여기의 복원을 위한 고고학적 탐색

'80년대 대표작가'의 반열에 올라서자마자 그가 만나야 했던 것은 '환멸의 90년대'였다. 그는 자신의 자리를 얻자마자 자신의 자리가 모멸이 되는 시간을 견딘다. 그는 물론 썼다. 그답게, 아주 천천히. 그러나 그는 90년대스러움을 거부함으로써 90년대를 버텼다. 그는 모멸을 견디고, 아니 모멸 자체에 대해 침묵하고, 환멸과 냉소를 거부하는 방식으로 지난 세대의 이야기를 자신의 서사로 끌어들인다. 그런데 70년대는 너무도 가까운 과거, 즉 역사성으로 환원하기에는 너무도 현실적 잔여감이 강하게 남아 있는 과거다. 너무도 가깝지만 아무도 '정확하게' 기억하지 않는 시대라는 점에 70년대의 문제성이 놓여 있다. 지금-여기를 일군 역사의 가장 가까운 퇴적층에 시선을 둠으로써 방현석은 환멸과 냉소의 시대를 견디는 힘을 발견한다. 자기 시대의 고민과 실천을 이야기하기 전에 자기 시대를 일군 과거의 힘을 복원하는 느린 되새김질. 이것이 『십 년간』의 세계이다.

『십 년간』에는 다양하고 이질적인 욕망들이 끊임없이 충돌할 수 있는 서사적 주체들이 공존한다. 『십 년간』은 십대 초반의 부잣집 딸 여진부터 환갑을 넘은 이서익의 부친까지, 다양한 세대와 계층을 오르내리며 총체성을 기획한다. 서사의 중축인 세 명의 친구, 완수, 준호, 석우도 매우 이질적이다. 그들은 각각 노동운동, 학생운동, 정당활동을 거친다. 또한 『십 년간』은 같은 사건이나 인물에 대한 대립되는 시선을 배치함으로써 장편소설의 총체성을 모색한다. 한편 와이에이치노조 사건, 전태일의 죽음, 민청학련 사건, 박정희의 죽음 등 70년대의 굵직한 사건들을 다루면서 방현석은 그 역사적 사건 뒤에 자리하는 비역사적 실체의 욕망과 언어들을 발굴한다. 역사적 '사건'의 기념비적 성격 뒤에 가려진 다양한 계급, 계층들의 은폐된 일상성을 복원해내는 것이다.

방현석의 이전 소설에 비해 가장 이채로운 캐릭터가 이서익의 존재다. "자신의 무능력과 게으름을 인정하기 싫어하는 사람들은 잘사는 사람들을 헐뜯음으로써 자신의 열등감을 숨기고 가난을 정당화시키려고 한다." 전태일의 분신사건에 대한 서익의 반응은 이렇다. "조금만 노력하면 얼마든지 더 나을 벌이를 찾을 수 있지 않은가. 죽을 용기와 각오로 일할 생각은 않고 커피 한 잔 값에 하루 종일 몸뚱이 고생을 시키다가 자기의 몸에 불이나 싸지르는 인생이 딱했다." 열심히 하면 삶의 조건이 바뀔 거라는 무매개적 신앙이 그에게는 유일한 상식의 바운더리다. 방현석은 부르주아를 직접 비판하는 것이 아니라 부르주아의 삶과 내면 자체로 깊숙이 들어가 부르주아의 속물성을 그 자체로 강렬하게 구현한다.

방현석은 『십 년간』에서 자본의 내부에서 그 외부를 꿈꾸는 일상적 실천들에 주목한다. 순연한 앎의 기쁨으로 충만한 순분, 그리고 동료가 배움의 기쁨으로 성장해가는 것을 질투하지 않고 기꺼이 밀어주는 상생의 힘. 그는 제도의 변혁 없이도 바로 지금-여기에서 일상의 혁명을 일구는 계기들을 발견한다. 『십 년간』은 남성적인 인정투쟁의 욕망으로부터 상대적으로 자유로운 여성노조의 힘을 보여준다. "여자들이 하면 얼마나 하겠나 싶어서 방심한 게 실책입니다. 이것들은 책임진 가정이 없다보니까 남자들하고 달리 겁을 줘도 안 되고 돈을 줘도 안 통합니다." "아무런 욕심이나 야망이 없는 상대만큼 무섭고 난감한 상대가 없다는 사실을 회사는 뼈아프게 깨달아야 했다."

한편 이 소설의 인물들은 70년대적 전형성을 체현하고 있다. 준호는 좌익 2세로서의 거대한 트라우마를 지우기 위해 국립대학 법대에 진학하며, 오랜 적수인 서익에 대한 복수의 정념으로 고통받는다. 그러나 준호는 데모에 참여하지 않으면 양심을 증명할 수 없는 시대적 배치와 맞닥뜨린다. 그는 전태일 사건으로 인해 자신의 양심이 또 한번 시험대에 오르는 것에 절망한다. 고규락을 향한 인간적 끌림으로, 준호는 서서히 스스로를 학생운동 깊숙이 밀어넣는다. 이때 민청학련 사건이 터진다. 준호는 이서익까지 동원한 잔혹한 고문수사에도 불구하고 끝까지 고규락과의 비밀을 지킨다. 끝내 고규락은 민청학련 사건의 배후조종 혐의로 사형을 당한다. 그러나 준호는 고규락과의 사우적(師友的) 만남을 통해 자신의 존재가 무한히 확장되었던 경험을 망각하지 않는다.

완수가 체현하는 것은 70년대 노동자의 삶이다. 월급 한 푼 없는 '함빠' 생활을 몇 년 동안 견뎌내고 '요꼬쟁이'가 된 후에도 미래는 보이지 않는다. 완수는 태원직물에 취직하여 사장이 기독교 신자라는 점, 그가 '하잘것없는 노동자'인 자신에게 '도와달라'는 덕담을 건넨 일에 감격한다. 회사가 부도 위기에 몰리자 완수는 그것을 노동자들의 '원죄'라고 믿는다. 회사의 어려움이 노동자의 '죄'라고 생각하는 기독교적 원죄의식의 메커니즘. 사장이 회사 주식의 절반을 종업원들에게 나눠준다는 결심을 공표하자 완수는 사장에게 완벽하게 매혹된다. 기독교에 대한 그의 헌신은 홍사장에 대한 헌신으로 전이되어버린다. 홍사장의 '집 바깥의 일상'은 완벽한 '성자'의 현현, 그 자체다. 기독교적 원죄의식이 현실을 바라보는 투명한 시야를 박탈하고, 완수는 맹목적으로 홍사장을 신뢰한다. 성실과 금욕을 핵심으로 하는 '프로테스탄티즘의 윤리'가 원죄의식을 무기로 노동자들 스스로를 노예화시키는 메커니즘을 이토록 처절하게 묘파해낸 것은 『십 년간』의 또다른 첨점일 것이다.

완수는 노동자들을 '회개'시키기 위해 일상적인 전도활동을 벌인다. 임신애라는 여공이 완수에게 도발적으로 말을 건다. "그러니까 무엇을 회개해야 하느냐 말이에요." "우리가 어떤 길을 걸어왔는데요? 아저씨가 보셨어요? 우리가 사악한 길을 걸어왔다고요?" 완수의 설교는 일상 속에서 출구를 찾는 내재성의 장을 형성하지 못하고 초월적 장을 맴돈다. 그는 아무런 매개도 자기화의 과정도 없이 현세적 문제를 종교적 초월성으로 추상화시킴으로써 동지적 우정을 획득하는 데 실패한다. "아저씨, 괜히 우리한테 겁주지 마세요. 아저씨도 주일성수 못 지키잖아요." 긍정적 촉발이 아니라 '공포'와 '죄의식'에 호소함으로써 의식과 욕망을 길들이려 하는 기독교의 협박과 저주의 수사학. 임신애의 등장은 텍스트에 생기와 긴장을 불어넣는다.

교회에서도 공장에서도 완벽하게 고립된 완수는 다른 지층에서 질문을 던지기 시작한다. 홍사장이 노동자들에게 반분(半分)하기로 약속한 주식은 진정 효력이 있는가. 홍사장의 집에서 입주가정교사로 지내던 준호는 완수의 천진함에 놀란다. "준호의 눈에 홍사장은 부지런하지만 욕심 많은, 그저 평범한 한 사람의 기업가에 지나지 않았다." 홍사장은 자신의 투자 실패를 '제품불량에 따른 클레임'에 돌리고 주식을 사원들에게 반분한다는 '자비로운' 전략을 언론에 홍보함으로써 기업이미지를 쇄신했다. 그러나 그가 나눠준 노동자들의 주식은 법률적 효력이 없는 것으로 밝혀진다. "우리가 월급 못 받고 있는 동안에도 그 집은 아무 일 없었어?" 완수는 비로소 깨닫는다. 자신의 신앙이 가로막고 있었던 암흑의 핵심을. 절망에 빠진 완수는 순분을 찾아간다. 완수는 열정과 우애로 가득 찬 여성노조의 생기발랄함에 매료된다.

완수는 JOC와 연대함으로써 새로운 길을 모색한다. 완수는 방용성이라는 노조지도자를 만난다. 그런데 '모범생' 완수의 기대와는 달리 방용성은 무신론자다. 게다가 방용성은 "노조의 '노'자도 입에 올리지 않"고 노동자들과 술판을 벌이기까지 한다. 당혹을 감추지 못하는 완수에게 방용성은 말한다. 그는 금욕과 계몽을 노조운동의 철칙으로 삼고 있던 완수에게 정반대의 길을 제안한다. 욕망을 발산하며 이질적인 사람들의 삶의 결을 헤집고 들어가 그들의 삶을 살아버리라고. "오늘 오기로 했던 사람들이 몇 칸짜리 방에서 몇 식구가 얼마의 벌이로 살아가는지 알고 있나요?" "술 한번 같이 마셔봐요. 알게 돼요. 난 우리 조합원들이 천 명도 넘지만 이름과 얼굴, 고향과 사는 동네 정도는 외웁니다.” “완수는 갑자기 눈이 트이는 것 같았다. 내일부터 해야 할 일이 갑자기 너무 많이 떠올랐다.” ‘그 자체로 모델이며 정답인’ 노조지도자가 아니라 오류와 갈등을 반복하는 완수를 중심인물로 배치함으로써, 방현석은 더욱 드라마틱한 존재의 형식의 변모를 음각해낸다.

이름과 사물의 경계는 일대일 대응할 수 없다. 이름의 경계가 곧 사물의 경계를 대체할 때가 많지만, 아직 이름 붙이지 못한 상황들이 훨씬 많다. 그 간극은 좁혀지기는커녕 무한히 증식할 것이다. 말의 생성은 삶의 속도와 깊이를 따라갈 수 없다(물론 언어적 창안이 현실의 잠재성을 촉발하는 경우도 있다). 『십 년간』에는 전태일을 ‘순국열사’로 추앙하는 장면이 등장한다. 그러나 전태일이 스스로를 불살랐을 때 그의 머릿속을 사로잡은 것이 ‘국가’라는 표상이었을 리 없다. 개체 내부의 분자적 열정이 투명하게 들끓을 때, 그러나 욕망을 표상할 수 있는 개념도 슬로건도 존재하지 않을 때, 투쟁의 주체들은 기존의 표상에 기생할 수밖에 없다. 그러나 이 ‘표상의 결여’가 소수자들의 능동성과 자율주의적 생성의 흐름을 은폐하지는 못한다. 『십 년간』에는 개념화되고 조직화되지 않은, 아직 ‘알’의 상태로 존재하는 대중의 자발성과 잠재성이 투명하게 범람한다.

방현석은 분노와 열정에 이끌려 자기 세대의 이야기를 부풀리는 법을 모른다. 그는 너무도 가까운 과거이지만 모두가 망각한 70년대의 저층을 탐사함으로써 ‘우리의 80년대는 어떻게 만들어졌는가’라는 화두에 느리고 힘겹게 다가가고 있다. 빛을 그리기 이전에 빛을 빛이게 하는 조건들을, 빛을 토해낸 어둠들을, 끈질기게 더듬어나간다. 방현석은 능변보다는 눌변을 선택한다. 말들 사이의 망설임과 침묵으로 말한다. ‘빛남’보다는 ‘책임’을 구하는 말의 침잠, 여명을 드러내기 전에 황혼을 보여주는 여유. 드러난 말보다는 침묵하는 여백에 그의 메시지가 존재한다.

4. 모멸의 견딤 — 서사성의 균열과 에피소드적 방황

　그는 '환멸과 냉소의 90년대' 라는 휘황한 스캔들을, 용서 없는 침묵으로 버텨냈다. 낙하하지 않는 폭포. 그는 폭포의 힘을 지니고서도 함부로 추락하지 않았다. 여기서 그의 '침묵' 의 실체가 어렴풋이 얼굴을 드러낸다. '말할 수 없음' 이 그의 유일한 저항의 방식이었던 셈이다. 그는 '자신의 이야기' 를 무기로 삼지 않는다. 그는 80년대적 삶과 그들이 꿈꾸던 공동체적 시공간이 난도질당하는 것에, '부당한' 책임을 짊어진다. 그는 한 번도 80년대를 냉소하지 않았건만 환멸의 책임을 느끼는 쪽은 오히려 그와 그의 친구들이었다. "가벼울 수 없는 존재의 참음"[2]을 그는 '소설적 침묵' 으로 견뎌냈다. 오랜 침묵을 깨고 솟아오른 모멸의 견딤, 그 숨가쁜 흔적이 『당신의 원편』이다.

　이 소설은 현현욱과 심민영, 도건우 세 사람의 이십대와 삼십대를 교차식 편집으로 재구성하고 있다. "이건 글을 쓰기 위한 현장연습일 뿐이야"라고 믿으며 '취재차' 시위에 입문했던 민영은 전사로 변신한다. 음악학도 건우는 학생운동가들의 '무리근성' 과 권위적 행태에 실망을 느껴 끊임없이 거리를 두던 중 민영과의 극적인 만남으로 위장취업자가 된다. 현욱은 '서울의 봄' 당시 공수부대의 침탈에도 불구하고 끝까지 도망가지 않다가 붙잡혀 고문을 당한 후 '시니컬' 함으로 일관하지만, 민영의 설득으로 총학생회장 선거에 출마한다. 작가 방현석과 가장 가까운 심리적 거리의 반경 안에 존재하는 인물들이 비로소 소설의 육

---

　2) 류준필, 「가벼울 수 없는 존재의 참음」, 『문학동네』 1997년 여름호, 416~434쪽 참조.

체를 얻은 것이다.

　현장에서 뛰어난 활동가로 다시 태어난 도건우는 손가락 두 개를 프레스에 잘린 후 합법공간(노조상담소)으로 이전하고, 아버지의 사업을 물려받게 된다. 그런 건우에게 민영은 브레히트의 시를 적어 보내어 가혹하게 비판한다. "그러한 방법으로는 인간과 인간의 관계가 나아지지 않는다. 그러한 방법으로는 착취의 시대가 짧아지지 않는다." 건우는 자신의 손가락과 이십대를 바쳐 배운 모든 노동운동의 원리를 자신의 회사 경영에 도입하려고 애쓴다. 스스로 민주노조를 만들고 늘 노동자들과 함께 식사를 한다. 회사가 외국기업의 음모로 부도의 위기에 처했을 때 건우가 앞장서 만들었던 노동조합은 그의 편이 되어준다. 그러나 이렇게 '조화로운 = 희귀한' 노사관계는 위태롭다. 노동자들과 함께 식사를 한 후. "공장 마당에서 승용차에 오르던 그의 뒤통수에 던져진 노동자의 한마디는 비수와 같았다." "개새끼, 그래도 그랬저 뒷자리군." 노동자의 한마디는 고문보다 더 큰 내상을 안겨준다. 건우는 외국기업의 음모와 사채업자의 협박에 무너지는 것이 아니다. 믿었던 이사와 영업부장이 사채업자를 끌어들여 부도를 부채질하고 제품의 특허까지 집어삼키려 한다. "그는 노동자들의 몫을 줄이지 않고도 기업을 할 수 있다는 자신의 신념이 몽상이 아니라는 것을 보여주려고 밤낮으로 뛰었다." 그는 자본의 내부에서 자본의 외부를 살아내려 하지만 자본의 내부에서 더욱 철저한 자본의 영토를 구축하려는 인간의 욕망에 민감하지 못했다.

　현욱과 건우의 극한적 갈등과 화해의 반복은 『당신의 왼편』을 버티는 주요한 서사적 틀이다. 현욱과 건우 사이에 흐르는 남성적 인정투쟁의 긴장은 소설 종반부까지 간헐적으로 지속된다. '서울의 봄' 당시 혼자서 끝까지 공수부대의 침탈을 견뎌냈던 현욱에게 건우는 지속적 콤플렉스를 느끼고, 현욱 역시 몰라보게 역동적인 운동가로 변신해가는 건우에게 희미한 질투를 키워나간다. 현욱이 뒤늦게 현장으로 이전했을 때 이미 '현장 삼 년차'였던 도건우는 양가적 감정에 사로잡힌다. "묘한 만족감을 느꼈다. 언제나 당당하기만 하던 현현욱이 처음으로 그가 이미 견디고 넘어온 길의 저쪽에서 힘겹게 뒤밟아오는 모습을 도건우는 내려다보고 있었다. 스스로 정당하지 못하다고 느끼는 그 감정을 정리하는 데는 한 달이 더 걸렸다." 현욱 역시 마찬가지다. 건우가 잘린 손가락의 절망을 견디지 못하고 조직을 떠났을 때. "그가 맡았던 지도선을 넘겨받았을 때 현현욱의 이성은 그를 다시 넘어섰다는 악마와 같은 승리감과 싸워야 했다." 동지적 연대 내부의 남성적 인정투쟁의 위험을 한껏 고조시키는 방현석의 서사 전략은 『당신의 왼편』에서 극대화된다.

한편 도건우가 자신이 너무도 믿었던 기계에게 '배신'을 당하는 대목은 처연함을 넘어 소설의 책갈피를 한동안 덮게 만든다. 그의 옆 프레스는 끊임없이 주인이 바뀌지만, 도건우는 자신의 기계를 믿는다. 노동자들은 수시로 오작동을 일삼는 기계를 불신하며, 두려워한다. 그러나 도건우는 "자신이 쏟는 애정만큼 기계도 자신을 지켜주리라 믿고 싶었다. 그의 기계가 3공장 안에서 제일 윤이 났다." 광주에 대한 부채감이나 현욱에 대한 경쟁심, 민영에 대한 영웅심리가 아닌, 노동 자체를 사랑하게 된 건우의 무의식적인 변화는 생기에 넘친다. 그러나 그가 심한 몸살을 앓고 나서 다시 기계를 잡았을 때. "그는 제품을 꺼내기 위해서 입으로 쓱싹하며 두 손을 프레스 속으로 집어넣었다. 그러나, 맙소사, 쾅. 금형이 다시 떨어졌다. 본능적으로 손을 뺐지만 너무 늦었다. 금형이 더블을 친 것이다." "이제 다시는 움켜쥘 수 없게 된 바이올린과 트럼펫을 생각했다." 건우는 아무도 모르는 사이 노래를 작곡하고 세상을 떠난다. 소설의 마지막 장면에서 현욱은 노동자들의 파업현장에 있다. 그가 검푸른 바다처럼 하얗게 포말을 일으키며 그에게 손짓하는 노동자들의 물결

속으로 걸어가는 순간, 그의 발목을 감아쥐는 노래가 있다.

　　몇 명의 사내들이 임시 야간 숙소를 얻고/바람은 하룻밤 동안 그들을
비켜가고/그들에게 내리려던 눈은 길 위로 떨어지겠지/그러나 그러한
방법으로는 이 세계가 달라지지 않아/그러한 방법으로는 인간과 인간의
관계가 나아지지 않아/그러한 방법으로는 착취의 시대가 짧아지지 않아

　　각자의 길을 걸어가는 것으로만 보였던 세 사람이, 이 노래를 통해
다시 만난다. 합법공간으로 이전하는 건우를 비판하기 위해 씌어졌던
민영의 편지 속 브레히트의 시는 "존재의 집을 부수고 떠난" 건우의 마
지막 노래가 되어 새로운 숨결을 얻는다. 여전히 지금-여기를 끝나지
않는 희망으로 일구려는 민영과, 건우의 죽음 이후 비로소 새로운 삶을
시작하는 현욱과, 조용히 투쟁을 준비하는 수만 명의 노동자들이 만나,
전혀 다른 노래로 탈바꿈한다. 지금-여기에 그때-거기를 저며넣는 입
구는 우리 앞에 널려 있다. 방현석은 『당신의 왼편』에서 '386세대'의
커다란 목소리에 묻혀 들리지 않았던 또다른 80년대 '들'을 복원해내고
있다. 환멸과 냉소를 말한 자들은 진정 태풍의 중심에 있었던 것이 아
니었다. 태풍의 중심에 있어 소중한 것을 잃고 다친 자들은 죽었거나,
침묵해왔다.
　　민영은 베트남으로 떠나 『사이공의 흰옷』의 여주인공 '홍'을 만난다.
환갑의 나이에도 여전히 투쟁의 길 위에 서 있는 그녀. 그녀의 아들딸
들도 "가난의 모욕에 맞서 싸우고 있다". "베트남에 진출한 한국기업의
관리자들은 베트남의 '느림'을 경멸한다." "그러나 베트남 사람들은 조
금 나은 옷을 얻기 위해 잔업과 특근을 하지 않는다." 베트남인들은 자
유와 독립을 위해, 단 한 푼의 노임도 받지 않고, 이백오십 킬로미터의
땅굴을 만들었다. 베트남은 여전히 자본이 쉽사리 포획할 수 없는 공간

이다. 베트남의 그때-거기를 통해 민영이 발견하는 것은 지금-여기의 우리다. 현욱은 민영의 편지를 통해 잊은 '듯' 살았지만 가릴 수 없었던 '그의 원편'을 발견한다. 한 번도 꿈꾸는 일을 멈춰본 일이 없는 민영이야말로, 그리고 그들이 차마 '말할 수 없었던' 이십대야말로 자신의 권태를 견디게 해주었던 '삶의 외부'였음을.

이제 80년대스러움의 용법은 전복할 때가 되지 않았을까. 80년대는 이미 80년대를 살아갔던 사람들만의 것이 아니다. 80년대를 80년대이게 한 것은 희생이나 금욕이 아니라 '너'의 고통으로 '나'의 그리움이 가로질러가는, 존재를 건 횡단성이 아닐까. 내가 아닌 너-되기의 시대. 80년대는 승리와 투쟁의 시기였고, 90년대는 환멸과 냉소의 시대였다는 21세기의 봉상스(bon sens)는 전복되어야 한다. 80년대가 외상의 시대였다면 90년대는 내상의 시대이기도 했다. 『십 년간』에 비하면 『당신의 원편』의 서사적 골격은 헐겁다. 방현석은 서사적 주체가 그와 너무 가까운 심리적 반경에 자리할 때, 힘겨운 호흡을 보인다. 서사적 거리를 둘 수 있는 주변인물이나 자잘한 소설적 장치들에 있어 그의 묘사는 더 큰 힘을 발휘한다. 『당신의 원편』의 매혹은 오히려 서사성의 외부에 자리한다.

5. 존재의 내용을 넘어 존재의 형식으로

『십 년간』과 『당신의 원편』 사이, 『당신의 원편』과 『랍스터를 먹는 시간』 사이의 시간적 낙차는 크다. 그러나 그의 비문학적 텍스트 『아름다운 저항』과 『하노이에 별이 뜨다』를 통해 그의 침묵이 뜻밖에 유쾌하고 흥성스러운 것이었음에 놀란다. 침묵의 시간과 맞서기 위한 유쾌한 한눈팔기. 그의 비문학적 텍스트는 그를 문학의 영토로 소환하는 내재적 역동성이었다. 이질성과의 날카로운 조우. 그가 비문학의 영토에서 마주친 것은 그것이었다. 그는 소설가로서 침묵했지만 생활인 방현석의 일상은 '나'와 다른 존재들의 만남으로, 스스로 이질성이 되기 위한 통쾌한 비약으로 수런거렸다. 『아름다운 저항』은 그의 초발심을 되새기기 위해 감행하는 집단적 기억의 발굴이다. 『하노이에 별이 뜨다』는 그 역시 스스로 강렬한 변화의 충동을 느끼고 있음을, 변화함으로써 비로소 변하지 않을 수 있는 힘을 발견코자 하는 모험으로 다가든다.

지나치게 문명화된 근대인의 눈에는 베트남에서 해마다 되풀이되는 무서운 홍수를 막아내는 대책이 무엇인지가 궁금하고도 걱정스럽다. "우리나라에는 재미있는 말이 여러 가지 있는데 그중에 이런 것이 있어요. '홍수와 같이 살자'라고요." "아무리 막으려고 해도 막을 수 없는, 막으려고 하면 더 커지는 메콩 델타와 통킹 델타의 홍수를 겪으며 베트남 사람들이 터득한 지혜는 같이 살아버리는 것이었다. 이기려고 하지 않고 같이 살아버리겠다고 하는 삶의 태도." 베트남은 자연을 해독, 분석, 지배, 정복하려 했던 서구적 이성이 처음부터 포획할 수 없는 세계였는지 모른다. 여행은 그에게 '인간'과 '국가'의 외부를 상상케 한다. 그는 '우리 한국'이라는 호명체계에서 '나의 여권발급국가'로 거리두기를 시작한다. 베트남의 현지노동자 문제를 그릴 때, 방현석은 『내일을 여는 집』보다 오히려 섬세하고 치밀하다.

『아름다운 저항』은, '그때-거기 뜨겁게 거리를 수놓았던 열정'들이 지금 어디에 있는가를 보여주고 있다. 『아름다운 저항』은 과거의 역사에서 미래의 희망을 발견하려는 도정이기도 하지만, '침묵하는 과거' '또다시 낮게 포복할 수밖에 없는 현재', 표상될 시공간을 찾지 못한, 저항의 언어를 발견하지 못한 무수한 현재적 삶'들의 기록이기도 하다. 고통스러운 기억을 망각하거나 화려한 기억을 기념비적 표상에 가두는 것 모두와 투쟁할 때 새로운 시간성은 탄생할 수 있다. 그곳은 무책임한 망각이나 기억을 박제화하려는 권력의 기억과는 절연한, 이중부정의 공간이다. 자신의 본래적 역할구성을 벗어나 여행과 역사라는 다른 삶을 엿봄으로써 방현석은 비로소 더욱 풍부하고 생기 넘치는 문학의 육체를 얻게 된다.

잊어서는 안 될 것. 그가 여행자와 다큐멘터리언의 삶을 통해 얻어낸 「존재의 형식」과 「랍스터를 먹는 시간」은 방현석 특유의 서사적 견실함에서 나왔다는 것이다. 서사의 주체를 다양화하고(『랍스터를 먹는 시간』에서는 더이상 '운동권 출신'의 화자가 등장하지 않는다) 서사의 질료와 시공간을 확장함으로써 그의 서사적 기획은 더욱 풍요로워진 셈이다. 그는 문학의 영토를 벗어남으로써 문학의 콘텍스트를 확장시킬 수 있었다. 그러나 다시 그는 문학의 영토성에 가장 충실함으로써 넓어진 콘텍스트를 '소설'의 세계로 끌어들일 수 있게 되었다는 점이다. 비문학의 영토를 통해 문학의 영토를 오히려 넓힌 역설적 힘.

그가 이질성과 조우할 때 가장 먼저 부딪히는 벽은 '너'와 '나' 사이의 언어의 번역 불가능성이다. 「존재의 형식」에서 재우는 베트남 현지의 영화감독 레지투이의 힘을 빌려 한국어 대본을 베트남어로 옮기는 작업을 한다. 이때 마주치는 것이 언어적 '지뢰'다. 첫번째 문턱은 "얼굴 가득 웃음이 번진다"라는 한국어를 베트남어로 옮기는 것이다. 베트남 민족해방전선의 게릴라들의 삶을 표현해야 하는 대목에 이르자 레지투이는 이전보다 더 오래 망설인다. 레지투이의 오랜 지정거림. 레지투이는 쉬운 길과 타협하지 않음으로써 이질성을 온몸으로 구현한다. 그는 '너'와 '나'의 문법의 '다름'을 훼손하지 않으면서 너와 나 모두의 차이를 드러내고자 한다. 언어의 '환원 불가능한 차이'를 발견하고 실천하는 레지투이의 "질기게 뭉개는" 번역을 통해 '번짐'은 「존재의 형식」의 키워드가 된다. 이질성과의 충격적인 조우에서 이질성에로 자신을 내던지는, 존재의 경이로운 번짐.

오랜 동지관계였던 재우와 문태의 갈등은 '민주화운동 관련자 명예회복과 보상에 관한 법률'에 대한 의견차로 불거진다. 문태는 민주동문회의 회원들이 선고받은 총형량, 제적 및 해고자 수 등을 계산하여 예상 보상금액을 산출, 동문회원들과의 합의하에 보상금 사용 문제의 절충안을 도출한다. 그러나 이때의 '합의'라는 것은 늘 침묵하는 자들의 무언의 저항을 말살함으로써 성립된다. 죽어서 떠난 '민주화운동 관련자'들의 목소리도, '동문회'라는 집합적 공간에 자신을 드러낼 수 없는 자들의 목소리도, 침묵할 뿐이다. 명료하기 이를 데 없는 '동의'와 '거부'의 배치 덕택에 개개인의 분자적 목소리는 표상 외부에서 서성일 뿐이다. 그 분열자들 중 한 사람이 재우다. 그는 그나마 발언권을 강요받았기에 침묵의 점이지대에서 가까스로 벗어날 수 있다. 그러나 그가 할 수 있는 것은 '더듬거리기'뿐이다. "지금까지 한 번도 내게 회복해야 할 명예가 있다고 생각해보지 못해서…… 난 잘 모르겠네요. 보상은 더욱 잘 모르겠네요."

그러나 재우를 상처입힌 건 "여전히 잘났어요"라는 문태의 비아냥거림이 아니다. 현장에서 오른팔이 잘린 친구 창은의, '왼손'으로 잡은 소주잔. "술잔을 입술로 옮겨가는 창은의 왼손과 그 손을 덮은 허름한 셔츠가 재우의 눈에 와 박혔다." 오랜 벗이었던 창은과 재우와 문태. "갈라서기 전에 이미 누가 더 혁명적인가를 두고 양측은 서로에게 줄 수 있는 최대의 상처를 안겨주었다. 창은의 팔이 철망을 감는 롤러에 말려들어간 것도 논쟁으로 밤을 새우던 그 무렵이었다." 재우는 자신들로 인해 '자유주의자'로 내몰린 창은이 지금까지도 이주노동자 문제로 천막농성을 하고 있는 이상, 절대로 보상신청을 할 수 없다고 맞선다. "불명예스러운 건 지난날이 아니라 지금의 우리야." 그들의 위엄을 짓밟는 것은 고문과 의문사가 아니라, '후일담'으로 그물질당하고 있는 그들의 지금-여기이다.

레지투이는 죽어간 게릴라 동지의 이름, 반례의 이름으로 시를 쓴다. 그는 국제영화계에서도 인정받는 다큐멘터리 감독이지만, 늘 '반례'라는 친구의 이름으로 시집을 낸다. 그는 전쟁으로 잃어버린 친구의 삶을 살아간다. '나'를 구성하는 주체성의 갑옷을 벗어던지고, 죽어간 친구의 삶을 살아가는 레지투이. 레지투이가 속해 있던 부대의 삼백 명의 게릴라들 중 이백구십오 명이 전쟁중에 죽어갔고, 살아남은 다섯 명 중 한 사람이 레지투이였다. '반례'라는 이름은 죽어간 이백구십오 명 모두의 이름이기도 하다. 친구와 연인을 모두 전쟁에서 잃은 레지투이에게서 발견한 존재의 형식은, 그럼에도 불구하고 끊어낼 수 없는 생에 대한 긍정과 사랑이다.

레지투이를 통해 재우와 문태는 비로소 화해한다. "전쟁중에 우린 사람들을 만나면 서로 정을 주지 않으려고 애썼지. 얼마 지나지 않아서 헤어져야 한다는 걸 알았으니까. 그것도 영원히." "살아서 만날 수 있는 친구가 있다는 건 얼마나 좋은 일인가." 그러나 아직 문태는 할말이 많다. 문태는 레지투이를 다그친다. "이렇게 살기 위해서 싸운 건 아니잖아요?" 문태의 갈급함에도, 레지투이의 대답은 평온하기 그지없다. "우리는 우리 세대가 해야 할 일을 끝냈을 뿐이지요. 다음 세대에게는 또 다음 세대가 해결해야 할 일이 기다리고 있지요. 우리가 다 해버리면 다음 세대는 뭘 하고 살겠어요? 어떤 세대도 다음 세대가 할 일을 미리 할 수는 없지 않을까." 혁명은 삶의 목적이 아니라, 도달점이 있는 끝이 아니라, 삶의 자연스런 '형식'이 되어버린 것이다. 이들에게는 진보적 시간관, 직선적 시간관이 자리할 틈이 없다. 과거는 늘 현재 안에 무르녹아 있고, 도래할 미래의 혁명적 시간마저 현재 안에 녹아 있기 때문이다. 루쉰의 말처럼, 혁명은 늘 실패한다. 성공한 혁명은 혁명이 아니다. 혁명의 유일한 공통점은 그것이 결코 지금-여기에서도, 먼 훗날-거기에서도, 끝날 수 없다는 것. 혁명은 흐름이며 실체가 아니라는 것.

우리는 공산주의를 위해서 싸운 것이 아니고 공산주의를 살았어요. 자본주의가 지배하는 남쪽에서 우리는 십 년을 싸웠지만, 최소한 그 십 년 동안 나와 내 친구들은 공산주의의 삶을 살았어요. 자기가 살지 않은 것을 남에게 요구할 수 있겠어요? 나의 삶을 지탱해온 것은 거창한 이념이 아니라 어머니가 우리 형제들을 기르면서 가르쳐준 사소한 것들이었어요. 어머니는 (……) 큰 배움이 없었지만 우리 형제들에게 늘 사람이 가져야 할 마음가짐에 대해서 말씀하셨죠…… 친구를 만나면, 먼저 어떻게 하면 이 친구와 즐겁게 지낼 것인가를 생각하는 마음가짐, 함께 지낼 때는 내가 어떻게 행동해야 헤어질 때 더 좋은 친구가 될 수 있을지를 생각하는, 뭐 그런 마음가짐……

너무도 하찮고 사적인 것으로 보이는 이 말들 속에 코뮌의 상생적 원리가 오롯이 녹아 있다. 문태는 레지투이의 삶이 가져다주는 존재의 형식, 그 번짐에 기꺼이 자신을 맡긴다. 돌아서는 문태의 얼굴에 웃음이 번진다. 문태의 웃음을 바라보는 재우의 얼굴에도 희미하게 웃음이 번져나온다. '무엇을 할 것인가'의 문제를 넘어 '어떻게 할 것인가'의 문제로, 존재의 내용에서 존재의 형식으로 옮아가는 그들. 그들은 레지투이를 통해 해방전선에서 죽어간 게릴라들의 젊음과, 베트남의 도래할 민중들과 조우한다. "무언가를 꿈꾸려는 자는 그 꿈대로 살아가야 하지 않을까." 창은이 지난겨울 바람 부는 명동성당에서 재우에게 건넨 말은 베트남 민족해방전선 게릴라들의 잊을 수 없는 아포리즘과도 선연하게 만난다. "그대 계속해서 가라. 그러면 어딘가에 닿게 되리라." "근데 이 나라 사람들은 왜 식당이고 술집이고, 잡상인들이 이렇게 드나들게 내버려두죠?"라는 희은의 질문에 반레-레지투이는 대답한다. "우리나라가 아직 가난하지만 남의 고된 생계수단을 빼앗으면서까지 부자가 되려고 하진 않아요." 즉 그들에게 '잡상인'이란 없다. 누구나 자신의 속도와 자신의 삶의 방식으로 살아갈 뿐. '잡스러움'과 '순수함'을 나누는 경계란 애초에 그들에게 위선이다. 모두들 '후진성'으로 치부하는 존재의 형식 속에, 진정한 존재의 '빛남'이 있다. 이것이 그들의 '상생하는 존재의 형식'이다.

중편 「랍스터를 먹는 시간」에서는 이질성의 충돌이 더욱 극단화된다. 이질성과의 '조우'를 넘어 스스로 이질성/타자-되기. 이 소설에는 특히 전혀 운동의 경험이 없는 새로운 인물들이 서사 주체로 등장한다. "한국군이 내 다리를 이렇게 만들었다"고 말하며 술집에서 그에게 싸움을 거는 베트남인에게, 건석은 건조하게 내뱉는다. "내가 하지 않은 일에 대해서 나에게 말하지 마라." 이것이 건석의 삶의 방식이다. 건석의 어린 시절은 참전용사였던 아버지와 현지의 베트남 여성 사이에서 태어난 이복형에 대한 폭력으로 얼룩져 있다. 산속에서 새의 둥지를 찾아낸 아이들은 새알을 꺼내올 사람을 찾는다. "째보가 올라가면 되겠다." 친구들은 형을 째보 혹은 베트콩이라 부른다. 형은 구원을 요청하는 눈길을 보내지만 건석은 외면한다. 이질성에 대한, '동질적 공동체'의 잔혹성은 이렇게 아이들의 무의식에까지 각인되어 있다. 이 사건으로 형은 나무에서 추락하고 왼쪽 귀의 청력을 잃는다. "섞지 말아야 할 피를 섞어놓은 것이 형이었다." 이질성은 언제나 '공포'로 다가든다.

'사회주의 베트남'에서 베트남 노동자들을 한국의 관리자들이 함부로 해고하거나 점수 매길 수 없는 것처럼, '더러운 피'로 형을 낙인찍는 '한국적 정체성'의 그물도 건석의 형 최건찬의 인간적 삶을 훼손할 순 없었다. 건찬은 자신을 유일하게 '째보'나 '베트콩'이 아닌 '최건찬'으로 불러준 노조에서, 홀로 죽음을 맞이한다. D중공업의 파업 진압현장. 형은 모두가 빠져나간 농성장에서 싸늘한 시신으로 발견된다. 형의 죽음은 의문사다. 목격자가 없다. "'술에 취한 채 농성장에서 잠들었던 노동자 한 명이 뒤늦게 주검으로 발견되었다.'" 아무도 기억해주지 않는,

게다가 '잘못' 기억시키려는 죽음. 대공분실의 형사들은 건석을 연행한 후 형의 주검을 보여주며 냉소한다. "박종철이 하나 죽었다고 우리가 겁먹을 것 같나." "억울하면 자네가 판검사 된 다음에 밝혀도 늦지않아." 그러나 건석은 알고 있다. "어쩌면 그는 제1선의 정당방위대와 함께 마지막까지 저항했을지도 모른다." "분명한 것은 경찰의 발표처럼 형이 술에 취해서 잠들지 않았다는 사실이었다. 형은 단 한 잔의 술도 마시지 못하는 사람이었다." "난 이 공장이 좋다. 넌 내 이름이 뭔지 아니? 여기서는 모두 내 이름을 부르지. 최건찬." "하지만 최건찬인가 우엔 카이 호앙인가 하는 건 중요치 않아. 난 내 이름을 비겁하게 만들며 살아가지 않아." '베트콩'이라는 모욕적 언사의 올바른 발음은, '비엣콩'이다.

게릴라 전사가 된 러이. 그의 몸 속에는 서른두 개의 파편이 박혀 있다. 의사는 파편 제거수술을 권했지만 그는 끝까지 거부한다. 복수의 정념을 온몸에 안고 새기며 살아가는 보 반 러이. 그는 한국군에게 학살당한 마을 사람들의 숫자 백삼십칠 명(!)만큼 '박정희 군인'을 죽이겠다고 결심한다. 보 반 러이에게도, 복수의 정념을 사르고, 사랑하며 살아갈 수 있는 기회가 있었다. "러이는 그녀에게 마음이 기우는 것을 느낄수록 더욱 무모하게 자신을 적의 총구 앞에 세웠다. 잃었던 생에 대한 욕망이 그를 두렵게 했다." 복수의 정념은 이성에 대한 사랑, 생에 대한 사랑마저 잠재운다. 적의 포위망 속에 혼자 남겨지기로 결심했던 러이의 연인은 실종되고 러이는 아직도 그녀를 찾아 헤맨다. 건석은 러이와의 만남에 자신이 결코 떨쳐낼 수 없었던 형에 대한 기억을 고통스럽게 포개야 한다.

팜 반 꾹은 말한다. "미국과 후쎄인의 전쟁은 끝이 났지만 미국과 이라크 국민들 간의 전쟁은 이제부터 시작이야." 전쟁이 끝난 후의 전쟁. 그것은 전쟁 그 자체보다 걷잡을 수 없다. 그러나 건석은 궁색한 변명을 늘어놓는다. 건석은 '개인의 책임'으로부터 회피하고자 한다. "베트남에 온 군대를 '박정희 군대'라고 했듯이 이라크에 가는 군대도 한국군이라고 하지 않고 '노무현 군대'라고 불러주면 안 돼요?" 그러나 팜반 꾹은 건석의 농담을 받아주지 않는다. "지금까지 당신들에게 베트남전쟁에 개입한 책임을 묻지 않은 게 당신들에게 책임이 없어서라고 생각하나. 오해하지 말게. 그건 아직 당신네 나라가 국제사회에서 책임을 질 수 있는 나라의 축에 들지 못하기 때문일 뿐이네."

「랍스터를 먹는 시간」이 제기하는 것은 한 개체의, 세계에 대한 책임의 바운더리는 어디까지인가, 아니 한 개체는 세계를 '어떤 존재의 형식'으로 책임질 수 있는가를 묻는다. "우린 왜 랍스터처럼 자신의 일부를 스스로 잘라내버릴 수 없을까." 건석은 형의 기억에서 자유롭지 못한 자신을 고통스럽게 응시하며 독백한다. "랍스터의 진정한 무서움은 먹이를 잡아 산 채로 부숴버리는, 외부를 향한 공격성이 아니라 자신의 사지를 잘라내는 비정함에 있다. 해저의 전투에서 상처를 입은 랍스터는 다친 사지를 자발적으로 절단해버린다." 그가 잘라낼 수 없는 기억은 혼혈이었던 형에 대한 부채감만이 아니다. 베트남의 도저한 상처들과 격렬하게 조우해야 했던 건석은 이제 더이상 "내가 한 일이 아닌 일은 책임지지 않는다"고 말하지 않는다.

『랍스터를 먹는 시간』의 세계는 방현석이 한 번도 내딛지 않은 길이다. 『랍스터를 먹는 시간』이 우리에게 던지는 질문은 다시, 기억의 문제다. 회고와 망각 사이, 회고와 망각 모두를 거부할 수 있는 사이공간은 있는가. 방현석은 회고를 거부하는 스스로의 신체와 '미적 거리'를 두길 거부한다. 『당신의 왼편』과 『랍스터를 먹는 시간』 사이에는 시간의 단절뿐 아니라 표현형식과 내용형식 모두의 비약이 존재한다. 그는 이제 존재의 내용에서만 횡단성을 찾는 것이 아니라, 즉 노동해방과 가시적인 연관을 가지고 있는 존재들로부터만 소재나 인물의 정당성을 찾는 것이 아니라, 그와 전혀 무관해 보이는 존재들에게서도, 즉 어디에서도 존재의 가로지르기를 발견할 준비가 된 것이다. 침묵의 문턱에 눈부신 비약이 깃든다.

6. 끝내 변하지 않는 것 — 세계에 대한, 한 개체의 책임

방현석의 글쓰기가 변함없이 천착하는 것은 세계에 대한 한 개체의 '책임'에 대한 문제의식이다. '내가 하지 않은 일에 대해서는 책임지지 않는다'는 명료한 자의식이 문제적인 것은 그것이 '무례'하거나 '오만'하기 때문이 아니라 세계와 개체의 관계성을 왜곡하고 있기 때문이다. 개체의 세계에 대한 책임의 문제는 문학과 정치의 관계에 오버랩된다. "문학이 탄생하는 근원적인 장소는 항상 정치에 둘러싸여 있지 않으면 안 된다. 그것은 문학의 꽃을 피우기 위한 가혹하고 격렬한 자연 조건이다."[3] 「겨울 미포만」(1997)의 상모는 사회적/역사적 배치를 망각한 무중력 상태의 자아가 존재하는 것과 같은 환상들과 싸운다. 그는 87년의 환희를 기억하는 모든 동지들이 떠난 자리에서 새로이 시작한다. "난 이현이도 봉식이형도 그리워하지 않아. 나는 남아 있는 수레바퀴를 함께 굴릴 다른, 새로운 사람들을 찾을 거야. 난 물러서지 않아. 그들이 우리의 곁으로 돌아와 다시 별이 되어 빛날 때까지."

성만 앞에 놓여 있는 것은 어쩌면 80년대의 외압이나 고문보다 더 둔중한 절망일 것이다. 애정도 비난도 아닌 철저한 무관심, 그것이 미포만의 노동자들이 처한 현실이기 때문이다. 그러나 그는 새로운 투쟁의 방식을 발견한다. 해고자들이 항의투쟁을 중지한 다음날부터, 해고자

---

3) 다케우치 요시미, 『루쉰』, 서광덕 옮김, 문학과지성사, 2003, 165쪽.

상모는 홀로 출근싸움을 한다. 그러나 그 싸움은 회사를 향한 것이 아니라 그 어느 곳으로도 흐르지 못한 채 쓸쓸히 고여 있는 스스로를 향한다. "그는 출근시간마다 정문으로 와서 출근하는 조합원들로 빽빽이 들어찬 미포대로를 말없이 굽어보다 돌아갔을 뿐, 회사에 따지거나 경비들과 몸싸움을 벌이는 일은 한 번도 없었다." 모두들 그의 정신건강을 의심한다. 그러나 그의 투쟁도 시위도 아닌 '싸움'의 방식은 그 자체로 '흐름'이 되어, 스스로의 바깥에서 스스로의 내부를 투명하게 응시한다. 정권, 회사의 진압과 동지의 배신에 단련되어 스스로를 '쫑'으로 돌려버린 자의 여유와 결연함이, 상모에게 서린다. 그는 제도와의 싸움을 넘어서 '내 안의 습속과 폭력'과 싸운다. 경찰이 잡아갈 수도, 관리자가 항의할 수도 없는 '괴물' 같은 저항의 방식. '괴물'의 저력은 '정의할 수 없음'에 있다. 정의할 수 없는 흐름을 포획할 수 있는 그물은 없다.

이제 80년대는 그 시대에서 무언가를 배우려고 하는 사람들의 몫이기도 하다. 그들이 가졌던 희망은 그들만의 것이 아니다. 방현석의 다음 소설은 80년대를 '함께' 향유하고 아파할 출구들을 더 많은 곳에서 열어놓기를. 이 글의 첫 부분에서 던졌던 질문, 왜 방현석은 80년대의 대표작가인가라는 질문 자체가 오류임을 발견한다. 80년대는 아직 끝나지 않았으며, 80년대스러움조차 아직 누구에 의해서도 규정되지 않았다. 80년대는 아직 끝나지 않은 시간성이며 80년대를 위대한 것으로 만들어 박제화하거나 80년대를 환멸과 냉소로 코드화하는 어떤 시도도 80년대와 대화하는 신중한 루트가 아님이 확인되었다. 20세기와는 아주 많이 다를 줄로만 알았던 21세기에, 인류가 쌓아온 모든 과거가 켜켜이 살아 숨쉬듯이. 80년대 역시 그 어떤 권력의 그물로도 함부로 박제화되지 않은 채, 아직 오지 않은 미래로 열려 있다.

자본의 내부에서 그 외부를 엿보기는 논리적으로 불가능하다. 더구나 자본의 내부에서 그 외부를 살아간다는 것은 더더욱 불가능하다. 이 불가능한 길, 없는 길을 걸어가는 것이 방현석의 문학적 역설이다. 그러나 해답이 없지는 않다. 세계=나가 되기를 꿈꾸는 자에게 중요한 것은 어떤 '흐름'이 되는 것이며 '주체(이끄는 자 혹은 가르치는 자)'가 되는 것이 아니기 때문이다. 그가 가는 곳이 길이 되는 것이 아니라, 그는 스스로 길이 되려 한다. 미래를 소유할 수 있는 사람은 없다. 소유나 통제 자체가 원천적으로 불가능한 미래로부터 우리는 희망을 빌려온다. 또다른 다큐멘터리언이 되고 또다른 여행가가 됨으로써, 즉 비(非)작가가 됨으로써, 방현석은 다시 작가의 길로 돌아올 것이다. 그는 문학의 영토를 강력하게 이탈하고 나서야 비로소 그 어느 때보다도 문학에 가까워졌다. 그가 귀환한 문학의 영토가 응고되지 않는 길은 그가 무한히 떠나는 길밖에 없다.

방현석이 변하지 않으면서도 진정으로 변하고 변함으로써 끝내 변하지 않을 수 있었던 힘은 그의 '느림'과 '침묵'이었다. 섣불리 분노를 토해내지 않고 안으로 안으로 수만 번 되새김질하는 암소의 글쓰기. 분명 삶을 내려놓고 싶지 않음에도 불구하고 '삶의 바깥'이 있었으면, 꿈꿀 때가 있다. 그럴 때 사람들은 여행을 생각한다. 그러나 막상 여행을 감행하는 사람들은 드물다. 방현석은 스무 살부터 꿈꿔오던 베트남으로의 여행을 감행한다. 그의 여행이, 그의 다큐멘터리언의 여정이, 우리가 차마 꿈만 꿀 뿐 달려가지 못하는 모든 곳으로 뻗어나가기를. 복수의 근대성이 살아 숨쉬고, 자본의 그물이 미처 포획하지 못한 소수적 공간으로. 물론 그의 '말하기 좋아하지 않는' 글의 표정은 천변만화한 얘깃거리와 기필코 충돌할 터이다.

그러나 그는 이십대에 오히려 어른이었고, 사십대인 지금, 시리게 젊다. 그의 이 '반(反)세대성'이 또래작가들과 그의 작품세계 사이의 긴장을 버텨왔다. 그의 글은 여전히 이십대의 푸르른 여백을 간직하고 있다. 사십대 초입의 경이로운 명랑성과 건강함이 그의 이십대보다 생기에 넘친다. 이것이 그의 현재보다도 그의 미래에 더욱 설레는 이유다. 그는 스스로의 우울에 대해 철저히 침묵한다. 그의 건강함은 그의 반세대적 젊음이며 그의 어른스러움은 스스로의 우울을 결코 내세우지 않는, 세계에 대한 예의이자 책임의 몸짓이다. 열정과 책임을 동시에 안고 가는 길은 험난하다. 그러나 그는 드물게도, 우울에 탐닉하는 포즈를 모른다. 이제 문제는 암흑의 핵심을 낮게 포복하는 것이 아니다. 암흑을 움켜쥐고 있는 심연의 촉수를, 상상할 수 없는 방향으로 뻗어나가는 일만이 남았다. 암흑의 '핵심'은 처음부터 '하나'가 아니었으므로.

부엌, 지상에서 영원으로 향하는 문턱
―오수연의 『부엌』론

1. 통과제의의 소멸, 혹은 세속화

캥거루족의 탄생은 흔히 경제학적 요인으로 설명된다. 한국뿐 아니라 유럽이나 동아시아에서도 '어른의 몸과 아이의 정신'으로 무장한 캥거루족이 사회적 이슈가 되고 있다고 한다(일본에서는 프리터족, 캐나다에서는 부메랑 키즈, 이탈리아에서는 맘모네 등으로 불린다고 한다). 경제난의 장기화로 인한 청년실업의 증가, 이것이 캥거루족 양산의 주된 이유로 설명되곤 했다. 그러나 경제학적 설명만으로는 허전하다. 캥거루족을 노골적으로 비난하는 소위 '어른들'의 계몽적 공격성도 불편하다. 그것은 캥거루족을 '자기 외부'의 문제로 바라보는 것이기 때문이다. '이 철없는 애-어른들은 나와는 다르다'는 위계의식이 작용하기도 할 것이다. 아직은, 자식이 캥거루족이 되고 부모가 그 곁을 집요하게 맴도는 헬리콥터족이 되는 정치적/심리적 요인이 충분히 밝혀지지 않은 것 같다. 젊은이들이 서른 살이 넘도록 지루한 사춘기를 겪는 것에는 경제적 허기뿐 아니라 정신적 허기도 작용할 것이다. 정보통신혁명이 휩쓸고 간 도시문명 속에서 왜 생물학적 어른은 정신적 어른과 일치하지 않는 것일까.

아직 정확한 답을 찾을 순 없지만, 나는 이 물음에 대한 희미한 해답의 꼬투리를 드라마 〈대장금〉이나 〈주몽〉 등의 '팩션형 블록버스터'의 성공에서 찾는 중이다. 이 드라마들의 성공은 어쩌면 현대인의 극심한 영혼의 굶주림을 반증하는 것이 아닐까. 왜 사람들은 먼 옛날의 이야기, 특히 보통 사람들은 그 입구에도 다가가기 힘든 격렬한 고난의 미로 속을 헤맨 사람들의 이야기에 매혹되는 것일까. 영웅서사에 대한 고전적 매혹만으로도, 소재의 고갈로 인한 고전으로의 귀향만으로도, 이 물음은 풀리지 않는다. 장금이나 주몽에게는 있고, 우리에게는 없는 것이 무엇일까. 이들은 어린 시절부터 도시의 어린이들이 도저히 겪을 수 없는 무시무시한 모험의 공간을 체험한다. 하루하루가 고난과 역경의 파노라마다. 그러나 고생만이 다는 아니다. 이들이 처절한 고통의 동굴을 빠져나갈 때마다, 그들을 아낌없이 위로해주는 공동체의 따스한 품이 있다. 부모 없는 아이 장금에게도 그녀를 기꺼이 품어안는 아름다운 타인, 즉 스승(한상궁)이 있다. 즉 이들의 모험은 외따로 떨어져 정글을 표류하는 고립의 고통이 아니라, 공동체의 엄격한 통제와 친밀한 배려가 공존하는, 세상을 향해 한껏 팔을 벌리는 '열린 고통'의 장이다. 그들에게는 있고 우리에겐 없는 것. 그것은 바로 현대인의 세속화된 일상 속에서는 결코 겪을 수 없는 '진정한 통과제의'의 경험이 아닐까.

〈대장금〉과 〈주몽〉을 통과제의의 서사로 본다면 이 두 드라마가 현대인에게 보내는 텔레파시는 더욱 분명해진다. 〈대장금〉은 전통사회에서 흔히 비밀리에 진행되었던 '여성'의 통과제의[1]를 보여준다는 점에서

---

1) "여성의 통과제의도 있기는 하지만, 남성들, 특히 외국인들에게 엄격히 통제되어 있기 때문에 훨씬 덜 알려져 있고, 더욱이 초경(初經)의 출현과 관련되므로 의식이 개인적으로 치러진다. 이 경우에 있어서는 변화가 자연적인 성격을 띤다. 반면에 소년들의 통과제의는

매력적인 것이다. 〈주몽〉은 천성적으로 전지전능한 영웅이 아니라 거의 시시껄렁한 '날라리'에 가까운 주몽이 온갖 악전고투를 거쳐 새로운 존재로 거듭나는 과정을 보여준다는 점에서 흡인력이 있다. 다시 말해 〈대장금〉과 〈주몽〉의 대중적 소비는 전통적 통과제의에서 신비성이나 신이성을 완화시킨, 통과제의의 대중문화적 변형이다. 통과제의에 대한 인간의 근원적인 열망은 도시화와 문명화가 가속화될수록 오히려 더 강력한 노스텔지어로 나타난다. 두 드라마 모두 잃어버린 통과제의의 창조적 재현이라는 측면에서 현대인의 정신적 목마름을 채워주는 것이 아닐까.

통과제의의 상실을 둘러싼 인간의 부조리, 그것은 아마도 통과의례를 지극히 갈망하지만, 그를 통한 존재의 비약을 신뢰할 수 없는, 현대인의 합리적 이성 때문일 것이다. "인간은 계속 살아가기 위해 희망을 가져야 하지만, 그러면서도 이 삶을 송두리째 전복시킬 수 있는 계시는 거부한다."[2] 바로 여기서, 의식화된 통과제의 자체가 불가능해진 사회에서, 통과제의적 열망이 학습될 수조차 없는 상황 속에서, 통과제의를 향한 선험적 욕망은 더 강렬해진다는 역설이 발생한다. 통과제의가 사라진 자리를 대체하는 현대인의 의례는 무엇일까. 그것은 아마도 독서나 여행 같은 '간접체험'의 장일 것이다. 그렇지만 통과제의적 체험에서 가장 중요한 것은 '직접성'과 '육체성'이기에, 즉 통과제의는 결코 이성적으로 습득될 수 있는 계몽적 텍스트가 아니기에, 간접체험에는 한계가 있을 수밖에 없다.

전통적인 통과제의의 장소는 범속한 일상적 체험을 초월하는 격리된 공간이다. 세속적 현대사회에서 개인이 커다란 자본이나 정식화된 의

'즉각적으로 이루어지는 것이 아닌 세계, 즉 정신과 문화의 세계로의 입문'을 내포한다."
(시몬느 비에른느, 『통과제의와 문학』, 이재실 옮김, 문학동네, 1996, 14쪽)
2) 같은 책, 169쪽.

례 없이도 해낼 수 있는 통과제의적 체험은 오지체험이나 극한체험 같은 것으로 대체될 수밖에 없다. 그런 면에서 여행이나 유학체험을 다룬 소설은 세속화된 통과제의의 전형이다. 오수연의 연작소설 『부엌』은 더 이상 신성한 통과제의가 불가능해진 현대사회에서, 절망한 개인이 택할 수 있는 몇 안 되는 통과제의의 선택지를 다루고 있다. 그녀가 선택한 통과제의의 장소는 인도다. 그리고 신참자의 통과제의를 감시하는 사제도, 신참자의 경험을 끝까지 지켜보는 공동체도 없는 곳에서, 주인공이 선택하는 통과제의의 일상적 장소는 바로 '부엌'이다. 인스턴트 식품과 유전자조작식품이 점점 '안전한 식탁'을 위협하는 무기가 되고 있다는 점에서, 어느 사회에서나 사람이 무엇을 어떻게 요리하고 먹는지가 그 사람의 일상은 물론 가치관과 운명까지 집약하고 있다는 점에서, 부엌은 현대인의 정신적/육체적 통과제의의 공간이 될 수 있지 않을까.

2. 통과제의의 일상적 아지트, 부엌

"먹지 않고 살 수는 없을까"[3]라는 질문으로 시작되는 『부엌』은 인류의 오랜 희망이자 모순을 문득 건드린다. 먹거리를 준비하는 노동의 고통, 풍요로운 먹거리가 주는 쾌락을 버릴 수 없는 욕망, 그 사이에서 타협은 없었다. 주인공의 요리 혐오증은 "인간은 특별한 동물이기 때문에 요리를 먹어야 한다면 먹는 일이나 사는 일, 둘 중의 하나는 잘못되었다"(9쪽)는 래디컬한 판결로 치닫는다. "요리를 하지 않기 위해 나는 고향을 떠났다. 요리를 안 하려면 혼자가 되어야 한다. 사람 수가 둘만 되어

---

3) 오수연, 『부엌』, 강, 2006. 이하 이 책에서 인용할 경우 본문에 쪽수만 표시한다.

도 누군가는 부엌에서 이 인분의 음식을 만들어야 하기 때문이다."(9쪽)
요리로부터의 탈주를 꿈꾸었던 그녀. 그러나 인도는 오히려 요리에 대
한 근원적인 성찰로 그녀를 몰아넣는다. 요리로부터의 탈주가 요리로
의 침잠으로 귀결되는 셈이다. 그리고 그녀는 부엌으로부터 탈주하려
던 그녀 자신이 오히려 부엌에 집착하고 있었음을 깨닫게 된다. 흰 칠
이 된 나무찬장에서 고향의 그림자를 느끼며, 소개받은 집 중 최악의
집임에도 불구하고 이 집을 고르게 된다. "튀어봤자 결국 부엌인 스스
로가 한심스러워졌다."(11쪽)

이제 모든 공간은 부엌을 중심으로 구조화된다. "하나밖에 없는 방은
부엌에서 넘겨주는 음식을 받아 식기 전에 얼른 먹어치우기 위한 장소
인 꼴이었다."(11쪽) 눈길을 바깥으로 돌려보니 도시 전체가 온통 부엌
인 것만 같다. "도시 전체가 아침부터 한밤까지 요리만 하고 있다. 끼니
때도 따로 없이 온종일 먹는 일에 달라붙어 있는 것처럼 보인다. 부엌
이 바깥으로 나와 있기 때문이다."(12쪽) 그러나 선진국형으로 문명화
되지 않은 이 도시에서 부엌의 절대화는 오히려 인간 본성의 솔직한 토
로일지도 모른다. 또 유학생활이라는 낯설고 힘든 환경에서 "스스로를
위로할 수 있는 유일한 방법도 음식을 만들어 먹는 것뿐"(15쪽)이다.
그녀는 음식을 둘러싼 인간의 취향의 투쟁을, 본국에 있을 때보다 오히
려 절실하게 깨닫는다. "음식에 관한 한 우리나 이들이나 서로 보수이
며 극우파이다. 화해도 타협도 불가능하다."(15쪽)

그녀의 연인 다모는 문명화된 도시의 삶에서 낙오한 우울한 패배자
의 전형이다. 부엌은 그녀와 다모에게 최소한의 아늑함을 느끼기 위한
안식처가 될 듯하다. "다모야말로 입에 맞고 소화도 잘되는 음식을 만
들어 먹을 부엌이 필요한 사람이다. 하지만 그는 기숙사에 머물고 있어
서 부엌이 없다."(17쪽) 다모 또한 요리로부터 탈주하기 위해 이혼했
고, 이혼과 교통사고로 인해 희망의 근거를 잃어버린 사람이다. "아내

가 부엌에 들어가기를 싫어해서, 전번엔 내가 했으니까 이번엔 네 차례라느니, 누가 더 많이 설거지를 했느니 다투다가…… 이혼했거든요."(18~19쪽) 요리를 싫어하면서도 그를 위해 정성스레 요리해주는 그녀의 진심에 다모는 감동받는다. "고명도 없는 국수를 그처럼 감동적으로 먹는 사람은 처음 보았다." "국수가락에 상처라도 입힐까봐 두려운 듯이 젓가락질이 신중했다."(20쪽) 다모는 상처의 핑퐁게임에서 달아나기 위해 타인과의 접촉면적을 최소한으로 줄인 사람이다. 그런 면에서 다모는 그녀와 닮았다. '나'와 '세계', '나'와 '나 아닌 모든 사람들'의 이분법에 갇힌 그녀와 그는 그런 면에서 동지가 된다.

제정신이 아닌 세상에서 유일하게 정신이 바로 박힌 그는 세상에 대한 원망과 증오에 짓눌려 죽어버릴 지경이었다.
살기 위해 그는 남을 미워하지 않기로 했다. 남을 미워하지 않으려면 남들과의 접촉을 줄여야 했다. 그는 존재함으로써, 차지하는 시간과 공간 속의 자신의 부피를 가급적 압축해서 상처를 주고받을 확률을 줄였다. 호흡을 멈추듯 세상과의 교류를 중단했다. 꼭 필요하지 않은 물건은 사지 않고 소유하지도 않으며, 목숨을 유지할 만큼만 먹었다."(21쪽)

그녀 역시 존재한다는 것 자체가 타인의 감정, 타자의 생명에 위해를 가하는 일이라는 것을 뼈저리게 깨닫고 있다. "나는 미안하다고 얘기하고 싶다. 내 주변에 존재한다는 이유만으로 나와 부딪혀 내게 상처를 주고, 자신도 상처받았을 모든 사람들에게 어쩔 수가 없었노라고 사죄하고 싶다. 나는 다만 살고 싶었을 뿐이라고. 내가 그렇게 얘기해야 할 상대방은 다모가 아니고 그에게 음식으로 보상을 해줘야만 할 사람도 내가 아니건만, 나는 그를 위해 요리를 하기로 결심했다. 나마저 음식을 만들지 않겠다고 버틴다면 다모는 더욱더, 엄청나게 상처를 입을 것이다."(23쪽) 그는 요리로부터의 탈주를 꿈꿨던 그녀의 탈출지에서, 오히려 요리를 통한 구원을 생각하게 된 것이다. 처음, 그들은 그들이 만든 식탁 앞에서 동지적 연대를 느낀다. "대단히 간소한 식탁에 마주 앉아 우리는 감격스러웠다. 거의 아무 맛도 느껴지지 않는 음식을 먹으면서 우리는, 우리 둘만은 혀의 노예가 아니라는 정신적 만족감"을 즐기고, "절제의 기쁨에 가슴이 벅찼다. (……) 지구 한편에서는 사람이 굶어 죽고 다른 편에서는 너무 먹어서 찐 살을 빼느라고 바쁜 이 부당한 현실에 항거하기 위해, 우리는 나날이 음식에 대해 가혹한 제한과 규제를 추가한다. 부엌은 우리들의 진지이고, 우리는 우리의 혀와 위를 단련시킴으로써 혐오스러운 세상에 대항하고 있다."(24~25쪽) 부엌은 이제 다모와 그녀의 영혼의 탈주를 위한 제의적 공간이 된다.

그러나 그들의 투쟁은 고립과 자폐를 근거로 해야만 성립된다. "문을 걸어잠그고 커튼을 치고, 집 안의 다른 불들은 다 끄고 오로지 부엌에만 불을 밝히고 앉아 있어도 우리는 여전히 비난받고 공격당하고 있다. 어딘가에는 우리와 다른 사람들, 다른 원칙들, 다른 주장들이 존재하고 있을 것이기 때문이다. 식탁 등의 둥그런 불빛 바깥으로 신체의 일부분이라도 나갔다간 뭔가에 물어뜯기기라도 할 것처럼, 우리는 자꾸만 몸을 움츠리며 서로에게 바짝, 더욱 바짝 다가앉는다."(25쪽) 진지 속에 고립되는 것만이, 이들의 상처와 불쾌, 고통과 불안이 최소화될 수 있는 길이다. 집을 벗어나 한 발짝만 걸어나가도, 아니 그녀의 방문을 열어 옆방으로만 가도, 타자의 생명을 담보로 해야만 하는 잔혹한 식탁의 레시피가 범람하고 있기 때문이다.

일상체험에서는 도저히 불가능해 보이는 관문통과는 통과제의의 필수적 코스다. 그녀에게 이 관문은 다모와 무라뜨를 동시에 만나야 한다는 것이다. 마침내 그녀와 다모의 부엌 속에 이질적인 취향이 정면으로 공격해 들어오면서, 그들의 상징적 요새인 부엌은 위협당한다. 바로 육식 예찬론자 무라뜨의 등장이다. 채식주의자 다모와 육식주의자 무라뜨는 그녀의 부엌을 놓고, 혹은 그녀 자체를 놓고 미묘한 신경전을 벌이며 보이지 않는 전쟁을 치른다. 이로 인해 그녀는 전보다 더 심한 위장병을 앓게 된다. 육식으로 가득 찬 무라뜨의 식탁 앞에서는 그 음식을 다 먹느라 고생스럽고, 다모가 오기 전에 육식의 흔적을 모두 없애야 하며, 다모가 오면 다모를 위해 서툰 채식 요리 식단에 골몰해야 한다. 다모와 무라뜨의 극한대립은 단순히 채식과 육식의 대립이 아니라, 인간의 존재 양식 자체와 결부된 치명적인 화두이기도 하다.

"육식을 좋아하는 사람이라고 해도 야채 요리 냄새를 맡고 토하지는 않는다. 그런데 채식주의자들은 고기 냄새가 코끝에 스치기만 해도 눈앞에서 칼부림이라도 벌어진 듯이 난리를 친다. 이게 공평한가?"(27쪽) 육식과 채식 사이에는 계급이 가로놓여 있다. 인도에서는 오히려 채식이 상층계급의 전유물이다. 채식을 유지하기 위해 더 많은 공력과 자본이 들기 때문이다. 채식주의는 생명에 대한 무한한 존중으로 포장되지만 계급적 우월감을 배면에 깔고 있다. 게다가 채식주의가 온전히 "자기 살을 늘리기 위해 남의 살을 먹지는 않겠다는 최소한의 도덕적 결단"으로 유지되지는 않는다. 채식을 하기 위해서는 더 많은 요리의 공력이 들어가는 것이다. "참 공이 많이 드는 일이에요. 세 끼 채식 요리만 하려면 얼마나 신경이 쓰이고 시간도 많이 드는 줄 알아요?"(28쪽) 한편 채식과 육식으로 신분조차 이원화되어 있는 현실을 무라뜨는 비판한다. 채식을 고집하는 다모와 육식에 집착하는 무라뜨, 그 두 사람 사이에서 그녀는 점점 지쳐간다. "나는 무라뜨가 만든 고기 요리를 처치하는 데도, 다모가 갖다 준 건강식품을 먹는 데도 지쳤다."(33쪽)

다모를 향한 그녀의 사랑도 음식에 대한 그녀의 갈등을 무마할 수 없다. "나는 정말 다모를 위해 뭔가를 하고 싶다. 세상에서 가장 순한 음식이 되어 그의 위를 위로하고 싶고, 부드러운 경단이 되어 그의 입 안에서 녹고 싶고, 따뜻한 국물로 그의 몸에 흡수되고 싶다. 그러나 그가 원하는 건 내가 무라뜨에게 노, 라고 말하는 것이다. (……) 누군가 상처입지 않으려면 다른 누군가는 상처받아야 한다. 타협안이 없다. 다른 생명체를 해치지 않고 살아남는 방법이 없다."(36쪽) 채식의 극단과 육식의 극단 사이에 낀 그녀는 기묘한 위장병에 걸린다. "식욕에 대해 응징이라도 하는 듯이 위통이 뒤따르고, 그 위통에 대해 반발이라도 하는 것처럼 식욕은 더욱더 강해져."(49쪽) 그들에게 부엌은 도시문명에 절망한 영혼을 치유하는 공간이자 문명의 절망을 증폭시키는 투쟁의 장소이기도 하다. 다모와 무라뜨의 극한대립은 채식과 육식, 금욕과 탐욕, 이성과 감성 등 인간의 정신 내부의 영원한 이항대립을 구현한다. 두 남자 사이에서 위태로운 통과제의의 무대를 연출하고 있는 그녀는 점점 연출자의 무게중심을 잃기 시작한다. 그녀는 점점 극본 없는 상황극을 표류하는 주체가 되어 흔들린다. 그들에게 '부엌'은 전통적 통과제의에서 반드시 등장하는 동굴이나 미로, 터널의 이미지와 자연스럽게 포개진다.

3. 굶주림의 화신=영광의 얼굴?

『부엌』의 여주인공은 다모=채식과 무라뜨=육식의 갈등 사이에서 고통스러워하다가 문득 (인도사회의) 전통적 속신의 상징인 귀면상과 만나게 된다. "눈을 부릅뜨고 혀를 쭉 내민 귀면상(鬼面像). 엽서 뒷면에 실린 설명으로는 이것의 이름이 '끼르띠무카(kirtimukha)'라고 했다. '영광의 얼굴'이라는 뜻이다. 가장 높은 신이 자기한테 대적하는 건방진 잡신들을 벌주기 위해 만들어낸 괴물로, 눈에 띄는 것은 무엇이든 먹어치워버리는 굶주림의 화신이다. 하지만 막상 이 괴물이 위력을 발휘하기도 전에 잡신들은 싱겁게도 항복해버린다. 운명적으로 타고난 한없는 허기를 채울 길 없는 괴물은 하는 수 없이 자기 자신을 먹어버렸다. 팔, 다리, 몸통을 차례로 뜯어먹어버리고 입이 닿지 않는 머리통만 남았다. 그래도 여전히 배가 고파 입을 쩍 벌리고 있다 (……) 먹을 게 없어서 스스로를 먹어버린 이 가엾은 괴물의 이름이 왜 영광의 얼굴일까. 그게 왜 영광스러울까."(43쪽) 그녀는 끼르띠무카를 통해 자신의 통과제의의 진정한 미션을 깨닫게 된다.

그것은 피식자가 되지 않으면 반드시 포식자가 될 수밖에 없는 인간의 딜레마를 온몸으로 견뎌내야 하는 고통이다. 인도인들이 이 굶주림의 화신을 영광의 얼굴이라 부르는 까닭은 무엇일까. 아마도 그것은 이 포식자와 피식자의 딜레마를 마치 시시포스의 영원한 저주처럼 온몸으로 끌어안으면서도 다른 모든 악마들까지 퇴치하는 놀라운 괴력을 발휘하는 이 '괴물'에 대한 존경과 연민에서 비롯될 것이다. "먹을 게 없으니까 스스로의 사지를 먹어치우고 머리통만 남은 괴물이라고. 도저히 채워질 수 없는 가공할 굶주림으로 어떤 악마건 삼켜버리기 때문에 사원을 수호한다고 했어. 동굴처럼 벌어진 그 입이."(62쪽) 그녀는 무구한 표정으로 어떤 고기든 집어삼키는 무라뜨에게서 이 괴물 끼르띠무카의 표정을 본다. 그녀는 이제 피식자의 고통에는 전혀 개의치 않고 육식에 열광하는 무라뜨의 식탁을 새로운 눈으로 바라보기 시작한다.

먹는 것 자체에서 축제적 쾌락을 느끼는 무라뜨의 행복한 식탁. "그가 비계를 뽀드득뽀드득 씹는 소리를 듣고 있노라면 나는 황홀해. 오로지 혀의 명령에 따라 뭐든 듬뿍 쏟아넣고 푹푹 끓여버리는 무라뜨의 무지막지한 요리법에 나는 반해버렸어. 음식에 대한 아무런 금기가 없는 그로서는 먹고 싶다는 단순한 욕구만으로 다른 생명을 죽이고 해할 수 있는 충분한 이유가 돼. 그 대상이 정신을 소유했건 안 했건, 마음이 있건 없건, 고통을 느끼건 말건, 생명의 가능성이 얼마큼이건, 세포 수가 하나이건 무수히 많건, 죄책감 없이 먹을 수 있다니 이 얼마나 자유로운가!"(60~61쪽) 이것은 다모의 눈에는 탐욕과 살육의 식탁이지만, 다모의 채식을 위해 요리를 해다 바치느라 심각한 노이로제에 걸린 그녀는 무라뜨의 쾌락주의적 요리법에 매혹된다. 그녀가 고통스러운 것은 채식의 무미건조함보다도 '피식자=고기'에 대한 '죄책감' 때문이다.

한편, 다모의 금욕과 절제는 그를 건강과 행복으로 데려가는 것이 아니라 더 큰 불안과 집착에 고착시킨다. "어떤 음식이건 몸에 안 좋다는 얘기를 한 번만 들으면 평생 다시 입에 대는 법이 없고, 건강 유지를 가장 큰 업으로 삼는 그가 왜 노상 갖가지 질병에 시달려야 할까. (……) 장래에 대한 계획과 준비에 최선을 다하는 다모가 왜 늘 얄궂은 불운에 조롱당해야 할까."(69쪽) 다모는 지나치게 계획하고 통제하고 금기에 얽매임으로써, 즉 삶 자체를 자기만의 틀거리 안으로 집어넣으려 함으로써 도리어 더 불행해진다. 다모는 지나치게 행복, 안정, 규정에 집착하기에 그에게는 삶의 모든 우연의 요소가 불행의 부비트랩으로 보인다.

그녀는 비로소 통과제의의 절정, 희생제물의 아름다움을 발견한다. 끄르띠무카의 표정, 극한의 탐욕에 온몸을 맡겨버린 순수한 표정 속에서 그녀는 자신의 통과제의를 위해서는 단순한 고행이 아니라 희생제물이 필요함을 깨닫게 된다. 마침내 다모의 성기를 입에 넣고 '먹으면서', 그녀는 다모가 희생제물의 엑스터시를 느끼는 표정을 관찰한다. "나는 저런 표정을 알아. 무라뜨가 사진을 보여주었거든. 사원의 장식물 얘기가 나오자 그는 또 열심히 연구를 했던가봐. 고대 종교제의에 쓰였던 '영광의 얼굴'들의 사진첩을 빌려다주었어. 거기에 괴물이 두 앞발로 사람을 움켜쥐고 막 삼키려는 모습의 조각상이 실려 있어. 괴물한테 먹히는 사람이 바로 저런 표정을 짓고 있었어. 자기 머리가 시방 괴물의 이빨에 와작 씹힐 찰나인데도 그 사람은 몽롱해 보였어. 고통과 환희를 동시에 느끼는 듯한, 그 절정에서 오히려 무감각해져버린 것 같은 얼굴이었어."(72~73쪽) 그녀는 통과제의에서 자신의 신체를 괴물에게 바치는 희생제물의 이미지를, 환각에 빠진 다모의 표정 속에서 재발견한다. "분노와 억울함을 놓아버린, 기쁨으로 자기를 내주고 있는 저 얼굴은 아름다워."(73쪽)

그녀 또한 그런 엑스터시를, 희생제물만이 느낄 수 있는 '탈아(脫我)의 쾌락'을 한껏 느끼고 싶다. "언젠가 한 번쯤은 희생제의의 제물이 되어 열광적으로 죽어보고 싶어. 살아 있는 한 멈출 수 없는 이 노역, 자기를 방어함으로써 다른 누군가를 해치는 이 안간힘을 잠시 멈추고 싶어. 어리둥절하면서도 몽롱한 상태에서 머리통이 으스러뜨려지고 싶어. 순순히 먹혀보고 싶어. 나는 포식자(捕食者)보다는 피식자(被食者)가, 음식이 되고 싶어."(73쪽) 그녀가 희생제물이 되고 싶어하는 까닭은 삶 자체에 내재해 있는 공격성의 사슬을 끊어버리고 싶은, 잠시나마 삶의 구심력에서 이탈해보고 싶은 욕망 때문이다. "그 괴물의 손아귀에 잡혀 있는 사람들은 홀가분해 보였어. 제물이 됨으로써 그들은 몸만이 아니라 다른 것도 괴물한테 떠넘길 수 있다고 생각하는 것 같았어. 마음속의 근심, 살아 있음으로써 저질렀던 피비린내 나는 죄악들까지도. 괴물은 모든 걸 삼켜줄 만큼 입이 충분히 컸어. 그래서 그 괴물과 사람은 먹고 먹힌다기보다, 어떻게 보면 어머니가 품에 아기를 부둥켜안고 있는 것처럼 보이기도 했어."(74~75쪽)

그녀의 꿈 역시 삶 자체의 총체적 정화다. "숱하게 많은 사원들에서 언제라도 속죄를 할 수 있기 때문에 사람들은 다시 죄를 지을 수가 있지. 죄를 짓지 않을 수가 없는 일상생활을 계속할 수가 있는 거야. 나는 그들을 부럽게 훔쳐봐. 고향을 떠나면서 끌고 온 마음의 짐을, 그들처럼 나도 경건하게 부려놓고 싶어. 그리고 뚜벅뚜벅 걸어나와 저녁 먹으러 가고 싶어. (……) 어떤 신에게건, 어떤 종파의 신전에서건 나는 납작하게 엎드려 빌고 싶어. 내가 누구한테도 안 먹히고 여태껏 살아 있

는 걸 용서해달라고. 나도 둥둥둥 북을 치고 땡땡땡 종을 울리며 세 번
씩 반복하고 싶어. 살아 있어서 미안하다고, 미안하다고, 미안하다고."
(75~76쪽) 그녀는 마침내 자기 자신의 몸 자체를 희생제물로 삼음으로
써 자신만의 정화의식을 실현한다. 그녀는 자신이 정성스레 만든 음식
에 입도 대지 못하는 다모의 위장병에 내재된 결벽과 금욕주의에 절망
하고, 차라리 자신의 몸 자체를 희생제물로 삼아 영혼의 정화를 향한
도약을 꿈꾼다. 다모가 그녀에게 희생제물이 된 것처럼, 그녀는 끄르띠
무카의 현신(現身) 무라뜨의 희생제물이 된다.

건성으로 고깃덩이만 뒤적이던 무라뜨가 힘없이 포크를 내려놓았어.
나는 순한 양처럼 목을 길게 드리우고 식탁 위에 누웠어. 그의 목에 불거
진 목울대가 단번에 위로 올라갔다가 미끄러져내렸어.
"나를 먹어요!"
나는 속삭였어. 다모에게 그랬듯이 나는 무라뜨에게 내 부엌문을 활짝
열었어. 무라뜨가 몸서리를 쳤어. 내가 다모를 먹었듯이, 그는 나를 먹기
시작했어. 잉잉잉, 벽 속에서 수도관이 울어. 집집마다 늦은 저녁밥을 짓
느라고 분주해. 찬장문을 여닫고 도마질하는 소리가 요란해. 스테인리스
접시들이 쩽강거리고 칙칙칙, 압력밥솥이 경쟁적으로 끓고 있어. 새벽부
터 한밤까지 사람들은 부엌에서 뭔가를 씻고, 끓이고, 튀기고 있어. 나는
음식, 음식, 음식이 되었어.(85쪽)

다모와 무라뜨의 몸을 아드득아드득 먹는 상상으로 환상적 희생제의
를 끝낸 그녀는 마치 속죄의식인 양 자신을 무라뜨의 '음식'으로 만든
다. "나를 먹어요!" "내가 다모를 먹었듯이, 그는 나를 먹기 시작했어."
"나는 음식, 음식, 음식이 되었어." 마침내 "나는 음식이다"라고 절규할
때 그녀는 일종의 엑스터시에 이르게 된다. 의식의 통제에서 풀려난 상

태, 일종의 의사 무의식 상태를 통해 기존의 인격이 해체되는 것이야말로 통과제의의 절정이다. 무라쯔에게 자신의 육체를 '음식'으로 내놓으며 엑스터시에 이르는 그녀의 '모노드라마'를 통해 그녀는 한층 더 격렬한 통과제의의 용광로 속으로 빠져들어간다.

4. 희생제물=가장 사랑하는 것?

한편, 인도에는 아직 전통적인 밀교적 양식이 남아 있기에 불법적인 형태로나마 통과의례적 상징과 예식이 남아 있다. 그러나 그것은 숭고하고 비장한 제의로서가 아니라 흉흉한 소문으로서 떠돈다. "인간을 속죄양 삼아 제사를 지내고, 죽여서 먹기까지 하는 밀교(密教)가 슬럼가에 퍼져서 아이들이 종종 사라진다고 했다."(100쪽) 희생제의에서 '아이'의 의미는 참혹한 역설을 품고 있다. "전통종교의 교리에 따르면 불운은 전생, 혹은 이생에서 저지른 죄의 대가이다. 전생에 죄가 많은 사람들이 이생에서 짐승이나 하층 신분으로 태어난다. 그래서 죄를 지으면 속죄를 비는 의식으로 씻어내야 하고, 죄의 크기에 비례해서 의식의 절차와 비용도 커진다. 한계상황에 처한 부모는 불운의 원인인 죄악을 씻어냄으로써 자녀들을 그 징벌 같은 운명에서 구출해내려고 한다. 운명을 반전시키는 속죄의식을 위해서는 무엇을 바쳐야 할까? 가장 소중한 것, 자식이다. 자신에게 죄책감을 갖게 만드는 자녀들에게, 자식을 위해서라는 명분으로, 부모는 보복한다. 그럼으로써 나머지 자녀들을 책임질 용기를 얻는다. 아이는, 희생된 자식은, 자기 포기의 극단인 죽음이라는 시련을 거침으로써 죄악으로부터 자유로워진다. 모든 죄는 생에 대한 집착에 기인하기 때문에 자기희생은 가장 효과적인 정화 방법이다."(178~179쪽) 가장 사랑하는 것을 희생제물로 만듦으로써 생의 저주를 풀어내는 동력을 얻는 지독한 아이러니.

 그녀는 무의식적으로 깨닫는다. 희생제물＝아이는 자신의 통과제의의 모노드라마에 있어 희생제물＝연인＝다모로 전치될 수밖에 없음을. 그녀의 힘겨운 사랑 자체가 통과제의의 추상적 공간이 되어버렸음을. 다모-나-무라뜨의 삼각관계뿐만 아니라 「땅 위의 영광」에서의 그녀-다모-나의 삼각관계도 통과제의로서의 참혹한 사랑의 테마를 변주한다. "상대방이 바로 자기 자신인데 어떻게 사랑하지 않을 수가 있나요. 우리는 헤어질 수도 없고 화해할 수도 없었죠. 같이 죽는 것만이 서로를 더이상 괴롭히지 않을 수 있는 유일한 방법이었죠."(193쪽) 그들은 서로의 팔목을 그어주며 동반자살을 꿈꾼다. "우리는 나란히 누워 피가 솟아 흐르는 팔목을 맞댔어요. 피가 섞이기를 바랐죠. 내 피가 그에게, 다모의 피가 내게로 오면, 다음 생에는 한 몸이 될 수 있을 거라구요. 우리가 너와 나라는 두 존재로 태어났기 때문에 같이 죽을 수는 있어도 같이 살 수는 없었던 운명을 반복하지는 말자고요."(194쪽) "다모와 같이 죽지 못해서 한 몸이 되지 못한 죄, 그게 내 죄예요. 그는 나를 받아들이기 위해 스스로를 비웠는데, 나는 살아 있음으로써 그를 거부하고 있는 셈이죠."(195쪽) 서로의 생을 구원할 수 없기에 자신의 육체를 서로의 희생제물로 내놓는 다모와 그녀.

 이제 희생제의의 '아이'는 '나'가 가장 사랑하고 지켜주고 싶어했던, 제 살이라도 발라내주고 싶었던 다모가 되어버린 것이다. 죽은 다모의 환상을 보내며 '이제 그만 어른이 되라'고 조용히 절규하는 모습은 다모의 죽음(어린아이, 희생양의 죽음)을 통해 이제 자신이 새 삶을 살 수 있다는, 한층 더 고통스러운 성장의 드라마를 인정하는 것이었다. 그녀의 희생제의나 통과의례는 『길가메시 이야기』나 〈마술피리〉처럼 장엄하고 아름답지는 않지만, 그 참혹함과 세속성 때문에 오히려 인간의 성장의 드라마는 '늙어서도, 아니 늙어 죽을 때까지 끝날 수 없다'는, 생의 엄혹한 진실을 품어안게 되는 것이다.

그녀는 자신이 기획한 자신만의 통과제의=모노드라마가 더이상 자폐적인 심리극에 그칠 수 없음을 깨닫는다. 그녀의 통과제의에 드디어 '진정한 타자'가 등장한다. 무라뜨와 다모는 결과적으로 동질적인 자아의 분신들이었다면, 이 작품집에서 가장 '섬뜩한' 타자는 하녀 아이, 라즈다. "나는 하루 종일 하녀들을 기다리면서 순서대로 맞이해야 하는, 팔자 좋아 보일지는 모르겠지만 사실은 속 터지는 처지가 되었다. 그들은 순서와 상관없이 아무 때나 오고 싶을 때 왔고, 오고 싶지 않으면 며칠이나 코빼기도 비치지 않았다. 그들이 아쉬워서가 아니라 오겠다고 했으니까 나는 기다리는데, 그쪽에서는 약속에 대한 개념마저 없으니 나만 변심한 애인 그리듯 안달복달했다."(97쪽) 화폐라는, 자본주의에서는 너무나 확실한 주인의 권력을 틀어쥐고 있다 해도, 이곳에서는 아무도 '주인'의 위치에 서 있을 수 없다. 자본주의이기도 하고 아니기도 한 이 애매모호한 삶의 양태 속에서(그들은 돈을 분명히 밝히면서, 돈에 걸린 계약사항은 만들지도 준수하지도 않는다) 돈의 주인은 결코 쉽게 권력의 주인도 될 수 없다. 도무지 계약이나 규칙으로 얽어맬 수도 예측할 수도 없는 라즈야말로 그녀의 통과의례를 가로막는 가장 큰 장애물이 된다.

라즈뿐 아니라 그녀를 둘러싼 이웃들은 외국인인 그녀의 '신분'을 규정하고 그녀를 그들의 정신적 사정거리 안에 편입시키기 위해 절치부심한다. 그녀가 우아한 고립을 지키며 스스로의 통과제의적 모노드라마를 찍을 수 있도록 가만히 내버려두지 않는 이웃들. 그녀가 의도하지는 않았지만, 이 이웃들의 원치 않는 관심과 참견은 전통적 통과제의에서 '공동체'의 역할과 유사하다. 전통사회에서 공동체는 통과제의에 참가하는 신참자가 유혹이나 오만에 빠지지 않도록 끊임없이 감시한다. "나는 아줌마와 같은 계급이 되기 위해서 채식 요리를 배울 생각도 없고, 그런 요리를 안 해서 하층민이 되고 싶지도 않다. 나는 어느 신분에도 꿰맞춰지고 싶지 않다. 아줌마의 자식도 아니고 라즈의 친구도 아닌, 나는 외국인이다."(156쪽) 그러나 그녀가 꿈꾸는 이러한 완벽한 고독의 드라마는 결코 이루어질 수 없다. 그녀는 그 어떤 공간으로 도피한다고 해도 해당 공동체의 지반을 떠나서는 존재할 수 없는 사회적 존재이기 때문이다. 이제 그녀는 자신을 둘러싼 통과제의적 공간을 면밀하게 관찰하기 시작한다.

그녀가 통과제의의 공간을 선택한 이곳은 모든 것이 변수투성이, 확실한 것은 아무것도 없다. "여기 관공서는 권위적이고 무성의한 건 둘째치고 도무지 확실한 게 없어서 사람을 황당하게 한다. 해오라는 서류를 다 해다 바쳐도 그새 법이 바뀌기도 하고 담당자가 교체되어 딴소리를 하기 십상이다."(105쪽) 이러한 못 말리는 불확실성이야말로 이들을 제도나 법률로부터 자유롭게 하는 힘이 아닐까. 그리하여 이곳이야말로 현대의 통과제의가 가능한 '아수라'일지도 모른다. 원칙과 규제 자체가 성립될 수 없는 공간. 날것의 이질성만이 전방위적으로 충돌하는 이곳이, 바로 그녀의 존재론적 비약을 가능케 하는 제의적 공간이 된다. 불확실성, 불규칙성, 애매모호함으로 가득 찬 이곳이야말로 세속도시의 고독한 현대인에게 어울리는 통과제의의 공간이 아닐까. "최근 허름한 여관에서 외국인 여행자가 방문을 안으로 걸어잠그고 자살하는 사건이 잇따라 발생했다. 우파 민족주의 정당은 성스러운 조국이 서구 산업사회의 정신적 하수구로 전락했다고……"(151쪽) 세계의 하수구처럼 버려진 이 공간이야말로 가장 신성한 통과제의의 공간으로 부활한다.

5. 내면화된 통과제의, 구원과 초월이 사라진

도시적 일상에서 절망한 여성의 통과제의적 방황을 그린 『부엌』. 그
녀의 통과제의는 종교적인 목적이나 의례도 없고, 세속도시로부터 격
리된 공간에서 이루어지는 것도 아니기에 철저히 독자적인 내면의 과
정으로 진행된다. 통과의례에 필요한 의례적 절차와 최소한의 참여자
가 처음부터 결여되어 있는 형태이기에, 제사장은 물론 샤먼이나 참관
인들이 없기에, 그녀는 완벽한 고립 속에서 혼자만의 1인 다역으로 스
스로를 위한 통과제의를 겪는 듯하다. 『부엌』에서는, 통과제의의 내면
화/밀실화를 통해 침잠, 점착, 하강의 이미지로 가득한 고해의 과정이
부각된다. 『부엌』은 실제로 일어난 사건의 서술보다 주인공의 내면에
서 상상적으로 일어난 사건들이 훨씬 많다. 이 소설집에서 진정한 통과
의례적 체험은 철저히 인물의 내면에서 일어나고 있다. 의례와 절차,
타인의 참여는 사라지고 내면의 갈등과 판타지가 이 자리를 대체하고
있다.

이제 현대적 통과제의에서는 테세우스가 미궁 속에서 미노타우로스
를 죽이는 것과 같은 영웅적 행동과 비장미는 없다. 폐쇄적, 개인적, 환
상적 통과제의로서의 『부엌』. 미궁으로부터의 영웅적 탈출이 아니라
미궁의 고통 속에 끝내 남겨지는 것, 이것이 오히려 현대적 통과제의의
정직한 윤리인지도 모른다. 본래 통과제의는 신참자들에게만 해당되는
것이 아니라 집단 전체에 해당되는 기강 확립의 시도이다. 그런데 『부
엌』은 이런 공공성/집단성이 거세된 통과제의이며 공동체의 기강 확립
이 아니라 공동체 자체에 저항하는 형태의 '반사회성'을 띤 통과제의
라는 점에서 주목된다. 그녀의 통과제의와 전통적 통과제의의 결정적
차이는 그 목적이 전통적 공동체로의 '귀환(귀속)'이 아니라 주어진 세
계의 폭력에 대한 '저항'이라는 점이다. 그녀의 통과제의는 세계의 폭

력을 대속하고, 세계의 폭력에 저항하는 것이다. '부엌'을 진지로 삼은 그들의 통과제의는 어쩌면 누군가가 굶어 죽는 상황이 멈추지 않는 한, 누군가의 살을 먹어 살아남아야 하는 생명의 사슬이 끝나지 않는 한, 끝나지 않을 것이다.

「땅 위의 영광」에서 '나'는 죽은 다모의 환영과 만나며 그에게 속삭인다. "가라, 가서 흰머리가 생기도록 오래 끈 성인식을 마감하라! 아이는 어떻게 어른이 되는가. 남의 살로 키워져서 남을 죽여 제 배를 채우고, 남의 새끼를 죽여 제 새끼를 키우는 다 자란 수컷 혹은 암컷으로, 남을 죽이고는 미안해하고, 미안하지만 또 남을 죽일 수밖에 없는 죄 많은 성인으로."(199쪽) 그제야 그녀는 살아남기 위해 필연적으로 자신을 더럽혀야 하는 성장의 비의를 긍정한다. 그녀는 희생제물이 되어 괴물에게 먹히고 싶었지만, 오히려 자기 살이라도 발라내어 살리고 싶은 다모가 희생제물이 되고 그녀 자신이 괴물이 되어 아가리를 벌리고 있는 꼴이 되어 있다. 그것이 성장임을, 그것이 통과제의의 마지막 장면임을 그녀는 깨닫는다. 그녀는 자기 자신이야말로 타인을 성장시킬 수 있는 연금술사가 아니라, '다 자란 어린아이'였음을 깨닫는다. "방어도 못 하면서 그렇다고 양보할 능력도 없는, 다가오는 모든 존재를 향해 꼬리를 감추고 이빨을 드러내는 겁에 질린 아이임을. 아무도 밀어내는 사람은 없는데 나는 내 자리를 찾은 적이 없다."(208쪽)

그녀는 본래 스스로 속죄양이 됨으로써 자신만의 내면적 통과제의를 마치려 했다. "속죄양이 되어 갈기갈기 찢겨 죽어야 한다. 나도 속죄하고 싶다. 누군가를 죽이고 살아남을 수밖에 없어서 미안하다고. 그리고 피비린내 나는 맹수로 다시 태어나고 싶다. 어른에서 아이로, 피식자에서 포식자로."(208쪽) 그녀는 그녀를 둘러싼 인연의 사슬이야말로, 진정 보이지 않는, 잡을 수도 도려낼 수도 없지만 진정 끊어낼 수 없는 통과제의의 공간이었음을 깨닫는다. 그녀는 피식자=희생제물=아이를 꿈꾸었지만 끝내 자신이 포식자가 됨으로써 어른이 되었음을 아울러 깨닫는다. "시장통에서 누군가 올려본다면 옥상에서 내밀어진 내 얼굴은 악마가 들어오지 말라고 걸어놓은 부적, 끼르띠무카처럼 보일 것이다. 울고 있는 끼르띠무카, 남한테 잡아먹힐까봐 두려워서 남을 먼저 삼켜버리려는 겁에 질린 얼굴로. 남을 먹고 살아남아 그 피식자의 운명을 짊어질 수밖에 없는 불쌍한 포식자로."(214쪽)

그녀는 세상과 격리되어 있던 자기 자신을 다시 세상 속으로 내던진다. 이제 그녀는 오만하고 순결한 신참자의 티를 벗고, 더럽혀진, 그리하여 진정 성장한 어른이 된 것이다. 이제 길 가던 거지를 '타인'이 아닌 투명한 '사물'로 바라보던 그녀에게도 '타인'이 보이기 시작한다. 그녀의 삶에 아무런 영향도 미칠 수 없는 머나먼 '타자'들이 이제 황금옷을 두른 사제들로 보인다. 그리고 그녀가 그토록 거부하던 음식이 사고 팔리는 곳, 장이 서는 날의 저잣거리의 풍경이 눈에 들어오기 시작한다. "타오르는 석양빛에 거리를 가득 메운 행인들이 모두 황금빛 옷자락을 휘감고 있는 것처럼 보인다. 일주일에 한 번 장이 서는 날이다."(214쪽)

자본주의 사회에서 종교적/공동체적 통과제의, 집단적으로 형식화된 의례로서의 통과제의는 사라졌다. 『부엌』에서 이제 통과제의는 내면의 주관성의 형태로서만 경험된다. 통과제의의 실패 가능성은 훨씬 많아지고(사제나 공동체의 훈육이나 보살핌이 없고 더욱 세속화된 장애물이 누구의 안내도 예고도 없이 곳곳에서 기다리고 있기에) 영웅적 통과제의를 위한 무대장치나 의례나 사제 또한 없어진 현대적 통과제의. 현대인은 기술과 분업과 상품을 얻은 대신 신화와 서정과 비밀을 잃어버렸다. 그러나 인류에게 통과제의적 욕망 자체가 사라진 것은 아니다.

장 루세(Jean Rouset)는 읽는 행위 자체의 통과제의적 성격을 지적한다. "진정한 작품은 건너갈 수 없는 문턱임과 동시에 금지된 이 문턱에 놓인 다리로서 나타난다. 내 앞에 밀폐된 세계가 세워지지만, 이 건물의 일부인 문이 빙긋이 열린다. 작품은 그 전체가 폐쇄이자 통로이며, 비밀이자 그 비밀의 열쇠이다."[4] 그녀의 소설을 통해 가혹한 통과제의의 과정을 '시뮬레이션' 하는 독자는 장 루세가 말한 듯한 이 고통의 문턱을 향유하고 있다. 소설을 읽는 독자에게는 이 고통 자체가 통과제의적 의미를 지닐 것이다.

통과제의를 향한 인간의 노스탤지어. 그것은 "죽음과 대적하고 있으면서도 죽음에 복종하기를 거부하는 인간의 숙명과 인간의 본질적 불안, 인간의 백일몽, 벽에 대고 부르는 노래, 자신의 도약에 의해서가 아니면 그 어느 것으로도 증명될 수 없는 초월의 현기증, 그리고 구원이라는 것에 대한 모순된 희망"[5]일 것이다. 『부엌』에서 통과제의의 결과는 아련한 폐허로만 드러날 뿐이다. 계시도 초월도 일어나지 않는 공허한 통과제의의 끔찍한 고통, 그 폐허 위에서 오수연은 여전히 정직한 방황을 거듭하고 있다. 그러나 이것이야말로 세속도시의 통과제의, 자신만이 연출, 출연할 수 있는 고독한 모노드라마로서의 통과제의의 진정성이자 윤리일지도 모른다. 구원을 기다렸던 전통적 인간과 달리 현대인은 이제 쉽사리 구원의 가능성을 기다리지 않는다. 끝나지 않는 통과제의의 노스탤지어를 그려내는 소설가의 고독은, 광기의 위험을 무릅쓰고, 자신의 존재론적 토대를 파괴하고 거기서 흘러나온 피와 살로 세계의 폐허를 떠받치려는 몸부림이 아닐까.

---

4) 시몬느 비에른느, 앞의 책, 143쪽.
5) 같은 책, 150~151쪽.

낯익은 상처의 블록으로 지은, 낯선 레고의 집
— 2005년 여름 소설의 어떤 표정

1. 권여선 — 2005년판 김승옥의 「야행」

한 번도 경험해본 적이 없는, 앞으로도 경험할 것 같지 않은 일. 그럼에도 불구하고 등장인물의 몸짓과 표정과 대사 하나하나가 온전히 내 것인 양 느껴질 때가 있다. 열일곱 살, 김승옥의 「야행」(1969)을 처음 읽었을 때의 느낌도 그랬다. 게다가 남성작가가, 여성의 차마 드러낼 수 없는 욕망의 치부를 그토록 낯선 촉각으로 그려낼 수 있다는 사실에 치를 떨었다. 합리적 이성과 사회적 터부의 울타리를 철저하게 걷어낸 자리에, 알몸의 거웃처럼 선명하게 고개를 드는 욕망의 투명한 낯빛을, 「야행」의 현주는 남김없이 폭로했다. 인간의 언어로 '대낮의 강간'이라고밖에 표현할 수 없는 사건을 겪은 후, 현주는 생존의 몸부림으로 점철된 일상의 각질 깊숙이 숨겨져 있던 야생적 욕망을 발견한다. 「야행」이후 삼십여 년이 지난 지금, 젊은 작가 권여선의 「위험한 산책」(『창작과비평』 2005년 여름호)은 그때와는 다른 질감과 다른 언어로 1969년 현주의 버림받은 욕망을 되새김질하는 듯하다.

「야행」의 현주와 「위험한 산책」의 '그녀'가 다른 점은 무엇일까. 첫째, 현주는 다짜고짜 그녀의 팔목을 그러쥐고 여관으로 직행하는 낯선 남자의 '살 내음'을 맡기 전까지는, 자신의 욕망에 대해 무지했다. 그러나 「위험한 산책」의 그녀는 꿈이라는 무의식의 세계를 통해서이긴 하지만, 자신의 일상 곳곳에 아가미를 벌리고 있는 욕망의 틈새를 날카롭게 의식하고 있다. '그녀'의 꿈속의 남자는 "남편인지 그인지 아니면 다른 누구인지 알 수 없"지만, "다만 그녀 자신보다 더 사랑하는 사람이라는 것만은 깊이 느낄 수 있"는 남자다. 꿈속에서 그녀는 "남자의 가슴이 닿은 그녀의 등과, 그 남자의 팔에 안긴 그녀의 허리가 뜨거웠다"는 것조차 생생하게 감지하고 있다. 그녀는 내연의 남자와 모범적 남편으로는 충족시킬 수 없는 욕망의 그늘을 또렷이 의식하며 한밤중의 위험한 산책을 감행한다. 둘째, 1969년 「야행」의 현주는 자신의 은밀한 야행으로 인해 파생되는 불안과 공포마저 삭제해버릴 수는 없었다. 하지만 2005년 「위험한 산책」의 그녀는 꿈속 그 남자의 현신(現身)인 양, 근육질의 팔로 그녀의 등허리를 뜨겁게 감싸안는 낯선 남자의 육체를 향해, "표정이, 일순 봄꽃처럼 화사하게 피어"난다. 소설 속 그녀의 심리적 행보를 더듬어볼 때, 그녀는 낯선 남자의 불길한 육체적 접촉에 언제든 달뜰 준비가 되어 있다.

마지막으로 「야행」의 현주는 생존의 최전선에서 가난과 싸우느라 자신의 우울을 돌볼 여유가 없다. 감정을 표현하고 권태를 다독일 만한 어떤 일상적 무기도, 현주에게는 없다. 그러나 「위험한 산책」의 그녀는 현주처럼 가난하지도, 자신의 감정을 표현할 공간이 절대적으로 부족하지도 않다. 이제 그녀는 현주처럼 직장 상사가 결혼한 여자에게 품는 불신의 늪에 빠지지 않기 위해 결혼 사실을 숨기지 않아도 된다. 그녀는 이름도 얼굴도 직업도 모르는, 내밀한 상상 속의 육체적 파트너에 대한 감정을 이렇게 요약한다. "내용은 사라졌으되 형식은 의연한 사랑"이라고. 1996년 장편 『푸르른 틈새』로 데뷔하고 2004년 소설집 『처녀치마』를 경유하여 최근 활발한 소설 창작의 행로를 보여주는 권여선. 그녀의 붓은 수정처럼 단단하되 물결처럼 유연하다. 그녀는 방울뱀처럼 치명적인 독을 품으면서도 화려한 무늬를 자아내는 문체를 구사한다. '오정희'적 문체와 '최윤'적 지성, 고집스런 감수성과 세련된 지성을 동시에 품은 그녀의 다음 소설이 기다려진다.

2. 손홍규 — 이문구적 문체와 성석제적 입담 사이

손홍규 소설의 첫번째 놀라움은 그의 젊음과 그의 언어 사이에 놓인 아득한 간극이다. 첫 작품집의 출간을 앞두고 있는 작가 손홍규. 갓 서른의 문턱에 선 젊은 작가에게 어떻게 이토록 난만한 언어의 춤사위가 가능한 것일까. 걸진 사투리의 응어리, 되알진 육두문자의 카니발, 감옥이나 주먹세계에서나 가능한 치열한 은어와 비속어의 몸부림. 손홍규 소설에서는 이 모든 언어적 충동이 야생동물의 매서운 송곳니처럼 번득인다. 손홍규에게서는 십대에 이미 가장이 되어버린, 속 늙은 소년의 냄새가 난다. 조숙하다 못해 조로해버린 이 젊은 작가의 입담은 경이롭다. 그는 비애와 궁상으로 점철된 일상의 그늘을 응시한다. 그의 붓끝은 한 줌의 연민도 서리지 않은 채 가차 없이 대상을 해부한다. 그는 미디어의 카메라와 마이크가 닿지 않는 궁벽진 문명의 사각지대를 찾아 떠나는 21세기의 돈키호테다. 그러나 돈키호테와 달리 손홍규는 영웅의 판타지를 믿지 않는다. 동정 없는 세상을 향해 그 어떤 자비도 구걸하지 않는 주인공들. 그들은 스스로의 쓰라린 상처 주위를 남극의 빙산으로 봉인한다. 손홍규의 주인공들은 단단한 갑옷 같은 각질 더미로 자신의 상처를 철저히 위장한다.

손홍규의 「이무기 사냥꾼」(『문학동네』 2005년 여름호)에서는 뉴 밀레니엄의 한국, 그 가장 밑바닥을 살아가는 인간들의 처절한 군상이 펼쳐진다. 이들의 절망적인 삶의 요철(凹凸)을 더듬어가는 작가의 언어는 거침없는 육체성으로 빛난다. 그에게서는 최근 신예작가에게서는 희귀한, 역사의식과 계급의식의 탄탄한 내공이 만져진다. 그렇다고 그가 '도식적인' 리얼리즘의 세계에 가까운 것은 아니다. 그는 다만 궁핍과 사기행각과 근친상간으로 얼룩진 삶을, 학습이나 훈련을 거치기보다는 태생적인 것으로 느껴질 만큼 자연스럽게, 구성진 문체와 칼칼한 입담으로 풀어낸다. 평생 이무기를 사냥하여 식구들을 먹여 살린 아버지, 태어난 두메산골을 떠나 막노동과 사기행각으로 밥을 버는 용태, 그리고 용태를 수족처럼 따르는 이주노동자 알리. 이들을 가로지르는 공통점은 '죽은 척하기의 달인'이라는 점이다.

오누이 사이에 살림을 차렸단 이유로 마을 사람들의 표적이 된 아버지. 그가 걸핏하면 자신에게 날아오는 집단적 린치와 황당한 누명을 견디는 유일한 방식. 그것은 아들까지도 깜빡 속아 넘어갈 만큼 완벽한 시체 연기였다. 캐나다 밀입국에 실패한 용태. 그는 죽은 시늉으로 보호소 사람들의 굶주린 배를 채운 사내를 한국에서 다시 만난다. 그가 알리였다. 용태는 아버지에게서 물려받은 사냥꾼 특유의 집요한 눈빛으로 알리를 추적한다. 그는 알리의 시체 연기가 지닌 높은 시장성을 눈치챈다. "알리가 못 받은 임금을 받으러 간 척 실랑이를 벌이다 상대방이 가볍게 밀치기만 하면 일은 끝난 셈이었다. 그는 알리의 동행 혹은 목격자를 위장해 알리의 시체를 처리하거나, 못 본 체하는 대가로 돈을 받아냈다." 그러나 그들의 사기행각은 알리의 배신으로 허무하게 끝난다. 그는 청출어람의 시체 연기로 위기를 모면하지만, 그에게 남은 것은 이주노동자 칼리와의 섹스에서 옮겨받은 사면발니(가랑니)뿐이다. 손홍규 소설의 진정한 주인공은 밑바닥 인생의 라이프스토리가 아니라 그들의 삶을 지탱하는 '언어적 분탕질'이다. 오랜만에 소설 언어의 맛깔스러움에 흥건히 젖기를 원하는 독자에겐 손홍규의 등장이 반갑다. 이문구적 문체의 아우라와 성석제적 입담의 능청을 고루 갖춘 이 젊은 작가의 첫 소설집이 기다려진다.

3. 정이현 ─ '내추럴 본 쿨 걸'의 낙인을 넘어서기

자전소설은 한국소설의 창작 관행상 그 양적 축적이 미약한 장르다. 자전소설은 터부시되지만 그만큼 매혹적이다.

여기, 자전소설을 통해 자신의 작품세계를 한껏 비약시킨 젊은 작가가 있다. 정이현은 「삼풍백화점」(『문학동네』 2005년 여름호)을 통해 스스로 '내추럴 본 쿨 걸'이라 명명했던 견고한 자의식을 넘어서고 있다. 대학 졸업 후 구직난을 겪던 중, 여전히 부모님의 용돈을 받으며 도서관을 오가던 시절 만났던 친구의 이야기. "그해 봄 내가 가졌던 그녀에 대하여, 아무도 몰랐다." 이십대 중반의 정이현과 친구 R는 우연히 삼풍백화점에서 조우한다. 집에 있을 수도 없고 출근할 직장도 없었던 '나'에게 삼풍백화점 의류 판매원 R는 집열쇠를 주며 말한다. "낮에 가 있을 데 없으면 우리 집 열쇠 줄까?" 놀란 '나'는 대답한다. "아냐, 괜찮아. 너도 없는 네 집에서 나 혼자 뭘 하니." "그래도 받아, 혹시 또 모르잖아. 내가 자다가 심장마비로 죽으면 네가 이 열쇠로 따고 들어와서 나를 발견해줘." "야, 끔찍하게 왜 그런 말을 해?" "그럼 목욕탕 바닥에 미끄러져 넘어져 있으면 구해줘, 알았지?" "알았어, 그래도 119 부르기 전에 먼저 옷은 입혀줄게." "으하하, 꼭 그래줘야 해." 혼자 힘겹게 살아가는 R의 여린 속삭임은 하나같이 독자의 폐부를 아릿하게 긁는다. 자신은 절대로 오징어를 먹지 않는다는 R의 고백. "깊은 바다 속에 살던 오징어가 육지로 끌려나와, 몇 날 며칠 동안 땡볕 아래 바짝 말려진 걸로도 모자라, 뜨거운 불에 구워지는 건 너무 잔인하지 않니?"

　그러나 소설 속의 '나'가 R의 매장에서 일일 아르바이트를 하다가 계산 실수를 한 사건 이후로 그들은 멀어진다. 한사코 '나'에게 백화점 유니폼을 입히는 것을 반대했던 R. 친구의 실수를 자신이 온전히 감당하기 위해 어떤 굴욕도 감수하는 R. 사자 앞에서 새끼를 지키기 위해 제 몸을 던지는 연약한 초식동물 같은 R의 몸짓. 미안함과 서먹함을 견디지 못한 시간들을 뒤로한 채 그녀들은 멀어진다. 이후 '나'는 취직도 하고 연애도 한다. 1995년 6월 29일. 삼풍백화점이 붕괴된다. 붕괴 십 분 전에 백화점을 나왔던 정이현은 살아남는다. 그녀는 무단결근을 한 채 붕괴 삼백칠십칠 시간 만에 열아홉 살 소녀가 발견될 때까지 텔레비전만 보고 있었다. 차마 사망자 명단을 볼 수 없었던 그녀는 서랍 속에 R의 열쇠를 간직한 채 십 년을 보낸다. 정이현의 이번 소설을 통해 경쾌한 스타카토처럼 툭툭 끊어지던 그녀의 문체는 아름다운 여백을 간직하게 되었다. 휴지부는 있되 안타까운 여백이 존재하지 않았던 기존의 문체는 「삼풍백화점」을 통해 변신의 문턱에 다다른다. "고향이 꼭, 간절히 그리운 장소만은 아닐 것이다. 그곳을 떠난 뒤에야 나는 글을 쓸 수 있게 되었다." 세상의 모든 슬픈 광경은 그저 '풍경'에 그친다는 듯, 작중 인물과 독자 모두에게 공평하게 '쿨'했던 정이현. 그녀는 자신의 뼈저린 트라우마를 고백하면서 정이현적 쿨함의 경험적 기원을 누설한다. 기어이 속옷을 들춰내야 비로소 모습을 드러내는, 허벅지 깊숙이 숨은 짙푸른 멍처럼, 그녀의 소설에는 아릿한 머뭇거림이 생겼다. 2005년 여름, 정이현의 수줍은 비약을 통해 우리는 자전소설의 매혹과 가능성을 다시 한번 발견한다.

4. 최인석 — 우주가 끝나는 자리에서 삼키는 절규

일본 작가 나쓰메 소세키는 아무도 쳐다보지 않는 철 지난 농촌소설을 쓰는 한 작가(이케베 산잔)를 향해 이런 글을 쓴 적이 있다. "작품으로서 『흙』은 (……) 결코 재미있기 때문에 읽어보라고 권하기는 어렵다. (……) 나는 특히 환락(歡樂)을 동경하는 젊은 남자와 여자들이 읽기 곤란한 점을 참고서 이 『흙』이라는 작품을 한번 읽어볼 용기를 고취할 것을 희망하는 바이다. 내 딸도 나이가 들어 음악회가 어떻다는 둥, 테이코쿠좌(帝國座, 도쿄의 도내에 있는 일본 최초의 근대적 서양식 극장)가 어떻다는 둥 하면서 열을 내어 말할 때가 되면 나는 반드시 이 『흙』을 읽히고 싶다고 생각하고 있다. 그때 우리 집 아이는 반드시 싫다고 할 것이다. 이 작품보다 훨씬 흥미 있는 연애소설로 바꿔달라고 말할 것임에 틀림없다. 그렇지만 나는 그때 우리 집 아이를 향해서 '재미있기 때문에 읽으라는 것이 아니다, 고통스럽기 때문에 읽으라는 것이다'라고 말해줄 생각이다. (……) 아무것도 생각하지 않고 편안하게 성장한 젊은 여자(남자도 마찬가지다)가 일으키는 보리심(菩提心)이나 종교적 감성은 모두 이러한 어두운 그림자의 깊은 곳에서 반사되어오는 것이라고 나는 굳게 믿고 있기 때문이다."[1]

최인석의 「내 님의 당나귀」(『문학수첩』 2005년 여름호)는 우리를 상상할 수 없는 고통의 나락으로 이끈다. 스토리를 요약하는 일 자체가 누추하게 느껴질 정도로, 「내 님의 당나귀」는 독자에게 어떤 정서적 여백도 허용하지 않는다. 이 소설을 보면서 나는 처음으로 내가 소설을 보는 동안 소설도 나를 보고 있다는 사실을 소름끼치게 깨달았다. 내가 소설을 보는 시선은 때로는 단순한 엔터테인먼트이며 때로는 감동의

---

1) 나쓰메 소세키, 『나츠메 소세키 문학예술론』, 황지헌 옮김, 소명출판, 2004, 333~335쪽.

진원지다. 그러나 이 소설이 나를 보는 시선은 내가 깔고 앉아 있는 방석 하나만큼의 작은 공간마저 죄스럽게 만들었다. 첫 장을 넘기는 순간 「내 님의 당나귀」는 독자를 사방이 가로막힌, 창문조차 달려 있지 않은 캄캄한 암실로 몰아넣는다. 이 작품은 얼핏 최인석의 1996년 작 「숨은 길」을 떠올리게 했다. 80년대적 희망을 헛된 미망이라 단죄하고 후일담 소설을 팔아먹으며 살아가는, 성공한 386세대라 할 만한 한 여성작가를 강간하기 위해 치밀한 계획을 세우는 노동자의 이야기. 갓 스무 살이었던 내게 그 소설은 불에 달군 인두로 내 몸 어딘가에 화인(火印)을 새기는 듯 쓰라렸다.

그러나 「내 님의 당나귀」는 「숨은 길」을 뛰어넘는다. 「숨은 길」이 사회적 성공에 도취되어 노동운동의 기억을 종신보험처럼 뜯어먹고 사는 일부 386을 향한 불화살이었다면, 이 소설은 다음 끼니를 먹을 수 있고 오늘밤 몸을 누일 방이 있고 내일 갈아입을 옷이 있는 모든 자들에게 내리꽂는 비수다. 「내 님의 당나귀」를 읽으며 나는 이 작품이 외눈 달린 괴물이 되어 내 뒤를 쫓는 환각을 보았다. 이 소설의 집요한 시선을 피해, 진정 '숨은 길'을 찾고 싶었다. 그리고 진심으로, 내가 소설 속 그 주인공만큼 불행하지 않다는 것에 안도했다. 이윽고 내 안도의 한숨이 부끄러워 불면의 밤을 보냈다. 이미 자기만의 튼실한 소설의 성채를 구축한 작가가 이런 소설을 썼다는 점 또한 놀라웠다. 그것은 자신의 작품세계 전체에 균열을 낼 수도 있는, 위험한 모험이었기 때문이다. 그 위험을 무릅쓴 '기성작가' 최인석의 '반시대적 젊음'이, 눈부시다. 고통은 야누스적 얼굴을 가졌다. 고통은 가장 쉽게 인간을 타락시키지만, 고통만큼 인간을 눈부시게 성장시키는 무기도 없다. 나쓰메 소세키가 환생하여 2005년 여름 당신들의 소설에서 『흙』에 비견할 만한 고통을 주는 작품은 무엇이냐고 묻는다면, 나는 머뭇거림 없이 최인석의 「내 님의 당나귀」를 나쓰메 소세키에게 선물할 것 같다.

5. 김애란—스카이 콩콩, 투게더 아이스크림, 한 지붕 세 가족

70년대에 태어나고 90년대에 대학생이었던, 현재 이십대 후반에서 삼십대 초반인 세대를 묶어줄 만한 이름이 있을까. 아니, 묶는다는 것이 가능하거나 필요한 일일까. 이십대 초반에 IMF를 겪었으며 대학을 졸업하자마자 '청년실업'이라는 단어를 귀가 아프게 들어야 했던, '백수'를 표현하는 온갖 창조적인 표현들을 발명해낸 이 세대. 오프라인의 경험을 온라인의 경험보다 굳이 우위에 두지 않는 이들의 정신세계를 '한 큐에' 엮을 통쾌한 명명법은 없는 것일까. 나는 아직 이들을 '우리 세대'라 묶을 수 있는 어떤 경험적 증거도 찾지 못했다. 이 세대들에게 서는 경험의 공통분모도 감수성의 교집합도 쉽게 발견할 수 없다. 가까스로 이들의 문화적 취향과 의식적 성향을 얼기설기 묶어낼 수 있을지는 모른다. 그러나 X세대나 N세대 같은 미디어의 언어로는 이들의 감각을 아우를 수 없다. 어쩌면 우리 세대의 가장 분명한 공통적 감수성은 그 어떤 집단과도 공통의 경험을 나눌 수 없다는 '단절감'이 아니었을까.

이런 생각의 눈뭉치들을 점점 거대한 눈사람으로 굴려나가고 있을 즈음, 김애란의 소설을 만났다. 당혹스러웠다. '자그마치' 1980년에 태어난 작가가, 나조차 잊어가고 있는 내 어린 시절의 기억을, 나보다 훨씬 명징하게 기억하고 있었다. 동년배들과도 나누기 어려웠던 간절한 세대적 교감을 나는 김애란의 소설들에서 발견했다. 김애란의 「스카이 콩콩」은 제목부터 어린 시절 기억의 한 귀퉁이를 날카롭게 베어냈다. 십자가의 형상을 코믹하게 패러디한 듯한 모양새. 가느다란 용수철만으로 아슬아슬하게 몸무게를 지탱할 뿐 아니라, 비행기를 타지 않고도 짜릿한 비상의 욕망을 충족시켜주었던, 추억의 놀이기구였다. 소설 속에는 스카이 콩콩뿐 아니라 온갖 추억의 미장센이 범람한다. 『과학동아』를 보며 설익은 상상력을 키우는 형의 모습, 드라마 〈한 지붕 세 가족〉의 순돌이 아빠를 연상시키는 전파상 주인 아버지, 전교생의 가슴을 달뜨게 했던 모형비행기 시합, "굽이진 골목과 자글자글한 길들로 이루어진" 허름한 동네 어귀, 어릴 적 가장 고급스러운 간식에 속했던 투게더 아이스크림, 어둑신한 골목길을 장승처럼 지키던 낡은 가로등의 여린 불빛……

그러나 이 모든 추억의 공통분모보다 경이로운 것은 그 자잘한 일상적 소품들에 얽힌 '우리들'의 정서를 오롯이 되살리는, 젊은 작가의 어여쁜 조숙함이다. 이 모든 소설적 미장센들을 아름다운 성장소설의 테마로 엮어내는, 경쾌한 소설 건축술 또한 놀랍다. 한술 더 떠 그녀는 소설을 향한 독자의 심각한 눈초리를 한칼에 무장해제시키는, 요절복통의 유머를 구사한다. 그러나 그 유머는 해맑은 폭소에 그치지 않는다. 김애란적 웃음의 끝자락에는 유머로 눙칠 수 없는 삶의 투명한 그늘이 서린다.

한국사회는 '나이의 중력' 혹은 '나이의 문신'에 지나치게 민감하다. 우리는 젊은이에게서 섬뜩한 성숙함을 발견했을 때 그를 '오만한 인간'으로 바라볼 준비가 되어 있다. 노인에게서 때 아닌 싱그러움을 발견했을 때 그를 '철딱서니 없는 인간'으로 몰아세울 준비도 되어 있다. 그런데 이 작가, 김애란은 그녀를 바라보는 사람으로 하여금 그녀의 나이를 잊게 한다. '지나치게' 조숙한 사람이 걸리기 쉬운 검푸른 우울에도 그녀는 감염되지 않았다. 그녀의 작품에는 건강한 비애와 수줍은 고통이 옹기종기 살고 있다.

그녀의 작품을 통해 나는 굳이 우리 세대에게 새로운 이름표를 달아주고픈 욕망이 헛된 것임을 깨닫는다. 태어난 곳만이 고향인가. 경험한 것만이 추억인가. 살아본 것만이 삶인가. 그렇지 않음을 온몸으로 증명하는 것이 문학 아닌가. 김애란은 '경험해보지 않은 추억' 조차도 소설이라 불리는 아름다운 그릇에 담아낼 수 있는 작가다. 김현의 독자라면 누구나, 김현 선생의 저 추억 서린 통닭집, '반포 치킨'에 가보지 않고도 그 공간이 못내 눈물겹듯이.

제 4 부

돈 벌고 밥 먹고 잠자느라 미처 겪어보지 못한 시공간의 틈새로, 우리 삶의 소중한 무엇들이 스쳐 지나가고 있는 것이 아닐까. 구경미의 인물들은 삶을 향해 그 어떤 대단한 의미도 부여하지 않으면서 '나인 투 파이브'로 요약되는 도시적 노동의 조건, '스위트홈'에 대한 달콤한 환상으로 압축되는 행복의 토대, '웰빙'과 '부자되세요'로 표상되는 현대인의 보편적 욕망 따위에는 무관심하다. 그들은 삶에 대한 실낱 같은 판타지조차 없이 그날그날을 그저 견디는 사람들의 눈빛에만 보이는 삶의 남루함을 냉연하게 파헤치고 있다. 그들은 오직 느리게, 느리게 세상을 유영할 뿐이다. 그들은 마라톤이나 릴레이는 물론 단거리 경기에도 관심이 없는, 오직 제자리뛰기에만 몰두하는 캐릭터들이다. (……) 이야기라곤 없어 보이는 도시의 일상적 풍경 속에서 수런거리는, 놀지 않는 인간에게는 도저히 포착되지 않는 삶의 풍경들. 구경미의 작품은 '노는 인간'의 인류학적 현미경을 통한 일상의 소우주 탐사기다.

가뭇없이
사라지는
별들의 기억

문명화된 아담과 신비화된 이브, 그 비극적 마주침
—이승우,『욕조가 놓인 방』

0. 프롤로그

　쾌락에 중독된 아담과 죽음에 중독된 이브가 만난다면 어떤 일이 일어날까. '그'는 낯선 이국의 땅, 그것도 지상에서 가장 원형적인 욕망의 흔적이 남아 있는 신화적 공간, 마야문명의 유적지에서 '그녀'를 만난다. '아내'가 아닌 여자, '그녀'는 그녀 스스로조차 의도하지 않은 치명적 유혹의 빛깔로 그의 욕망의 세포 하나하나를 검붉게 물들인다. 그러나 막상 그녀와 진정 함께 있게 되었을 때 그는 그녀를 자신도 모르게 밀어내는, 아니 그녀 자체를 견딜 수 없는 자신을 발견한다. 그러나 그녀와 멀어져서도 그는 예전의 아늑한 일상 속으로 돌아갈 수 없다. 이미 자기 안에 숨어 꿈틀대는 야생의 아담을, 여전히 신화 속에 갇혀 있는 이브의 맨얼굴을, 너무도 또렷이 엿본 뒤였기 때문이다. 그는 그녀를 만나기 이전으로 되돌아갈 수 없다. 그러나 되돌아가지 않고도 제대로 살아갈 수 없다. 그는 왜 그녀에게 마법처럼 이끌린 것일까. 그리고 왜 그는 그녀와 한 공간을 공유하게 된 이후, 그 마약 같은 행복을 스스로 거부하게 된 것일까. 아니, 왜 '우리'는 사랑의 허무와 절망에 대한 모든 이론적 공식과 경험의 법칙을 달달 외고 있으면서도, 또다시, 또 다른 사랑에 빠지는 것일까. 또한 그렇게 어렵게 얻은 사랑을 왜 또 한 번 '스스로' 저버리는 것일까.

1. 삶 자체가 연기(演技)가 되다

이승우의 『욕조가 놓인 방』(작가정신, 2006)에서 남자주인공은 문명의 이기로 점철되어 있는 지극히 세련된 일상을 살아간다. 특별히 호화로울 것은 없지만 특별히 모자랄 것도 없는 환경 속에서 살아온 그 남자. 그러나 해외출장지에서 우연히 마주친 한 여인은 그의 삶을 송두리째 바꿔놓는다. 그는 철저히 근대 자본주의 도시문명에 익숙한 신체이지만, 그와 그녀가 꿈꾸는 사랑은 본질적으로 신화적이다. 그는 그녀와의 사랑을 통해 세상을 한없이 축소시켜 오직 그―그녀만의 방 하나만으로도 충분한, 완벽히 자기 충족적인 신화적 공간을 만들고 싶어하는 듯하다. "사랑에 빠지는 사람의 세계는 두 사람만 존재하는, 아주 좁은, 이제 막 태어난 세상이다. (……) 사랑이 시들해지면 세상이 조금씩 넓어지고, 보이지 않던 사람들이 점점 더 잘 보이고, 그리고 결국 한때 유일한 인류였던 그 사람이 보이지 않게 된다."(36~37쪽)

그러나 그의 가장 큰 문제는 자신의 욕망에 솔직하지 못하다는 점이다. 그녀에게로 달려가려는 마음조차 '스스로에게' 허락받지 못한다. 그녀에게 이끌리는 마음을 투명하게 인정하지 못하고, 그는 끊임없이 핑계와 구실의 성탑을 쌓아올린다. 그녀를 안고 싶은 욕망 하나로 그녀에게 달려가지 못하고, "면도기와 사각의 액자"를 두고 온 것을 명분으로 만드는 데 '성공'하고, 그것도 모자라 "조급증과 쑥스러움을 감추기 위해 이타심이라는 위장포를" 뒤집어쓰며, "그녀에게 무슨 일이 생겼을지 모른다는 우려를 급조"(14~15쪽)한다. 그는 "자기 합리화가 없이는 여간해서는 움직이지 않"으며 "스스로 명분을 만들어서 자신을 설득시키고 난 후에야 행동"하며, 심지어 그것이 스스로에 대한 "설득의 과정이 아니라 속이기의 과정인 경우가 더 많다"(15~16쪽)는 것을 잘 알고 있다. 그는 욕망과 행동을 곧바로 연결시키지 못하고 그의 욕망의 일거수일투족을 스스로 검열하고 위장하며 마침내 스스로를 세련된 명분의 액세서리로 잔뜩 치장한 후에야 행동의 문턱에 다다른다. 그는 그 자신을 가장 강력하게, 가장 철저하게 기만한다. 그는 그 자신을 끊임없이 연기(演技)한다.

자신의 욕망을 말갛게 드러내는 근육질의 아담이 되기에는, 그는 너무나 '생각'이 많다. 그 역시 그런 자신 때문에 힘겹다. 그의 견고한 의지는 그의 꿈틀대는 욕망의 유혹에 언제나 속수무책으로 KO패 당할 위기에 놓여 있다. 그 역시 "생각으로 걷는 길이 발로 걷는 길보다 힘들다"(19쪽). 그 역시 "단단한 각오가 흐물흐물해질 것 같아서" "생각의 몸을 일 밀리미터만 움직여도 주체하지 못할 것 같아서"(19쪽), 두렵고 고통스럽다. 그 역시 그토록 찬란한 의지가 그토록 무력함을 잘 알고 있다. 이렇게 자신의 행복을, 사랑을, 끊임없이 지연시키는 욕망의 무한 연기(延期)는 그를 강인한 의지의 전사로 만들기보다는 더욱더 성마르게 욕망에 구속되는 영혼으로 만들어간다. 자신의 욕망을 차마 똑바로 바라보지 못하는 소심함, 의지가 욕망을 제압해야 한다는 강박증이 그녀를 '그저' 사랑하는 것 자체마저 어렵게 만든다. 마법의 빨판에 흡수된 듯 그녀에게 중독되는 그. 그러나 그는 막상 그녀의 집에 들어가 살게 되자, 자신이 선택한 공간에 대한 만족보다는 불가항력에 의해 유폐된 듯한 느낌에 사로잡힌다. 그녀를 절절히 사랑할 수 있는 순간이 다가왔을 때조차도, 삶의 마지막 탈출구일지도 모를 그 순간에도, 그는 이번에도 역시 '늘 그랬듯이' 도망친다. 그의 사랑의 불가능성은 상대가 바뀐다고 하여 해결될 수 있는 것이 아니다.

요컨대 그의 사랑의 불가능성, 그 메커니즘은 이렇다. 첫째, 그는 초고속 문명의 질주 속에 던져진 평범한 현대인이다. 둘째, 그는 자신의 평범함을 '어중간함' 혹은 '무력함'으로 해석한 후, 자신의 욕망을 끊임없이 위장하거나 다른 욕망으로 치환하여 '연기(演技)' 한다. 셋째, 그의 연기력은 훌륭하지만 그 정교한 연기는 그의 사랑에 도움이 되지 않는다. 그는 이기적이기 때문이 아니라 이기적인 자신의 욕망에 솔직하지 못하기 때문에 그 무엇도 온전히 향유할 수 없다. 넷째, 그는 그녀를 사랑하지만 그녀의 상처마저 사랑할 순 없다. 그 상처를 동여매주기엔, 그는 열정과 결단력이 부족하다. 다섯째, 그리하여 그는 그녀와도 맺어질 수 없다. 그렇다고 하여 사랑을 잃은 채로 행복할 수 없다. 연기(延期)된 욕망일 뿐 욕망 자체는 사그라들지 않기 때문이다.

연기 혹은 핑계는 그가 욕망의 누추함을 은폐하기 위한 수단이었지만 이제 연기(핑계)가 욕망의 주인이 되어 그를 휘두르기 시작한다. 그는 구실이나 명분, 핑계, 정당화의 명분이 없으면 한 발짝도 움직이지 못하게 되어버린다. 그러나 이것은 그 혼자만의 문제가 아니다. 『욕조가 놓인 방』은 욕망을 욕망 그대로 인정할 수 없는 현대인의 비극을 압축하는 듯하다. 삶 자체가 연기임을 매 순간 깨달아야 하는 현대인들. 우리는 혼자 있을 때조차 연기를 한다. 혼자 있을 때조차 우리는 욕망 '그대로' 행동하기는 어렵다. 문명과 함께 진화한 인간의 연기력은 너무나 정교하게 일상화되어 있어서 자신조차 스스로의 연기에 기만당하곤 한다. 자신의 연기를 자신의 욕망으로 착각하는 일이야말로, 연기가 욕망을 마침내 앞지르는 일이야말로, 자기-연기의 본원적 메커니즘일지도 모른다. "구실이 없으면 움직이지 않는다는 말이 진실인 것처럼, 움직일 수 있게 되었을 때에야 겨우 구실이 찾아진다는 말 역시 진실인

것이다."(20쪽)

2. 나의 영혼은 왜 너의 상처로 건너갈 수 없는가

　사랑의 성공이 어려워질수록 현대인들은 '유형론'에 집착한다. 혈액형이나 별자리, 심리학적/철학적 이론까지 동원한 사랑의 유형론은 사랑에 대한 현대인의 불안과 공포를 때로는 코믹하게, 때로는 놀랍도록 논리정연하게 보여준다. 또 누구나 '사랑은 ……이다!' 라며 사랑에 대한 깔끔한 '정의' 한 문장쯤은 너끈히 말할 수 있을 정도로, 현대인은 누구나 나름대로 '사랑학' 박사학위의 소지자들이다. 사랑의 의미를 정의하려는 욕망, 그 역시 끊임없이 변화하는 사랑의 변화무쌍한 모습을 어떻게든 한 순간만이라도 붙잡아보고 싶은 현대인의 불안을 반증하는 것이 아닐까. 『욕조가 놓인 방』에서 소설의 화자는 사랑에 대한 현대인의 관점을 크게 두 가지로 분류하여 냉정하게 분석한다.
　첫째, 구원파적 엄격성 혹은 돈오(頓悟)적 입장. 이들은 '사랑이 시작되는 시점을 엄격하게 구분할 수 있는가'야말로 사랑의 순수성 혹은 진실성의 기준이 된다는 입장이다. "사랑에 대해 이와 같은 구원파적인 입장을 가진 사람들은 사랑이 시작된 시점에 대해 종교적인 철저함을 요구한다. 이들은 사랑이 시작된 시점을 인지하고 있느냐, 그렇지 않느냐에 따라 사랑의 진위를 가름할 수 있다는 식의 과격하고 다소 편집적이기도 한 주장을 내세운다."(30~31쪽) 즉 사랑의 출발점을 정확히 인지하는 사람은 "사랑에 대한 순결을 담보하고 있는 것"이며, 사랑의 정확한 출발점을 알지 못하는 사람은 "의혹과 혐의의 대상"(31쪽)이 된다는 것이다. 둘째, 불가지론 혹은 점오(漸悟)적 입장. 이들은 사랑에 있어 기승전결의 법칙은 적용되지 않으며 스타트 라인과 피니시 라인조차 또렷이 구분할 수 없다는 입장을 지니고 있다. 사랑에 대한 불가지론자들은 "사랑의 시작과 완성을 동일시하지 않을 뿐 아니라 시작이 그런 것처럼 완성 역시 매듭지을 수 있는 것이라고 여기지 않는다." "사랑이 시작된 과거의 한 시간이 아니라 현재의 확신과 진행형 상태에 더 주목하는 것처럼 보이는 이들은 사랑의 속성을 점오적인 것으로 받아들인다."(31쪽)

차라리 구원파적 엄격성이 사랑의 모든 경우에 기계적으로 적용된다면 사랑은 훨씬 시작하기도 포기하기도 쉬워질지도 모른다. 그러나 사랑의 시작과 끝, 사랑의 명백한 인과관계를 찾는 일은 누구에게나 쉽지 않다. 이 소설은 구원파적 엄격성에 의지한 줄거리, 즉 대체로 영화나 소설이 취하기 쉬운, 사랑의 기승전결에 대한 투명한 논리적 서사를 거부한다. 이 소설은 사랑이 끝나는 자리에서 시작되어 사랑이 시작된 자리로 거슬러올라가, 다시 사랑이 끝난 자리로 돌아온다. 이 소설의 마지막은 독자에 대한 도발적 질문의 뉘앙스를 품고 있다. "아직도 당신은 당신의 이야기가 사랑의 기원과 그 진행과정을 보여주는 데 바쳐질 거라는 희망을 가지고 있는 것 같다. 사랑은 어떻게 시작하는가, 그리고 어디를 향해서 가는가. 그러나 그 희망은 헛되거나 잘못된 것이다."(99쪽)

이해할 수 없는 것, 시작도 끝도 알 수 없는 것, 기승전결의 메커니즘을 분석할 수 없는 것. 어쩌면 '정의할 수 없음'이 그 모든 사랑의 유일한 공통분모일지도 모른다. 무엇보다도 사랑은 가장 아름답고 현란한 오해의 기술일지도 모른다. 인류 역사에서 연인들의 '대화의 역사'는 곧 은유와 상징, 역설과 유머의 진화과정이다. 연인들의 대화는 '번역'이 일으키는 필연적인 오독의 위험을 지니고 있다. 같은 모국어로 대화하더라도 사랑의 언어는 본질적으로 영혼과 영혼 사이의 번역의 통로를 거쳐야만 한다. 어쩌면 사랑 자체가 '상대방이 내가 원하는 모습을 지니고 있다'는 오해, 혹은 '내가 반드시 보고 싶은 것을 상대방의 엉뚱한 부분에서 발견하는' 아전인수식 해석에서 비롯되는지도 모른다. "대개의 사랑이 오해(고전적인 장르의 예술에서 흔히 환상이라고 돌려서 말해진)에서 비롯된다는 사실을 당신은 알지 못한다. 아니, 당신의 무지는 오해에 근거하고 있다. 사랑에 빠져 있다는 오해, 즉 환상이 사랑을 시작하게 하는 근원적인 힘인 오해의 정체를 인식하지 못하게 한다."(46쪽) 오해와 불합리와 우연으로 점철된 사랑, 이 소설의 화자는 사랑에 빠지고 사랑 때문에 고통받는 인류의 환상 자체를 냉혹한 시선으로 해부한다.

그녀에 대한 그의 사랑은 그의 행동양식을 어느 정도 바꾸어놓는다. 그러나 그는 아내와의 관계에서도 '그녀'와의 관계에서도 본질적으로 유사한 태도를 보인다. 그는 부부생활의 오랜 권태를 견디면서도 좀처럼 능동적으로 그 관계를 바꾸어보려 하지 않는다. 그는 아내와의 관계에 대해 그 어떤 판단조차 내릴 수 없다. "당신은 당신과 아내가 서로를 미워하는지조차 알 수 없었다. 그리고 그런 상태가 서로를 미워하는 것보다 한층 나쁘다는 일반의 시각에 대해서도 알고 있었다. 그러나 나쁘다는 건 어떤 기준으로 나쁘다는 것일까?"(40쪽) 그는 관계의 권태를 견딜 수는 있지만 관계의 파국을 준비하지는 못한다. 애써 아내에게 어떤 문제제기도 하지 않음으로써 그는 '관계의 주도권'을 쥐는 일을 피하려 한다. "당신은 말을 하지 않고 지낸다고 해서 부부 사이가 나쁜 것은 아니라는 식의 판단을 애써 주입했다. 사실 별로 불편하지도 않았다."(41쪽)

그러나 그 역시 분명히 '그녀'와의 외도를 꿈꾸면서도 아내의 외도를 의심한다. 그 역시 아내가 몇 달 전에 말없이 떠난 여행의 이유가 궁금하다. "아내는 사흘간 집을 비웠다. 당신은 애써 아무렇지도 않은 체했지만, 그것은 당신이 상처받지 않기 위해서였지 정말로 아무렇지도 않아서가 아니었다."(41쪽) 무언가 변화가 필요하다는 것은 인정했지만, 그것은 아내와의 문제에 정면으로 부딪치는 것이 아니라 도피의 방식에 가깝다. 두 사람 모두 관계의 해부에 적극적이지 않기에 남편이 지방 전근을 가게 돼도 아내는 간단히 "나는 안 가요"라고 일갈할 뿐이다. 그는 아내의 그런 반응에 화를 내지도 당혹스러워하지도 않는다. "오히려 순순히 당신을 따라가겠다고 했다면 당황했을 것이다."(42쪽) 그들은 권태 자체에도 길들여져버린 것이다. 다음 문장은 권태에 빠진 부부 관계의 전형성을 소름끼치게 형상화한다. "당신과 당신의 아내는 언젠가부터 상대가 예상하고 있는 반응만을 보임으로써 서로를 당황시키지 않는다."(42쪽)

그러나 그가 아무리 '파국의 주체'가 되지 않기 위해 도피를 꿈꾼다 해도, 은폐하고 유보하며 끊임없이 지연시켜온 파국의 시간은 다가온다. 그는 이미 아내가 사흘간 집을 비웠을 때 홀로 집에서 맥주를 병째 마시며 "집에 갇힌 수인과도 같은 자신의 존재에 대해 모멸감"(86쪽)을 느끼고, 분명히 존재하지만 존재하지 않는 것만 못한 자신의 집을 부수고 싶다는 욕망에 시달린다. 그가 여행지에서 그녀와 나눈 용광로 같은 키스를 떠올리는 동안, 아내 역시 옛 연인 K를 그리워하고 있었음을 알아낸다. 그는 아내가 미처 로그아웃하지 않은 메일함에서 K가 아내에게 보낸 노골적인 그리움의 편지를 읽고야 만다. 아내의 옛 연인의 전화 한 통, 남편의 지방 발령 같은 사소한 '도화선'에도 철저하게 파괴되어버리는 끔찍한 화약고 같은 일상. 매끄러운 피부 속에 감춰진 치명적인 암세포처럼, 평온한 지표면 밑에 천연덕스럽게 들끓고 있는 마그마처럼, 서로를 향한 불신과 갈등은 이미 관계의 토양을 뒤흔들고 있다. 마침내 그는 아내와 자신이 만든 권태의 집을 부수지는 못한 채 그곳을 황황히 빠져나와 그녀가 있는 H시로 떠난다.

그러나 H시에서 다시 만난 그녀와의 만남 역시 짧은 행복 뒤에 찾아오는 긴 절망으로 점철된다. 그는 아내의 무미건조한 눈길과 냉혹한 무관심의 세계를 탈출하여 '그녀'에게로 도주하지만, 그녀에게는 아내의 외도보다 더 끔찍한, 죽음의 그늘이 드리우고 있다. 남편과 아들을 비행기사고로 잃은 후, 그녀는 불완전한 삶을 완전한 죽음으로 갈음하려는 미학적 의지에 시달리고 있었던 것이다. 그녀의 방 안에는 아무런 가구도 없다. 다만 한가운데에 커다란 욕조가 놓여 있다. 이 기묘한 인테리어는 그녀가 매일 밤 마주하는 죽음의 유혹을 상징하는 이미지로 꿈틀댄다. 삶의 한가운데에, 그것도 자신의 방 안에 언제나 죽음의 무대를 설치해놓는 여자. 그녀는 차라리 물속에 누웠을 때 더욱 편안하고 평화로워 보인다. "물은 가슴을 어루만지고 배를 더듬으며 출렁였다. 그녀는 목만 내놓고 물속에서 눈을 감았다. 당신의 눈에 그녀는 더할 수 없이 아늑하고 편안해 보였다. 욕조는 거의 침대처럼 느껴졌다."(84쪽)

　무엇보다 그녀와의 동거 기간 동안 그를 괴롭혔던 것은 밤새도록 희미하게 들려오는 욕조 속의 물소리였다. "그녀의 방 창문을 넘어들어오는 물, 그녀의 욕조를 가득 채우는 물, 물속으로 스며드는 물, 그녀의 방벽을 타고 오르는 물, 꿈틀거리고 출렁이는 물, 들어왔던 창문을 타고 넘어가는 물들이 눈앞에 그려졌다. 방 전체가 욕조로 변하기도 했다. 욕조는 거대한 바다로 변하고, 바다는 다시 방으로 변했다가 욕조로 변했다가 했다."(92~93쪽) 그는 그렇게 옆방에서 들려오는 그녀의 욕조에서 물이 출렁이는 환청 때문에 불면의 밤을 보낸다. 그녀에게 욕조는 죽음을 상상케 하는 공간이기도 하지만 에로틱한 공간이기도 하다. "간혹 그녀가 당신을 욕조 속으로 불렀다."(93쪽) 그러나 그는 물속에서 그녀의 몸을 만질 때 "마치 근친의 몸을 더듬고 있는 것과 흡사한 매우 불편한 감정" 속에 빠져버린다. "여자의 몸이 흡사 물과 같아서 아무리 해도 실체가 만져지지 않는 기이한 경험을 했다."(93~94쪽) 죽음의 충동과 에로스의 충동이 버무려진 듯한 그녀만의 공간, 욕조. 그곳은 그녀가 한없이 편안함을 느끼는 공간이지만, 그들을 서로에게 영원한 타자로 만드는 공포의 공간이기도 하다. 그는 끝내 그녀의 상처 속으로 건너가지 못한다. 그녀의 상처 속으로 저물어갈 '용기'와 '열정'이 없는 그에게, 이제 출구는 없는 것인가.

3. 신화적 사랑을 향한 영원한 노스탤지어

그들은 여행지에서 만난다. 카페에서의 우연한 만남 이후 남자의 가이드 역할을 하게 된 그녀는 마야문명의 흔적이 남아 있는 우슈말에서 그에게 이야기를 들려준다. 그곳은 난쟁이 마법사가 하룻밤 만에 세웠다는 전설을 가진 마법사의 피라미드, 마야인들의 창조신인 깃털 달린 뱀 쿠쿨칸의 전설이 서린 곳이다. 그곳에서 그녀는 그에게 마야인들의 신화를 들려준다. "저들의 신화에 의하면, 지하 세계에서 가져온 뼈들 위에 자기 피를 뿌려 인간을 만들었다고 해요⋯⋯"(77쪽) 이들이 만나는 공간은 세계의 시작이자 우주의 축소판처럼 묘사되며, 그들 또한 신화의 한복판에 선 주인공들처럼, 우주 전체에 자신들만 존재하는 것처럼, 서로에게 무한히 집중한다. "사랑에 빠지는 순간 세상은 두 사람만 사는 공간이 된다. 그들이 어디 있든 마찬가지다. 연인들은 최초의 하늘과 땅을 가진 에덴의 연인들이 그랬던 것처럼 이 세상에 단 두 사람만 거주하는 양 느끼고 말하고 행동한다. 연인 이외의 모든 사람들은 그저 배경에 지나지 않은 것이 된다. 연인은 연인 말고는 다른 누구도 의식하지 않는다. 말하자면 사랑은 세상을 축소시키는 기술이다."(81쪽)

그들의 첫 키스조차 신화적이다. 그들이 입을 맞추는 공간도, 그들이 입을 맞추며 떠올리는 이미지도 신화적이다. "그녀와의 첫 키스의 순간, 그것은 고대 마야의 오래된 신화가 살아 숨쉬는 피라미드 언덕에서 이루어졌다."(27쪽) 그들의 키스는 너무나 신화적이기에 비현실적일 정도로 극단적인 쾌락을 동반한다. 그녀는 코카인을 흡입했을 때의 경험과 키스의 쾌락이 유사하다고 고백한다. 그녀는 코카인의 쾌락을 이렇게 묘사한다. "옆에서 물잔에 물을 따르는데 마치 폭포수가 절벽을 타고 떨어지는 것처럼 들리"고, "누군가의 손길이 슬쩍 팔등을 스치는데 소름이 오소소 돋아나"더라고. 그는 그녀와의 키스를 이렇게 묘사한다. "그녀의 입술에 입술을 대는 순간 당신의 모든 감각들이 일제히 기지개를 켜고 일어났다. 당신은 식물의 잎맥들이 뿌리에서 줄기까지 수분과 양분을 운반하며 내는 소리를 들었고, 풀 위에 맺힌 이슬들이 진주알처럼 또르르 구르는 모습을 보았고, 달빛이 공기 속으로 섞여들어가 몸을 부비는 모습을 보았고, 아직 피지 않는 꽃이 미리 발산하는 향기를 맡았다."(28쪽)

첫 키스를 나눈 그들에게 우주는 손에 닿을 듯 가까이 느껴지며, 시간은 태초의 시간처럼 한없이 순수하다. "달은 지상에 너무 가까이 내려와 손을 뻗으면 닿을 것 같았다. 세상은 세상의 첫날처럼 환했다."(29쪽) 그들은 서로에게서 사랑의 신화성과 원시성을 충족시킬 수 있는 '가능성'을 발견한다. 그러나 그들은 서로에게 강렬한 매혹을 느낄지언정 서로에게 일상적 열정과 성실성을 발휘하지는 않는다. 그들은 일상으로부터 벗어난 이국적, 신화적 공간에서는 서로에게 한없이 이끌리지만, 그들의 사랑이 일상의 시공간으로 안착하게 되었을 때 그는 그녀의 고독과 상처를 이해하지 못한다. 어쩌면 현대인에게는 그 어떤 사랑도 '신화의 미달태'일 수밖에 없을지도 모른다.

그는 특별히 이해심이 부족하거나 이기적인 남자는 아니다. 다만 자신을 표현하는 데 익숙하지 못할 뿐이다. 그러나 그것이야말로 그가 타인의 영혼 안으로 깊숙이 들어가지 못하는 치명적인 원인이다. 그는 몸을 이용한 자기 표현에 익숙하지 않으며, "무엇을 이용해서든 자기 표현

을 잘하면서 살았던 것 같지 않았다."(54~55쪽) 그는 춤을 통해 자신의
욕망을 스스럼없이 표현하는 젊은이들을 보면서 열패감을 느낀다. "저
들은 몸 말고는 다른 활용수단이 없어서 몸으로 자기를 표현한다"고 생
각했지만, 정작 자신은 "몸조차도 가지지 못했던 것이 아닌가"(55쪽) 하
는 서글픈 의혹에 휩싸인다. 그는 오직 몸으로 욕망을 표현하는 젊은이
들을 연민의 시선으로 바라보지만, 진정한 연민의 대상은 바로 스스로였
음을 깨닫는다. 그는 자기 방어의 필요로 움직일 뿐 자기 표현 자체가 부
자유스러운 삶을 살고 있었던 것이다. 그는 욕망에 휘둘리지 않기 위해,
자신의 욕망의 얼굴을 숨기기 위해 욕망의 연기(演技)를 택했지만, 이제
그의 연기라는 도구가 욕망을 대체하는 역전현상이 일어난 것이다.

　육체에 대한 그의 불신은 언어에 대한 편애로 전이된다. 그는 몸을
신뢰하지 않으며 말을 신뢰한다. 그는 본능과 욕망과 감정의 세계보다
이성과 논리와 의지의 세계를 신뢰한다. 그는 "몸의 직접성에 의존한
소통의 기능을 신뢰하지 않는 편"이며 몸을 통한 의사소통이란 "본능적
이고 야만적인 것"이라 폄하해버린다. "그것은 말이라는 의사소통 수
단을 알기 전의 인간 종족이 사용하던 원시적인 도구에 지나지 않았
다."(59쪽) 그가 생각하는 "가장 우월하고 이상적인 소통의 수단"은 언
어다. "말을 사용하게 되면서 인간은 몸이라는 불완전한 도구를 이용
하여 자신의 의사를 전달하는 수고를 하지 않게 되었다. 비논리적이고
불명확하고 두루뭉술하고 오해의 여지가 많은 몸의 약점을 극복하기
위해 고안된 것이 말이었다."(59쪽) 그러나 그는 언어로 인해 더 많은
오해와 왜곡이 불거지는 것에 대해서는 애써 눈길을 돌리지 않는다. 언
어가 육체에 비해 정교할지는 모르지만, 언어는 육체보다 훨씬 '거짓
말'에 유리한 도구다. 육체는 단순할지언정 무구하다. 몸에 대한 그의
멸시에는 자신의 몸에 대한 유서 깊은 열등감이 자리잡고 있다. 중고등
학교 시절 체육이 든 날마다 비가 내리길 빌었으며 이십대를 지나오면

서도 무도장에 한 번도 가지 않은 그. "당신은 스스로를 '몸치'라고 불렀다."(59쪽)

몸에 대한 무의식적인 거부감은 성행위에 대한 불편함으로 이어진다. "성욕은 성욕대로 있었지만 그것을 해소하기 위해서 몸을 써야 한다는 사실이 당신을 언짢고 불편하게 했다."(60쪽) 그에게 성행위에서 필요한 몸동작은 "수치심과 자괴감"을 불러일으키며, 점점 그를 성행위 자체에서 멀어지게 한다. 이국 땅, 그것도 낯설고 매혹적인 여성과의 만남은 그를 몸에 대한 거부감으로부터 잠시 벗어나게 해준다. "그러나 당신의 굳은 생각은 이국 땅에서 허물어졌다. 당신은, 몸은 알아들을 수 있었으나 말은 알아듣지 못했다."(60쪽) 그러나 그 해방감은 오래 지속되지 못한다. 그가 아내와의 결혼생활을 애써 지속하려는 의지가 없는 것처럼, 그녀와 만들어가고 싶은 새로운 사랑에 대한 청사진도 가지고 있지 않았기 때문이다. "당신은 지키고 싶은 집이 어떤 집인지 잘 알지 못했던 것처럼 헐어버리고 다시 짓고 싶은 집에 대해서도 또렷한 인식을 가지고 있지 않았다."(88쪽) 그는 살얼음을 디디듯 하루하루의 징검다리를 신중하게 건너가지만, 신중함과 열정은 공존할 수 없다. "그녀와의 접촉을 시도하지 않은 것은 당신이 신중하다는 증거다. 그러나 그만큼 열정이 모자란다는 증거이기도 할 것이다. 충동과 열정을 혼동하지 않았다는 점에서 신중하다. 그러나 충동이 제 노릇을 할 수 없었다는 점에서 당신의 열정은 함량 미달이다."(88쪽) 이러한 열정의 결핍, 용기 없음, 어정쩡함이야말로 그의 가장 큰 비애다.

이것은 그뿐만 아니라 현대인이 사랑을 통해 구원에 다다를 수 없는 진정한 이유, 일상의 울타리로부터 탈주할 수 없는 진정한 이유일지도 모른다. 소설의 마지막 장면에서, 그는 마침내 그녀에게, 정확히 말하면 그녀의 욕조를 향해 다시 돌아온다. 그녀가 어디론가 가버리고 없는 방 안에서, 그녀가 이제는 사라지고 없는 순간이 되어서야, 그는 욕조 속에서 그녀가 느꼈던 평온함을 이해하게 된다. "저절로 눈이 감겼다. 몸이 허물처럼 가벼워지는 기분이었다. 이대로 잠들었다가 다시 눈을 뜨고 일어나면 전혀 다른 삶이 당신을 위해 준비되어 있을 거라는 생각이 들었다. 그것은 당신이, 타인의 시선이 닿지 않는 의식의 안쪽, 또는 욕망의 밑바닥에서, 거의 언제나, 너무나 간절히 소망해온 것이었다. 지금과는 다른 삶. (……) H시를 떠나지 못하리라는 예감이 당신의 온몸을 부드럽게 감싸안았다. 당신은 물속으로 머리를 집어넣었다."(98쪽) 그녀가 떠나고 나서야, 그녀와의 진정한 소통의 가능성이 시작된 것인지도 모른다.

인간은 매혹적인 타인을 막연히 그리워하다가, 우연히 만난 타인에게 호기심을 느끼고, 그 호기심이 운명적 마주침일 것이라 믿다가, 마침내 그토록 낯설고 매혹적인 타인에게 입을 맞춘다. 그러나 그/그녀를 품에 안는 횟수가 늘어날수록, 아니 그/그녀의 맨살이 닿기 시작하는 순간 사랑의 풍화작용은 시작된다. 그리고 시간이 흘러 사랑의 정염(情炎)이 저물어갈 때야, 그 낯선 타인이 더이상 우리의 곁에 머물고 있지 않음을 깨달았을 때야, 우리는 뒤늦은 사랑에 빠진다. 사랑이 끝나고 나서야 타자 안으로 비로소 물들어가는 법을 배우기 시작하는 현대인. 사랑은 고독의 안티테제로 기능하지만 진정한 순도 백 퍼센트의 고독을 경험하고 나서야, 가장 낯선 타인과의 진정한 마주침으로서의 사랑은, '대상 없이' 성취된다는 기묘한 역설. 사랑은 어쩌면 타인과의 마주침이기 이전에, '나'를 구성하는 모든 조건과 허영과 명분을 떼어버린 채 나 자신과 무방비 상태로 만나는 것이 아닐까. 내 욕망의 알몸을 투명하게 응시한 후에야, 대상의 조건에 휘둘리지 않는 무구한 사랑의 서사시가 탄생할 수 있을지도 모른다.

다시, 0. 에필로그

〈와호장룡〉과 〈리빙 라스베이거스〉는 치명적인 상처를 지닌 상대방을 사랑하는 두 가지 아름다운 길을 보여준다. '술을 많이 마셔서 아내가 떠났는지, 아내가 떠나서 술을 많이 마셨는지' 조차 기억할 수 없는 벤(니컬러스 케이지). 그는 세라(엘리자베스 슈)에게 이렇게 말한다. "나는 알코올중독자야. 그리고 나는 네가 창녀란 걸 알아. 나는 이 상황이 너무나 편안하다는 걸, 너도 알아줬으면 해." 세라는 그의 알코올중독을 애써 치료하려 들지 않는다. 그녀가 그에게 플라스크(휴대용 술병)를 선물하는 장면이 그들의 사랑이 수줍게 시작되는 장면이다. 상대방의 상처 속으로 완벽하게 투신하는 사랑, 그를 구원하지 못한다면 차라리 그의 상처 속으로 저물어가는 삶. 〈와호장룡〉에서 리무바이(저우런파)와 수련(양즈칭)의 사랑은 평생 바라보면서도 차마 서로를 품어안지 못하는 사랑이다. 맹독이 온몸에 퍼져 마지막 숨을 남겨놓은 리무바이를 바라보며 수련은 말한다. "마지막 호흡을 아껴 득도의 경지에 오르세요. 마지막 숨은, 저를 위해 쓰지 마세요. 최후의 호흡으로 해탈의 길에 오르세요." 그러나 리무바이는 마지막 숨결을 해탈의 길을 떠나는 데 사용하지 않는다. 그가 떠나간 후 혼자 남을 그녀를 위해, 일생 동안 꿈꾸던 해탈의 길을 버린다. "언제나 당신을 사랑했소. 나는 죽어 혼백이 되더라도 외롭지 않소. 칠흑 같은 어둠 속에서도 당신의 사랑이 있기에, 나는 외롭지 않을 거요."

〈와호장룡〉의 사랑은 상대방의 매력을 소비하거나 상대방에게 인정받기 위한 사랑이 아니라 '나'를 '나'이게 하는 경계조차 허물어버리는, 탈아(脫我)의 사랑이다. 내가 나인 것을 벗어나는 일이야말로 우리가 이 끔찍한 문명인의 사랑법을 벗어날 수 있는 길이 아닐까. 내가 지금의 나인 채로 평생 이곳에 머물러 있다면 얼마나 참혹할까. 나를 나이게 하는 조건들, 그대를 그대이게 하는 욕망들, 그것들로부터 자유로 워질 수 있는 날, 욕조 속에 온몸을 처박고 자신의 상처를 유폐시켜버린 그/그녀에게 따뜻한 인공호흡을 해줄 수 있지 않을까. 그와 그녀를 욕조의 미적지근한 물과 방 안의 밀폐된 공기로부터 자유롭게 해줄 수 있지 않을까. 복수와 분노의 화신이었던 용(장쯔이)은 그녀에게 가장 아름다운 사람이었던 리무바이를 죽음으로 몰아넣고서야 깨닫게 된다. "손을 꼭 쥐면 그 속엔 아무것도 없지만 손을 펴면 온 세상이 그 안에 있다."

말하지 못한 말들 사이로 사라져가는 말들의 풍경

1. 이현수 — 관능, 예술, 운명의 트라이앵글

21세기 한국, 전국에 열 곳 남짓 남았다는 전통기생집 중의 하나인 부용각. 그곳에는 부용각의 매니저 겸 터줏대감인 타박네, 웬만한 국보급 무형문화재 뺨치는 목소리와 미모와 연애의 재능을 갖춘 소리기생 오마담, 뉴 밀레니엄의 마지막 기생의 역할을 자임하는 아름다운 춤기생 미스 민이 살고 있다. 부용각은 관능적 매혹과 예술적 재능을 동시에 갖춘 기생만이 발을 들일 수 있는 공간이며, 전통적 기방문화와 현대적 유흥문화가 공존하는 장소다. 이현수의 『신 기생뎐』[1]을 이끌어가는 세 여인에게 부용각은 운명적 회한과 필생의 희망이 공생하는, '장소'를 넘어 '삶' 자체인 공간이다.

---

1) 이 글에서 다루는 텍스트는 다음과 같다. 이현수, 『신 기생뎐』(문학동네, 2005); 윤대녕, 『호랑이는 왜 바다로 갔나』(생각의 나무, 2005); 노희준, 『너는 감염되었다』(랜덤하우스코리아, 2005); 구효서, 『시계가 걸렸던 자리』(창비, 2005); 김도연, 『십오야월』(문학동네, 2005); 구경미, 『노는 인간』(열림원, 2005).

오마담은 불꽃같은 사랑에 뒤따르는 치명적인 기회비용을 전혀 아까워하지 않는, 사랑신이 들린 무당 같은 캐릭터다. 그녀의 집안은 대대로 친가 양가 모두에 걸쳐 과부들이 들끓는다. 오마담의 어머니는 '차라리' 여성의 욕망이 여염집보다는 자유롭게 숨쉴 수 있는 곳, 기방으로 그녀를 보낸다. 오마담의 어머니가 과부 팔자는 되지 말라며 자식을 기생으로 만드는 것은, 보통 여자가 누릴 수 없는 예술적 재능의 발휘, 많은 사람과의 만남이라는 자유를 주기 위한 것이다. 미스 민에게도 기방은 자신의 빈천함과 촌스러운 이름의 운명적 속박에서 벗어나게 해주는 존재론적 해방구다. "이름에 대한 수난사가 이러했으니 민예나라는 가명을 갖게 되었을 때 그 흥분과 떨림이 어떠했겠는가. 그때까지 쓰고 있던 미운 오리새끼의 허물을 벗고 비로소 백조의 반열에 오른 것 같았다. 그래서 그녀는 기생이라는 자신의 직업을 좋아한다." 미스 민은 자신의 재능을 조금이라도 덜 고생스럽게 발휘하기 위해 기생의 길을 선택한다. '무형문화 전수생'이라는 춥고 배고픈 길 대신.

불가능한 정절로 한평생을 외롭게 사느니 차라리 마음껏 사랑을 베푸는 길을 택한 오마담. 오마담의 사랑은 '연애'를 넘어 등신불의 제의적 희생을 방불케 하는, 자아를 전소시키는 사랑이다. 오마담의 사랑 철학은 nothing인 남자에게 everything을 주는 것이다. "남자를 믿은 적이 없으니 그들이 날 버려도 배반을 해도 난 언제나 모든 걸 내줄 수가 있단다. 남자를 부정하고 나니 모든 남자를 받아들일 수 있는 너른 품이 생기더라. 이게 내 사랑의 방식이었으니." 모든 것을 버렸기에 그 어떤 것에도 구애받지 않는 오마담의 처연한 목소리. 오마담은 자타가 공인하는 악인인 기둥서방 김씨에게서도, 가장 깊이 박혀 스스로도 알아차리지 못한 해맑은 '선의'를 이끌어낸다.

"부르는 노래는 현대요, 가르치는 방식은 옛 방식이다. 과거와 현재가 분리되지 않고 뒤죽박죽 섞인 채로 공존하는 부용각." 이렇듯 부용각의 정체성은 하이브리드다. 이처럼 이현수의 문체도 옛것과 새것, 판소리적 언어와 21세기적 언어가 함께 살아 숨쉰다. 『신 기생뎐』의 가장 이채로운 부분은 바로 이현수의 문체다. 이현수의 문체는 이 새로운 기생 다큐멘터리의 본질적 힘이 발원하는 수원지다. 그녀는 판소리식의 해학적 어법을 현대적 용어들과 자유자재로 교합시킨다. 나아가 오마담과 타박네의 대화는 선승의 선문답처럼 은유와 상징으로 가득 찬 언어놀이다. "몸 따로 마음 따로, 이것이 기생이 나아가야 할 방향이고 지켜야 할 규칙이여. 오마담처럼 몸 가는 데 세트로 마음꺼정 따라가마 끝장나는 기다, 알것쟈? 느들이야 퓨전 기생입네 어쩝네 해싸도." 이런 장면들이야말로 '신' 기생'뎐'스러운 퓨전적 입담일 것이다. 판소리적 말투('뎐')와 21세기적 외래어('新')들이 자연스레 한 문장에서 어우러진다. '알바 기생'이라는 호칭은 부용각의 하이브리드적 정체성에 걸맞은 신구어의 혼합이다. 그러나 부용각에서는 옛것이 훨씬 우선이며 새것은 무늬만 깃들어 있는 쪽에 가깝다. "용도에 따라 번갈아 부르는 풍물재비와 현대 밴드가 앞서거니 뒤서거니 한꺼번에 들어왔다." 그러나 "누가 뭐래도 부용각에서는 아직 풍물재비가 윗전이다." 부용각의 기본적 멘털리티는 옛것에서 나온다. 부용각의 정신은 법고창신(法古創新)이나 동도서기(東道西器)에 가까운 것이지 옛것과 새것의 수평적 연대는 아니다.

『신 기생뎐』의 시점 역시 이 작품의 옴니버스적 구성과 카오스적 생동감을 가능케 하는 힘이다. 다양한 인물의 일인칭 시점들이 겹겹의 퍼스펙티브를 만들어 다중적 시점을 일군다. 그 정점은 「기둥서방」이라는 장에서 드러난다. 오마담의 기둥서방 김씨의 시점에서만 오롯이 밝혀지는 부용각의 생생한 풍경은 다음과 같은 구절에서 코믹하게 드러난다. "이곳은 기방, 여자들만의 세상. 남자는 일회용 가스라이터에 불과할 뿐이야. 소처럼 부리다가 쓸모가 없어지면 부위별로 포를 떠서 정육점에 내다팔지. 그것뿐이면 말도 안 해. 그 고기를 사다가 육개장도 끓일 년들이야. 팔을 둥둥 걷어붙이고 맛을 보며 고기가 질기네 마네 타박하고도 남을 년들이라구. 당해보니 내가 안다, 내가 알아. 저, 저, 저년!"『신 기생뎐』의 곳곳에서, 신들린 듯한 붓질과 정교한 윤문의 흔적이 느껴진다. 이현수는 디오니소스적 광란의 춤사위와 아폴론적 이성의 절제가 동시에 느껴지는 야누스적 수사학을 구사하고 있다.

그러나 너무나 완벽하고 조화롭다는 것이 이현수가 그려낸 부용각의 결정적인 문제다. 타박네는 거의 모든 면에서 '지존'의 위치에 있다. 완벽한 파트너십과 내공과 외공으로 똘똘 뭉친 부용각 스탭들은 부용각의 완전함과 신성성에만 이바지하고 있을 뿐 부용각의 진정한 이질적 욕망의 흐름을 담아내지는 못한다. 부용각에는 오마담이나 미스 민처럼 전국의 기방에서 내로라하는 날고 기는 기생뿐 아니라 부용각의 '꽃'이 아닌 '병풍' 같은 존재들, 타박네의 지칠 줄 모르는 잔소리의 대상인 평범한 기생들이 있다. "스물한둘에서 많아야 스물여덟. 영원히 끝날 것 같지 않은, 뻘처럼 질척한 이십대를 통과하는 것만으로도 충분히 지겨운 그들이다. 그네들은 오로지 오늘밤 팁으로 몇 장의 지폐가 가슴에 끼워질지, 거기에만 관심이 쏠려 있다." 진정한 '신' 기생뎐의 주인공들은, 오마담이나 미스 민처럼 출중한 기생들이 아니라 이 사람들이 아닐까. 사랑과 예술, 기예와 연모를 지상의 가치로 삼던 옛 기생들과 달리 지금의 신 기생들에게는 화폐와 다이어트가 지상가치가 되어 있다. 이현수가 심혈을 기울여 만들어낸 부용각의 적자들(타박네, 오마담, 미스 민)은 부용각을 아름다운 유토피아적 공간으로 만드는 데 기여하지만 부용각을 유폐된 공동체의 이미지로 굳혀버릴 위험이 있다.

천금으로도 교환할 수 없는 부용각의 아우라에는 어떤 신성한 기운마저 깃들어 있는데 이 신성함을 지나치게 고수하려 하는 것이『신 기생뎐』의 폐쇄성이다. 이현수의 야심찬 붓질은 부용각을 '현재와 과거,

미래와 현재가 뒤섞인 카오스적 공간'으로 만들고 있지만, 그것은 그 어떤 것으로도 붕괴될 수 없다는 불가침성이 부용각을 둘러싸고 있기에 자칫 폐쇄적 미학으로 흘러갈 위험이 있다. 아직 이 모든 인물들이 타박네의 무한한 도량과 오마담의 아가페적 사랑 아래 완벽하게 통어되고 있다. 이 작품에서 유일하게 '악의'를 가진 주체는 기둥서방이지만 그조차도 사소한 악의가 번들거릴 뿐 차마 미워할 수 없는 캐릭터다. 좀더 이질적인 욕망의 주체가 『신 기생뎐』에 합세할 때 이 작품의 '장편'으로서의 스펙터클은 더욱 역동적으로 형상화될 수 있을 것이다.

그럼에도 불구하고 『신 기생뎐』은 여전히 '이야기꾼의 입담'을 현대 소설에서 기대하는 독자들에게 실다이 이야기다운 이야기로서 빛을 발한다. 꽃의 만화방창함과 별들의 수런거림이 깃든, 아름답고 재미있는 소설을 읽고 싶은 독자에게 권하고픈 소설이다. 이 작품은 할리우드의 막대한 자본과 총천연색 스펙터클로 무장한 〈게이샤의 추억〉보다는 한발 더 나아간, 조선 기생의 세미 픽션이다. 부용각에 존재를 건 오마담과 타박네와 미스 민은, 여전히 부용각의 기와와 마룻바닥을 쓸고 닦으며, 소리기생과 춤기생의 기예를 잃어버리지 않기 위해 분투하고 있다. 그들은 기생의 '추억'이 아닌 기생의 '현재'를 살아내고 있다.

2. 윤대녕 — 죽음의 흔적을 트래킹하는 영혼의 다큐멘터리

기억하고 싶지 않은 과거를 떨쳐내기 위한 여행의 기록이 기존 윤대녕의 소설적 여정이었다면, 이번 소설은 "돌아보고 싶지 않은 것을 돌아보는 일이야말로 소설의 몫"이라는 뜻밖의 고백으로 시작된다. 기존의 화자들이 길을 떠나기 위해 일상을 포기하곤 했다면 『호랑이는 왜 바다로 갔나』의 윤대녕은 부엌에서도 여행을 할 수 있기에, 내 방 안에서도 새로운 연애를 할 수 있기에 굳이 떠날 필요가 없어져버린 것 같다. 한사코 자신의 과거와 관련된 직접적 기억을 소설화하기를 거부했던 윤대녕. 역사와 정치의 외곽에도 엄연히 만화방창한 개인의 삶이 존재한다는 신념으로, 역사적 이슈에 대해 한 일 자의 침묵으로 일관해오던 그가 돌아보고 싶지 않은 과거와 만나는 방법은 무엇일까.

주인공 영빈은 우선 스스로의 치명적 상처 안에 웅크린 환각 속의 호랑이를 잡으러 제주도로 떠난다. 그는 강도 높은 용맹정진을 위한 제의적 장치로 낚시를 선택한다. 좀처럼 진도가 나가지 않았던 해연과의 관계도 낚시에 대한 그녀의 기이한 해박함으로 인해 새로운 차원으로 접어든다. 그들은 물고기의 습성이나 바다의 성질, 낚시의 기예에 대해 이야기하며 서로의 환부를 발견하고 다독이기 시작한다. 영빈이 더 큰 고기를 잡기 위해 위험을 감수할수록, 바다의 위험에 더 깊숙이 노출될수록, 그는 호랑이의 울음소리를 더욱 가까이 듣게 된다. 사경을 헤매는 순간마다 그는 자유의 문턱을 향해 가까이 다가가는 역설적 쾌감을 느낀다. 낚시가 유일한 일상으로 자리잡아갈수록 영빈의 내면은 조금씩 여유를 찾아간다. "경험 많은 낚시꾼일수록 행운이라는 걸 믿는 사람은 거의 없었다. 또한 경험이 많을수록 다들 입이 무거웠다. 그들은 한결같이 바다에 대해서 모른다고 했다." 경험은 무지에 대한 인정이며, 위험은 자유를 향한 지름길이 된다.

이전의 주인공이라면 "스스로 너무나 많은 상처를 받아서 영혼이 닳아 없어진" "오래 전부터 누군가의 그림자로 살고 있"는, 윤대녕 특유의 관능적 캐릭터인 히데코에게 매혹되었겠지만 영빈은 좀처럼 히데코의 광기 어린 유혹에 굴복하지 않는다. 게다가 해연과의 관계는 치명적 이끌림이라기보다는 서서히 물들어가는 우정으로 시작하여, 우정에서 사랑으로 번져가는 천연염색 같은 관계다. 윤대녕적 연애공식과는 사뭇 다르게 전개되는 셈이다. 섣불리 암컷과 수컷의 인연을 맺지 않고,

홀린 듯 그녀의 상처에 매혹되지 않으며, 그녀의 육체를 탐하지도 않는다. 기존 윤대녕 소설의 주인공들은 집요하게 비슷한 상처를 지닌 자웅을 찾았다. 비슷한 상처와 불안의 소유자를 찾는 끈질긴 욕망은 상처의 연대를 낳고, 상처의 연대는 비일상적인 연애를 낳았다. 그러나 이제 윤대녕의 여성인물들은 탈속적이다 못해 신비롭고 신화적인 사랑을 그리기 위한, 정물화의 피사체 같은 캐릭터가 되지 않는다. 해연은 매번 영빈의 허를 찌르는 지적인 토론의 상대이자 영혼의 카운슬러가 된다.

『호랑이는 왜 바다로 갔나』는 연애나 여행을 통해 타인의 상처와 연대하는 대신 낚시라는 제의적 행위를 통해 자기 자신의 내밀한 상처와 대면하는, 더욱 강도 높은 자기 제련과정을 택한다. 그 과정에서 비로소 예상치 못했던 혹독한 트라우마의 얼굴이 드러난다. 시대와 무관해 '보였던' 형의 자살, 그러나 시대가 분명 배태한, 자살의 무늬로 위장된 타살. 프락치로 오인된, 철저한 '비운동권'이었던, 순수하다 못해 미련하기까지 했던 형은 자살을 통해 자신의 결백을 증명한다. 그는 형의 죽음에 대한 자책감을 아버지에 대한 반항으로 표현하며 오히려 사태를 악화시킨다. 그러나 낚시를 매개로 한 숱한 우여곡절과 인연의 사슬을 거쳐, 영빈과 해연은 새로운 치유의 가능성을 모색하게 된다. 형, 사기사와 메구무, 히데코, 그리고 김영갑씨. 그들의 죽음 이후에야 영빈과 해연의 트라우마는 투명한 낯빛을 드러내며 화해와 연대의 청사진을 발견하게 된다.

이 소설에서는 영빈의 개인적 트라우마가 집단적 트라우마와 접속된다. 4·3사태 직후의 레드 헌트(빨갱이 색출 작업)에 희생된 유령들과의 조우. 그의 개인적인 경험이 거대한 역사적 상처와 자연스럽게, 마치 원래부터 한 몸이었던 양 만나는 장면이다. 성수대교 붕괴사건 현장에서 만났던 해연과 운명적으로 연인이 되는 것도 개인적 상처가 사회적 상처와 접신하는 장면이다. 이것이야말로 윤대녕적이면서도 윤대녕의 기존 소설의 한계 — 극한의 미학적 개인주의 — 를 벗어나는 지점이다.

영빈의 친구인 한 작가는 김기림의 말을 인용하며 작가로서의 비극적 자긍심을 표현한다. "벗들이 전지(田地)를 가지고 통장(通帳)을 가지고 번영할 때 영웅은 사장(沙場)을 피로써 물들이고 거꾸러진다." 이 소설은 이러한 작가적 비장미조차 코미디가 되는 세상 속에서 작가로 살아간다는 것은 무엇인가를 질문하는 작품이기도 하다. 이 문장을 김승옥이 60년대에 자주 인용했을 때만 해도 그것은 '뜨거운 상징'이었겠지만 이제는 이러한 비장함조차 해묵은 신화이거나 코미디가 될 수밖에 없는 상황이다. 그 속에서 영빈은 "잡지사를 전전하며 웬만큼 돈이 모아지면 사표를 내고 소설을 쓰기 위해 집에 들어앉거나 짐을 챙겨 지방으로 떠났다". 영빈은 그럼에도 불구하고 소설 쓰기를 포기하지 않으며, "동냥을 하더라도 혼자서는 버티게 돼 있는 게 또한 삶이라는 거다"라는 깨달음을 얻는다.

세속의 일상성과 화해할 수 없기에, 언제나 극한의 감정을 추구하고 극적인 생의 내러티브를 추구했던 윤대녕의 캐릭터들. 그러나 이제 윤대녕의 주인공들이 일상 그 자체를, "아무렇지도 않고 예쁠 것도 없는"(정지용, 「향수」) 감정을 말하기 시작했다. 연인 같기보다는 스승이나 장인(匠人)의 감수성을 닮은 해연을 통해 그는 낚시하는 법뿐만 아니라 고양이와 노는 법, 걷는 법, 숨쉬는 법조차 다시 배우는 듯하다. 이제 그의 사랑은 그의 일상과 분리되지 않고 그의 개인적 상처는 그를 둘러싼 사회적 상처와도 분리되지 않는다. 화려하고 치명적이며 극적인 연애, 일상을 벗어난 신화적 황홀경이 가득한 여행의 이미지가 90년대 윤대녕식 서사의 얼개였다면. 일상적 토대에 대한 침묵이 그의 여행=연애를 가능케 하는 힘이었다면. 그는 이제 여행 속에 일상을 품고, 일상에서도 여행을 할 수 있는 신체로 변모하고 있는 듯하다. 윤대녕의 소설적 여정을 거칠게 압축한다면, 민물낚시(은어낚시)에서 바다낚시로의 변모로 비유할 수도 있을 것이다. 바다낚시는 "드넓은 밤바다에서 오직 혼자" 싸우는 일이며 밤바다에서 일렁이는 온갖 헛것과 싸우는 일이며 자기 안의 가장 치명적인 상처와 정면으로 대결하는 일이다. 은어낚시로 대표되는 취향의 제국 속에 스스로를 미학적으로 유폐시켰던 과거의 주인공들은 이제 목숨을 건 바다낚시로 상징되는 존재론적 비약을 꿈꾼다.

3. 노희준 — 질병, 환각, 다중인격의 윤리

　노희준은 다양한 시대의 감수성을 한 몸에 지니고 있는 시공간적 하이브리드다. 그의 신체와 정신 내부에 이미 70년대와 80년대와 90년대가 각각 사화산과 휴화산과 활화산처럼 공존하고 있기 때문이다. 노희준의 인물은 정신병적 환각과 세속적 일상 사이, 물리적으로는 이미 지나가버렸지만 개인의 내면에서는 아직 끝나지 않은 시간 사이에서 분열하고 있다. 그들은 '나다운' 것으로 믿어지는 것과 '나다움'으로 포획되지 않는 분열적 정체성 속에서 끊임없이 진동하고 있다. "과연 자신이 누구인지 진정으로 아는 사람이 과연 몇이나 있을까. 어쩌면 '나'라는 관념이야말로 인류가 발명해낸 가장 치유 불가능한 정신병일지도 모른다고, 나는 잠시 생각했다."(「벙어리 방울새의 죽음」) 노희준의 인물들은 그렇게 기를 쓰고 부여잡으려 하던 '병들지 않은 나' '미치지 않은 나'라는 관념이야말로 불가능한 사상누각이었음을 깨닫는다. 그래서 다음과 같은 "'나'의 기념비적 명제"야말로 자연스레 성립할 수 있다. "나는 내가 존재하지 않는 곳에서 사랑한다. 나는 내가 사랑하지 않는 곳에서 존재한다. 그러므로, 나에게 사랑은 없다."(「내 사랑 카멜레온」)
　「내 사랑 카멜레온」은 '위대한 정통성의 문학이 사라진 시대'에서 여전히 '문학의 전성기'의 아우라에 집착하는 작가지망생들의 이야기다. 거장의 명문을 인용하지 않고는 술자리 한번도 그냥 넘기는 법이 없는 문학청년 세 사람은 자신들이 동시에 연모했던 여인이 그들의 소설을 능수능란하게 패러디하여 짜깁기한 작품으로 신춘문예에 당선되자 패닉 상태에 빠진다. 반드시 공인된 작가가 되리라는 야심으로 이십대를 보낸 이들 중 아무도 당선하지 못한, 그 '위대한' 신춘문예의 영광은 카멜레온처럼 그들을 깜찍하게 모방한 미모의 여성에게 돌아간다. 웃을 수도 울 수도 없는 상황에 처한 주인공은 "카멜레온을 거울방 안에 집어넣으면 카멜레온이 과연 무슨 색으로 변할까"라고 탄식한다. 현학적 모방주의에 자기도 모르게 빠진 '나'는 처음으로 누구의 말도 인용하지 않고 자신의 말로 사유를 시작한다. 그녀의 재기발랄한 사기극으로 주인공은 절망에 빠지지만, 그러나 이 순간이야말로 그가 처음으로 '소설가'로 탄생하는 순간이다. 그럼에도 불구하고 작가 혼자서는 소설가로 태어날 수 없다. 그는 처음으로 남의 문장을 인용하지 않고 자신의 언어로 사유하기 시작하지만, 그의 유일한 독자들인 주위의 친구들조차 그의 소설가로서의 '첫 문장'에 심드렁한 반응을 보일 뿐이다.

노희준의 소설은 '경험의 픽션'이라기보다는 '연구의 픽션'이며, '세상을 살아보고 쓴 소설'이라기보다는 '세상을 구경하고 쓴 소설'에 가깝다. 그러나 그는 완전히 먹물스러운 캐릭터도, 뒷골목의 '자연산 건달'의 캐릭터도 아닌, 그 위태로운 틈새에서 서성이는 인물이다. 그는 온갖 인문학적 지식과 자연과학적 정보로 무장했음에도 불구하고 현학적이지 않다. 말하자면, 그에게 '공부'는 경험만큼이나 소중한 소설적 자산이다. "세상을 이해하기 위해 책을 읽는 것이 아니라 책을 이해하기 위해 세상을 읽는다"는 고백은 자조적임에도 불구하고 정직한 자기 응시의 시선이 깃들어 있다. 노희준은 등단 육 년 만에 첫 소설집을 냈지만, 그가 이미 보여준 일 퍼센트의 '물 위의 빙하'보다도 아직 우리의 눈에 포착되지 않은 구십구 퍼센트의 '물 밑의 빙하'를 궁금하게 만드는 작가다. 그는 철저히 병리적이고 정신병적인 세계를 그리면서도 어디까지나 일상과 세속과 제도의 망원경과 현미경을 놓치지 않기 위해 분투하는 성숙한 균형감각을 지녔다. 미학이 지나치면 철학이 무너지고 철학이 지나치면 미학이 바스러지기 쉽지만 그의 작품은 이 경계를 아슬아슬하게 버티면서 철학적 성찰과 미학적 완성도를 동시에 추구하고 있다.

맨 먼저 독자의 눈길을 사로잡는 것은 그의 날카로운 묘사적 문장이다. 하지만 더욱 매혹적인 것은 그의 얼핏 촌스러운 듯한, 시대에 대한 때늦은 부채의식이다. 글 쓰는 일을 사랑하지만 글'만' 쓰는 일은 차마 수락할 수 없는, 아직 자기 안의 수많은 자아와 화해하지 못하는, 그 부조화로 가득 차 서걱거리는 수줍은 표정. 이를테면 「캔」에서는 그 정돈되지 않음 때문에 쉽게 드러낼 수 없는 자신의 '치부' 자체를 등단작으로 삼는 용기가 읽힌다. 트라우마는 글밑천이 될 수 있지만 치부는 스스로를 갉아먹는 기생충임을 알면서도 노희준은 그 치부야말로 자신을 자기답게 만드는 것임을 알고 있다. 그는 신세대적 감수성과 전통적 감수성을 동시에 지녔지만, 여전히 80년대적인 것과 여전히 90년대적인 감수성을 동시에 끌어안으려 하는 것처럼 보인다. 그의 이 머뭇거림이, 유연할 수 있는데도 못내 꼿꼿한 태도가, 세련될 수도 있지만 끝내 촌스러움을 지키는 작가적 태도가 뭉클하다.

"캔의 안쪽이 비어 있고 또 어둡다는 것이 나에게는 축복이었다. 그 깊은 공간에 귀를 갖다대고 있으면 나를 옥죄고 있는 삶으로부터 물러나와 완전히 보호받고 있는 듯한 안도감을 느꼈다. 반면에 빛은 언제나 성가셨다. 세상의 빛은 나뭇등걸을 닮은 아버지의 굽은 등과 붉은 코를 선명하게 비추고, 널빤지로 격벽(隔壁)을 삼은, 밤이면 신경통으로 늙어가는 어머니의 숨소리 한 낱까지도 자유롭지 못한 두 칸짜리 애옥살

림과, 언제 갈아입었는지 알 수 없는 스웨터에 흙감탕이 된 손을 아무렇게나 문지르는 동생의 모습을 적나라하게 드러내었다. 빛은 이미 당연해져서 슬프지 않게 된 일들을 낯선 비극으로 만들어, 아직 희망을 배우지 못한 나의 눈앞에 아무렇게나 내던져버리곤 했었다."(「캔」) 알루미늄 캔의 어둠에 중독된, 아직도 화해하지 못한 아이의 정신적 치명상은 상장조차 부모님께 보여드릴 수 없는 「위험한 家系·1969」의 기형도와 닮았다. "선생님. 가정 방문은 가지 마세요. 저희 집은 너무 멀어요. 그래도 너는 반장인데. 집에는 아무도 없고요. 아버지 혼자, 낮에는요. 방과 후 긴 방죽을 따라 걸어오면서 나는 몇 번이나 책가방 속의 월말고사 상장을 생각했다. (……) 창문을 열자 어둠 속에서 바람에 불려 몇 그루 미루나무가 거대한 빵처럼 부풀어 오르는 게 보였다. 그리고 나는 그날, 상장을 접어 개천에 종이배로 띄운 일을 누구에게도 말하지 않았다."(기형도, 「위험한 家系·1969」) 노희준의 소설은 원룸형 1인 가족 시대의 우울한 초상화다. 기형도는 자신에게 주목하는 수많은 군중 속에서, 역사와 시대의 거대한 격랑 속에서, 목이 긴 사슴이나 서글픈 군계일학처럼 고독하고 이지적인 표정으로 시를 썼다. 그의 비극적 우울은 언제나 주목받는 미학적 정점 위에 서 있었다. 그러나 노희준은 기형도적 감수성조차 화석화된 전설로 굳어가는 21세기에, 기형도적 콘텐츠와 수사학을 여전히 간직한 채 더욱 처절한 고독으로 세상을 향해 말을 건다.

4. 구효서—불현듯, '나'를, 놓치다

『시계가 걸렸던 자리』에서 구효서는 독자가 설핏 '일상적 자아'의 경계선을 놓치는 그 순간을 축복하기 위해 소설을 쓰는 듯하다. 「달빛 아래 외로이」에서 죽은 이천호와 살아남은 운전사의 경계를 어느 순간 놓치는 찰나, 소설을 읽고 있는 '나'의 자의식을 나도 모르는 새 놓아버리는 경험. 그 순간은 '나'라고 불리는 자의식에 둘러쳐진 실선이 점선으로 바뀌어 기쁘게 나를 놓치는 시간이다. 이것은 이천호의 죽음의 흔적을 찾아 헤매는 운전사의 실제적 경험과 판타지를 구분하는 것, 야산에서 탈속의 경계를 경험하는 인물이 이천호인가 운전사인가를 묻는 이성적 자아를 차라리 가엾게 여기게 되는, 아름다운 망아(忘我)의 체험이다. 구효서의 소설은 일상에 언제나 닻을 내리고 있으면서도 일상의 속박으로부터 벗어나는 캐릭터들로 범람한다. 「달빛 아래 외로이」는 굳이 일상을 버리지 않고도, 매일매일 택시 운전을 하면서도, 삶에 대한 내재적 초월을 할 수 있음을 보여준다. 소설 자체가 노동이며 삶이었던 구효서, 그는 이제 소설을 통한 구도(求道)의 길을 걷기 시작한 것 같다. 그는 예술을 사랑하지만 예술을 위해 일상을 저당잡히지는 않을 것이다. 그래서 그의 소설은 언제나 예술과 일상 모두를 부여안으려는 짜릿한 줄타기다.

구효서의 이번 작품집은 일상적 사물에 서린 감각의 역사를 더듬는 풍물기행으로 읽힌다. 그에게 시계나 책, 도장이나 솥, 이발소나 배호의 음악 테이프는 단순한 '사물'이 아니라 그 사물에 닿은 모든 사람들의 시간과 공간의 기억이 올올이 스민, 구효서 소설의 또다른 살아 있는 주인공들이다. 「시계가 걸렸던 자리」는 '시계'에 대한 기묘한 원한의 감정을 통해 시간에 대한 새로운 감수성의 차원을 열어 보인다. 시계에 대한 주인공의 단상들은 세상의 시계, 문명의 시계, '나'의 위질환을 극심하게 만들었던 사회적 속도의 표상으로서의 시계로 확장된다. 시계야말로 탈아적 깨달음을 가로막는 인공적 장애물이었다. "나는 눈을 감고 분이나 초 따위로 쪼개거나 잴 수 없는 죽음 뒤의 시간 속에 앉아 있었다. 평온했다." 시계로 계산 가능한 시간의 직선적 흐름을 망각하자, 과거-현재-미래의 구분도, 죽음과 삶의 구분도, 너와 나의 분별심도 무의미해진다. 시계로 표상되는 시간의 경계가 허물어지자 탄생과 죽음의 시발점도, 나와 나 아닌 것의 구분도 망실된다. 탈아의 입구에서는 탈존의 퍼스펙티브도 가능해진다.

구효서 소설에서 사물 혹은 장소에 서린 아우라는 지나간 생의 흔적을 담는 중요한 매개다. 특히 '이발소'라는 공간이 그렇다. 이발소는 단순한 장소가 아닌, 단순한 시간이 아닌, 장소와 시간의 흔적이 미묘하게 포개지는 곳이다. "부부의 한결같던 표정, 여전한 형광등과 익숙한 냄새, 그 이발소의 한 번도 교체하지 않은 의자에서 보낸 시간: 나를 짓눌렀을, 때론 참담하고 때론 한심했던 삼십대의 기억, 그리고 짧은 평온이 뒤섞인 사십대의 신산한 순간들이 일거에 사라진 거였다. 작은 조각들에 불과했으나 그때그때 내가 의지하고 기대며 지나온 시간들임엔 틀림없었다. 이발소가 없어짐으로써 문득, 보잘것없는 자식을 잃었기에 더욱 애틋해지는 상실감을 맛보았달까. 그런 시간의 편린들이 소중하지도 절실하지도 않은 거라면, 다른 무엇이 있어 내 생의 내용으로 삼겠는가." 이발소가 갑자기 사라진 것은 그에게 생의 치명적인 한 부분이 뭉텅 잘려나간 것과 같은 깊은 상실감을 안겨준다.

「달빛 아래 외로이」는 일상의 화법으로 안착되지 못하고 차마 삼켜버리는 말들의 풍경화다. 이 소설은 "말하려다 그만두었"던 말들의 슬픈 집이며 그 누구와도 공유할 수 없는 시간을 끝내 공유하고자 하는 일종의 유체이탈 같은 체험의 기록이다. 도장을 팔아 생계를 꾸리는 주인공 이천호의 '도장론'은 구효서의 사물에 대한 시선을 압축하는 대목이다. "세상은 어쩌면 이 자그마한 도장으로 유지되고 있는 건지도 몰라. 언제부터 시작됐는지는 모르지만 하여튼 이 도장을 찍고 그걸 믿고 하는 풍습은 말요, 물론 세상 전체로 보자면 보잘것없는 작은 버릇에 지나지 않겠지만 말요, 그것이 없어지면 돌멩이 하나 빠져나간 석탑처럼 세상은 기울어져 마침내는 무너져버리고 말 것 같단 말이시. 커다란 빌딩을 지나치려면 어떤지 아슈? 도장 찍는 소리에 귀가 따거워 혼란할 지경이거든. 세상은 훨씬 더 많은 것들로 가득 차 있고 그 하나하나에 의해 유지되고 있구나, 하는 생각도 든단 말이시. 이만하면 도장장수, 할 만한 거 아니겠수?" 이 대목만으로도 '도장'에 묻은 한 사람의 인생 전체는 생생하게 복원된다. 구효서는 작은 물건들이 스치고 지나간 삶의 자리, 물건이 담고 있는 시간과 공간의 역사, 물건에 깃든 기억의 파노라마를 찾아 떠나는 이야기꾼이다. 그의 소설을 다 읽고 기억나는 것은 어떤 문장이라기보다는 어떤 물건이다.

구효서의 소설들은 무언가를 얻기 위해 살아가는 것이 아니라 무언가를 견디고 참는 데에만 익숙해진, 그러나 그것이 수동적 윤리가 아니라 삶을 버티는 능동적 윤리이자 욕망이 되어버린 사람들의 이야기다. "안 아픈 데가 없다고 하더니만. 오죽하면 병원 가는 것도 아예 포기하고 살았을까. 병원에 가봐야 낫질 않으니 방법이 없었겠지." "열심히 걸으면 아픈 것이 좀 나아지더라구. 걷기 좋아하는 사람이 그나마 그 핑계로 더 걷게 되었으니 얼마나 좋은 거냐고 나한테 말하더라니깐요." 「달빛 아래 외로이」의 주인공이 하염없이 그저 걸음으로써 남루한 일상성의 세계를 넘어섰다면 「소금가마니」의 어머니는 일종의 극한적 마조히즘의 상태를 매 순간 견디며 온몸에 사리가 생길 것만 같은 초인적인 인내의 시간을 보냄으로써 자신에게 주어진 운명을 넘어선다. 이 두 작품은 초인적이다 못해 비인간적으로 느껴질 정도로, 고통을 견딘다기보다는 차라리 선택한 사람들의 이야기다. 그들에게는 새로운 욕망을 추구하는 것이 아니라 고통을 견디는 방식(키르케고르의 책에 줄을 치는 늙은 어머니, 다리가 잘린 채로 목발에 의지해 하루 종일 걸어다니는 이천호씨) 자체가 내재적 초월이며 탈속적 초탈이다. 구효서는 소설과 신화의 경계에서 위태롭게 서성인다. 소설 속 인물들의 망아체험은 지극히 탐미적이되, 종교적 신성성마저 지니고 있다.

구효서의 작품집을 읽고 나면 키르케고르의 책이 왠지 먼 나라 철학자의 난해한 아포리즘이 아니라 내 어머니의 푸념이나 넋두리처럼 바투 다가와 있다. 세상 어디에나 깔려 있는 크고 작은 벽시계들이 그 심상함과 상투성을 벗어던지고 내게 찾아들어 마음의 문을 두드린다. 그의 작품들은 이십사 시간으로 쪼개져 있는 디지털화된 시계가 아니라, 네 인생의 발자취를 기억할 수 있는 너만의 시계를 찾으라고, 속삭이기 시작한다. 권태 어린 시선으로 바라보았던 모든 사물들이 수런수런 아우성치며 일상의 곳곳에 스며든다. 구효서의 『시계가 걸렸던 자리』는 물건에 얽힌 시공간과 사람과 일상의 역사다. 이 작품집을 읽은 독자는 시계를 볼 때마다 호수를 볼 때마다 키르케고르의 책을 볼 때마다 택시를 탈 때마다 배호의 음악을 들을 때마다, 구효서의 소설을 통해 기쁘게 나를 세계의 심연 어딘가에 툭, 떨어뜨리던 기억으로 행복해질 수 있을 것이다.

5. 김도연 — 현실 없는 백일몽, 잠 없는 꿈의 기록

김도연의 소설은 성과 속의 경계, 꿈과 현실의 경계가 무의미해진 세계를 그려낸다. 김도연의 소설은 현실의 비극적 애환이 몽상 속의 희극적 판타지로 전치되는 공간이다. 「십오야월」에서는 주인공이 기웃거리는 투전판(현실)과 죽은 조상들의 화투판(판타지)이 대비된다. 「십오야월」에서는 판타지로 버무려진 세계가 현실보다 오히려 리얼하게 느껴진다. 귀신들의 화투판으로 묘사되는 그로테스크한 유령들의 향연은 너무나 실제적이어서 오히려 투전판을 드나들고 다방 레지와 연변 출신 여인을 잃고 우울증에 빠진 '나'의 현실보다 독자의 가슴에 생생한 이미지를 각인시킨다. 그러나 유령이 되어 현실 속에 출몰하는 조상들은 1930년대 백석의 시에 등장하는 카오스적 유토피아의 주인공들이 아니라, 적당히 속물적이고 적당히 탐욕스러운 캐릭터들이기에 더욱 친밀하게 다가온다. 이 유령들은 주인공의 외로움과 절망이 불러낸 절박하고도 휴머니즘적인 환영일지 모른다. 그러나 이 기묘한 귀신들의 축제 속에서 주인공은 희망 없는 삶을 향한 분노를 보상받고 자기 안의 불화를 극복할 용기를 찾는다.

김도연의 인물들은 합리적으로 설명할 길이 없는, 생의 권태와 무기력에서 번져나오는 원죄적인 죄책감으로 인해 생생한 지옥의 판타지를 경험한다. 이들의 불안에는 늘 뚜렷한 정체가 없다. 자신만의 미학적 충동을 운명적 과제이자 존재론적 정당성으로 삼는 주인공들에게는 일상의 북적거림보다 스스로의 미학적 취향과 예술의 충동을 잃어버리지 않는 일이 더욱 긴요하다. 김도연의 인물들은 인생의 관록이 꽤 묻어나는 인물들임에도 불구하고 자폐적 취향 안에 자기를 가두어버리곤 한다. 귀신과 대화하는 장면, 혹은 말 못하는 동물과 대화하는 장면, 텔레비전을 보다가 갑자기 탤런트와 대화를 나누는 장면들. 즉 환상 속에서 실제보다 더욱 실제적인 환상을 체험하는 장면이 김도연 소설의 핵심적 이미지를 담아내고 있다. 현실보다 더 현실적인, 생생한 환각의 세계 vs 현실이지만 지극히 비현실적인 일상.

"부모가 반대하는 결혼을 하겠다고 집을 뛰쳐나간 자식이 살고 있는 산동네 판잣집을 방문한, 방에 들어오지도 않고 마당에서 방을 들여다보는 부모의 표정"은 산동네에서 문학을 붙들고 있는 자신을 향한 세상의 시선을 압축한다. 그는 그 시선에서 자유롭지 못하지만 그 시선에 굴종하지 않는다. "귀양 온 유배자가 의연함마저 잃어버린다면 어떻게 지리멸렬한 날들을 버티겠는가."(「도망치다가 멈춰 뒤돌아보는 버릇이 있다」) 그는 인적 드문 산동네에서 가난과 외로움을 벗삼을지언정 문학에 대한 자존을 잃는 것을 결코 용납하지 않는다. 김도연의 주인공들은 자신이 '내추럴 본 시골뜨기'가 아니라 시골을 '선택한' 것이라는 데 도착적 자부심을 갖고 있다. "이쯤 얘길 들었으니 너도 깨달았겠지만, 내가 그냥 농사꾼의 자식이 아니란 걸 알겠지? 누가 이만한 지식으로 무장한 채 농사일이나 하겠니, 안 그래?" 그러나 그의 절규를 들어주는 것은 오직 늙은 사냥개이거나 이미 죽은 시체뿐이다. 「등대」에서 죽은 도서관 사서에게 영원히 발표할 수 없는 소설을 읽어주는 행위, 그리고 늙은 사냥개에게 자신의 습작시를 읽어주는 행위는 문학에 대한 집착과 절망을 동시에 응축하는 알레고리다. 주인공은 사냥개에게 속삭인다. "워리야…… 인간 세상엔 시란 게 있어. 시가 뭐냐고? 고독한 영혼이 부르는 노래지. 고독한 영혼이 뭐냐고? 삶의 희로애락에 화상을 입어본 사람만이 느낄 수 있는, 만질 수는 없으나 쉽게 벗어나기도 힘든 무형의 꽃 같은 거야." 산골 속 노총각 문학지망생의 "영혼의 자존심"을 지키기 위한 몸부림으로서의 '개 귀에 소설 읽기'.

「이제 그는 시인을 믿지 않는다」는 김도연의 예술론으로 읽힌다. 그러나 그가 이 작품에서 회의하는 것은 '시' 자체라기보다는 '시인'이다. 이 작품은 문학 자체보다는 문학 주변에 핀 '장미'(그의 친구인 Y가 문학적 재능으로 인해 얻었던 영달과 인기, 숱한 연애들. '장미'는 그가 Y에게 뺏긴 사랑하는 여인의 이름이기도 하다)를 갈망하고 질투했던 문학청년의 후일담이다. 그에게 문학은 "손 댈 수 없는 세계명작"(장미와 Y의 섹스)이며 "영원히 끝날 것 같지 않은 처용가의 시간"이었다. 그의 모든 사유는 문학적 비유들로 가득 차 있다. 그는 이루지 못한 문학의 꿈과 언어로, 불필요한 '덤'처럼 주어진 삶을 견디고 있다. 그에게 문학은 세포이자 산소이면서 저주받은 운명이다. "형 시에서는 부르주아 냄새가 나!"와 같은 진지함은 이제 코미디나 신파가 되어버린 세상에서, "짧은 섬광을 남기고 우주의 저편으로 가뭇없이 사라지는 별들에 대해 그는 어떤 논평도 할 수 없었다. 단지 바라볼 뿐이었다. 강원도 산골짜기에 자리한 민박집 옥상과 별똥별의 거리는 멀고 또 멀었다." 문학과 그의 삶 사이의 거리는, 강원도 산골짜기 민박집 옥상과 별똥별 사이의 거리만큼 멀고 또 먼 것이다. 그는 "원수와 화해할 순 있어도 시인과는 결코 화해할 수 없을 것 같다"고 고백한다.

그에게 소설은 죽은 시체에게 자신의 필생의 역작을 읽어주는 일처럼 부질없고 생뚱맞은, 그러나 그만큼 더욱 처절한 제의적 일상이 된다. 그에게 문학은 현실 없는 백일몽이며 잠 없는 꿈의 기록이다. 꿈 없는 잠은 행복하고 달콤하지만 잠 없는 꿈은 권태와 무기력의 다른 이름이다. 그의 주인공은 문자에 중독되고 책에 성욕을 느낀다. 그에게 있어 문학은 절 없는 산에서의 출가, 아무도 붙잡지 않는데 빠져나올 수 없는 집이다. 김도연의 소설들은 뉴 밀레니엄판 '선녀와 나무꾼'의 패러디로 읽힌다. '선녀와 나무꾼'의 또다른 주인공이 어머니라면, 어머니가 아들의 허벅지에 쏟은 팥죽은 아들의 인생에 지울 수 없는 절망적 화인(火印)이다. 팥죽의 검붉은 핏빛은 '고부갈등의 오래된 역사'를 상징하는 듯 불길하다. 그것은 선녀와 함께 새로운 세상으로 날아가고 싶은 아들의 꿈을 포박하는 끈질긴 운명의 덫이다. 김도연의 소설은 차마 몸이 떠날 수 없는 상황에서 오직 영혼만이 출가와 여행을 거듭해야 하는 상황의 기록이다. 그의 소설 속 판타지가 현실보다 더욱 리얼한 생동감으로 다가오는 이유는, 그것만이 김도연의 인물이 현실의 육중한 중력을 이겨내고 영혼의 비약을 꿈꿀 수 있는 유일한 순간이기 때문이다.

6. 구경미―살아 있는 망자들의 인류학적 도시탐험

얼마 전 어떤 자동차 광고 카피가 문득 한눈에 들어왔다. "지루하게 사는 것은 젊음에 대한 죄다"라니. 나는 그 문구가 훌륭해서가 아니라, 그런 문장이 자동차 광고에 쓰인다는 사실에 놀랐다. 멋진 자동차로 스피드를 누리지 못하면 세상의 속도를 따라갈 수 없을 것만 같은 막연한 공포감에 가볍게 진저리를 쳤다. 그러나 우리 사회에서 그만한 자동차를 자신의 경제력으로 가뿐하게 구입하여 '지루하지 않게' 살아갈 수 있는 젊은이들은 얼마나 될까. 그토록 여전히 숨가쁜 세상의 속도를 향하여 코웃음치며, 지루하게 사는 것'만'이 젊음의 특권이라고 소리치는 것 같은 인물들이, 구경미 소설에 가득하다. 구경미의 소설은 지루하게 사는 것이야말로, '노는 인간'으로 살아가는 것이야말로, 청년실업시대의, 니트족이 창궐하는 뉴 밀레니엄의 한국에서, 평범한 젊은이들에게 허락된 물적 토대라고 속삭이는 듯하다. 구경미 소설에서 '노는 인간'은 '유희하는 인간'이라는 의미라기보다는 '노동하지 않는 인간'이라는 의미가 강하다. 노동하지 않음으로써 유희를 택하는 것이 아니라 노동하지 않음으로써 무위의 나날들을 견뎌내는 사람들의 이야기.

그러나 그들이 일을 하지 않는다고 해서 피곤하지 않거나 스트레스를 덜 받는 것이 아니다. "하루 일과라는 게 고작 몇 시간씩 게임하고 글 조금 쓰고 다시 게임하고 심심하면 책 읽고 그런 거"인데다가 "친구도 안 만나고 운동도 안 하고 청소도 안 하"며, 행동반경이라고 해봤자 "열두 평 집 안"이 전부인 「노는 인간」의 주인공은, 늘 피곤하다. "내 삶은 숙명적인 피곤 그 자체"라고 말하고 싶다. "그놈의 지겹도록 하는 야근"의 세계('나인 투 파이브'의 세계)를 향하여 "대낮임에도 당당하게 잠잘 수 있는 이유를 서너 가지는 댈 수 있"는, 당당히 '노는 인간'들의 세계. 구경미의 소설은 당황스럽다. 도대체 스토리의 역동성이나 문체의 강렬함을 느낄 수 없음에도 불구하고, 처음 그녀의 소설을 접하는 순간 '당황스러워 덮어버리고 싶은 충동'과 '왜 이런 소설을 썼을까' 하는 성마른 호기심이 똑같은 무게로 충돌하기 때문이다. 어떻게 이토록 충격적으로, 완벽한 삶에 대한 방기를, 이토록 아무런 미학적 여과 장치 없이 무차별적으로 토해낼 수 있을까.

구경미 소설 속의 인물들은 '무위의 충동'으로 점철되어 있을 뿐 아니라 관계공포증을 앓고 있다. 그들은 타인의 삶에 '적절한 거리'를 두기 위해 애쓴다. 구경미의 인물들이 말하는 '적절한 거리'란 곧 타인에게 개입하지 않는, 타인에게 침해당하지도 않는, 그러므로 절대로 어떤 정서적 온기도 감정의 물기도 스며들 수 없는 폐쇄적 관계에서 주인공이 차라리 편안함을 느낌을 암시한다. 아무 데도 가지 않고 누구도 만나지 않으려고 하는 주인공들. 구경미의 독자가 그녀의 소설 속 '노는 인간'들에 대한 알 수 없는 거부감을 느낀다면, 그것은 '게으름에 대한 찬양' 자체에 서툰 우리 사회 내부의 프로테스탄티즘적 윤리인지도 모른다. '노는 인간'을 무의식적으로 경계하고 단죄하고 싶어하는 부지런함의 윤리는 금욕의 윤리이기도 하다.

그러나 그러한 상황을 감안하더라도, 구경미의 인물들을 첫눈에 사랑하기란 쉬운 일이 아니다. 그녀의 소설 속 인물들의 집요한 트리비얼리즘과 세상에 대한 과녁 없는 원한의 표정을 향해, 연민보다는 당혹감이 앞선다. 그것은 노는 인간에 대한, 아니 놀고먹는 인간에 대한 피할 수 없는 양가감정 때문일 것이다. 부러움과 경멸, 이 양가감정을 미묘하게 건드리면서 작가는 팽팽한 긴장감을 유지한 채 우리를 '노는 인간들의 세계'로 끌어들인다. 그들에게 아무런 '일다운 일'이 없음에도 불구하고, 이 젊은 은둔형 외톨이들에게는 어떤 강력한 향유의 세계가 존재하기 때문이다. 구경미는 노는 인간, 즉 모든 사회적 위치, 의무, 욕망을 지워버린 인간형의 집단적 출현에 대한 고통스러운 성찰을 요구하는 것일까. 적어도 구경미는 독자들에게 노는 인간들과 함께 노는 즐거움을 선물하지는 않는다.

희망은커녕 욕망조차 사라진 자리에, 오직 생물학적 생존의 본능만이 살아남았을 때, 인간에게 덧씌워진 모든 삶의 의미가 사라진 후에도 남는 것은 무엇인가 하는 근원적인 물음. 이것이 구경미 소설의 타깃으로 보인다. "이도령이 거지가 되어 돌아옴으로써 모든 기대는 사라졌다. 살아날 가능성은 그 어디에도 없어 보였다. 그런데도 왜 춘향은 자결하지 않았을까." "혹 춘향이 자결하지 않은 것은 살 수 있다는 희망 때문이 아니라 마지막 순간까지 삶을 '살아낸' 것은 아닐까. 그렇다면 왜? '산다는 것'에 무엇이 숨겨져 있기에?"(「초지일관 그녀는」) 그녀는 만화, 고대소설의 텍스트를 통해 '그럼에도 불구하고 살아야 하는 이유'를 찾기 위한 자료를 계보학적으로 '연구'한다. "심학규는 왜 자식까지 팔아가며 눈을 떠야 했을까." "기쁨을 함께할 아내도, 자식까지 팔아가며 애타게 보아야 할 그 어떤 그리움의 대상도 텍스트에는 존재하지 않는다. 그렇다면 시각장애인 심씨는 무엇을 기대하며 눈을 뜨겠다 마음먹었을까. 그를 삶의 기대로 몰아넣은 원동력은 무엇이었을까."

절체절명의 연구대상으로서, 살아야 하는 마지막 이유 찾기. 구경미의 소설은 '노는 인간'이야말로 종교나 학술의 분야가 아닌 곳에서 진정 삶의 마지막 조건에 대해 사유할 수 있는 '마지막 인간'이 아닐까 하는 의문을 품게 만든다. 구경미 소설이 주는 당혹감은 멀쩡한 나의 삶을 향해 '네 삶이 정말 무슨 의미가 있는데?'라고 묻는 듯한 저자의 음울한 눈초리를 발견하는 것에 기인한다. 삶에 연연하지 않으면서, 삶이 주는 그 어떤 이해타산에도 일희일비하지 않으면서, 삶 그 자체의 의미에 대해서는 종교인이나 철학자 이상의 호기심과 탐구력을 지닌 구경미의 캐릭터. 모든 가치판단과 구체적 의문이 사라진 자리에서, 그래도 마지막으로 남은 질문은 "당신은 왜 살아요?"이다. 나아가 그녀가 진실로 궁금했던 것은 삶 자체의 포괄적이고 집합적인 의미라기보다는 자신은 분명 생물학적으로는 살아 있는 존재인데 왜 그 어디서도 그 누구에게서도 살아 있다는 증거를 발견하지 못하는지에 대한 것이다. 「초지일관 그녀는」은 가장 경멸해왔던, 증오조차 가질 필요를 느끼지 못하는 하찮은 아버지의 삶의 의미를 공격적으로 묻기 위한 여로로 정리되지만, 진정 처절하게 되묻고 싶은 것은 자기 자신이 살아 있는 이유다.

"꿈속에서 나는 항상 길을 떠나요. 꿈을 꾸면 길 위에 있고, 꿈에서 깨도 길 위에 있어요. 길에서 시작해서 길에서 끝나요. 이게 무슨 길일까 곰곰이 생각했어요. 그러다가 며칠 전에야 비로소 그 길이 망자의 여행이라는 걸 깨달았어요." "사람들이 날 대하는 데서 느껴졌어요. 꿈속에서. 마치 내가 없는 것처럼 그들은 행동했어요. 그래서 생각했죠. 난 혹시 죽은 게 아닐까." (「초지일관 그녀는」) 그러나 그토록 삶의 의미에 광적으로 집착하던 그녀는 교통사고로 비명횡사한다. 구경미의 '노는 인간' 들은 삶의 지독한 무상성을 그로테스크하게 일깨우는, 범속한 희망과 세속적 일상의 안전지대를 향한 냉혹한 공격자들이다. 그들은 혁명가나 게릴라나 테러리스트만큼이나 위력적인 질문자들이다. 그들은 '삶이 의미 있다' 는 믿음을 향해, 그저 꿋꿋하게 아무것도 하지 않는 것만으로도, 아등바등 복작대는 삶의 자리 전체를 옹색하게 만들어버리는 존재들이다.

돈 벌고 밥 먹고 잠자느라 미처 겪어보지 못한 시공간의 틈새로, 우리 삶의 소중한 무엇들이 스쳐 지나가고 있는 것이 아닐까. 구경미의 인물들은 삶을 향해 그 어떤 대단한 의미도 부여하지 않으면서 '나인 투 파이브' 로 요약되는 도시적 노동의 조건, '스위트홈' 에 대한 달콤한 환상으로 압축되는 행복의 토대, '웰빙' 과 '부자되세요' 로 표상되는 현대인의 보편적 욕망 따위에는 무관심하다. 그들은 삶에 대한 실낱같은 판타지조차 없이 그날그날을 그저 견디는 사람들의 눈빛에만 보이는 삶의 남루함을 냉연하게 파헤치고 있다. 그들은 오직 느리게, 느리게 세상을 유영할 뿐이다. 그들은 마라톤이나 릴레이는 물론 단거리 경기에도 관심이 없는, 오직 제자리뛰기에만 몰두하는 캐릭터들이다.

구경미의 소설은 가치 있는 삶과 부끄러운 삶 사이의, 견딜 만한 삶과 견딜 수 없는 삶 사이의 윤리적 마지노선 자체를 교란시킨다. 이야기라곤 없어 보이는 도시의 일상적 풍경 속에서 수런거리는, 놀지 않는 인간에게는 도저히 포착되지 않는 삶의 풍경들. 구경미의 작품은 '노는 인간'의 인류학적 현미경을 통한 일상의 소우주 탐사기다. 그러나 구경미의 소설들은 아직도 세상을 향한 막연한 분노와 기대 사이에서, 진공의 시공간 속에서 표류하고 있다는 느낌을 지울 수 없다. 그들이 비생산적 활동으로 이십사 시간을 점철해서가 아니라, 그들이 니트족으로 표상되는 사회불안세력이어서가 아니라, 그들이 보여주는 일상 속의 소우주, 그 콘텐츠 자체가 아직은 덜 여물어 보이기 때문이다. 구경미식 노는 인간들의 인류학적 실험이 진정 "삶에의 천착으로 나아가는 능동적 혹은 파괴적 힘으로 발전"하기 위한 출구를 찾을 수 있기를.

시작은 있되 끝은 없는 예언의 세계

—배수아, 최수철, 김록의 소설

0. 프롤로그

　만인을 위한 책, 그러나 그 누구를 위한 것도 아닌 책. 니체는 자신의 책 『차라투스트라는 이렇게 말했다』를 이렇게 표현했다. 문학 역시 이 세상 모두를 향한 메아리지만 어떤 특별한 고객을 위한 맞춤 서비스는 아닐 것이다. 들을 수 있는 귀를 가진 이에게, 볼 수 있는 눈을 가진 이에게, 느낄 수 있는 촉감을 가진 이에게만 보이고 들리고 느껴지는 무엇. 이렇게 작가가 독자에게 갈구하는 것이 예민한 정서적 후각과 이지적 촉감이라면. 독자는 작가에게 "태평성대에 모두가 북 치고 노래할 때에도 항상 깨어 있다가, 큰일이 닥칠 때 누구보다 먼저 크게 우는 존재"[1]가 되어줄 것을 바라곤 한다. 이번 계절에 만나는 세 명의 작가는 그 어떤 아늑한 곳에서도 세계의 심연을 발견하며, 사방이 가로막힌 진공의 방 안에서도 바깥세계의 소리 없는 아우성을 읽어내는, 이 세계라

---

1) 최수철, 『페스트』1, 문학과지성사, 2006, 203쪽.

는 텍스트를 읽어내는 예민한 독자이기도 하다. 그들이 저마다의 수직 한계점(vertical limit)에서 보내는 수신자 없는 편지, 그것이 각각 『홀』 『페스트』『악담』[2]이다.

1. 『홀』— '나' 를 창조하는 나'들'의 아우성

이들의 고독은 이들의 무기다. 배수아 소설 『홀』의 등장인물들은 주변의 시공간을 진공으로 얼어붙게 만들며, 그들이 스쳐가는 모든 곳을 자기만의 방으로 만든다. 이 세계의 모든 사물이 동작을 멈춘 곳에서 시작되는 만화 〈이상한 나라의 폴〉의 주인공처럼, 그들은 타인의 시간을 진공으로 얼어붙게 만들며, 이 문명화된 도시의 시간 속을 매끄럽게 활공한다. 그들은 이 고독을 대가로 그 무엇과도 바꿀 수 없는 '나' 를 얻는다. 그 역도 성립한다. 그들은 스스로의 개별성을 사수하는 대가로 지독한 고독을 경험한다. 그러나 그들은 고립의 쾌락을 향유하는 지혜를 알고 있다. 그들은 고독을 견디는 것이 아니라 고독을 미학적으로 향유하고 육체적으로 연기하는 비법을 알고 있다.

친구 홀과 함께 걷고 있으면 사람들이 그를 쳐다보았다. 친구 홀은 금욕적이고 동시에 평온하면서 진지한 표정을 지으며 천천히 걸었다. (……) 그는 극도로 조용해지고 무관심해지고 동시에 기묘한 진공 상태에 이른 채 광장의 군중 사이를 가로지르는 것이다. 그런 면에서 그는 타고난 배우이기도 했다. 그와 산책하는 것은 항상 남몰래 흥분되는 일이

---

2) 이 글에서 다루는 텍스트는 배수아의 『홀』(문학동네, 2006), 최수철의 『페스트』(전2권, 문학과지성사, 2006), 김록의 『악담』(열림원, 2006)이다. 이하 인용할 경우 본문에 쪽수만 표시한다.

었다. 왜냐하면 사람들의 시선 속에서, 덩달아 몹시 특별해지는 느낌을 받을 수 있기 때문이다. (「홀」, 79쪽)

그들에게는 한 줌의 타협도 없다. 자신이 창조한 자신의 세계를 지키기 위해서라면. 그들은 이 도시의 사교적 세계가 요구하는 그 어떤 휴머니즘적 표정도 거부한다. 그것이 때로는 타인의 혐오감을 불러일으킬지라도, 어떤 순간에도 자신의 욕망과 의지를 놓고 타협하지 않는다는 것이야말로 『홀』의 인물들이 자기 세계를 지키는 무기다. 문명인의 에티켓은 내가 좋아하는 것보다 상대방이 좋아하는 것을 실천하며, 선택의 기로에 있을 때 '아무래도 좋아'라고 말해야 하며, 상대방의 터무니없는 행동에도 '괜찮아'라고 말하는 것이다. 그러나 배수아의 인물들은 근대적인 매너의 세계에 호락호락 접수되지 않는다. 그들은 "향기로운 세제 냄새가 살짝 남아 있는, 새로 세탁한 이불이 아니면 몸에 두르지 않"으며, "일하지 않는 시간을 소파에 길게 누워 종이봉지에 든 오징어튀김을 먹으면서 기름이 잔뜩 묻은 손가락으로 텔레비전의 채널이나 돌리면서 그런 식으로 인생을 보내는 것은, 단연코 범죄행위에 근접하는 것"(「홀」, 57쪽)이라고 단호하게 선언한다.

이들은 개성을 추구하라고 외쳐대지만 막상 개성을 표현하면 '무리'에서 배제시키는 이 사회의 집단적 훌리건 근성과 대결한다. 그래서 이들에게는 타인과의 모든 마주침이 곧 전쟁이다. 그들의 발길이 닿는 모든 곳이 타인의 시선과의 전쟁터다. 이들의 혐오대상 목록은 이 세계 어디나 지뢰밭처럼 널려 있다. 이들이 증오하는 인류의 습관과 문명의 미장센은 너무나 구체적이고 사소하며 다채롭게 펼쳐져 있어, 머지않아 이 세상에는 이들이 발 디디고 싶은 곳이 없어지지나 않을까 두렵다. 그러나 이들은 스스로의 개별성을 사수하기 위한 전쟁을 끝까지 포기하지 않을 것이다. 이들에게는 사랑도 인간세계의 보편적 따스함을 갈구하기 위한 몸짓이 될 수 없다. 그들은 위험을 피하기 위해서가 아니라 위험에 투신하기 위해 사랑을 택한다. 그들은 생의 위험에 대한 완충장치로서가 아니라 오히려 생 자체의 위험을 극한까지 밀어붙이는 사랑을 실천한다.

그곳에서 그들은 묻는다. '나'를 둘러싼 모든 시공간의 배경화면을 삭제하고, '나'의 몸을 감고 있는 모든 액세서리를 제거한 후에 남는, 그 마지막 '나'는 무엇이냐고. 배수아의 작품세계에서는 '나'를 '나'이게 하는 모든 조건이 위협받는 곳에서 존재의 방어막이 갈가리 찢겨 한계에 부딪힌 '나'만이 진정한 주체로 거듭날 수 있다. 배수아 소설의 세계는 이미 성공한 노마드의 축제적 세계가 아니라, 진정한 노마드가 되기 위해 버려야 할 것들의 목록과 치러야 할 고통이 범람하는 세계다. 배수아의 소설 속에는 우리가 절대로 버릴 수 없다고 믿는 모든 것들을 버리고도 태연히 오늘을 견디는 인물들이 거처한다. "도시에서 태어나고 자란 그녀가 이제 화장기 하나 없는 얼굴에 아무런 장식도 없는 거친 섬유의 옷을 입고 흙을 파헤치거나 찬물에 손을 담그는 농장 일을 하고 있다. 오 년 전만 하더라도 감히 상상조차 할 수 없었던 일이다."(「집돼지 사냥」, 168쪽) 그들은 국적을, 패밀리 네임을, 퍼스트 네임을, 생물학적 성별을, 정상적인 삶을 향한 이 도시의 초대권을 버린다. 그들은 가진 것이 없지만 서로를 가여워하지 않으며 빈곤을 노여워하지 않는다.

배수아의 인물들은 이미 저 아련한 『독일이데올로기』의 유토피아적 세계, 즉 "아무도 배타적인 영역을 갖지 않고 각자가 원하는 어떤 분야에서나 스스로를 도야시킬 수 있는" 세계, "사냥꾼, 어부, 양치기, 혹은 철학자가 되지 않고서도 내가 마음먹은 대로 오늘은 이것을, 내일은 저것을" 할 수 있는, 그리하여 "아침에는 사냥을, 오후에는 낚시를, 저녁에는 목축을, 밤에는 철학을 논"하는 세계에 살고 있는 듯하다. 그런데 왜 이들은 '행복'해 보이지는 않는 것일까. 아직 이들도 진정 그들이 원하는 세계 '안'에 거주하는 것이 아니라, 그들이 바라고 꿈꾸는 그 어딘가로 가는 길 '위'에 있기 때문일 것이다. 이들은 그 수많은 소유의 목록들을 '버리는' 데는 성공했지만 그들이 원하는 진정한 자유를 '누리는' 데는 아직 더 많은 나날들이 필요하다. 그들은 '가족'의 울타리를 탈출하는 데는 성공했지만, 항시적으로 '질시와 소문의 부비트랩'에 노출되어 있다. 「홀」에서는 '친구 홀-나 홀-텔레비전'으로 이루어진 마이크로코스모스가 '나'에게 진정 소중한, 유일한 세계다. 「홀」에서 '나 홀'을 지탱해주는 '친구 홀'과 '텔레비전', 그중 어느 하나만 삐걱대는 순간이 와도, 이 '대안적 모듬살이의 풍경'은 즉각 위기에 직면한다. 친구 홀의 냉담한 전화 이후 '나 홀'은 "심장의 종말을 알리는 듯한" 느낌을 받으며 "중학교 때 최초로 돈을 훔친 이래 처음으로 느끼는 크고 냉정한 불안"을 느낀다. "연속극도 없고 친구 홀도 없다. 텔레비전을 켜고 싶었으나 불안이 너무 크고 강해 도저히 다가갈 수 없었다."(「홀」, 94쪽) 또한 이 세계는 '동료 홀'의 '나 홀'에 대한 관심을 철저히 배제함으로써 가능한 블랙홀이다. 그들은 타자의 시선과 싸우는 데는 성공했지만 타자의 시선 자체를 어루만지는 여유를 보여주지는 않는다.

이제 배수아식의 '나'를 창조하길 원하는 나'들'의 이야기는 정점이자 새로운 출발점에 이른 듯하다. "그는 자신을 창조하기를 원했었다. (……) 사람은 영혼을 가지고 태어나는 것이 아니라, 단지 영혼에 대한 잠재력을 가지고 태어나는 것이기 때문이다."(「양곤에서 온 편지」, 112쪽) 그들은 기존의 역사와 지식과 욕망의 카탈로그를 지워버리고 그 위에 자신들만의 욕망 없는 욕망, 지식 없는 지식, 역사 없는 역사의 흔적을 부조하려 한다. 가능하면 자신의 독자를 스스로 선택하고 싶다는 작가, 배수아. 그녀는 독자를 향해 수사학적 교태를 부리지 않으며, 다만 '이해할 수 있는 자'만 '나의 세계'를 엿보라고 명령한다. "당장 내일부터 영원히 만날 수 없게 된다 해도 오늘밤의 작별인사에 뭔가 다른 덧붙임의 말이 있을 것 같지 않은 (……) 사랑하거나 증오하거나 하는 감정이 그다지 중요하지 않아 보이는 (……) 언제나 만나면 따뜻한 차를 권하고 어려운 일이 생기면 돕고 싶어하고 친절하려고 노력"(「집 돼지 사냥」, 215쪽)하는, 그런 관계를 바라고 이해하는 독자라면. 이 세계는 대상 없이 사랑하기, 작품 없이 감동하기, 그리움 없이 기억하기, 미래 없이 약속하기, 친구 없이 우정을, 연인 없이도 사랑을 향유할 수 있는 세계가 될 수 있을 것만 같다.

2. 『페스트』― 우리는 그들의 환각 속으로 초대받지 못했다

이 소설은 머나먼 미래를 향한 SF적 알레고리가 아닌, 바로 동시대의 가상공간 '무망시'에서 일어나는 자살 도미노 현상을 다루고 있다. 어느 날 갑자기 폭증하기 시작한 자살자들의 퍼레이드로 도시 전체는 무방비 상태가 된다. 무망시는 '이제 아무런 희망이 없는 도시'의 메타포이기도 하면서, 김승옥 소설의 '무진'처럼 '지도에는 없지만, 우리의 내면에 존재하는', 보편적인 공간의 메타포이기도 하다. 이 소설은 자살이 국지적이며 치료 가능한 전염병(epidemic)의 차원을 넘어 전 세계적인 유행병(pandemic)이자 인류 멸종의 재앙으로까지 확대될 수 있음을 전제로 한다. 치명적인 원인'균'을 분석해낼 수도 없으며, 보통의 전염병처럼 과학적인 역학조사를 할 수도 없으며, 방역을 위해 도시 전체를 폐쇄한다고 해서 해결될 문제도 아니다. "이 도시에 두뇌라는 게 있다면, 전두엽 피질 일부를 제거해버리는 수술로 문제를 간단히 해결할 수도 있을 텐데, 그럴 수 없다는 게 아쉬울 따름이야."(2권, 211쪽) 근대의학의 합리적 방식으로는 자살 도미노를 막아낼 수 없다.

이 초유의 자살 도미노 현상의 치명적인 문제는 자살이 일반적 전염

병과 달리 '기피대상'이 아니라 '매혹의 대상'으로 전화하고 있다는 것이다. 도시 전체가 자살 포인트가 되어버린 무망을 떠나려는 사람이 거의 없다는 것. 오히려 다른 도시에서 무망으로 '역류'해오는 일까지 생긴다. 자살의 바이러스에 감염될까봐 전전긍긍하는 것이 아니라 자살에 대한 묘한 집단적 황홀경에 빠진 듯한 무망. 이곳에 퍼지는 죽음의 광기는 기묘한 카니발적 광기를 불러일으키며 사람들에게 '죽음만이 이 권태로운 삶에 축복'이 될 수 있다는 환각을 불러일으킨다. 사람들은 죽음을 두려워하면서도 죽음을 동경하고 죽은 자에게 연민을 느끼면서도 죽은 자에게 질투와 경외감을 느낀다.

이 초유의 사태를 둘러싸고 격돌하는 것은 시민과 관리자들만이 아니다. 자살을 매개로 하여 인간세상의 모든 사회적/문화적/학술적 담론들이 충돌한다. 기독교 측 대변인 장목사와 불교 측 대변인 혜강 스님을 중심으로 기독교적 영원성의 윤리와 불교적 내재성의 윤리가 격돌할 뿐 아니라 자살을 둘러싼 모든 정신분석학적/인류학적/사회학적 분석들이 난무한다. 무망시는 자살에 대한 온갖 메타담론들의 아수라가 된다. 자살을 미끼 삼아 사람들은 저마다 나름의 내기도박이나 투견을 하고 있는 셈이다. 자살에 대한 휘황찬란한 담론들의 유포, 온갖 소문의 지절거림 속에서 점점 자살 자체는 타자화된다. 자살에 대한 각종 해석의 축제 속에서 가장 끔찍한 것은 자살이 인류의 진화론적 선택이라는 해석이다. "말하자면 숙주가 죽을 때 그 속의 기생충이나 바이러스도 죽어버리듯이, 자살로 인해 점차적으로 불화의 주체가 사라지고 있다는 것이었다."(2권, 58쪽) "이번 대규모 자살 사태는 또다른 생존경쟁, 혹은 적자생존의 결과라는 것이었다."(2권, 59쪽) 사람들은 삶에 대한 애착을 비웃기 시작한다. 그들은 이미 경험하지 않은 시간마저 다 살아버린 듯, 죽음의 경험이 그 자체로 종교나 철학이나 예술을 비롯한 인간의 극한적 체험을 '대체'할 수 있다는 환상에 빠진다.

이윽고 자살 도미노 현상을 둘러싼 온갖 '치료'의 몸짓들이 범람하기 시작한다. 주인공 시우가 소속된 자살예방센터의 처절한 노력에도 불구하고 치료의 가면을 쓴 죽음의 유혹들이 판을 친다. 치료를 가장한 격리, 보호를 가장한 분리수거, 기도를 가장한 임사체험이 사람들을 유혹한다. 어떤 적극적인 치료 방식도 죽음의 방지를 가장한 죽음의 매혹으로 변질되며 인큐베이터를 가장한 보호수감이 되어버린다. 유형화, 분석, 예방 자체가 불가능한, 그 어떤 그물에도 걸리지 않는 자살 도미노. 자살은 인간의 의지가 통제할 수 없는 인류학적 불수의근(不隨意筋)이 되어버린 것이다. 무망시의 자살 도미노 현상은 표현되지 못하는 집단적 무의식의 반란이다. "준비가 안 된 상태에서 자칫 무의식에 닿으면 죽음에 이른다."(1권, 143쪽) 무의식에게는 죽음이 '거부'의 대상이 아니다. 자살에 매혹되는 사람들은 삶 자체에 대한 상징적 조로증에 걸려 모든 욕구도 희망도 소진된 상태다. 이제 무의식은 현실의 충격으로부터 존재를 보호하기 위한 완충장치가 아니라, 그 자체로 의식의 한계를 시험하고 위협하는 '자해' 도구가 되어버린다. "이 시대에는 세계의 중심이 정신병원이지요."(1권, 121쪽) 이 소설은 머지않아 지구가 정신분석학의 제국이 되어버릴 것이라는 예감으로 가득 차 있다.

자살을 막기 위해 각고의 노력을 기울이던 사람들은 자살의 근원적인 비자발성을 지적한다. "하지만 요즘에는 대부분의 자살이, 한선생의 말씀대로 자발적인 죽음도 아니고 자연사도 아닌, 그 중간 형태를 띠고 있다고 보입니다. 굳이 자살을 하는 게 아니라, 그저 죽어가는데 그 죽은 방식이 자살일 뿐이라는 거지요."(2권, 14쪽) 자살 도미노에 대응하는 모든 제도적/관료적 행위는 무력하거나 음흉하다. 그들은 사태를 철저히 규명하기보다는 교묘하게 봉합하려 하며 자살 도미노를 오히려 경제적으로 이용하려 한다. "기자들의 입을 통해 전해진 바에 따르면, 무망시가 현금의 사태로 이미 세계적으로 유명해진 만큼, 이제 곧 상황이 진정되고 나면 시 전체가 하나의 박물관, 이름하여 자살 박물관이 될 것이라고 말했다고 한다. 그리하여 해마다 자살 축제가 열려서 가장행렬이나 모의 자살 혹은 자살 체험 따위의 행사도 벌이게 될 것이며, 그 결과 무망시는 그 독특한 이벤트로 많은 관광객을 끌어들이게 될 터이니, 비록 지금은 고통을 받고 있지만 살아남은 시민들은 오히려 경제적인 혜택을 누리게 되리라는 것이다."(2권, 249쪽) 자살의 유혹으로부터 인간을 지켜주는 마지막 바리케이드로서의 가족도, 사랑도, 자살 도미노의 괴력 앞에서는 속수무책이다. "사람은 살아서 죽음을 두려워하며 사랑에 빠지거나, 죽음에 놀라서 새삼스레 죽은 자와 때늦은 사랑에 빠진다."(2권, 104쪽) 이 소설은 자살 도미노로 인한 인류의 절멸이 단순한 가상의 시나리오에만 그치지 않을 수 있다는 전제 자체를 극한으로 밀고 간다.

이 소설은 가상적 자살 도미노라는 가상적 현상의 '해결'을 목적으로 하는 것이라기보다는 죽음이라는 그림자를 통해 삶이라는 실체를 드러내고, 죽은 자의 입을 빌려 산 자의 세계 전체에 대한 저항의 목소리를 울리게 한다. 전염병은 과학으로 근절할 수 있지만 인간 정신의 회로를 통해 전파되는 자살 도미노는 근절할 수 없음을 깨닫는 것이야말로 자살예방센터의 엘리트들이 내리는 결론이다. "미국의 한 도시에 페스트가 발생했을 때, 그곳에 지진과 화재가 발생해서 오히려 도시를 정화하는 결과를 낳았어요. 도시의 파괴가 오히려 전염병을 박멸하고 전혀 새로운 도시의 탄생을 가능하게 한 거예요." 그러나 그들은 "지진과 화재가 과거의 페스트는 물리칠 수 있었을지 모르지만"(2권, 378쪽) 현대의 페스트, 곧 자살 도미노는 근절할 수 없음을 깨닫는다.

소설의 형식적 측면에서 아쉬운 점은 죽음의 표정을 좀더 다면적으로 바라볼 수 있는 '시점의 다각화'와 '문체의 생동감'이다. 『페스트』에서는 전지적 시점이 사건과 인물의 내면 전체를 절대적인 위치에서 조감하며 통어하고 있는 느낌 때문에 사건의 긴박성이 완화되고 있다. 그토록 다채로운 자살의 이유와 과정이 삼인칭 전지적 작가 시점의 블랙홀에서 평면화된다. 또한 페이지마다 긴박한 상황이 연출되지만 이 소설의 인물들이 완벽하게 외운 대사를 말하듯 문어체적인 대화를 구사하는 점도 다소 어색하다. 이들은 머릿속에서 생각이 완료된 후 교열과 윤문까지 거쳐 말하는 언문일치의 유토피아를 실현한다. 무엇보다도 지식인적 화자들만이 주요 인물의 스포트라이트를 받고 있다는 점이 안타깝다. 주요 인물들이 지식인이나 예술가 마인드를 지닌 인물들이라는 점에서 '자살의 당사자'의 시점은 생생하게 드러나지 않고 있다. 전지적 시점은 필연적으로 엑스트라적 존재를 타자화시키게 마련이기 때문이다. 온몸에 피어싱을 하며 서서히 죽어가는 사람의 목소리, 아이들을 관리하려는 어른들을 엿먹이며 보란 듯이 자살하는 아이들의 목소리, 사랑하는 사람의 면전에서 승용차를 벼랑 끝으로 몰아 추락사하는 여자의 목소리, 자살의 문턱에서 다시 생의 문턱으로 돌아왔지만 끝끝내 자살에 '성공'하는 사람들의 목소리, 목소리들……

3. 『악담』—물음표의 카탈로그 & 역설의 파라다이스

그녀에게는 자기 자신이야말로 이해할 수 없는 탐구의 대상이다. 김록의 『악담』은 '나'를 '한붓그리기' 하기 위한, 미완의 오디세이다. 이 소설은 '아무 곳에도 어울리지 않는 나'의 일생에 대한 계보학적 탐구다. 성인이 되어서는 '진짜 무소속 시인'으로 살아가며 '바보' '벙어리' 소리를 들으며 살아가는 그녀. 이 소설은 대학 시절에는 "쟤 그냥 놔둬"로 통하는 기인이었으며, 사춘기에는 "나는 단지 그들 고교 시절의 전부였다"(182쪽)로 요약되는 전교적 스타이자 각종 뜬소문의 진원지었던 그녀, 유년기에는 "집에서 떠받들어주는 특수아"(257쪽)였던 그녀 자신을 향한 여행기다. 그녀는 자신의 글쓰기가 가지런하게 서사화되는 순간, 의미의 격자, 해석의 입방체 속으로 박제화되어버릴까봐 두려워한다. 의미의 화석화를 극복하기 위해 그녀는 의미를 규정하는 일을 조금씩 연기시킨다. "나는 그동안 내가 말해야 될 것은 말하고 살아왔지만 내가 말하고 싶은 것은 말하지 않았다. 내가 말하고 싶은 것은 우주에 흐르고 있는 모든 음곡이기도 하고 무음 음계, 무음정, 무박자, 무음색, 무음향의 자체 반주 모음곡이기도 하다."(11쪽) 그녀가 '하고 싶은 말'을 하지 않는 대신, 그녀 내면의 목소리는 무한하게 비대해진다. 행동이 가녀릴수록 내면은 광대해지는, 이 불균형 속에서 그녀의 내면의 두께는 점점 다채로운 언어의 성벽으로 무장된다.

사소한 일상적 발화조차 그녀에게는 철저한 철학적 분석의 대상이 된다. 그녀는 유난히 '판단'에 약하다. 그녀는 늘 어떤 순간에 "어떻게 보여야 하는지 헷갈"(29쪽)리곤 한다. 그녀는 만나기 싫은 사람들의 접근을 피할 줄 모르며 아무리 고통스러운 일을 당해도 고작 "그들이 어떤 사람들인 줄 모르는 행복한 미망 속에서 게으름을 피우는"(36쪽) 것으로 분노를 대신한다. 그녀는 극도로 이지적이고 예술적인 언어로 무장하고 있지만 문명화/도시화되지 않은 캐릭터다. 그녀는 도시화/문명화의 상징인 여성의 화장에도 익숙지 못하다. 그녀에게 화장품이란 "썩은 생선 비늘과 지렁이 으깬 걸 도장밥이나 자색, 적색 유성 물감을 섞어 만든 특제 연지 혹은 진사를 불에 녹여 얻은 수은과 이불솜과 폐유와 먹을 섞어 만든 특제 인육(人肉)"(98~99쪽)일 뿐이다. 그 기원과 제조과정을 따져보면 문명과 자본에 연루된 그 어느 상품 하나가 잔혹과 엽기와 불결의 조건에서 벗어날 수 있을까. 그녀에게 어울릴 만한 물건은 이 도시문명사회에서는 도무지 존재하지 않을 것만 같다. "둥글게 둥글게" 살라는 미명하에, "일생에 한 번"(107쪽)이라는 빌미로 모든 불합리한 제의적 행위를 견디는 도시문명. 그녀의 내면은 스스로의 욕망과 행동이 변함없이 평행선을 그리는 장면을 물끄러미 관조한다.

그녀는 지상에 없는 새로운 '에스페란토어Ⅱ'를 창조하는 언어의 전사 같다. 머리카락은 '까만 지붕'이며 '철저함'이란 "죽을 때까지 그것을 추구하지만 그 반대로 가는 것"이며 '처절함'이란 "울어야 할 때 울지 않는 그 눈을 가만히 바라보는 것"(65쪽)이다. '대머리'는 "소용없이 진화된 맨머리"(164쪽)이며 언니에게 맞아서 생기는 '혹'은 "머리에 밤톨만한 귀여운 녀석"(230쪽)이다. 그녀는 사물, 사람들에게 자기만의 이름을 붙여줌으로써 코드화된 언어질서로부터 이탈한다. 그녀는 낯선 사람의 외모를 묘사할 때도 이러한 화법을 구사한다. "눈은 정직하고 코는 겸손하고요 입술은 착했어요. 귀는 아무래도 덕이 있던데 성함이?"(53쪽) 그녀는 일상적 문법과 호명법을 해체함으로써 우리가 당연하다고 느끼는 언어적/문화적 관습을 오히려 낯설게 만든다. 모든 보통명사의 고유명사화, 그것이 그녀의 이름 붙이기 전략이다. 그것은 그 어떤 동일성으로 환원될 수 없는 천변만화한 차이의 세계를 향한다.

그녀의 소설에서는 그 어떤 상투적인 문장도 초대받을 수 없다. A는 B를 만나고, C는 D에 갔다는 식의 일상적인 문법, 규범적인 수사학이 하나같이 그녀만의 문법으로 새롭게 번역된다. 모국어로서의 한국어도 엄연한 번역의 대상이 될 수 있음을 명징하게 일깨우는 독특한 어법들. 그러나 자신만의 언어를 만들며 오랫동안 은거하다가 마침내 그 누구와도 소통할 수 없게 되어버린 어느 은둔자의 우화와는 달리, 그녀는 타인과의 소통 자체를 저버리지 않는다. 그녀의 언어는 독특함을 넘어 거의 '혼자만의 모국어'를 창조할 수 있을 정도지만, 전통과 역사(통시적 계보), 그리고 타인과 동시대(공시적 계보)의 규준 자체와 결별하는 것이 아니라 그것들과 따로 또 같이 공존하려 한다. 그녀는 한국어도 이렇게 낯설게 쓰일 수 있다는 것을 증명함으로써 한국어 내부의 수많은 차이의 가능성을 긍정하게 한다. 그녀의 언어적 실험은 단순한 수사학적 기술로서의 환언(paraphrase)이 아니라 표상체계를 바꿈으로써 세계를 바라보는 퍼스펙티브 자체를 전복시키는 힘이 된다.

그녀의 "오른쪽 눈은 근시안이요. 왼쪽 눈은 원시안이어서 양쪽 눈 간의 협응이 잘 이루어지지 않"지만 이 "이질적인 두 눈"은 "아직까지도 서로에게 적응을 못 해서" "초점을 맞추는 것, 일치점을 찾는 것, 서로 조화되는 것"(43쪽)을 해내지 못한다. 그러나 이러한 시점의 부조화야말로 그녀의 창조적 퍼스펙티브가 점화하는 지점이다. "우리는 왜 두 개의 눈으로 한 가지 진실만 보려 하는가"라는 니체의 질문처럼, 문명화된 광학훈련을 거치지 않은 미분화된 눈을 가진 그녀의 시점과 독특한 수사학은 세계 자체를 새롭게 조망하는 퍼스펙티브로 나아간다. 아무 일도 없어 보이지만 페이지마다 사건'들'이 굽이친다. 내가 모르는 나, 이해할 수 없는 나를 실험하는 자아가 역동적으로 텍스트를 질주한다.

그녀의 소설은 주제를 표현하는 목적을 실현하는 일에는 관심이 없는 듯 보인다. 그녀는 '우리'로 집단화될 수 있는 그 모든 무리가 좀처럼 궁금해하지 않았던 것을, 다만 끈질기게 '질문'하는 것에 '목적 없는 목적'을 두고 있는 것 같다. 나아가 우리는 그녀의 '질문의 내용'보다도 질문의 '형식'에 놀라야 하는지도 모른다. 무엇을 주장하기 위해서가 아니라 다만 무언가를 질문하기 위해 쓰는 소설. 그 무구하고 거대한 물음표의 형식 앞에서 '우리'의 세계는, 반드시 마침표가 필요한 주제로 요약 가능한 세계는 어느새 미스터리가 된다. 'We must do it'의 형식으로 요약되는 그 어떤 정언명령의 세계도 그녀에게는 철저한 의혹의 대상이 된다. '우리는 무언가를 해야 한다'가 아니라, '우리가 반드시 해야 할 것은 도대체 무엇인가'라는 형식의 무늬를 지닌 그녀의 소설 앞에서 독자는 당황스럽다.

그러나 이 물음표의 거처는 단순히 물음 그 자체를 위한 것만은 아니다. "언어를 듣는 것에는 능통했지만 말하는 것에는 서툴렀"던 그녀는 상대가 자신의 반응을 기다리면 "아, 그래요?", 상대가 뜸을 들이면 "그래서요?", 상대가 이유를 밝히지 않으면 "왜요?"라고 질문한다. "어떤 인종을 막론하고 세 문장만 고루 고루 외워둔 다음부터, 말 못하는 고민은 깨끗이 사라졌다"(142쪽)에서 볼 수 있듯이, 이 질문의 형식은 누군가의 말을 듣기 위한, 혹은 듣는 척하기 위한 방어벽이기도 하다. 그녀의 소설은 다채로운 물음표의 벽돌로 만들어진 거대한 성벽이다. 이 소설의 위험도 바로 이 물음표의 성벽 안에 있을지 모른다. 이 작품에서는 '소문의 공동체'에 대한 미학적 저항 자체가 이데올로기화되어가고 있다. 이 물음표가 독자와 함께할 수 있는 느낌표가 되어 울림 많은 공명지대를 만들 수 있을 때, 그녀의 소설세계의 첫번째 마침표는 찍힐 수 있을 것이다.

그녀의 세계는 '내가 가진 것, 소유물'에 대한 집착 없음의 세계다. "어머니나 아버지가 초암 선생님이나 덕망 있는 판사이시며 큰삼촌이나 작은삼촌이 작고한 작곡가나 현존하는 물리학자이시며"(27쪽)와 같은 화려한 출신성분을 가지고 있다는 사실 자체가 그녀에게는 아무 의미도 갖지 못한다. 오히려 그녀의 소지품 목록이야말로 그녀만의 세계를 리얼하게 보여준다. "윤동주 시인의 序詩를 보는 안경, 시간 없는 시계, 공 카세트테이프, 바흐의 무반주 첼로 모음곡의 악보, 세상에 없는 사람의 사진 부적과 용도별 큰-수건, 작은-수건, 무균 화장지, 대물림 월경대, 일회용 변기 씌우개, 약용 칼리 비누, 약 없는 칫솔질을 위한 칫솔, 연주용 참빗과 호인(好人) 퇴치용 가스총, 마스크, 심심풀이용 호루라기, 만성 결막염 눈약, 자연 누액, 축동-약, 항바이러스제, 항생제, 항응고제, 지혈제, 진통제 등과 특이-기면성-외눈-안검하수 환자 증명서와 여타 환자 증명서와, 이 모든 것에 딸린 각각의 진품 보증서, 그리고 죽고 사는 문제의 고양이 眞"(52~53쪽)은 그녀의 특이한 성벽과 그녀를 고통스럽게 하는 질병들의 현란한 목록을 보여준다. 소설 속 그녀의 소지품들은 가방이라 불리는 소우주 안에 펼쳐지는 광대한 스펙터클이다. 그녀의 출신성분이나 서사적 연대기보다도 그녀의 '소지품'들이 그녀가 겪었을 시간의 흔적들을 더욱 생생하게 돋을새김한다.

그녀는 시인이지만 어떤 그룹에도 속하지 않고 '진짜 무소속'으로서 "일인 조직의 자동대표"(31쪽)로 살아간다. 그러나 그 누구도 그녀가 자유로운 개별자가 되는 것을 원치도 용서치도 않는다. "바보" "벙어리" "생긴 대로 노는군"이라는 힐난과 욕설도 그저 들어넘기는 그녀. 그녀는 저항하지 않음으로써 무언으로 저항한다. 그리고 마음속으로만 되뇐다. "몸 하나 제대로 추스르지 못하는 나는 반음 미-파, 시-도." (32쪽) 그녀는 모든 것이 '정상적'인 '온음계'의 세계에서 배제당하는, 아니 스스로를 배제시키는 존재다. 모든 유형화된 관습과 불화하는 그녀의 내면 깊숙한 곳에는 '나는 그 어느 곳에도 어울리지 않는다'는 자기 인식이 깔려 있다. 그녀는 "자신이 더 아프면서 미안하다는 말을 먼저 하는"(253쪽) 사람이다. 그러나 그녀는 아무것에도 어울리지 않기에 그 어느 것에도 길들여지지 않을 수 있다. 그녀는 '우리'라는 카테고리로 묶일 수 있는 모든 집단과 섞이지 않는다. '우리'는 "돼지우리보다 무서운 동질감, 친밀감 따위로 사람을 가두어 기르는 곳"이기에. 그녀가 이 끔찍한 소문의 훌리건들의 '언어'로 된 린치를 견뎌내는 힘은 무엇일까. "자신의 의견을 표명함으로써 상대방을 그 한 가지 견해에 예속시키려고 하지 않겠다는 것"(173쪽). 견해를 표현하는 것 자체가 그 의사에 예속되는 것이기에, 그 견해의 '낙인'이 찍히는 것이기에. "넌 주장하지 않는 것 같으면서도 항상 뭔가를 조용히 말하고 있었어."(176쪽)

우리는 어떻게 우리의 개별성을 지킬 수 있을까. 김록의 소설 속에서 그 비법 한 구절을 발견할 수 있다면, 그것을 '낙타의 윤리'라 이름할 수 있을 것이다. "낙타는 불가사의한 짐승이다. 오천 년 가까이 제대로 길들여지지 않고 살고 있다. 낙타는 이방인이나 소란스러운 수컷들이 나타나면, 상대가 안 되긴 해도 필사적으로 쫓아버리기 위해 혀를 크게 부풀려서 내민다. 그리고 꼬리를 탁탁 치면서 심한 똥오줌 냄새를 풍긴다."(59~60쪽) 우리가 소문과 시선과 제도와 관습의 통제에 길들여지지 않는 방법은, 내 몸에서 나온 배설물로 내 몸을 더럽혀 타인의 코를 쥐게 할지라도, 무언가가 나를 길들이지 않도록 끝까지 싸우는 방법뿐이다. 우리는 타인 앞에서 깔끔하고 단정한 내 모습을 연기하기 위해, 왕따의 고통을 이겨낼 자신이 없기에, 진정한 '나'의 개별성을 질식시키는 것은 아닌지. 도저히 "사람이라는 게 믿기지 않"을 정도로 지독한 고통의 터널을 거쳐왔을 그녀의 목소리를 듣고 있으면, 비평의 이름으로 그녀의 텍스트에 가하는 해석의 메스가, 불현듯 부끄러워진다. "오백 년인지 육백 년인지 때마다 한 번, 스스로 향나무를 쌓아 불을 피워 불에 타 죽고 그 재 속에서 다시 어린 새가 되어 나타난다는, 처절한 새"(291쪽)의 악몽을, 조용히 듣고 싶다. 여전히 치유되지 못한 "그녀의 병을 매번 구석구석 핥아낸" '고양이 眞'의 눈으로, 그녀의 벌어진 상처의 무늬를 가만히 들여다봐야 할 것 같다.

다시, 0. 에필로그

이미 정리되다 못해 화석처럼 굳어버린 과거가 무의식 속에서 되살아날 때가 있다. 난데없는 꿈속에서, 이제는 기억 속의 실루엣마저 뭉그러진 사람들이 환하게 웃고 있을 때. 나의 장례식에는 오지 말았으면 하는 사람들과, 꿈속의 나는 화해의 과정조차 없이 먹고 마시며 일상다반사를 버무린 잡담까지 나누고 있다. 그렇게 불시에 무의식의 기습을 당한 날은 온종일 일이 손에 잡히지 않는다. 그런 꿈은 아마 내 무의식의 절망이 의식의 견딤에게 보내는 편지가 아닐까. 문학 역시, 애면글면 잘 견디고 있는 것처럼 보이는 인류의 집단적 의식을 향해, 사실은 '이건 견뎌서는 안 되는 거잖아'라고 외치는 무의식의 아우성이 아닐까. 배수아, 최수철, 김록은 그렇게 우리가 차마 건드리기 싫어하는 문명의 무의식을 치열하게 기록한다. 『악담』에는 기면발작증에 걸린 남자를 향한 그리움의 문장이 새겨져 있다. "그는 모든 길 위에 있었고 나는 모든 길을 그리워하였다."(192쪽) 이 문장은 사랑과 문학 자체에 대한 메타포가 될 수도 있다. 사랑도, 문학도, 모든 길 위에서 언제 쓰러져 잠들어버릴지 모르는 기면발작증 환자는 아닌지. 사랑과 문학이 어디로 가든 그 길을 그리워하는 것은, 누군가를 사랑하듯 문학을 사랑하는 자의 운명은 아닌지. 이제는 우리가 이 작가들이 길어올리는 인류의 무의식이 새겨진 만다라의 무늬를, 가만히 들여다볼 시간이다. 김록의 '처절함'의 정의처럼, 울어야 할 때 울지 않는 그 눈을 가만히 바라보는 심정으로.

복수의 자아를 향한 다중적 퍼스펙티브
─권여선의『푸르른 틈새』론

1. 자전적 글쓰기를 위한 변론

　루소의『고백록』이전, 평범한 개인의 일상생활은 '쓰기' 라는 공적인
발화의 범주에 포함될 수 없었다.[1)]『고백록』의 혁명성도 '내밀하고 사
소한 개인의 이야기' 가, 감히, '쓰기' 의 대상이 될 수 있다는 사실 자체
에서 우선적으로 연원하고 있다. 이러한 공통감각이 여전히 암묵적인
형태로 한국사회에 지속되고 있는 것은 아닐까. "사소설은 외국에서
'일본문학의 정수(精髓)' 로 간주되기 쉽다. 그러나 한국에서 어떤 소설
작품을 '사소설 같다' 고 평가할 때는 주인공의 신변잡기를 소설과 비슷
한 형태로 쓴 것이라는 마이너스 평가를 다분히 포함하고 있다."[2)] 여전
히 한국에서는 자서전이라는 장르가 문학사적 위치를 점유하지 못했

---

1) "오랜 기간 동안 보통 개인 ─ 각 인간의 일상생활에서의 개인성 ─ 은 기술(記述) 대상
의 수준 밑에 놓여 있었다."(미셸 푸코 외,『자기의 테크놀로지』, 이희원 옮김, 동문선,
171쪽)
2) 스즈키 토미, 「역자서문」,『이야기된 자기』, 한일문학연구회 옮김, 생각의나무, 13쪽.

다. 이러한 현상은 여러 각도로 분석될 수 있을 것이다.

　'자신의 이야기'를 소설화한다는 것에 대한 의식/무의식적인 거부감은 독자와 작가 모두에게서 발견된다. 작가의 입장에서는 자신의 이야기를 쓴다는 것이 '소재의 빈곤'이나 '허구적 상상력의 결핍'으로 인식될 수 있다는 불안이 작용할 것이다. 독자의 입장에서는 '자전적 글쓰기'가 정통적 문학 장르와 무관한 듯 보일 수도 있다. 어느 편에서든 '자서전⊂소설'이라는 명제보다는 '자전적 글쓰기≠소설'(자전적 소설은 '소설'이라는 카테고리에 포함될 수 없다는 의미에서)이라는 명제가 강력하게 작동하고 있는 셈이다.

　권지예의 자전소설 「이것은 파이프가 아니다」(『문학동네』 2004년 겨울호)는 자전적 글쓰기에 대한 우리 사회의 통념을 투명한 직설화법으로 형상화하고 있다. 이 작품에서 작가는 '소설가=화자'라는 도식으로 작가의 글쓰기를 재단하는 독자 일반의 관음증적 호기심만을 비판의 대상으로 삼고 있지만, 정작 작가 자신의 '폭로와 고백을 향한 욕망'은 문제 삼고 있지 않다. 즉 자전적 글쓰기는 단순히 누군가의 자기 고백을 통해 대리만족을 느끼고 싶어하는 독자의 열망에 대한 수동적 응답이 아니라, 작가 역시 '고백의 수사학' 자체를 능동적으로 열망하고 있음을 간과하고 있는 것이다.

　그러나 권지예의 「이것은 파이프가 아니다」는 작가와 독자 양편에 공존하는, 자전적 글쓰기를 향한 쓰기-읽기의 욕망을 역설적으로 드러내고 있다. 권지예의 '자전적 성격이 가미된 장편'을 향한 독자들의 반응은 뜨거웠으며, 작가 또한 그 반응에 대한 '비판적 응답/변론'으로서 명실상부한 '자전소설'을 다시 쓰기에 이르렀기 때문이다. '자전소설'은 터부시되지만 그런 만큼 매혹적인 셈이다. 여전히 한국소설의 창작 관행 속에서 자전소설의 양적 축적은 미약한 상황이다. 이러한 현상은 자기 이야기를 형상화하는 '작가의 능력' 자체의 검토에서 연원하는 것이 아니라, 자기 이야기를 '소재의 빈곤'이나 '노출증적 욕망'으로 폄하하는 '읽기-쓰기의 공통감각'에서 연원하는 것이 아닐까. 그렇다면 문제의 구성방식은 '왜 자서전을 쓰지 않는가'가 아니라 '왜 자서전을 폄하하는가'로 이동해야 할 것이다.

권여선의 『푸르른 틈새』는 이러한 한국의 소설사적 지형에서 매우 돌출적인 작품이다. 80년대 후일담문학이 유행하던 당시, 그리고 같은 시기 은희경의 센세이셔널한 성장소설 『새의 선물』이 상재되던 상황에서, 이 작품은 기존의 어떤 문학사적 공통감각에도 쉬이 편입되지 않는 특이점을 지니고 있었다. 자전소설도 성장소설도 후일담문학도 아니지만, 그 셋의 혐의를 모두 지니고 있었으며, 전통적 서사기법(시간의 순서가 순차적이든 비순차적이든, 소설 전체를 '재구성'하면 인과론적인 내러티브가 구축되는)을 전복하는 '시간성의 해체'가 장편소설의 형태로 구축된, 희귀한 글쓰기의 영역을 보여주고 있었던 것이다. 또한 공지영의 『고등어』처럼 센티멘털한 감수성에 귀의하지 않음과 동시에 신경숙의 『외딴방』처럼 '억압된 작은 것들의 이야기'를 '억압하는 주체의 폭력'의 문제로 회부하지 않는다는 점에서, 『푸르른 틈새』는 특이한 감수성의 영토를 구축하고 있다. 『푸르른 틈새』는 철저한 자아의 내러티브에 기초하면서도 센티멘털한 고해의 감수성에 함몰되지 않으며, 거대서사에 가려져 보이지 않았던 미소서사를 이야기하면서도 그 은폐/억압의 혐의를 자기 '바깥'에서 찾지 않는, 일종의 '자기 충족성'을 보이고 있다.

이 작품의 에피소드적 구성은 시간적 순서대로 내러티브를 재구성하는 작업 자체를 불가능하게 한다. 즉 이 작품은 내러티브화 자체를 거부하는 텍스트다. 각각의 에피소드 혹은 이미지들은 '통일적 서사'에 환원되거나 희생되지 않는다. 아울러 『푸르른 틈새』는 서사적 분석을 거부하는 에세이스트적 화자의 탄생을 예감케 한다. 이 작품은 서사의 연대기적 성격과 순서적 시간성을 해체함으로써 순간적 의미들의 생성으로 나아가는 특이체이다. 또한 이 작품은 자전성을 내포하면서도 자전적 글쓰기의 상투성을 넘어서는 지점들을 보여준다.『푸르른 틈새』는 '이야기된 자기'의 부분적 형상을 통해 '미처 이야기되지 않은 자기'의 분열적 욕망을 감지하게 한다.

　나아가 이 작품이 단순한 '개별적 자아'에 대한 탐구에서 그치는 것이 아니라 '개별성 자체'를 새로이 사유케 하는 '사유의 재료'를 제공해준다는 점에 주목해야 한다. 즉 이 작품의 '이야기된 자기'는 '이야기하고픈 자기'를 가진 모든 독자들에게 저마다의 내면을 '작가의 내면 투시 방법론'을 통해 조감할 수 있도록 촉발한다. 고전적 내러티브를 해체시킴과 동시에 자서전의 전형적 독법을 무너뜨리는『푸르른 틈새』의 소설적 특이성을 해명하는 것이 이 글의 일차적 목표이다. 아울러 이 텍스트의 분석을 통하여 자전적 글쓰기 자체가 품고 있는 새로운 가능성을 짚어보는 것 또한 이 글의 이차적 목표가 될 것이다.

2. 분열된 자아를 응시하는 복수(複數)의 퍼스펙티브

　권여선의『푸르른 틈새』는 단순히 연대기적 서사를 거부하는 것이 아니라 서사구조만을 통해 작품을 이해할 수 있는 통로 자체를 차단하고 있다. 소설 초입부터 화자는 자신의 내면의 '직설적 표백'이 아니라 화자가 사물을 바라보는 시선/욕망을 통해 간접적/매개적으로 화자의 내면을 투사하기 시작한다. 화자는 직접적으로 '이야기된 자기'의 정서적 변화를 서술하기보다는 주위의 인물/사물의 상태를 통해 자신의 감정을 대신 발화토록 한다. 닭을 파는 좌판에서 사십대 초반의 사내와 목이 긴 딸애를 바라보며 화자는 스무 살 적 과거를 불러낸다. "소꿉살

듯 닭을 희롱하던 아이는 이내 싫증이 났는지 도마 뒤에서 목을 잔뜩 빼
어 내밀고 호기심과 두려움에 가득 찬 눈망울을 이리저리 굴리고 있다.
대학에 입학했을 당시의 나도 그랬다. 저렇게 여윈 타조처럼 목을 잔뜩
빼고 무엇인가를 찾아다녔다"[3]에서 볼 수 있듯, 화자는 현재적 서술의
시점에서 발견되는 일상적 장면을 통해 과거의 기억들을 불러낸다. '직
설적 고백'의 퍼스펙티브가 아니라 '화자의 현재'와 '화자의 과거' 사
이에 타자의 매개적 경험이 개입되는 '제3의 자아의 퍼스펙티브'가 창
조된다. 『푸르른 틈새』의 화자는 자전적 소설의 전형적 퍼스펙티브를
벗어나 '서술대상으로서의 자아'를 철저히 '무대 위의 연기자'로 다룰
것을 암시한다.

　　나는 무대를 생각한다. 흔히 보듯이 좌우로 길쭉한 직사각형의 무대가
아니라 그것을 구십 도 회전시켜 만든 무대. '길쭉한 무대'와 대비하여
그것을 '깊은 무대'라고 부르기로 하자(이어 서술되고 있는 화자 자신의
'방'을 일종의 '무대'로 공간화시키는 묘사가 등장한다 — 인용자).
(……) 방은 제법 크다. 방에 들어섰을 때 마주 보이는 벽이 '깊은 무대'
의 끝이다. (……) 나는 눈을 감고 곰보유리문에서 꽃무늬 커튼까지의 무
대의 깊이를 어림해본다. 마음 같아선 한달음이지만 보통 걸음으로 열한
걸음이다. 나는 하나라는 숫자와 열하나라는 숫자에 마음을 빼앗긴다. 나
의 한 살도 나의 열한 살도 이렇게 무대인지 벼랑인지 모를 어떤 모서리
에 선 체험이었으리라. 새로운 끝 아니면 시작이었으리라. 둘을 적당히
곱하고 더해 가까스로 도달한 서른 살의 봄 지금처럼.(10~12쪽)

---

3) 권여선, 『푸르른 틈새』, 문학동네, 2007, 9~10쪽. 이하 이 책에서 인용할 경우 본문에
쪽수만 표시한다.

그녀는 자신의 방을 '무대'로 공간화한다. 한 걸음 한 걸음 자신의 무대=방의 깊이를 재어보는 그녀의 발걸음은 서술대상인 자신의 내면 속으로 들어가는 화자의 자기 탐구적 몸짓이다. 이 '희곡적 상상력'은 자신이 살아가는 공간을 관람대상인 무대로 객관화하는 동시에 자신의 여러 겹의 과거와 현재(서른 살의 봄)를 무대 위의 공연으로 형상화한다. 이렇게 '무대화된 자아'의 '연기'를 바라보는 화자는 이제 '여러 겹의 자아'가 서로를 향해 말을 걸고 서로의 행동을 관람하는 연극의 연출자이자 관객이 된다. "몹쓸 병을 얻어 조강지처의 품에 안주하게 된 바람둥이 서방처럼 죄스러우면서도 일견 만족한 몸짓으로 나는 침대를 누비며 책을 읽는다. 그럴 때면 졸음에 겨운 또하나의 나는 몸을 가장 조그맣고 둥글게 만들어 책 읽는 내게 방해가 되지 않도록 애쓴다. 매일 밤, 둥지 속에 든 두 개의 알처럼, 잠자는 나와 책 읽는 나, 죄의식과 만족감이 한 침대 위에서 데굴데굴 구른다"(13쪽. 강조는 인용자)라는 식으로 무대 위의 자아는 매 순간 자기 분열한다. 이후 무대 위의 자아는 '술을 먹고 싶어하는 또하나의 나' '나를 재우기 위한 나' 등으로 끊임없이 분리된다.

화자는 자신의 무대 위의 동작을 하나하나 감지하고 그 관람평을 전달하는 '나를 바라보는 또하나의 나'이며, 작가는 그런 화자를 연출하는 또하나의 나다. 이렇게 '나'라는 단일한 호명 속에는 수많은 과거/현재의 나들, 그리고 타자들이 서식하고 있다. 이런 식으로 독자는 텍스트 속 '이야기된 자아'의 수많은 이미지들을 축적하며 복수의 분열된 자아를 통합시켜 천천히 '손미옥'이라는 이름의 복합적 주체를 복원하게 된다. 이렇게 '무대 위의 연기자'와 '관람객인 나' '연출자인 나' '글을 쓰는 나'는 여러 겹으로 증식하며 '나'를 표현하고 읽어내는 방법론을 구축한다. '무대 위의 나'는 끊임없이 혼잣말을 하고 방=무대 안에 있는 모든 사물들을 의인화하여 그들(가구, 집기, 벌레 등등)과 대화하고, 각각의 동작을 만들어가는 나'들'과 불안하게 공존한다.

화자는 서술대상으로서의 자아의 현재/과거뿐 아니라 '나'를 구성하는 또다른 기억/혈통에 대한 인식도 빠뜨리지 않는다. "내 몸 속에는 기다림과 금욕적인 삶을 사주하는 위대한 피, 게으름을 운명으로 포용하는 철면피적 수도승의 혈통이 면면히 흐르고 있다. 그건 분명히 두부모 자르듯 부계 반 모계 반일 거라고 나는 확신한다."(16쪽) 이렇듯 화자는 자신의 모계의 유전자적 속성을 예리하게 감지하고 해석하여 자신의 페르소나와 대별해보는 '분석적인 자아'이기도 하다. 권여선의 소설 속 자아는 서술된 자아의 감정을 직접 드러내지 않고 여러 겹의 자아 중 한 명의 감정으로 거리두기하거나, 외부 사물/인물의 표정으로 감정 표현을 대신한다.

이 '다중적 거리화'의 효과는 자아의 감상성, 낭만적 나르시시즘으로부터의 탈피이며 센티멘털리즘에 함몰되지 않음으로써 타자와의 소통을 서정성에 의존하지 않는 효과를 불러일으킨다. "나무들은 겨울의 잿빛과 봄의 연둣빛 중에 무엇을 선택해야 할지 몰라, 나만큼이나 수줍게 허둥대고 있었다"(21쪽)에서 보듯, 화자는 좀처럼 자신의 감정을 직접적으로 표현하지 않는다. '나는 무엇을 했으며 나는 무엇을 느꼈다'는 식의 정형화된 자전적 수사학으로부터 탈피함으로써 이 소설의 화자는 루소의 '변론적 자아', 즉 "자신의 존재를 정당화"하거나 "그를 비하시키고자 하는 도처의 거대한 음모로부터 자신을 방어"[4]하기 위한 자아의 낭만성/고백의 수사학을 넘어설 수 있게 된다.

그러나 이러한 철저한 거리두기가 자아의 욕망과 정서를 은폐하기 위한 것은 아니다. 오히려 작가는 자신의 성장을 고귀한 언어로 덧칠하는 것이 아니라 가장 치욕스런 기억과 모멸의 감정들을 냉정하게 묘파

---

4) 미셸 푸코 외, 앞의 책, 181~182쪽.

해낸다. 이 다중적 거리두기의 퍼스펙티브는 독자가 작가의 개별적 체험을 '관람' 할 수 있는 거리를 만들어냄과 동시에 화자의 체험에서 자신의 경험을 투영할 수 있는 '소통의 공간' 을 생산해내기도 하는 것이다. 다음과 같은 장면들은 새내기의 심리적 이중성을 생생하게 보여준다. "나는 지하서클이 있다는 걸 알뿐더러 그걸 바로 '지하서클' 이라고 부른다는 것까지 환히 알고 있다는 걸 과시하려고 나름대로 또박또박 야물딱지게 물었"(18쪽)다. "나는 혹시 선배가 내게 호감을 갖고 있어서 자기 친구들에게 나를 가리켜 보이면서 참하지 않느냐고 묻고, 그 친구는 또 그 친구 나름대로 내게 느낀 치명적인 매혹을 감추느라 전전긍긍하면서 동상이몽의 대화를 나누고 있는 게 아닌가 하는 즐거운 의혹에 빠져 무심함을 가장한 채 그들이 대화하는 양을 눈여겨 살폈다." (20쪽) 이런 식으로 과거의 기억들은 화자=연출자의 욕망에 의해 위장의 가면이 철저히 벗겨진 채로 '무대' 위에 소환된다.

이 분열된 자아들이 극단적으로 확장하는 계기는 연애에 대한 번뇌로 인해 '자아' 의 내부에서 각기 다른 자아의 형상들이 마흔 명의 도적떼로 화하는 순간이다. "수많은 디테일이 차곡차곡 오로지 하나의 대상에 집중되고 종합되는 열정적 사랑이 아니라, 그것과 정반대로, 그렇게 표나는 유일무이성을 참을 수 없어하는 내 마음의 알리바바는 만나는 사람에게서 무엇인가를 건네받는 족족 그 정표에 동일한 표시를 하여 사랑이란 보물을 갈구하는 내 마음의 도적떼를 혼란시켰다. 과연 누구를 사랑하고 있는지 알아내려 애쓰는 마흔 명의 도둑들은 똑같은 표시로만 이루어진 감정의 목록표를 둘러싸고 갑론을박했다."(52쪽) 이렇듯 연애라는 화두에 이르렀을 때 자아의 분열은 극단화된다. 분열된 '나들' 이 저마다 외쳐대는 개별적인 아우성으로 인해 '사랑' 이라는 표상에 대한 갈망/허기/질투/감동은 더욱 생생하게 전달되며 독자의 경험/충동과 다차원적으로 소통하게 된다.

대학생활의 갈등이 증폭되어갈수록 이러한 자아의 분열은 격화된다. 가두집회에서 최루탄이 터지는 소리와 냄새, 전경과의 숨바꼭질을 견디다 못한 미옥은 "상습적으로 술을 마시고 시위에 참가하는 버릇"(124쪽)을 가지게 된다. 미옥의 절친한 벗 종태조차도 그녀의 '음주시위' 습관에 충격을 받고 간곡하게 부탁한다. "안 그랬으면 좋겠다, 정말……"(124쪽) 극심한 고통과 마주했을 때 그녀의 자아는 더욱 활발하게 가지치기 시작한다. "그러나 종태의 간곡한 부탁에도 불구하고 나는 내 몸 구석 어딘가에 틀어박힌 정체불명의 계집애와 숨바꼭질하는 심정으로, 이렇게 말할 수 있다면 결코 내놓고 키울 수 없는 사생아를 약 먹여 재우는 야박한 모정으로, 가방 속에 싸구려 양주병을 넣어가지고 다니며 시위 때마다 몰래 마셨고, 시위가 끝나고 나면 다시는 술을 마시고 가투에 참가하지 않겠노라고, 내 안에도 분노와 희망과 사랑이 살아 숨쉬고 있노라고, 알딸딸한 얼굴로 부스스 깨어나는 그 계집애를 향해 눈물 어린 속죄를 하곤 했다."(124~125쪽) 분열을 거듭하는 자아와 동시에, 문장의 호흡도 함께 가팔라진다.

만약 이 다중적 퍼스펙티브를 단순화한다면, 독자는 '나는 술을 마시고 시위에 나가는 버릇을 끊어내지 못해 심한 갈등을 겪었다'와 같은 건조한 사실밖에 추출해낼 수 없을 것이다. 분열된 자아의 퍼스펙티브는 상황의 긴장과 압박을 역동적으로 표현할 수 있는 기제로 기능하는 셈이다. 이렇듯 '나'를 냉혹하게 객관화/폄하시키는 '계집애'라는 호명은 점점 극단적인 혐오 표현과 합성되고 내 안의 나'들'의 어지러운 교란/전투는 점점 어둡고 혼란스러운 이미지로 착색된다. '나를 바라보는 나'의 퍼스펙티브는 점점 고통스러운 교착의 국면으로 접어든다. 공장의 소음과 삼엄한 분위기를 견디다 못한 미옥이 삼 일 만에 공장활동을 그만두면서 이러한 갈등은 카오스적 파국으로 치닫는다.

『푸르른 틈새』에 드러난 자아의 분열적 형태는 크게 네 가지 계열로 분류할 수 있다. 첫째, 사회적/공동체적 자아다. 이것은 공적인 요구 (농활, 공활, 가두시위 등 80년대 대학생들의 집단적 열망)에 스스로를 부합시키기 위해 끊임없이 사적인 욕망을 검열하고 통제하려는 자아다. 사회적 자아로서의 미옥은 끊임없이 자신의 나약한 육체의 신음 소리를 외면하고 정신적 강인함을 추구한다. 둘째, 신화적 자아 혹은 영웅적 자아다. 미옥의 부모는 미옥이 기대하던 아들로 태어나지 못하자 그 '부끄러움'을 은폐하기 위해 미옥의 출생 신화(파랑새 신화)를 창안한다. 그들은 '파랑새 신화'를 통해 자신들의 모든 기대를 미옥에게 투사한다. 미옥이 태어났을 때 파랑새가 마당을 세 바퀴 돌고 나갔다는 신화는 점점 더 윤색되고 미화되어 미옥을 바라보는 가족의 '시선'을 영웅신화적 정체성[5]으로 구조화한다. 셋째, 심리적 자아 혹은 내면적 자아다. 끊임없이 사적인 욕망과 공적인 당위 사이에서, 여성적 욕망(남성의 시선을 욕망하는 자아)과 중성적 욕망(성적 정체성을 거세하고 강인한 운동가로 성장하고 싶은 욕망) 사이에서 긴장과 갈등을 거듭하는 나'들'. 넷째, 탈주체적/타자적 자아. 이것은 '나'라는 생물학적 개체에 머물지 않고 끊임없이 타인의 모습을 스스로에게 비추어보는 자아다. 미옥은 자신의 욕망과 타인의 욕망이 만나는 지점에서 끊임없이 타자의 시선을 통해 자아를 포개는 장면을 연출한다. 이러한 네 가지 계열의 나'들'이 부단히 충돌하고 접속하는 과정에서 『푸르른 틈새』의 다중적 퍼스펙티브는 그 구조적 역동성을 얻게 된다.

이러한 자기 분열이 늘 생산적/창조적인 방향으로 기능하는 것은 아니다. 역동적 자기 '분열'이 '건강한 긴장'을 넘어 '자학과 자폐의 상황'으로 치닫는 순간, 그녀의 육체와 정신은 분리되어 자신의 '게으른'

---

5) "어머니는 영웅의 일대기에서나 있음직한, 출생의 비범함(파랑새 신화)이라든가, 어린 시절의 고난(혈관종)과 극복(기적적 치유) 등의 모티프를 내 유년에서 발견했다고 믿고, 그와 똑같은 영웅적 삶을 내 미래에 투사하고 있었다."(147쪽)

육체를 '고결한' 정신의 이름으로 억압/단죄하기도 한다. 이 절망과 허무 일반의 '나 바꾸기 놀이'가 구원받는 공간은 비로소 그녀 내부의 '금욕적 투쟁'을 화해시키는, 맛/에로스의 해방이다. 구강충동과 성적 충동, 맛에 대한 감각의 회복(거식증의 치료)과 여성적 시선에 대한 욕망의 실현(한영과의 사랑)이 동시에 해소되며 그녀의 여성성과 맛에 대한 충동이 동시에 긍정된다. 이때에 이르러서야 그녀의 분열증적 자아 내부의 투쟁은 화해와 성장을 맛볼 수 있게 된다. 타자(한영)로부터 이해받을 수 있는 공간을 발견함으로써 그녀의 미각(음식)/촉각(연애)의 허기는 채워지며, 그녀는 극단적 자기 분열로 인한 거식증과 우울증을 치료하기 시작한다. 결국 연애/연인이라는 매혹적인 타자가 그녀의 생에 깊숙이 스며듦으로써 그녀 안에 웅크린 절망적 자아들은 치유되기 시작한다.

3. 이야기꾼의 수사학과 에세이스트의 통찰

『푸르른 틈새』에서 분열되는 것은 '서술되는 자아' 뿐만이 아니다. '서술하는 자아' 역시 자신의 글쓰기의 층위를 분열시킨다. 『푸르른 틈새』는 흔히 분류되는 소설 유형으로서의 '관념소설'에 기입될 만큼 개념적 언어나 사유의 추상화에 집중하는 것은 아니다. 그러나 『푸르른 틈새』의 작가는 내러티브를 전달하는 전형적인 '이야기꾼으로서의 소설가'(벤야민)의 역할에 성실하고자 하는 것도 아니다. 오히려 작가는 자신의 사건이 연대기적으로 배열되는 것 자체를 거부하는 듯 보이며 (그녀의 소설 속에서는 1985년, 1986년과 같은 연대기적 표지들이 '전혀' 없다) 그녀는 과거와 현재의 기억의 순차성을 교란시킴으로써 시간의 인과성을 해체하고 있다. 작가의 단절적 내러티브가 남긴 서사의 공백을 채우는 것은 이야기된 자아 자체의 내러티브가 아니라 에세이스트적 통찰[6]이거나 타자의 내러티브들이다. 그녀는 이야기꾼의 수사학과 에세이스트의 통찰을 동시에 작동시키며 특유의 서사/서술적 공간을 창출해내고 있다. 이것은 '서사를 뛰어넘는 서술의 가능성'을 보여주는 작가 특유의 글쓰기 방식이기도 하다. 그녀의 에세이스트적 감수성을 잘 보여주는 장면은 이십대의 성장과정을 언어적으로 포착하는 다음과 같은 장면이다.

대학 풋내기 시절, 내가 무엇보다 우선적으로 해야 할 일이 있었다면 그건 한시바삐 어른이 되는 것이었다. 어른이란 모름지기 '정치'와 '성'에 대해 확고부동한 입장을 갖추고 있어야 하는 법이다. 따라서 내 수련과정에 필요한 것은 '정치용어사전'과 '성용어사전'이었다. 두 사전이 없으면 대학사회에서 운영되는 소통체계에 적응할 수 없었다. 내가 잘 알아듣지 못한 '언더'라는 말은, 운동권 약어나 은어에 하루빨리 통달해야겠다는 강박관념을 형성한 첫 동인이었다. 나는 '언더'라는 말을 정치용어집 한 귀퉁이에 신중하게 기입했다. 그리고 남은 한 가지, 성에 관한 한 나는 성기에 얽힌 욕설들에 꽤 익숙하다는 이점을 가지고 있었다. (……) 형태를 알아볼 수 없이 줄어들거나 변주된 온갖 욕설, 여러 가지 불경스럽고도 속악한 용어나 농담 등을 정확히 어원적으로 이해하기 위해 '성용어사전'의 필요성이 절실히 대두되었다. 당시 내 머릿속에서는 두 사전이 숨가쁘게 편찬되고 있었다.(19~20쪽)

이 대목에서는 새내기의 인정욕망과 세상을 향한 배움의 갈망이 '사

---

6) 에세이적 성찰의 의미에 대해서는 박성창, 「영화가 갈 수 없었던, 그러나 문학이 가야만 하는 길에 대하여」(『문학동네』 2004년 가을호, 397~416쪽) 참조.

건'으로서 '묘사' 되지 않고 에세이스트적 문체로 '서술' 되어 있다. '나만의 정치용어 및 성용어 사전'을 만들어가는 과정이 곧 대학생활로 요약될 만큼 이 대목은 압축적이면서도 수많은 독자의 기억들과 접신할 수 있는 가능성을 보듬고 있다. '나'를 극단적으로 분열시켜 자아를 응시하는 퍼스펙티브를 복수화시키는 나가 '나를 바라보는 나'의 방법론이라면, 자기만의 성/정치용어 사전을 편찬하며 희열과 공포를 느끼는 것은 '나'와 '세계' 사이의 퍼스펙티브를 만들어가는 방법론이다. 즉 연극적 상상력이 자아를 바라보는 퍼스펙티브라면, 이 세상에 단 하나뿐인 성/정치용어 사전을 만드는 행위는 작가의 세계관을 건축하는 방법론인 것이다. 서사적으로 묘사한다면 끊임없이 늘어지거나 경험의 나열로 귀결되었을지도 모르는 이 상투성을, 작가는 이러한 에세이스트적 언어로 간결하게 응축하고 있다.

내러티브의 묘사가 기본적으로 '풀어쓰기'이자 텍스트 분량의 확장을 향한 것이라면 에세이스트적 서술은 번잡한 일상의 내러티브를 고밀도의 개념적 언어로 압축하는 과정이다. 에세이스트적 언어가 사변에 빠지지 않기 위해서는 일상의 이미지와 삶의 육체적 질감이 반드시 언어 속에 녹아 있어야 한다. 권여선은 그 두 가지 요건을 만족시키면서 내러티브적이면서도 장황하지 않게, 에세이스트적이면서도 계몽적이지 않은 '서술〉묘사'의 독특한 방법론을 구축하고 있다. 서사적 묘사에 집착하지 않음과 동시에 이야기로 풀어낼 내용을 압축적 서술로 대체하는 권여선의 글쓰기는 소설의 서술적 공간을 확장함으로써 소설의 전형적 수사학을 극복하는 층위를 보여준다. 다음과 같은 대목에서도 에세이스트적 화자의 풍요로운 입담을 확인할 수 있다. 대학 1학년생이라면 누구나 수도 없이 경험하는 '자기소개'의 괴로움을 그녀는 감정적 사건으로 '묘사' 하기보다 에세이적 통찰로 '서술' 하고 있다.

주로 타인의 발음을 통해서만 귀에 익은 내 이름을 직접 내 입으로 말하고 소개하는 것은 낯설고 계면쩍은 경험이었다. '자기소개'는 인생의 새로운 단계, 새로운 세계로의 진입을 암시했다. 다들 자연스럽게 나를 알고 있으려니 하는 유년의 수동성을 넘어 당당히 내가 바로 아무개라고 자기를 주장해야 하는 세계, 서로의 존재를 매번 정겨운 방식으로 일깨우는 공동체가 아니라 각지고 독립된 개체의 삶을 책임져야 하는 사회, 그런 어른들의 세계로 진입하기 위해 우리는 자기소개를 해야 했다. 자기소개라는 절차는 일종의 폭력성을 내포하고 있었다. 소개자는 자기 이름을 모두가 알아들을 수 있도록 명료히 발음해야 했고, 듣는 청중은 소개자가 임의로 요약한 그 혹은 그녀의 존재성을 강제로 받아들여야 했다. 자기소개는 소극적인 자들이 도태되고 적극적이고 용감한 자들만이 살아남는 세계로의 입사식이었다. 불리기를 기다려서는 안 되고 어떻게든 적극적으로 부르심을 유도하는 방식, 다른 사람들이 자기 이름을 한시바삐 소비하도록 이름을 세일하는 방식이었다.(22~23쪽)

여기서 펼쳐지는 화자의 독특한 '자기소개론'은 자전적 글쓰기를 바라보는 작가의 시선을 암시하는 부분이기도 하다. 이러한 자기소개의 작위성과 폭력성은 자신이 타인 앞에 스스로를 호명/규정하는 일에 대한 비판적 의식이다. 이것은 자서전의 전형적 판타지(자신의 과거를 솔직/가감 없이 적나라하게 투명하게 드러낼 수 있다는 심리적 전제)에 대한 거부로도 읽힐 수 있다. 이렇게 에세이스트적 자아는 자신의 일상을 단순히 '묘사/고백/보고'하는 것이 아니라 '나의 서사'를 말함으로써 세계를 바라보는 감각적/철학적 성찰을 생산하는 효과를 지닌다. 즉 소설이 감수성의 영역뿐 아니라 지성의 영역을 자극함으로써 자전적 서사의 제한성을 극복하고 있는 것이다. 화자는 스토리라인과는 직접적으로 관련이 없는, 순간적 대상에 대한 거의 철학적이라고 할 만한 지적 탐구의 흔적을 텍스트에 각인한다. 에세이스트적 통찰이 내러티브의 여백을 메우는 장면처럼 보일 수도 있다. 그러나 화자의 에세이적 글쓰기는 서사의 '공백/결핍'을 채우는 '대체적' 역할을 한다고 볼 수는 없다. 이 소설에서 소설적 자아와 에세이스트적 화자는 서로 환원될 수 없는 차이를 지니기 때문이다. 소설적 화자와 에세이스트적 화자가 공모/연대하여 내러티브적 흥미와 에세이적 통찰을 공존케 함으로써 텍스트를 더욱 풍요롭게 만들어가고 있는 것이다. 단순한 내러티브의 나열이나 인물 묘사를 넘어 소설이 다룰 수 있는 시공간/감각/사건/사유의 공간이 확장되는 것이다.

화자의 아라비안나이트론은 작가의 '내러티브에 대한 관점'을 보여주는 중요한 에세이적 통찰이기도 하다. "그 당시의 나도, 샤푸리야르 왕처럼 이야기를 통해 치유되고 싶었다. 책을 읽는 동안 나는 치유의 환상 속에 머물 수 있었다. (……) 이야기에 둘러싸여 있다는 기쁨은 문명 속에 편입되어 있다는 기쁨과 한 가지였다. 나는 소외되지도, 고통받지도 않았다. 나는 밤마다 『아라비안나이트』라는 가공의 문명 속에서 안도했다. 이야기는 진정으로 샤푸리야르 왕을 치유했는가? 나를 치유했는가? 지금에야 비로소 나는 아니라고 대답할 수 있다. 이야기는 인간으로 하여금 과거의 모든 것을 망각하게 만드는 로터스 꽃이다. (……) 이야기는 자신의 상처만을 곰곰이 들여다보고 있는 불행한 인간을 임시로 치유하는 장치이다. 그럴 수도 있고, 저럴 수도 있고, 내 과거의 불행도 그다지 엄청난 것은 아니로군, 암, 그렇지, 그렇고말고, 끄덕이는 순간에, 불행했던 왕은 자신의 불행을 이야기 속의 한 불행으로 환치하고는 거리를 두고 그 불행을 바라보는 것이다."(173쪽) 이 에세이스트적 서술에 따르면, '이야기'는 사회적 공간으로부터 격리된 자아를 '문명' 속에 있다는 착각 속에 빠져들게 하며, 독자의 불행을 이야기 속의 불행으로 '상대화/객관화'시켜, 개체의 개별적 상황을 이야기

속의 그것으로 '환치/환원' 함으로써, 자기 자신을 향한 '허위적 객관성의 거리'를 두게 하는 것이다. 즉 이야기는 개체의 개별성을 소거하며 유폐된 자아를 사회 속의 자아로 여기게 만드는 '착시' 효과를 일으킨다는 것이다.

화자의 에세이적 글쓰기는 이어진다. "셰에라자드의 이야기 속의 진기담과 불행담과 모험담은 그의 불행을 다양한 제반 인간사의 지평에 올려놓고 이리저리 재고 비교하고 평가할 수 있게 해주었고 따라서 그로 하여금 자신의 불행을 인간적으로, 즉 문명적으로 해결하도록 유도했던 것이다."(173~174쪽) 그녀에게 '이야기'는 다음과 같이 '재정의'된다. "깊이를 길이로 바꾸는 날렵하고 미적인 범주 드나들기, 이미지의 깊이로 시작하여 서사의 길이로 끝나는 것, 심도에 대해서 연장으로 대답하는 것, 불행한 의식의 심연을 무한하고 다양한 서사의 미로로 봉쇄하는 것, 길을 잃게 만드는 것, 칼을 묻었던 곳을 잊게 만드는 것."(174쪽) 이는 순차적 시간성/주체의 동일성으로 환원되는 '이야기'의 기원적 성격/자기동일성의 신화가 비판되는 부분이기도 하다. 그녀에게 '이야기'는 개별적 차이를 상대적 동일성으로 환원시키는 도구다. 어떤 범주에도 귀속되지 않는 개체의 개별성 자체를 계량화하여 일반적 서사의 기준으로 제도하는 것, 이미지의 순간성/강렬성을 제거하는 것, 심연/내면의 깊이를 서사의 넓이/길이로 치환하는 것, 자기 자신의 욕망의 회로를 망각/은폐하게 하는 것이다. 독자는 이 대목에서 작가가 전형적/연대기적 서사를 거부한 인식론적 근거를 확인할 수 있을 것이다.

4. 연대기적 서사의 거부, 탈주체적 내러티브의 구축

앞에서 살펴보았듯 『푸르른 틈새』의 서사구조는 화자＝주인공의 연대기적/순차적 시간성의 복원만으로는 그 풍부한 의미망을 구축할 수 없다. 다중적 퍼스펙티브의 창안, 에세이스트적 화자의 등장과 함께 이 소설이 추구하고 있는 또하나의 서사 전략은 다양한 타자의 내러티브/에피소드들을 주인공의 서사의 단면에 틈입시키는 것이다. 즉 '나만의 이야기'로 구성한다면 한없이 빈약하거나 재구성 자체가 불가능한 서사가 '타인의 서사(화자=주인공을 제외한 인물들의 삶의 이야기)' 혹은 '타자의 내러티브(민담, 신화, 소설 등의 이야기구조)'와 접속함으로써 풍요성과 다양성을 확보해가는 것이다. 이 소설에서는 화자=주인공의 연대기적 서사는 중심적 질료로 작동하지 않는다. 이 소설에서는 ①일종의 민담적 에피소드(말하는 냄비 이야기 등등) ②여성적 수다(어머니와 외가친척들, 미옥의 여자친구들의 수많은 일상적 입담들과 소문들), ③신화적 내러티브(자신의 탄생 설화인 파랑새 신화를 비롯하여 주인공을 둘러싼 영웅화 전략이 작동하는 서사들) ④독서체험으로부터 탄생한 다른 작가의 소설의 내러티브(『아라비안나이트』『잃어버린 시간을 찾아서』 등) 등의 복수의 타자적 내러티브가 '화자의 비연대기적 서사'와 접속하고 있다. 이 각각의 이야기들은 서로 긴밀하게 얽혀 있을 뿐 아니라 서로 영향을 주고받으며 다채로운 서사적 틀을 만들어나간다.

이 소설에서 가장 먼저 등장하는 타자의 내러티브는 암소와 냄비를 맞바꾼 '어리석은 교환'을 한 남자의 이야기다. 암소를 팔러 시장에 나온 남자는 한 괴상한 노인이 자신의 냄비와 암소를 맞바꾸자는 제안을 하자 가당찮다는 반응을 보인다. "그때 이상한 일이 벌어졌다." 냄비가 암소 주인에게 말을 하기 시작한 것이다. "저를 데려가주셔요. 분명히 후회하지 않으실 거예요." 암소 주인은 생각한다. "흠, 냄비가 말을 하다니…… 말을 할 수 있다면 아마 그 밖의 다른 것들도 할 수 있을지 몰라."(8쪽) 냄비와 암소를 바꾼 "얼토당토않은" 교환을 한 남편을 아내는 책망하지만, 말하는 냄비를 본 아내 역시 남편과 같은 이유로 냄비의 무한한 가능성을 신뢰한다는 이야기다. 이 독특한 민담을 독자에게 들려주는 화자는 회의한다. "말을 한다는 것이 그토록 무한한 가능성을 약속하는 보증이 될 수 있을까."(9쪽) 이후 이 민담은 서너 번의 변주를 걸쳐 작품 마지막에서 화자가 언어에 대한 믿음을 신뢰하는 장면에서 작품의 피날레를 장식하게 된다. "치킨수프를 한술 뜨면서 나는 가난한 부부처럼 냄비를 믿기로 한다. 말을 할 수 있다면 아마 그 밖의 다른 것들도 할 수 있을지 모른다. (……) 나는 말을 믿고, 기억을 믿고, 그 밖의 다른 것들을 믿을 것이다."(280쪽) 이 에피소드는 소설의 중간중간 간헐적으로 서사에 개입함으로써 조금씩 변주되어 다중적 의미를 획득하고 있다.

한편, 손미옥의 탄생 신화로 '창안'되는 파랑새 신화는 이 작품의 이미지의 중핵을 차지하는 장면 중 하나다. 기대와 달리 "또 딸"로 태어난 미옥에 대한 실망을 은폐하기 위해 아버지는 파랑새 신화를 창조한다. "거 파아란 파랑새 안 있십니꺼? 파랑새가 처마 밑으루 들왔다가는 마당을 딱 세 바쿠 돌두만은 날아가뿌따니까예."(26쪽) 장모는 파랑새는 '복뎅이'를 상징한다며 기뻐한다. 이렇게 '파랑새 신화'는 탄생한다. 파랑새 신화는 이웃에 퍼지면서 점점 화려한 수사학으로 덧칠된다. "딸만 내리 낳은 어머니는, 누가 또 딸이라고 쯧쯧 혀를 차기라도 할 양이면 지레 발이 저려, 기운 없는 와중에도 남편의 생생한 파랑새 목격담을 한껏 정확하고 풍부하게 전달하려고 기를 썼다." "어머니는 온갖 기운을 빼가며 파랑새 이야기를 되풀이했다. 이때 당사자인 아버지가 한술 더 뜨면 더 떴지 묵묵히 있었을 리 없이, 아내가 말한 내용이 자신이 최대한도로 의미부여한 범위에 미치지 못할 때는 가차없이 나서서 부연설명을 했다."(27~28쪽)

파랑새 신화는 이렇게 '부연설명'과 '과장된 수사학'을 통해 매번 '구어적 가필'을 거침으로써 미옥의 탄생을 '미화'하게 된다. "부모님이 나를 합리화하는 방식 속에는 이미 나에 대한 수치심이 숨어 있었다. 부끄러움이 신화를 만들어냈고 신화에 족쇄가 채워진 그들은 차마 더는 아기를 낳을 수 없었다. 신화는 그 유일무이성에 의해 권력을 보전하는 법이다. 그들은 입에 침이 마르도록 유포시킨 파랑새 신화를 거울 삼아 그것에 비추어 한 치도 부끄러운 짓을 할 수 없었다."(28쪽) 그녀는 '파랑새 신화'에 부합하기 위해 주위의 과장된 기대와 찬사를 받으며 자라났고, 그녀는 늘 주위의 시선을 의식하며 금욕적인 성장과정을 거치게 된다.

이 파랑새 신화는 '연대기적/객관적 사실(fact)'이 아니라 자신의 '욕망'에 따라 끊임없이 첨가/부연/확장되는 탄생의 신화다. 이 '신화 아닌 신화'는, 내러티브란 고전적 리얼리즘식의 반영/기록이 아니라 현재의 기억/욕망에 따라 사후적으로 첨가되는 허구적 구성물임을 보여준다. 단순한 팩트의 기록이 아니라 팩트를 최소한의 질료로 삼아 끊임없이 가필하고 덧입히고 수정하고 장식하는 가운데 애초의 팩트와는 전혀 다른 시뮬라크르적 사건[7]이 탄생한다. 작가가 중요한 내러티브의 모티프로 삼고 있는 서사의 원소들은 바로 이런 '사후적 구성물'로서의 내러티브인 것이다.

이렇듯 『푸르른 틈새』의 서사 틈틈이 개입하는 에피소드들은 상상의 것이든 허구의 것이든 소설의 서사구조에 개입하여 구성적/상상적 내러티브를 창안한다. 아무리 자신에 대해 가장 잘 안다고 '가정되는' 주체일지라도, 그러한 명철한 이성을 지닌 자아의 기억과 화법에 의해 충실히 재현되는 과거라도, 결코 사진처럼 정확한 모사는 불가능함을 작

---

7) 이정우, 「들뢰즈와 사건의 존재론」, 질 들뢰즈, 『의미의 논리』, 이정우 옮김, 한길사, 1999, 23~40쪽 참조. 여기서 '시뮬라크르적 사건'의 의미는 '주체의 동일성/기원의 단일성/목적론적 서사'를 거부하는 다중다기한 욕망의 변주로서의 복제적 사건의 의미로 사용되었다.

가는 파랑새 신화의 작위성을 통해 증명하고 있다. 고전적/낭만적 자서전의 자아(루소의 『고백록』처럼 자신에 대해 투명한 진실만을 고백/전사할 수 있는 자아) 자체가 허구적 판타지임을 작가는 인식하고 있는 듯하다. 『푸르른 틈새』에서는 에피소드와 에피소드들이 서로 연접하여 나의 탄생/성장의 '신화'에 개입하고 그 기억 자체를 끊임없이 변형시킨다. 물론 이 신화적 자아는 영웅신화적 숭고성과는 거리가 멀다. 작가는 자신의 탄생 신화에 대한 냉철한 분석을 통해 기억은 '팩트'/주체의 의도/기원의 동일성으로 구성되는 것이 아니라 나의 욕망/관심 안에서 사후적으로 재구성된다는 것을 암시한다.

이것이야말로 기존의 자전적 글쓰기에서 쉽게 발견되지 않던, '반(反)재현적인 자아의 퍼스펙티브'가 아닐까. 미옥의 부모는 자신들이 만들어낸 신화의 권력 자체에 거꾸로 구속되어 행동의 제약을 받는 신화의 창작 주체로 묘사된다. 자신의 힘으로는 움직일 수 없는 태생적 콘텍스트를 엄정한 합리성의 시선으로 분석하는 자아의 퍼스펙티브가 마련되는 장면이다. 그리고 이것은 독자의 유사한 체험(탄생하지 못한 아들의 결핍을 은폐하기 위해 연속된 딸의 탄생을 신화적으로 합리화하는 한국인의 보편적 내러티브)과의 보편성과 접속/충돌하여 '자아의 퍼스펙티브(자아를 바라보는 자아의 시선)'가 '세계의 퍼스펙티브(정서적/이성적 세계관의 층위)'로 확장되는 층위를 일군다.

『푸르른 틈새』에서는 감각적 경험을 매개로 한 교차/회상을 통해 과거와 현재는 끊임없이 중첩되고 시간적 순서는 말살된다. 화자=주인공의 시선으로 본다면, 손미옥은 학부생활중에 1986년 6월항쟁, 1987년 노동자대투쟁 등등을 겪었을 것이며 이십대 중후반에 걸쳐 베를린 장벽의 붕괴, 러시아/동구권의 붕괴도 함께 겪었을 것이다. 그러나 이 소설에는 그러한 '사회적/일반적 시간성'에 구속/종속되는 개별적 자아가 존재하지 않는다. 흔히 후일담문학이 전형적/집합적으로 '회고'하는

1986~87년, 1989년, 1991년이라는 '기념비적 시간성'은 이 소설에서 전혀 등장하지도 문제화되지도 않고 있다. 말하자면 이 소설에는 사회적 서사/거대서사로 종속되는 개인이 존재하지 않는다. 그렇다고 해서 '손미옥'이 사회적 서사와 완벽히 동떨어진 자폐적 시공간 속에서 살아가는 것은 아니다. 그녀는 철저한 개별적 서사(초등학교 시절, 대학교 1학년 등등의 개인적 시간성)의 프리즘으로 사회성과 만나고 있다. 화자의 내면에 각인된 개별적 시간들이 서사의 중심축을 이루고 있는 것이다. 단 한 번의 역사적/사회적 거대 이슈를 다룬 데모도 다루어지지 않는다. 아주 자잘한 사안, 또는 사안 자체보다는 그날의 분위기(전경에게 장갑으로 맞은 일의 치욕 등등)가 더 비중 있게 다루어지고 있다. 이 소설의 화자는 내러티브의 전체성이 아니라 순간적 상황, 이미지, 디테일, 내면적 상처 자체를 굴착하는 것이다. 거대서사보다는 미소서사, 내러티브 자체보다는 내러티브 안에 내장된 강렬한 이미지와 메시지를 통해 손미옥은 다채로운 자아의 형상으로 거듭난다.

　작가 권여선이 단순히 소설가=이야기꾼에 그치지 않는 이유는 그녀가 에세이스트적 서술을 시도하고 있기 때문만은 아니다. 화자는 자신의 이야기를 힘겹게 전달하는 이야기꾼일 뿐 아니라 『아라비안나이트』, 『잃어버린 시간을 찾아서』, 냄비 이야기, 파랑새 신화 등등을 분석적으로 독해하고 비판하고 수용하고 감동하는 '독자'이기도 하기 때문이다. 타인의 이야기를 능수능란한 화법으로 전달해주는 이야기꾼으로서의 고정된 주체성이 아니라 스스로 독자이면서도 작가인, 화자이면서도 청자인 작가의 분열적 주체성은 '자서전'과 '소설'의 전형적 수사학/형식에 균열을 일으키면서 새로운 자전적 글쓰기의 형식으로 나아간다.

　또한 이러한 탈주체적/탈시간적 내러티브는 '성장'의 의미 자체를 되돌아보게 하는 힘을 지닌다. 1996년 『푸르른 틈새』가 처음 출판되었을 당시 권여선은 다음과 같이 쓴 바 있다. "그녀에게 성숙은 끊임없이 악화되는 질병이다. 진정한 성숙을 꿈꾸는 자는 늘 미숙한 채로 남아 있게 된다. 성숙이 좌절된 자리에 자폐가 생겨난다. 자위와 자해, 두 가지 형태로 드러나는 자폐의 증세는 오로지 과거를 되돌아봄을 통해서만 치유될 수 있다."[8] 작가에게 성숙은 곧 질병이며 성장을 꿈꾸는 자아에게 준비되는 것은 상처와 그로 인한 자폐/자학이다. 그녀는 상처를 통해 자아가 성숙한다는 고전주의적/휴머니즘적 낭만성에서 벗어나고자 하는 것으로 보인다. 진정한 성숙을 꿈꾸는 자는 늘 퇴행과 미숙의 고통스런 대가를 치르지 않으면 안 된다는 '성장의 역설'을 그녀는 자신의 소설을 통해 증명하고 있다.

근대적/직선적 시간관은 성숙을 '모르던 것을 알아가는 계몽의 완성'을 향한 과정으로 정의한다. 그녀는 진화하지도 성장하지도 않는 자아, 성장보다는 퇴행과 자학을 통해 성숙의 관념 자체를 뒤흔드는 자아를 '손미옥'을 통해 보여주고 있다. 그녀의 주인공은 쓰는 행위를 통해 자신의 삶 자체를 예술로 승격시키려는 나르시시즘적/예술지상주의적 태도를 거부하고 나르시시즘 없는 자아 투시, 성장/숭고/신화를 거부하는 자아를 형상화한다. 권여선은 자신의 과거를 '정복'하려 하지 않는다. 매번 덧입혀지고 덧칠되어 새로운 현재와 접속하고 변이하며 끊임없이 다른 과거와 현재를 만들어가는 나를, 현재의 욕망에 의해 다르게 채색되는 과거를 통해 상처와 대면하고 상처와 화해하는 자아를 그려나간다. 이것을 일컬어 '다중적 주체' '다차원적 시간성'이라 이름할 수 있을 것이다.

자아의 경험을 파노라마적으로 해부하는 서사를 거부하는 동시에 '나'를 이루는 경험이 인과론적으로 구성된다는 전제를 거부하는 대

---

8) 권여선, 「작가의 말」, 『푸르른 틈새』, 살림, 1996, 10쪽.

신, 작가는 타자의 이야기들을 '이야기된 자기'와 동일한 지평에서 접속시키고 있다. 이 텍스트에 숨쉬고 있는 수많은 타자들의 목소리는 다성적이고 복수적이며, 이 수많은 타자화된 자아들은 작가의 '자기'로 환원될 수 없다. 자기 동일성으로 환원 불가능한 타자의 내러티브를 통해, 독자는 자신의 내면뿐 아니라 80년대를 살아간, 아니 작가가 경험한 모든 타자들의 시공간을 함께 경험할 수 있게 된다. 즉 『푸르른 틈새』가 불러일으키는 독서의 효과는 '아직 드러나지 않은 자아의 현시'가 아니라 '숨죽이고 있던 수많은 서로 다른 자아들이 만나 생성하는 일종의 공명의 장'이다. '나'의 서사는 이렇게 '타자'의 서사로, 개별적이자 보편적인 존재들의 소통의 장으로 확장되는 것이다.

5. 자전적 글쓰기의 새로운 가능성

처음의 질문으로 돌아가자. 왜 한국소설의 창작지형은 자전적 글쓰기를 폄하해왔는가. 이런 현상은 공동체의 가치/무리, 떼의 가치를 중시하고 개별성/개체성/사적 욕망을 억압했던 한국근대사의 일반적 속성과도 무관하지 않다. 일본의 경우 대표적인 자전적 글쓰기의 전형인 '사소설' 탐구 자체가 곧 일본사회의 근대성의 가치평가 작업이 될 수 있을 정도로 자전적 글쓰기의 의미화 작업이 꾸준히 진행되어왔다. 한국의 경우 자전적 성격을 지닌 소설들이 독립적인 담론권력을 행사한 적은 거의 없었던가. '그렇다'고 단정하기는 어렵다. 물론 한국에서는 자전소설 자체가 정형화된 독립적 장르로서 사회적 영향력을 발휘하지는 못했다. 그러나 자전'적' 성격을 띤 소설, 혹은 자전적 글쓰기의 변이로서의 글쓰기가 주목을 받은 시기는 있다. 30년대 카프문학의 쇠퇴와 함께 등장했던 일련의 전향소설이 그렇고, 80년대라는 '불의 연대'

를 거쳐 90년대에 도래한 후일담문학이 그렇다. 꾸준히 평단과 독자의 사랑을 받아온 '성장소설'들도 상당 부분 자전적 글쓰기의 지형에 포함시킬 수 있을 것이다. 이러한 자전적 글쓰기의 변형들의 아이러니는 정작 텍스트의 '양적' 성과는 미미한 데 비해, 그에 대한 연구나 비평 작업이 매우 활발하게 축적되어왔다는 점이다. 자전적 텍스트의 '쓰기'에 비해 '읽기'의 작업이 호황을 이룬 자전적 글쓰기의 '역설'은, 언제나 독자는 '자전적 글쓰기'를 갈망해왔고 풍요로운 독해를 준비하고 있었음을 의미할지도 모른다. 한 사회에서 자전적 소설의 양적/질적 축적은 그 사회의 '개별성에 대한 탐구'의 바로미터가 될 수도 있을 것이다. 즉 공동체와 개인의 관계, 공적 욕망과 사적 욕망의 길항을 투시하는 데 있어 자전적 글쓰기의 창작과 독해만큼 예리한 프리즘은 드물 것이다.

이러한 소설사적 지형 속에서 90년대의 후일담문학이 '억압된 것의 귀환'으로서 일종의 '르상티망'을 가진 채 자전적 고백을 후일담문학으로 형상화했다면, 『푸르른 틈새』는 개체의 욕망을 억압한 주체를 주체 외부에 환원하지 않음으로써 '르상티망' 없이, 센티멘털리즘의 허상에 기대지 않고, '자기'를 건조하고 냉혹하게 투시하는 복수의 퍼스펙티브를 창안함으로써, 자전적 글쓰기의 새로운 영역을 열어간 것이다. 80년대적 가치에 대한 집단적 부채의식이나 90년대적 '환멸의 어법'에 기대지 않고, 『푸르른 틈새』는 자아를 투시하는 새로운 시공간과 퍼스펙티브를 만듦으로써 80년대적 도식성과 90년대적 환멸의 감수성으로부터 벗어난다.

즉 '자전성' 자체의 전형적 의미망을 교란시킴으로써 권여선은 새로운 자전성을 창안해낸 것이다. 일본에서도 '허구적 상상력의 구축물=서양소설'과 '작가의 실생활을 직접 표현한 기록=사소설'의 이항대립이 존재했다. 이 양극적 대비의 논리를 의심하게 하고, 이 '소설 대 비소설(자전적 글쓰기)'의 장르적 권위주의를 다시 묻게 만드는 소설이 바로『푸르른 틈새』다. 이 소설은 자전적 모티프를 풍요롭게 함유하고 있으면서도 허구적 소설의 속성을 이끌어가기 위해 다양한 소설적 장치를 동원한다. 자전적 글쓰기 특유의 직접성/고백성/자기에의 탐구라는 속성과 동시에 '소설 일반'의 카테고리에 저촉되지 않는 다양한 소설적 장치들이『푸르른 틈새』에는 공존하고 있다.

"작자와 화자와 작중인물의 동일성을 텍스트 안에서 표명하는 것"(필립 르죈), 즉 자서전의 불가결한 가시적 규준이『푸르른 틈새』에서는 뚜렷하게 발견되지 않는다. 그러나 이 소설을 읽는 독자는 이 텍스트를 자전적 글쓰기로 이해한다. 이 역설은 텍스트 '내부'에 있기보다는 텍스트 외부에 있을 것이다. 즉 어떤 텍스트를 '자전적 글쓰기'로 읽는 콘텍스트적 측면, 예를 들어 당시 유행하던 후일담문학의 콘텍스트, '80년대의 대학생'이라는 보편적 경험이 만들어내는 사회적 콘텍스트, 그리고 일인칭 시점의 텍스트를 우선 자전적 글쓰기로 독해하려는 독자의 집요한 '자전적 글쓰기'를 향한 욕망, 그리고 작가의 약력과 소설이 다루고 있는 시공간의 일치성 등이 그것이다. 즉 자전적 글쓰기의 자전성을 보장하는 것은 작가의 '의도'라고 보기보다는 '읽기'의 문제일 수 있다.

"사소설은 대상지시적, 주제적, 형식적 특성 등과 같은 그 어떤 객관적 특성에 의해 정의될 수 있는 장르가 아니다. 그 대신 독자가 해당 텍스트의 작중인물과 화자 그리고 작자의 동일성을 기대하고 믿는 것이 궁극적으로 그 텍스트를 사소설로 만든다."[9] 즉 자전적 글쓰기는 텍스트의 창조와 동시에 정의된다기보다는 텍스트 '사후적'으로 구성되는 산물임을, 자전성을 완성하는 것은 '쓰기'의 모드가 아니라 '읽기'의

---

9) 스즈키 토미, 앞의 책, 31쪽.

모드임을, 『푸르른 틈새』는 일깨우고 있는 것이다. 독자는 '이야기된 자기'를 통해 끊임없이 '이야기하지 못한 자기'를 읽기를 욕망한다. 스 즈키 토미는 사소설을 정확하게 규정할 수 없는 객관적 규준은 존재하 지 않는다고 말한다. 명확한 자전소설의 표지를 풍부하게 밝힐 수 없음 에도 불구하고 『푸르른 틈새』의 자전성은 부인될 수 없으며 이것은 독 자의 무의식과 작가의 무의식의 콘텍스트가 만나 불러일으키는 사건일 것이다. 자전소설에 대한 관능적 매혹을 느끼는 독자와 '자서전'을 거 부하면서도 '자전적 글쓰기'의 욕망은 부정하지 않는 작가의 콘텍스트 가 만나, 『푸르른 틈새』는 흥미로운 자전적 글쓰기의 쓰기-읽기의 장 을 일군다.

무엇보다도 문학사 서술 혹은 문학비평에서 넘어서야 할 편견은, '삼 인칭 소설이야말로 근대소설의 전형이다'라는 심리적 전제이다. "내가 말하는 본격소설이란, 형태상으로만 말하면 일인칭 소설이 아니라 삼 인칭 소설이다. 주관적 방식에 대비되는, 엄정하게 객관적인 방식의 소 설이다"라는 한 일본 작가의 테제는 한국과 일본의 문학사에서 동시에 감지되는 '삼인칭 소설에 대한 집요한 강박'을 보여준다. '삼인칭 소설 =객관성=근대소설=본격소설'과 '일인칭 소설=주관성=근대소설 의 결여=비(본격)소설'이라는 신경증적 강박은 자전적 글쓰기의 영토 를 끊임없이 위협하거나 폄하하는 심리적 전제로 기능해왔다. 독자는 『푸르른 틈새』를 통해 "의식하지 않고 있었던 자신(自身)이라는 것이 이끌려 나오는 듯한 기분"[10], 독자가 인지하지 못했던, 혹은 무의식에 잠재되어 있었던 억압된 자아를 발견해내는 것이다. 이것이 바로 자전 적 글쓰기의 생산적 창안-독해의 관건이다.

『푸르른 틈새』는 자아는 '재현'되거나 '현시'되는 것이 아니라 '발

---

10) 같은 책, 82쪽.

견'되고 '발명'되어야 한다는 자전적 글쓰기의 가능성을 보여주는 텍스트다. 일본에서 "사소설, 심경소설은 언제나 본격소설과 이항대립관계에 놓여, 어느 것이 더 진정한 소설인가 하는 문제가 필연적으로 제기"[11]되었듯, 이러한 '소설중심주의의 신화'의 희생양 중 하나가 자전적 글쓰기였을지도 모른다. 이러한 삼인칭 소설의 아성은 '객관성'이 '주관성'에 우선한다는 객관주의의 신화와 결탁하여 더욱 위력을 발휘해왔다. 이러한 삼인칭적 객관성과 일인칭적 주관성의 대립 역시 비판과 회의를 필요로 한다. 자서전의 자아/나는 보편적 개인/무수한 삼인칭의 존재가 없이는 성립할 수 없을 것이며, 그 역도 마찬가지일 것이다. 무수한 삼인칭의 세계와 소통할 수 있는 감수성이 없다면 일인칭의 세계도 삼인칭의 세계도 동시에 성립불가능하다. 일인칭의 내면성에 대한 탐구의 수직적 깊이와 삼인칭의 보편적 개별자를 향한 수평적 너비가 공존하는 '삼인칭적 일인칭' 혹은 '일인칭적 삼인칭'의 창안이 요구되는 것이다.

또한 자전적 글쓰기에 대한 감정적인 비판 이면에는 '나는 나 자신에 대해서만은 매우 잘 알고 있다'는 전제가 깔려 있음을 간과할 수 없다. 그러나 '나에 대해 가장 잘 안다고 가정되는 주체'야말로 근대적 주체의 절대성을 담보하는 오래된 믿음일 것이다. '삼인칭적 일인칭'이란, '내 안의, 내가 모르는 무수한 나'에 대한 다중적 퍼스펙티브를 지닌 탐구여야 할 것이다. 발견되지 못한 채 간과해버린, 혹은 미래에 도래할 보편적 삼인칭의 관점이 융해된 '탈주체적 일인칭'의 창조야말로, 자서전적 글쓰기의 전형성/상투성을 전복할 수 있을 것이다. 이러한 맥락에서 『푸르른 틈새』가 시도한 새로운 자전적 글쓰기는 소설 자체의 영토를 넓히고 다양화시키는 새로운 동력이 될 수 있을 것이다.

---

11) 같은 책, 98쪽.

문학동네 평론집

내 서재에 꽂은 작은 안테나
ⓒ 정여울 2008

초판인쇄	2008년 3월 7일
초판발행	2008년 3월 14일

지 은 이	정여울
펴 낸 이	강병선
책임편집	오경철 이연실
펴 낸 곳	(주)문학동네
출판등록	1993년 10월 22일 제406-2003-000045호

주 소	413-756 경기도 파주시 교하읍 문발리 파주출판도시 513-8
전자우편	editor@munhak.com
전화번호	031) 955-8888
팩 스	031) 955-8855

ISBN 978-89-546-0481-9 03810

* 이 도서의 국립중앙도서관 출판시도서목록(CIP)은 e-CIP 홈페이지(http://www.nl.go.kr/cip.php)에서
  이용하실 수 있습니다.(CIP제어번호: CIP2008000683)

www.munhak.com